Susanne Mischke

Die Eisheilige

Roman

Piper
München Zürich

ISBN 3-492-04051-9
© Piper Verlag GmbH, München 1998
Gesetzt aus der Bembo-Antiqua
Gesamtherstellung: Friedrich Pustet, Regensburg
Printed in Germany

I

NIE WIEDER ziehe ich dieses Kleid aus, schwört Frau Weinzierl. Der seidige Stoff fließt in einem kühlen, blassen Grün an ihr herab und betont ihre heufarbenen Augen. Aber das ist es nicht allein. Etwas Außergewöhnliches passiert mit ihrer Anatomie, seit sie es angezogen hat. Eben fühlte sie sich noch zu vollbusig, breithüftig und dickschenklig, doch je länger sie sich vor dem großen Kippspiegel hin- und herwiegt, desto mehr Gefallen findet sie an ihren barocken Formen.

Sie muß an ihren geschiedenen Mann denken, der wiederholt festgestellt hatte, sie wäre gar nicht so dick, ihre Proportionen würden bloß nicht stimmen. Was für ein Schwachsinn, denkt sie trotzig. Woher nimmt er das Recht, die Maßstäbe für weibliche Proportionen zu setzen? Ach, wenn Paul mich jetzt sehen könnnte. Dieser kokette Schwung der Taille, und ihre Hüften, die gar nicht mehr plump wirken, sondern weich, rund, ja geradezu sinnlich. Es muß am Schnitt liegen.

Mit wachsendem Wohlwollen betrachtet Frau Weinzierl ihr Spiegelbild und kommt zu dem Ergebnis, daß das Kleid sie um zehn Jahre jünger und um ebenso viele Kilo schlanker macht. Mindestens.

»Ist Ihnen die Länge so recht?« will Sophie wissen. Gebückt umkreist sie Frau Weinzierls Waden.

»M-hm.«

Das Kleid ist noch nicht ganz fertig. Es muß noch gesäumt werden und im Rücken klafft ein langer Spalt, durch den ein Stück von Frau Weinzierls rosigem, von einem weißen Büstenhalter eingeschnürtem Fleisch schimmert. Ein Reißverschluß wird solche Einblicke in Zukunft verhindern.

Frau Weinzierl ist froh, Sophie bei der Wahl von Schnitt und Stoff freie Hand gelassen zu haben. So wortkarg und schüchtern diese junge Frau sonst wirkt, mit der Nähnadel kann sie offenbar zaubern. Sie dreht sich zu Sophie um, die jetzt hinter ihr steht und in scheuer Haltung auf das Urteil zu warten scheint.

»Es ist hübsch geworden.«

Sophie lächelt. »Soll ich uns eine Tasse Kaffee machen, bis Sie sich umgezogen haben?«

Frau Weinzierl ist unschlüssig. »Ich muß eigentlich gleich wieder rüber. Die Handwerker, Sie wissen ja.« Sie zeigt aus dem Fenster auf ihr Haus, das von einem Gerüst umrankt wird.

»Wir könnten uns auf den Balkon setzen. Von da sehen Sie Ihre Handwerker.«

›Die Handwerker‹ bestehen aus einem einzigen Maler, den Frau Weinzierl in Schwarzarbeit beschäftigt. Eben erst, bei der Anprobe, hat sie sich über den Mann beschwert: über den Dreck, den hohen Stundenlohn, die leeren Bierflaschen in den Beeten, das nervenaufreibende Gepfeife und ganz besonders über gewisse Verdauungsgeräusche, welche er jeden Mittag nach dem Genuß von zwei Exportbier und einem Ring Fleischwurst von sich gibt.

Aber Frau Weinzierl muß ihr Geld zusammenhalten, seit sie von Paul geschieden ist. Er hat sich vor drei Jahren einer hochbeinigen Blonden zugewandt, deren Proportionen keine Männerwünsche offen lassen.

»Es ist noch so schön draußen«, fügt Sophie hinzu.

»Ja, ein richtig milder Herbsttag«, pflichtet ihr Frau Weinzierl bei.

»Es gibt in diesem Jahr einen frühen und harten Winter.«

»Ach ja? Steht das in den Bauernregeln?« Der herablassende Unterton schwingt unüberhörbar mit. »Wenn das so ist, dann sollten wir die Sonne noch ausnutzen. Aber nur ein paar Minuten«, willigt Frau Weinzierl gnädig ein.

Sophie strahlt. Ihr ist, als hätte sie eine unsichtbare Grenze überschritten.

»Haben Sie auch Koffeinfreien?«

Sophie, die schon auf dem Weg in die Küche war, bleibt stehen. »Nein. Oh, das tut mir leid.«

Aus der Traum. Sie beißt sich auf die Lippen. Wieder einmal hat sie versagt.

»Dann trinke ich eben Normalen«, ächzt Frau Weinzierl, die sich gerade aus dem neuen Kleid windet. »Aber höchstens eine Tasse, und nicht zu stark, hören Sie?«

Sophie eilt beschwingt in die Küche. »Ja, natürlich.«

Ach, wenn Rudolf mich jetzt sehen könnte, wünscht sie sich wenig später. Hoffentlich sieht mich wenigstens irgendwer.

Aber es ist absolut ruhig in der Straße des gediegenen Stadtviertels mit den gepflegten Häusern, die von alten Bäumen und hohen Sträucherhecken umgeben sind. Der einzige Mensch, der sie beide sehen kann, ist der Maler, der gegenüber auf dem schlampig zusammengezimmerten Holzgerüst steht und sich gerade am Giebelfenster zu schaffen macht. Ein junger Mann ist vor einigen Wochen dort oben eingezogen.

Sophie deutet auf das Fenster. »Wie sind Sie denn mit Ihrem neuen Untermieter zufrieden?«

»Zufrieden? Dieser junge Mann ist ein absoluter Glückstreffer. Sind Sie ihm noch nicht begegnet?«

Sophie beobachtet ihn manchmal von ihrem Nähzimmer aus. Jetzt, Ende Oktober, wird es früh dunkel, und der Junge nimmt es mit dem Herunterlassen der Jalousien nicht so genau.

»Nein.«

»Ach«, seufzt Frau Weinzierl aus der Tiefe ihrer fülligen

Brust, »dieser Mensch hat eine Aura – leuchtend wie die Sonne!«

»Ist er Student?«

»Ja, sicher«, bestätigt Frau Weinzierl. Das Streben nach einem akademischen Grad ist offenbar die Mindestanforderung, die sie an ihre Untermieter stellt.

Frau Weinzierl sticht das zweite Stück Apfelkuchen an, nachdem sie soeben beschlossen hat, ihre Quinoa-Diät für eine halbe Stunde zu unterbrechen. »Wirklich, Sophie, Sie sind eine Künstlerin.«

»Das Rezept stammt von meiner Oma«, erklärt Sophie stolz. Die Erinnerung an sie hinterläßt ein warmes Gefühl, irgendwo in ihrem Inneren.

»Wie? Ach doch nicht deswegen. Obwohl der Kuchen auch ganz ausgezeichnet ist. Könnten Sie mir vielleicht das Rezept aufschreiben?«

»Aufschreiben«, echot Sophie, und für Sekunden wird ihr heiß. Aber dann hat sie sich wieder im Griff. »Ja, nachher«, verspricht sie. »Wenn ich noch alles zusammenkriege. Ich mache das mehr so nach Gefühl.«

»Ich dachte nach dem Rezept Ihrer Großmutter?«

»Das schon, aber ...«

Frau Weinzierl wedelt ungeduldig mit der Hand. »Ich meinte nicht den Kuchen, sondern Ihre Nähkunst. Wo haben Sie nur diesen Geschmack her, wo Sie doch ...« Nun gerät Frau Weinzierl ins Stocken, und Sophie vollendet den Satz im stillen: Wo ich doch sonst so ein Trampel bin.

»Ich weiß es nicht«, gesteht sie. »Ich sehe mir die Person an, und dann habe ich meistens eine Idee, was zu ihr passen könnte.«

»Ein echtes Naturtalent also.«

Sophie ist Lob nicht gewohnt, es macht sie verlegen. Sie fühlt sich genötigt, ihrer Nachbarin ebenfalls etwas Nettes zu sagen und weist auf Frau Weinzierls Vorgarten, in dem zwei Dutzend Beetrosen in vier geraden Reihen vor dem Wohnzimmerfenster paradieren. »Ihre Rosen sind herrlich. Ich bewundere sie jeden Tag.«

»Ach ja«, lächelt Frau Weinzierl stolz. Die hochgewachsenen *Black Lady* sind ihr Heiligtum. »Ein bißchen Arbeit machen sie schon, aber man kann seinen Garten ja nicht völlig verkommen lassen.« Sie spielt auf das stark eingewachsene Grundstück von Sophies rechtem Nachbarn, des Ehepaars Sauer, an.

Sophie verschweigt, daß sie den Wildwuchs ihrer Nachbarn schöner findet als die aufgeräumte Behnke-Weinzierl-Fabian Front gegenüber. Links neben Sophies Haus herrscht ebenfalls Wildnis, das schmale Grundstück ist unbebaut und findet seit Jahren keinen Käufer.

Frau Weinzierl plappert unermüdlich und akzeptiert eine weitere Tasse Kaffee. »… und dann sagte ich zu Frau Behnke, daß es zwecklos ist mit der Sauer zu reden, denn die Sauer ist Skorpion, und Skorpione sind bekanntlich stur und streitsüchtig, nicht wahr?«

»Ja«, sagt Sophie. Auch Rudolf hat im November Geburtstag.

»NEIN!« schreit Frau Weinzierl und springt auf, daß die Tassen klirren. Ihr Hals färbt sich von unten herauf rot und sie kreischt: »Auf meine Rosen!«

Dorothea Weinzierl schätzt es überhaupt nicht, wenn ihre Schützlinge von fremder Hand gegossen werden, wobei man in diesem Fall nur indirekt von Hand sprechen kann, denn der Maler steht mit aufgeknöpftem Hosenladen auf dem Gerüst und uriniert in Schlangenlinien auf die Köpfe der *Black Lady*.

»So ein Dreckskerl!« Ein Pfeifen mischt sich in Frau Weinzierls Atemzüge. Sie ringt nach Luft, aber anscheinend gibt es selbst hier im Freien nicht so viel davon, daß es für Frau Weinzierl reicht.

»Meine Tasche. Mein Fläschchen. Drinnen.« Die Worte

kommen abgehackt, von Pfeiflauten unterbrochen aus ihrem Mund, der karpfenartig auf und zu schnappt.

Sophie hastet ins Nähzimmer und reißt die Handtasche vom Hals ihrer Schneiderpuppe, einem Torso auf einem hölzernen Dreifuß. Frau Weinzierls Gesicht hat die Farbe der Hibiskusblüten angenommen, die unter dem Balkon verblühen. Sie krallt sich ihre Tasche, auf dem Klapptisch beginnen sich Utensilien zu häufeln, aus Frau Weinzierls Kehle klingt es, als quetsche man eine leere Shampooflasche. Endlich findet sie das kleine Sprühfläschchen mit dem Aerosol, und es zischt vier-, fünfmal hintereinander.

Sophie schaut zum Gerüst hinüber. Der Maler knöpft sich die Hose unterhalb der ausgeprägten Wölbung seines Bauches zu und sieht Sophie dabei an. Über das feiste Gesicht spannt sich ein widerwärtiges Grinsen. Voller Bosheit und Verachtung, als wüßte er alles über sie. Eine diffuse Empfindung von etwas Ekelhaftem erfüllt Sophie in diesem Augenblick, und sie starrt aus schmalen Augen zurück. Das ermuntert den Mann zu einer obszönen Geste, und mitten in das nachlassende Pfeifen von Frau Weinzierl hinein hört sich Sophie bedächtig sagen: »Der Teufel soll ihn holen.«

Dann dreht sie sich um zu Frau Weinzierl. »Geht's wieder?«

Frau Weinzierl hört auf, mit der Serviette vor ihrem Gesicht herumzuwedeln, nickt, packt Sophie am Arm und deutet mit der anderen Hand auf ihr Haus.

»Da!«

Im Giebelfenster, das zur Hälfte offen steht, erscheint kurz der Umriß einer Person.

»Ihr Untermieter.«

»Nein«, röchelt Frau Weinzierl, und jetzt erkennt Sophie, was sie meint. Der Maler vollführt ein paar ungelenke Tanzschritte auf dem Gerüst. Er krümmt sich und bäumt sich auf, wie ein fetter Fisch an einer unsichtbaren Angel. Ein Eimer scheppert, ein Brett klappt in die Höhe, er fällt.

Mitten im Rosenbeet bleibt der Körper liegen. Der weiße Anzug kontrastiert mit der schwarzen Erde und den blutroten Rosen, als hätte jemand ein Stilleben nach Schneewittchens Vorbild arrangiert. Der Kopf hat sich in spitzem Winkel zum Hals in den Grund gebohrt. Kein Arm, kein Bein bewegt sich, kein Laut kommt über die sepiafarbenen Lippen. Eine umgeknickte Rose senkt sich anmutig, als wolle sie sich verneigen, auf das Gesicht, und Sophie lächelt, denn ihr ist gerade der Gedanke gekommen, daß Frau Weinzierl nun garantiert nicht mehr an das Aufschreiben des Apfelkuchenrezepts denken wird.

Die Kanzlei liegt in einem vierstöckigen Fünfziger-Jahre-Bau im Zentrum, und die Tafel glänzt wie ein neuer Pfennig:

Karin Mohr – Rechtsanwältin

Kein Hinweis auf eine Spezialisierung, jeder Streitfall scheint hier willkommen zu sein. Es ist das unterste Schild. Vielleicht, weil die Kanzlei im Erdgeschoß liegt, wahrscheinlich aber, weil es als letztes dazugekommen ist. Die anderen Tafeln weisen auf Arztpraxen – Urologie und Psychotherapie – und ein Notariatsbüro hin. Ähnliche Hinweise finden sich auch an den umliegenden Häusern, die sich um einen Platz mit hohen Bäumen, einem überdimensionierten Springbrunnen und einem dürftigen, von Hundekot durchsetzten Rasen gruppieren. Am nördlichen Ende des Platzes erhebt sich das massige Gebäude des Landgerichts.

Die schwere Eingangstür läßt sich nur mit Kraft aufdrücken, und im Flur riecht es nach Putzmittel. An der

Wand hängt, etwas deplaziert, ein goldgerahmter Spiegel, in dem Axel sich ganz sehen kann. Er stellt seine Aktenmappe ab und nimmt Haltung an. Der Boss-Anzug sitzt noch immer perfekt und nahezu faltenfrei. Die Rüstung der Helden von heute. Axel lächelt sich aufmunternd zu. Dabei inspiziert er seine Zähne, ob sich nicht ein Rest von Mutters Mettbrötchen, das er im Zug gegessen hat, verfangen hat. Er zermalmt den Rest des *Fisherman's extra stark*, das den Zwiebelgeruch vertreiben sollte, und fährt sich mit den Fingern ordnend durch das glatte, dunkelblonde Haar. An den kurzen Stufenschnitt hat er sich noch immer nicht gewöhnt.

Dies wird sein fünftes Bewerbungsgespräch sein. Von den vorausgegangenen vieren ist nur noch eine Großkanzlei in Leverkusen in der engeren Wahl. Bei einer Stelle bot man ihm mit deutlichem Hinweis auf die Juristenschwemme ein Gehalt, das jede Putzfrau abgelehnt hätte, über der zweiten Kanzlei zog der Pleitegeier erste Kreise, und der letzte Anwalt hat ihm einen Tag nach dem Vorstellungsgespräch abgesagt. Mit einem Dreier-Examen wird man als Jurist nicht unbedingt mit offenen Armen empfangen.

Er fischt ein gebügeltes Stofftaschentuch aus der Hosentasche, spuckt darauf und poliert seine Schuhe. Frauen achten auf solche Kleinigkeiten. Noch einmal atmet er tief durch und klingelt. Eine dralle blonde Frau, er schätzt sie auf ungefähr fünfzig, öffnet ihm.

»Ja, bidde?« Es ist die Schreibkraft, Frau Kohlrabi, Axel kennt ihre helle Stimme bereits vom Telefon, ebenso den südhessischen Dialekt, bei dem alle Wörter irgendwie weichgespült klingen. Eine knallbunte Brille dominiert das runde Gesicht.

»Guten Tag. Mein Name ist Kölsch. Axel Kölsch. Ich habe einen Termin um eins mit Frau Mohr.«

»Ah, der Herr Kölsch. Komme Sie aus Köln?«

»Aus Hürth.«

»Sie sind siwwe Minude zu frieh. Sind Sie ohne Mandel?«

»Ja. Es ist warm draußen.« Zum Glück. Für einen Wintermantel von Qualität, und nur ein solcher kommt in Frage, reicht es momentan nicht. Die Heldenrüstung war trotz Sommerschlußverkauf sauteuer gewesen, die Armani-Krawatte auch nicht gerade ein Schnäppchen, von der neuen Aktenmappe und den italienischen Schuhen gar nicht zu reden.

Die Frau zieht hinter der unsäglichen Brille eine dünngezupfte Augenbraue hoch. Axel stöhnt innerlich. Ihre Mimik erinnert ihn an Mutter, heute morgen: »Junge, du gehst mir auf gar keinen Fall ohne Mantel!« Folgsam, wie sie es von ihm gewohnt ist, hat er seinen schäbigen Trenchcoat angezogen. Morgens, auf dem zugigen Bahnsteig, konnte er ihn tatsächlich gut gebrauchen. Als bei der Ankunft in Darmstadt die Sonne schien, ließ er das gute Stück in einem rebellischen Akt der Befreiung im Intercity hängen. Er wäre seiner Karriere ganz sicher nicht förderlich gewesen.

Frau Kohlrabi schließt die Tür hinter ihm. »Moment bidde, isch meld ...« Am Ende des Flurs springt eine Tür auf. Anscheinend wurde sie per Knopfdruck von irgendwoher geöffnet, denn es ist niemand zu sehen, aber eine volltönende Frauenstimme ruft: »Es ist in Ordnung. Ich bin soweit.« Die Sekretärin dirigiert ihn den Gang entlang. Rechts befindet sich ihr Zimmer, Axel wirft einen prüfenden Blick hinein. Vor dem Fenster die üblichen Topfpflanzen und ein schöner alter Schreibtisch, den ein großer Bildschirm verschandelt, an der Wand daneben ein niedriger Tisch mit Faxgerät, Kopierer und Kaffeemaschine. Alle Geräte sehen noch ziemlich neu aus. Technisch scheint man hier auf der Höhe zu sein.

Große, ungerahmte Bilder in kräftigen Blautönen zieren

die apricotfarbenen Wände des Flurs. Frau Kohlrabis Absätze klackern auf dem Eichenparkett.

»Bidde«, sagt sie und ruft nach drinnen. »Isch geh dann in die Middagspaus.«

Schade, denkt Axel, der Kohlrabi hätte uns wenigstens noch einen Kaffee machen können. Er betritt das Zimmer. An einem massigen Schreibtisch lehnt eine Frau in einem Hosenanzug. Er ist elfenbeinfarben und aus schwerer Seide. Für so etwas hat Axel einen Blick. Ihr langes, kastanienfarbenes Haar wird von einer Perlmuttspange zusammengehalten. Ein paar Locken fallen ihr in die hohe Stirn, was dem Gesicht etwas die Strenge nimmt, die durch die schmale, leicht hakenförmige Nase, das kräftige Kinn und den schmalen, geraden Mund entsteht. Huskyblaue Augen beobachten ihn aufmerksam, als er rasch auf sie zugeht, nachdem er einmal trocken geschluckt hat. Was für ein unvergeßliches Blau! Ihr Lippenstift glänzt wie frisch aufgelegt und jetzt, wo sie ihm ihre Hand reicht, die die seine unerwartet fest drückt, lächelt sie.

Nach der Begrüßung läßt sie sich auf einem orthopädisch aussehenden Bürostuhl nieder, der nicht so ganz zum Rest der Einrichtung passen will. Axel nimmt vor dem Schreibtisch, auf einem antiken, brokatbezogenen Sitzmöbel mit unbequemer Holzlehne Platz. Karin Mohr hat seine Bewerbungsmappe vor sich liegen, und vergleicht mit unverhohlenem Amüsement sein Paßbild, auf dem er noch seine Prinz-Eisenherz-Frisur trägt, mit seiner leibhaftigen Erscheinung.

»Der neue Haarschnitt steht Ihnen besser.«

Axel antwortet mit einem verlegenen Räuspern. Bis auf die Mappe ist der Schreibtisch leergeräumt. Dafür stapeln sich die Akten auf einem Nebentisch. Offenbar legt sie Wert auf Ellbogenfreiheit. An der Wand hinter ihr hängt ein ausladendes Gemälde in so düsteren Farbtönen, daß es von einem Strahler ausgeleuchtet werden muß.

»Gefällt's Ihnen?« fragt sie. Er zögert.

»Seien Sie ruhig ehrlich.«

Das Bild zeigt die Schemen zweier Menschen. Die größere Gestalt, ein kahlköpfiger, stiernackiger Mann, preßt eine viel kleinere Frau an sich. Es läßt sich schwer sagen, ob er sie erwürgen, vergewaltigen, ihr die Kehle durchbeißen oder sie küssen will. Jedenfalls geht eine intensive Gewalttätigkeit von ihm aus, gleichzeitig wirkt er aber auch verzweifelt. Ein brauner Hund springt mit hochgezogenen Lefzen an den beiden hoch.

»Gefallen würde ich es nicht nennen. Es berührt einen«, sagt er schließlich.

»Es heißt *Der Faschist*. Sehen Sie, wie sich der Täter an das Opfer klammert? Er braucht das Opfer ganz offensichtlich.«

Was muß die Frau für eine Psyche haben, sich tagtäglich diesem Bild auszusetzen? Ob sie depressiv ist? Den Eindruck hat er eigentlich nicht, so wie sie jetzt spricht, lebhaft und mit viel Einsatz ihrer feinnervigen Hände. Eher scheint sie ihm stark genug, dieses Bild überhaupt ertragen zu können. Wie das Motiv wohl auf die Mandanten wirkt?

Axel ist verlegen, wie häufig in Gegenwart sehr selbstsicherer Frauen, aber gottseidank ist sie es, die zuerst redet.

»Die Kanzlei ist alteingesessen, der Name ihres Gründers, Dr. Scheppach, ist in der Stadt noch immer ein Begriff. Er ist vor zwei Jahren in den Ruhestand gegangen, und ich habe diese Kanzlei übernommen. Sie verfügt über einen soliden Kundenstamm, der mir im großen und ganzen erhalten geblieben ist.«

Aha. Man schafft sich mal so eben eine Kanzlei an. Sicher kommt sie aus einem reichen Stall. Der Kleidung nach auf jeden Fall.

»Um die Kanzlei zu erwerben, mußte ich mein Elternhaus verkaufen und einen beachtlichen Kredit aufnehmen.

Aber das ist es mir wert. Mein eigener Herr zu sein, meine ich. Vorher war ich vier Jahre in einer größeren Kanzlei in Marburg.« Ihr Gesichtsausdruck verhärtet sich, als sie das sagt. Anscheinend ist man nicht im Frieden auseinander gegangen.

»Ich wollte mich nicht unbedingt in dieser Stadt niederlassen, aber die Bedingungen des Kaufs waren hier am günstigsten für mich.« Das muß ja ein fürchterlicher Ort sein, denkt Axel, wenn sie sich jetzt schon dafür entschuldigt. So ausführlich, wie sie von sich erzählt, hat Axel beinahe den Eindruck, als wolle sie sich bei ihm bewerben.

Andererseits, was gibt es umgekehrt über ihn zu berichten, was nicht bereits in seinem Lebenslauf steht? Soll er ihr erzählen, daß sein Vater vor drei Jahren gestorben ist und sich seine Mutter seitdem mit sanfter Hartnäckigkeit in sein Leben drängt? Daß sie noch nicht einmal weiß, daß er heute hier ist, sondern glaubt, er wäre nur zum zweiten Vorstellungsgespräch nach Leverkusen gereist? Sicher wird sein Gegenüber nun gleich die üblichen Fragen stellen, warum er Jura studiert hat, warum er Anwalt werden will. Er hat Jura studiert, weil sein Notendurchschnitt für Medizin nicht ausreiche. Er will Anwalt werden, weil er hofft, dadurch einmal viel Geld zu verdienen. Er will nie mehr billige Kleidung tragen müssen. Vielleicht sollte er lieber nicht allzu ehrlich sein.

Statt ihn auszufragen erklärt sie ihm, daß ihre Mandantschaft stetig zunehme und ihr die Arbeit mehr und mehr über den Kopf wachse, weshalb sie nun einen zweiten Anwalt oder eine Anwältin einstellen möchte.

»Entschuldigen Sie«, unterbricht sie sich selbst, »ich habe Sie noch gar nicht gefragt, ob Sie etwas trinken möchten. Ein Mineralwasser vielleicht? Espresso? Cappuccino?«

»Ein Espresso wäre schön.« Jetzt erst bemerkt er das chromblitzende Monstrum, das in einer Zimmerecke schräg hinter ihm steht. Man könnte ein Café damit eröffnen.

»Sie stammt aus einer Pizzeria.«

»Ein Prachtstück«, lobt er.

»Statt Honorar.«

Als sie aufsteht und zu der Maschine geht, sieht er es. Sie hinkt. Mit ihrem linken Bein stimmt etwas nicht. Er zwingt sich, nicht hinzustarren, aber sie dreht ihm ohnehin den Rücken zu. Instinktiv weiß er, daß dies keine vorübergehende Verletzung ist, und obwohl er sich dagegen wehrt, drängen sich ihm alptraumhafte Bilder auf, was sich unter dem elfenbeinfarbenen Seidenstoff verbergen könnte. Bilder von mißgestalteten, vernarbten Gliedern und fleischfarbenen Prothesen, für die er sich im selben Moment schämt.

Die Maschine brummt und röchelt, als wäre sie lebendig, und Axel springt auf, als der Kaffee in die erste Tasse tröpfelt. Er nimmt sie in Empfang und trägt sie zum Schreibtisch. Seine zitternden Hände lassen die Tasse auf dem Unterteller tanzen. Er will auch die zweite Tasse holen, aber Karin kommt ihm bereits entgegen. Ihre Tasse steht ruhig.

»Es war ein Fahrradunfall, als ich dreizehn war. Das Knie ist seither steif. Das ist auch ein Grund, warum ich einen Sozius suche.«

»Sie brauchen aber schon einen Anwalt«, fragt Axel, »nicht etwa einen Laufburschen?«

Für ein paar Augenblicke ist es drückend still im Raum. Nur Axel hört noch immer erschrocken den Nachhall seiner eigenen Worte. Was ist bloß in mich gefahren? Wieso sage ich so was Blödes, Gemeines? Das war's dann wohl. Leverkusen, ich komme. Mutter wird frohlocken.

Plötzlich fängt sie an zu lachen. Axel rutscht auf dem Stuhl hin und her.

»Sind Sie immer so direkt?« fragt sie, das Lachen noch in

den Augenwinkeln. Die feinen Fältchen, die dabei um Augen und Mund entstehen, machen ihr Gesicht sehr anziehend.

»Eigentlich nicht«, murmelt Axel mit glühenden Ohren und entschuldigt sich.

Sie leert ihre Tasse in einem Zug und steht auf. »Kommen Sie. Ich werden Ihnen beweisen, daß ich kein hilfloser Krüppel bin.«

Axel fährt wie gestochen von seinem Stuhl hoch.

»Nur die Ruhe, es wird kein Wettrennen. Wir gehen bloß was essen. Zwei Straßen weiter ist mein Lieblingsitaliener. Da gibt es Kölsch vom Faß.« Sie preßt ihre Hand auf die Lippen, wobei ihr das Kunststück gelingt, den Lippenstift kein bißchen zu verschmieren. »Oh, Verzeihung. Wie plump von mir.«

Was für ein grandioses Theater, bemerkt Axel. Somit wären wir jetzt quitt.

Montags kommt Rudolf meistens erst gegen acht Uhr nach Hause, weil er an diesem Abend mit einem Kollegen Tennis spielt.

Danach wünscht Rudolf nur noch eine leichte, kalorienarme Mahlzeit. Heute gibt es gemischten Salat mit Putenbruststreifen und Sojasprossen. Rudolf hat Sophie gezeigt, wie der Salat angerichtet werden muß, welcher Essig und welche Kräuter in die Soße gehören und wie sie das Fleisch zu würzen und zu braten hat. Auch kompliziertere Gerichte kann sie auswendig kochen, meist genügt ihr ein einmaliges Vorlesen des Rezeptes.

Um halb acht scharren seine Schritte auf der Treppe, der Schlüsselbund rasselt, es knackt im Schloß, Sophie fährt zusammen. Der Tisch ist noch nicht gedeckt, das Fleisch im Rohzustand, der Weißwein schwitzt im Kühlschrank, und sie trägt ihren ausgeleierten Hausanzug.

Sie geht ihm entgegen und nimmt ihm mit den servilen Gesten eines österreichischen Kellners seinen Lodenmantel ab.

»Das Essen ist gleich soweit.«

»Wollen wir uns nicht erst einmal einen guten Abend wünschen?« Sein Tonfall ist neutral, noch ist nicht abzuschätzen, wie er gelaunt ist. Vielleicht hat er sich selbst noch nicht entschieden. Sie wagt nicht zu fragen, warum er heute schon zu Hause ist.

»Guten Abend«, sagt sie und ihr Lächeln verschwindet in einem nervösen Mundwinkelzucken.

»Habe ich dir nicht gesagt, daß es heute etwas früher wird?«

Nein, das hat er ganz bestimmt nicht. »Vielleicht habe ich es überhört. Entschuldige bitte. Es dauert nur noch zehn Minuten. Ich ziehe mich schnell um.«

»Das brauchst du nicht.« Er setzt sich in den Wohnzimmersessel und greift sich eine Zeitschrift, deren Titelblatt einen Hirsch, umringt von einem Rudel Hirschkühen, zeigt. Der Platzhirsch.

Zögernd betritt Sophie das Wohnzimmer. Rudolf schätzt es nicht, wenn von einem Zimmer ins andere gebrüllt wird. »Der Weißwein muß noch etwas kälter werden. Möchtest du ein Bier?«

»Nein, danke«, sagt er, ohne sie hinter seiner Zeitschrift anzusehen.

Jetzt weiß Sophie Bescheid. »Du gehst noch mal weg?« Sie bemüht sich, ihrer Stimme einen neutralen Klang zu geben. Auf keinen Fall darf er die Erleichterung dahinter heraushören.

»Allerdings«, tönt die Zeitschrift. »Zur Jagd. Was dagegen?«

Sprich in ganzen Sätzen, denkt Sophie. So pflegt Rudolf sie bei solchen Gelegenheiten zurechtzuweisen.

»Nein«, sagt Sophie. Von ihr aus könnte er gerne jeden Tag zur Jagd gehen.

Durch die Jagd haben sich Rudolf und Sophie kennengelernt. Vor knapp drei Jahren fand Rudolf Kamprath während eines Pirschganges einen erfrorenen jungen Rauhfußkauz, worauf sein Jagdherr Ferdinand Pratt ihm die Adresse eines Präparators in dem Dorf, das an das Jagdrevier grenzt, nannte. Dort, zwischen schlaffen Fell- und Federbälgen und steifen Tierleichen, begegnete ihm Sophie; groß, fast einsachtzig, kräftige Statur, ohne dabei dick zu sein, runde, hellbraune Augen und bedächtige Bewegungen. Sie sprach wenig. Das gefiel ihm sehr, und auch, wie sie ihn von unten herauf schüchtern musterte und dabei dem toten Kauz liebevoll durch die weichen Federn strich. Eine Frau wie eine Hirschkuh. Sanft, still, unterwürfig. Ganz anders, als seine streitlustigen Kolleginnen.

Sophie arbeitete nur aushilfsweise in der Werkstatt. Sie mochte die Arbeit und bewies mehr Geschick als ihr Bruder. Manchmal gab sie sich der Vorstellung hin, daß sie dem Tod eins auswischte, indem sie Verfall und Verwesung der Tierkörper verhinderte und ihre Schönheit für immer bewahrte. Sie hätte die Werkstatt des Vaters am liebsten übernommen. »Aber«, hatte ihr Vater seinerzeit entschieden, »es sind ja nicht nur die Tiere. Da ist auch jede Menge Schreibkram zu erledigen, und außerdem ist das kein Beruf für eine Frau.« Ihre Mutter hatte zugestimmt, so wie sie immer allem zustimmt, was der Vater sagt.

Rudolf steht auf, folgt Sophie in die Küche und legt seine Hand um ihren Nacken. Sie fühlt sich an wie ein toter Fisch.

»Hast du was Bestimmtes vor, heute abend?«

Als ob sie jemals etwas vorgehabt hätte. »Nein«, versichert Sophie seiner dunkelblauen Krawatte, denn die feuchtkalte Klammer in ihrem Nacken drückt ihr Gesicht gegen seine Brust. Er läßt sie los, Sophie tritt zurück und verbrennt sich beinahe an der heißen Pfanne.

»Warum hast du blöde Kuh deine Verwandtschaftsgeschichte im ganzen Viertel rumerzählt?«

Frau Weinzierl. Frau Weinzierl muß es der Frau Fabian erzählt haben, und die der Frau Sauer, und Gertrud Sauer ist Musiklehrerin an Rudolfs Schule. Oder Frau Weinzierl hat es Frau Behnke berichtet, und die ihrem Mann, der oft morgens mit Rudolf dieselbe Straßenbahn nimmt. Es könnte aber auch ...

»Was glotzt du so? Ich erwarte eine Antwort auf eine ganz normale Frage!«

»Ich ... ich weiß es nicht. Es muß mir so rausgerutscht sein.«

Sophie erinnert sich genau: Es war nach der Anprobe, auf dem Balkon. »Liegt das Kreative in Ihrer Familie?« hatte Frau Weinzierl sie gefragt.

»Wie bitte?«

»Stammen sie aus einer Künstler ...« Frau Weinzierl unterbrach sich. Das Wort schien ihr wohl zu hoch gegriffen, »... aus einer Handwerkerfamilie?«

»Ja«, antwortete Sophie, »mein Vater war Tierpräparator, und mein Bruder hat ...«

»Ihr Vater stopft Tiere aus?« fiel ihr Frau Weinzierl ins Wort, und Sophie sprudelte ohne zu überlegen heraus: »Er nicht mehr. Aber mein Bruder. Ich helfe auch ab und zu aus.« Zu spät bemerkte sie Frau Weinzierls Gesichtsausdruck: als würde sie von akut auftretenden Zahnschmerzen gepeinigt.

Rudolfs Ärger ist berechtigt, sieht Sophie reumütig ein. Wie oft schon hat er ihr befohlen, Stillschweigen über diese Angelegenheit zu bewahren, weil sich die meisten Leute recht abstruse Vorstellungen von dem Beruf des Präparators machen würden.

»So. Rausgerutscht.« Er kommt näher und windet sich Sophies Haar um die Faust. Diesmal biegt er ihren Kopf nach hinten, an Einfallsreichtum mangelt es ihm in solchen Dingen nicht. Sophie geht in die Knie. Sein Gesicht ist dem ihren jetzt ganz nah. Es ist ein Männergesicht ohne feste Konturen und besondere Merkmale. Die Geheimratsecken haben sich bis auf wenige Fransen zur Stirnglatze gemausert. Das dunkle Resthaar zeigt graue Linien. Rudolf ist achtundvierzig. Von Beruf ist er Oberstudienrat für Geographie und Deutsch am Gymnasium, in seiner Freizeit geht er zur Jagd. Sophie ist zweiunddreißig. Sie hat keinen Beruf mehr, somit auch keine Freizeit, und deshalb geht sie auch nirgendwohin.

Sein Atem riecht säuerlich. Früher, denkt Sophie, hat er sich immer gleich die Zähne geputzt, wenn er nach Hause kam. Aber es ist ja kein Wunder, daß er das nicht mehr tut, und so vieles andere auch nicht. Es ist meine Schuld, daß alles so gekommen ist. Rudolf hat lange Geduld mit mir gehabt.

»Nun rede schon. Seit wann stehst du mit der Nachbarschaft auf so vertrautem Fuß?«

»Es war nur Frau Weinzierl. Sie war hier, vor zwei Tagen.«

»Weshalb?«

»Wegen einem Kleid. Es war ihre Idee, sie hat mich angesprochen.« Das stimmt. Kürzlich, beim Bäcker, fragte Frau Weinzierl Sophie ganz unvermittelt: »Sagen Sie mal, Frau Kamprath, wo kaufen Sie eigentlich Ihre Kleidung?« So einfach war das. Einfach für Frau Weinzierl. Sophie würde es nie fertigbringen, eine ihrer Nachbarinnen so unbefangen anzusprechen.

Für einen Moment sieht es so aus, als wolle er ihren Kopf gegen die Dunsthaube stoßen, aber dann gibt er ihr Haar frei. Rudolf Kamprath ist ein zivilisierter Mensch. Bis jetzt hat er sich immer unter Kontrolle gehabt.

»Habe ich dir nicht gesagt, daß ich das nicht will? Meine Frau näht keine Kleider für die Nachbarschaft! Willst du mich mit allen Mitteln blamieren?« Seine Stimme ist laut geworden.

»Was ist daran so schlimm? Ich bin nun einmal Näherin, das hast du von Anfang an gewußt!«

Vor ihrer Heirat arbeitete Sophie in einer Textilfabrik. Als Hilfsnäherin, denn sie besitzt keinen Gesellenbrief. Ihr Blick begegnet dem seinen mit einem Funken Trotz in ihren Augen.

»Aber ja«, höhnt er, »alle dürfen das wissen. Wir haben ja auch sonst nichts zu verbergen, nicht wahr?«

Sophie zuckt zusammen. Rudolf grinst hinterhältig.

»Ich nehme ja kein Geld dafür«, beschwichtigt Sophie. »Ich habe gesagt, es ist mein Hobby. Sie hat nur den Stoff gekauft.« Dabei würde sie gerne ein wenig eigenes Geld verdienen, so wie früher. Obwohl sie den größten Teil ihres dürftigen Lohns ihren Eltern abgeliefert hatte, war ihr doch ein Rest zur freien Verfügung geblieben. Zusätzlich nähte sie Kleider für einige Frauen aus dem Odenwalddorf, deren Figuren nicht für Kleidung von der Stange geschaffen waren. In letzter Zeit ertappt sie sich manchmal bei dem Wunsch, sie wäre noch ledig und in der Fabrik beschäftigt.

Rudolf stößt ein kurzes Lachen aus. Lustig klingt es nicht. »Von mir aus, dann näh für die alte Scharteke ...«

Sophie verschluckt die Bemerkung, daß Frau Weinzierl jünger als Rudolf ist.

»... sonst muß ich dir womöglich noch einen Töpferkurs bezahlen, damit du ausgelastet bist.« Er verläßt die Küche, aber unter der Tür dreht er sich noch einmal um. »Andere Frauen in deinem Alter haben Kinder.«

Sophie wendet sich ab. Manchmal wäre ihr lieber, er würde sie schlagen.

Karin Mohr steigt aus dem Taxi und schleppt sich die zwei Treppen zu ihrer Altbauwohnung hoch. Es liegt nicht an ihrem Bein, daß es heute so langsam geht. Sie ist müde. Müde und deprimiert. Diesmal war es wieder besonders schlimm. Aber empfindet sie das nicht jedesmal? Sie wirft ihre Schlüssel in die Tonschale auf dem Garderobenschrank. Es klirrt, und Karin verzieht das Gesicht. Hoffentlich hat sie jetzt nicht Maria geweckt. Sie hängt ihren Mantel auf, gießt sich einen Kognak ein und läßt sich auf das Ledersofa fallen, wobei sie Schuhe und Socken abstreift. Die Geschichten wollen sie nicht loslassen. Sie gleichen sich auf fatale Weise, immer wieder.

Vor einem halben Jahr fing Karin Mohr an, einmal im Monat eine kostenlose Rechtsberatung für die Bewohnerinnen des Frauenhauses anzubieten. Von Mal zu Mal wuchs der Andrang, und inzwischen kommen immer öfter Frauen, die gar nicht im Frauenhaus leben. Karin bringt es nicht fertig, sie wegzuschicken. Von etlichen männlichen Kollegen wird sie wegen dieses Engagements schief angesehen und mit zynischen Spitznamen bedacht. Man unterstellt ihr, daß sie auf diese Weise Mandanten ködert. Natürlich kommen die Frauen später oft mit ihren Scheidungsklagen und Sorgerechtsstreitigkeiten zu ihr, aber der Neid der Kollegen ist unangebracht. Die Fälle kosten viel Zeit bei wenig Streitwert, sprich wenig Verdienst.

Warum mache ich das überhaupt, wenn es meinem Ruf schadet und mich immer wieder so mitnimmt, fragt sich Karin an Abenden wie heute. Die Antwort liegt in dem kleinen Schimmer der Hoffnung, den sie manchen Frauen geben kann, indem sie ihnen die Hilfen und die Hürden aufzeigt, mit denen sie auf dem Weg in ein neues Leben rechnen müssen. Nicht alle gehen den Weg. Viele schwören sich und ihr zum dritten oder vierten Mal, daß sie es diesmal endgültig schaffen werden. Und dann verweigern sie im Gerichtssaal die Aussage gegen ihren der schweren Körperverletzung angeklagten Ehemann, weil sie zum dritten oder vierten Mal von ihm schwanger sind oder weil sie seinen Nie-wieder-Schwüren glauben und ihm eine allerletzte Chance einräumen wollen. Ein paar Wochen später sitzen sie dann wieder vor ihr, jammernd und schwörend. Das sind die Fälle, die Karin wütend machen. Wütend auf die Frauen.

Der Kognak gräbt sich wärmend seinen Weg bis in den Magen und füllt einen trügerischen Moment lang die Leere in ihrem Inneren.

Wie ein Gespenst steht auf einmal Maria vor ihr. Sie hat die Angewohnheit, sich lautlos zu bewegen, was Karin in den ersten Wochen ihres Zusammenlebens oft erschreckt hat. Sie ist barfuß, das schwere, dunkle Haar hängt in einem locker geschlungenen Zopf bis zum Gürtel ihres nachtblauen Seidenkimonos hinab, auf dem sich goldene Drachen mit Feuer bespeien. Sie lächelt.

»Habe ich dich geweckt?«

»Nein, ich habe gelesen. Ich dachte, du brauchst vielleicht noch jemand zum Reden, wenn du zurückkommst.« Maria schiebt sich den Sessel heran und läßt sich im Schneidersitz darauf nieder. Sie schraubt eine kleine Flasche auf, die sie aus einer Tasche ihres Gewands zaubert. Ein zitroniger Duft breitet sich aus und Karin seufzt: »Du bist ein Engel, weißt du das?«

Maria nickt und läßt das Öl durch ihre Handflächen rinnen. »Klar weiß ich das«, antwortet sie und bettet Karins nackte Füße in ihren Schoß.

Karin schließt die Augen und gibt sich dem Spiel von Marias Händen hin.

»Und jetzt erzähl.«

Kurz vor Mitternacht kommt Rudolf nach Hause. Er bemüht sich nicht, leise zu sein, aber wenigstens knipst er im Schlafzimmer kein Licht an, sondern nur im Flur. Sophie versucht, regelmäßig und ruhig zu atmen und vermeidet jede Bewegung. Sie hört, wie er seine Kleidungsstücke auf den Sessel wirft. Die Gürtelschnalle klirrt. Sophie preßt die Knie gegen ihre Brust und hält die Augen fest geschlossen. Er geht ins Bad und wenig später kracht er neben sie in das Ehebett, wie ein gefällter Baum. Sein Atem bläst ihr in den Nacken. Sie bewegt sich nicht. Es dauert eine Ewigkeit, während der Sophie reglos daliegt. Die toten Fische. Gleich wird er ihr ins Ohr schnaufen, ihr Haar zerwühlen, ihre Brüste kneten und zwischen ihren Schenkeln herumrubbeln. Sie liegt still. Ihre Muskeln verkrampfen sich. Er fängt an, leise zu schnarchen. Der angehaltene Atem weicht aus ihrem Brustkorb, sie wagt eine Bewegung, er schnarcht weiter, Sophie entspannt sich. Sie zieht die Knie an die Brust und die Decke über den Kopf und schläft endlich ein.

Am Morgen frühstücken sie schweigend, Rudolf den Kopf über der Zeitung. Früher hat er ihr manchmal einen Artikel vorgelesen, aber das geschieht nun immer seltener. Es macht ihr nichts aus. Im Laufe des Tages wird sie das, was die Menschen an diesem Tag für wichtig halten, aus dem Radio erfahren.

Rudolf verläßt die Wohnung mit Mantel und Aktentasche und Sophie räumt den Tisch ab. Sie mag die frühen Morgenstunden, wenn der ganze Tag vor ihr und die Unwägbarkeiten des Abends noch in weiter Ferne liegen. Das war nicht immer so. Am Anfang ihrer Ehe langweilte sie sich in der fremden Wohnung und war froh, wenn Rudolf abends nach Hause kam. Sie gingen hin und wieder zum Essen, ein paarmal sogar ins Theater. Manchmal brachte er einen Film aus der Videothek mit, den sie sich zusammen ansahen. Die Filme, die er jetzt mitbringt, gefallen Sophie nicht mehr.

Inzwischen hat sich Sophie ans Alleinsein gewöhnt und ihre stundenweise Freiheit schätzen gelernt. Die Vormittage verbringt Sie meistens in ihrem Nähzimmer. Aber heute gibt es dort drinnen absolut nichts mehr zu tun. Für neuen Stoff hat sie noch nicht genug Geld beisammen und

Rudolf hat sich geweigert, ihr welches zu geben. Sie habe schon genug Fetzen im Schrank, wann will sie die denn überhaupt jemals anziehen? Natürlich hat er recht.

»Steck deine Nase lieber in ein Übungsheft«, hat er gesagt. »Oder tu mal was für deine Figur.« Auch damit hat er recht.

Sophie schlüpft in das kirschrote Kleid mit den weiten, tief angesetzten Ärmeln, zieht den leichten Sommermantel über und verläßt die Wohnung. Sie schließt das eiserne Gartentor, dessen Spitzen wie Schwerter in den Himmel ragen. Um diese Zeit ist die Gegend wie ausgestorben. Nur einige wenige Patienten von Dr. Mayer, dessen Praxis sich im Erdgeschoß ihres Hauses befindet, parken auf dem Gehweg. Die Praxis ist selten überlaufen.

Die Häuser in diesem Viertel sind zum größten Teil gepflegte Altbauten aus der Jahrhundertwende, so wie das schmale, hohe Haus von Frau Weinzierl, das verschnörkelte Giebelbalken hat. Daneben protzt die aufwendig renovierte Villa der Behnkes mit ihrer hellen Schindelfassade und konkurriert mit dem verträumten und etwas heruntergekommenen Haus der Sauers gegenüber. Sophie nennt es ein Schlößchen, weil es einen kleinen Turm hat. Es gibt auch ein paar Bauten, die in den fünfziger und sechziger Jahren entstanden sind, als die Besitzer der alten Villen Teile ihrer riesigen Grundstücke verkauften. Einer davon ist der geräumige Bungalow der Fabians. Frau Weinzierl läßt nahe der Grundstücksgrenze hohe Zypressen wachsen, damit sie »diesen Klotz« nicht ständig vor Augen hat. Dieselbe Bezeichnung trifft auf das Haus zu, in dem Sophie lebt. Es ist das einfachste und nüchternste in der Straße, ein Würfel mit einem flachen Dach und einem zu großen Balkon, der wie nachträglich angeklebt wirkt. Weiße Glasbausteine markieren das Treppenhaus. Sophie hat eine blaue Clematis gepflanzt, die diese Scheußlichkeit kaschieren und dann am hölzernen Geländer ihres Balkons weiterranken soll. In diesem Sommer hat die Pflanze erst den Boden des Balkons erreicht, und Sophie hat Dr. Mayer im Verdacht, ein paar Triebe abgeschnitten zu haben. Der Garten besteht aus Rasen und Sträuchern, ist einfach zu pflegen und wirkt steril. Gerne hätte ihn Sophie phantasievoller gestaltet, aber Rudolf hält eine solche Maßnahme für Zeit- und Geldverschwendung. Lediglich ein Kräuterbeet hat sie an der Grenze zu dem unbebauten Nachbargrundstück angelegt, denn auf frische Küchenkräuter legt Rudolf großen Wert.

Sophie geht rasch die Straße entlang. Sie ist froh, niemandem zu begegnen. Im Supermarkt gibt es eine Sondertheke mit Joghurt. Sophie erkennt das Symbol, es ist die Marke, die Rudolf bevorzugt. Nachdenklich blickt sie auf das Schild darüber. Ist das ein Sonderangebot? Einmal hat sie aus Versehen Frischkäse mit abgelaufenem Haltbarkeitsdatum nach Hause gebracht und Rudolf hat sie eine Idiotin genannt. Zu Recht, findet Sophie, was ist sie für eine Frau, die ihrem Mann halbverdorbene Speisen vorsetzt?

Ein junger Mann in einem schwarzen Mantel stellt seinen Einkaufswagen neben den ihren und mustert ebenfalls das Schild, das an dünnen Fäden von der Decke baumelt. Sophie sieht ihre Chance. »Verseihunk«, wendet sie sich an den Mann, »das sein billiges Angebot oder altes Ware?« Mit der Ausländermasche hat sie noch immer Auskunft bekommen, auch wenn sie dabei nicht immer freundlich angesehen wird.

Der Angesprochene will eben antworten, da mischt sich Überraschung in sein hilfsbereites Lächeln. Plötzlich ist Sophie, als würden die hellen Steinfliesen unter ihren Füßen schwanken. Sie spürt, wie sie knallrot anläuft. Das ist das Ende. Irgendwann mußte die Katastrophe passieren.

»Sie sind doch die Frau, die mir gegenüber wohnt. Sie sitzen oft auf dem Balkon.«

Sophie ist übel. Jetzt weiß er Bescheid. Bald werden es

alle wissen. Schon fängt der junge Mann an zu lachen und mit Sophie geschieht etwas, was schon lange nicht mehr geschehen ist: Sie wird wütend. Sie ist drauf und dran, ihn am Kragen zu packen und zu schütteln oder laut zu schreien, nur damit er endlich aufhört zu lachen.

Aufmerksam linst eine Verkäuferin hinter einem Regal hervor. Noch immer lachend sagt er: »Also wirklich! Das ist die schärfste Anmache, die mir seit langem begegnet ist! Kompliment.«

Offenbar wird er öfter angemacht. Kein Wunder. Er hat ein feines, fast mädchenhaftes Gesicht mit einer klassischen Nase und großen Augen, so blaugrau wie ein See vor einem Gewitter. Sein sandfarbenes Haar reicht ihm bis auf die Schultern. Er ist ein paar Zentimeter kleiner als Sophie und gut zehn Jahre jünger.

Sophies Wut macht augenblicklich einer großen Erleichterung Platz. Sie lächelt. »Ich heiße Sophie Kamprath.«

»Sophie«, wiederholt er, und auf einmal hat ihr gewöhnlicher Name einen exotischen Klang. Er ergreift ihre Hand und seine Lippen berühren ihre Finger, flüchtig und sanft, wie mit einer Feder. »Mark.«

Sophie zieht ihre Hand so schnell zurück, als hätte sie sich verbrannt. Sie ist unschlüssig. Soll sie jetzt einfach weitergehen oder eine Unterhaltung beginnen? Und wenn ja, worüber? Sie ist es nicht gewohnt, Handküsse entgegenzunehmen und mit gutaussehenden jungen Männern zu plaudern. Aber da sagt dieser Mark: »Die Weinzierl ist ganz schön von der Rolle, seit der Sache mit dem Maler.«

»Ja, es war ganz schrecklich.« Schon wieder eine kleine Lüge. Der Anblick des Todes bereitet Sophie kein Entsetzen, und sie hat auch kein Mitleid mit dem Mann. Er war ein Widerling, daran ändert auch sein Tod nichts. Vielleicht ist seine Frau, falls er eine hatte, erleichtert, ihn los zu sein? Lebt jetzt in Ruhe und Frieden mit seiner Rente und der

Lebensversicherung. Sophie erschrickt über ihre Gedanken und konzentriert sich rasch wieder auf den jungen Mann.

Der macht eine wegwerfende Handbewegung. Seine Bewegungen sind elegant, vielleicht eine Spur affektiert.

»Wegen des Kerls regt die sich nicht auf. Höchstens, weil sie noch niemanden hat, der ihr Haus zu Ende streicht. Nein, es ist wegen ihrer Rosen. Dreizehn Stück davon sind hinüber. Sie glaubt nun, daß das Unglück bringen wird.«

»Ich verstehe nicht ganz.«

»Die Weinzierl ist abergläubisch. Vielmehr, sie hat den totalen Esoterik-Tick, quer durch alle Sparten: geht nur bei Vollmond zum Friseur, glaubt an Hexen und Flüche und natürlich an diesen ganzen Astrologiekram. In einem ihrer früheren Leben war sie die erste Kurtisane eines Maharadschas, hat sie Ihnen das noch nie erzählt?«

»Nein«, antwortet Sophie und muß unwillkürlich lächeln. »Aber dem Maler hat die Zahl dreizehn tatsächlich Unglück gebracht.«

»Unglück ist nicht ganz richtig.« Mark tritt einen Schritt näher an sie heran, ungehörig nahe für einen Beinahe-Fremden, und fällt in einen Flüsterton. »Es war gar kein Unfall.«

Sophie sieht ihn abwartend an. Sie weicht nicht zurück.

»Ich hab's getan.«

»Was getan?« Unbewußt hat sie sich seinem Flüsterton angepaßt.

»Ich habe ein Brett am Gerüst gelockert, und bums …« Zur Demonstration nimmt er eine pralle Aubergine von der Gemüsetheke und läßt sie auf den Steinboden klatschen. Es entsteht ein häßliches Geräusch und ein tiefer Riß, aus dem helles Fruchtfleisch quillt. Sophie sieht sich verstohlen um, ob jemand diesen Frevel gesehen hat.

»Ich konnte natürlich nicht damit rechnen, daß er sich

auf Anhieb das Genick bricht. Manchmal gelingen die Dinge besser, als man hofft.«

Sophie forscht in seinem Gesicht vergeblich nach etwas, das den Inhalt seiner Worte widerlegt. »Der Arzt vermutet, daß es ein Herzanfall war«, gibt sie mit ruhiger Stimme zu bedenken.

»Ganz richtig«, nickt Mark mit einem hintergründigen Lächeln. Er hat einen wunderschönen Mund, groß, mit feingezeichneten, tiefroten Lippen. »Der Arzt *vermutet.*«

»Warum sollten Sie so etwas tun?«

Mark stützt den Unterarm auf den Einkaufswagen und nimmt eine lässige Pose ein. »Er war ein widerlicher Prolet. Er ging mir auf die Nerven, mit seinem ständigen Gepfeife und Gefurze. Und was für Bemerkungen er über Frauen gemacht hat ...«

Sophie ist verwirrt. Wahrscheinlich macht er sich über mich lustig. Ja, ganz bestimmt. »Ich muß jetzt weiter.«

»Natürlich«, grinst Mark, »die Pflichten einer Hausfrau.«

Eingebildeter Kerl, denkt Sophie und schiebt ihren Wagen schnell in den nächsten Gang, wo er sie nicht mehr sehen kann.

»Gudde Morsche.« Frau Konradi muß kurz vor ihm angekommen sein, ihre Parfumwolke steht noch draußen im Flur.

»Auch Ihnen einen wunderschönen guten Morgen.«

»Möschte Se Kaffee? En rischtische Kaffee, nedd des idalienische Zeusch.«

»In diesem Fall sage ich natürlich nicht nein.« Axel ist von Frau Mohr aufgeklärt worden, daß sich hier jeder seinen Kaffee selbst macht und sich nicht etwa von Frau Konradi bedienen läßt. Ausgenommen, man ist in einer Besprechung mit Mandanten.

Frau Konradi strahlt ihn an, frisch, rotwangig und blond wie Äppelwoi.

Es ist acht Uhr. Daß Karin Mohr an seinem ersten Arbeitstag nicht da ist, um ihn zu begrüßen, enttäuscht ihn ein bißchen. Zögernd betritt er sein Büro. Es liegt gegenüber von Frau Konradis und bietet einen Blick auf den Mathildenplatz. Auch hier stehen die alten Möbel von Dr. Scheppach, aber die Wände sind noch kahl. Auf dem Schreibtisch steht eine Flasche Bordeaux, Jahrgang 1985, und eine Karte, »Herzlich Willkommen« in einer disziplinierten Handschrift. Frau Konradi kommt herein und die Schreibtischplatte füllt sich mit einer Tasse Kaffee, einem fettglänzenden Croissant und etwas Flachem, das in Geschenkpapier verpackt ist.

»Zum Einschdand.«

Da sie abwartend stehenbleibt, packt er das Präsent aus. Es ist ein Kalender von der Art, wie sie Sparkassen ihren Kunden zu Weihnachten zumuten, und Axel schwelgt für Minuten in der Landschaft des nahen Odenwalds: Burgen, blühende Obstbäume, farbige Herbstwälder, Fachwerkhäuschen inmitten idyllischer Bauerngärten.

»Damit die Wänd nedd so naggisch sind.«

»Bitte?«

»Damit die Wände nicht so kahl sind«, übersetzt sie mit spitzem Mund. Axel bedankt sich artig.

»Hat mit dem Zimmer alles geklappt?« will Frau Konradi wissen, bemüht, nicht mehr so arg zu hesseln. »Gefällt's Ihne bei meiner Kusine?«

»Sehr gut. Es ist genau das, was ich für den Anfang brauche. Vielen Dank nochmal für die Vermittlung.« Die Sache mit der Unterkunft hat Frau Konradi wirklich gut und schnell gemanagt. Gestern ist er eingezogen, nachdem seine Vermieterin übers Wochenende noch gründlich geputzt und aufgeräumt hatte.

»Wieviel nimmt sie denn dafür?«

»Achthundert kalt.«

»Naja. Sie war scho immer e bißche uff's Geld aus.«

»Frau Konradi, wann fängt Frau Mohr denn morgens immer an?«

»Zwische acht un halb neun. Aber heut sischer nisch. Jeden ersten Mondach im Monat macht se nämlich abends Beratung im Frauehaus. Da kommt se am näschde Daach immer spät.« Ihre Stimme wechselt in einen vertraulichen Tonfall. »Die Sache, die se da zu höre krischt, nehme se immer ziemlich mit. Vermudlich drinkt se manschmol hinnenoch e Gläs'sche zuviel, wer waaß? Uff jeden Fall is se an denne Daach mit Vorsicht zu genieße.«

Axel fühlt Zweifel aufkommen, ob es richtig war, die Stelle gleich am Tag nach dem Vorstellungsgespräch zu akzeptieren, als Karin Mohr ihn anrief und fragte, wann er anfangen könne.

»Sobald ich eine Wohnung habe«, hat er ihr prompt geantwortet.

Lieber Himmel, das Theater, nein, die Tragödie, die seine Mutter aufgeführt hat. Ihre Klagen und Vorhaltungen klingen ihm jetzt noch im Ohr, aber wirklich kaum zu ertragen war ihre stumme Leidensmiene, als er gestern seine Koffer packte. Sie hätte nicht verzweifelter aussehen können, wenn er sich zur Fremdenlegion gemeldet hätte. Seitdem verfolgen ihn Schuldgefühle wie hungrige Hunde.

Worauf hat er sich hier eingelassen? Auf eine launische Emanze?

»Danke für den Tip. Ich werde mich vorsehen.«

»Brauche Se no was?«

Axel verneint und klappt demonstrativ seine Aktenmappe auf. Falls sie vorhat, ihn zu bemuttern, wird er schleunigst gegensteuern müssen.

»Sie hawwe heut zwei Dermine mit Mandande. E Verkehrssach um neun un e Scheidung um halb elf.« Ihre Stimme hat auf einmal wieder einen geschäftsmäßigen Klang. Das liegt daran, daß ihre Chefin im Türrahmen steht.

»Guten Morgen, die Herrschaften.«

Karin Mohr kommt auf ihn zu, er ist aufgesprungen, sie reicht ihm die Hand.

»Entschuldigen Sie, ich wollte eigentlich vor Ihnen da sein, aber...«

»Das macht doch nichts«, entgegnet Axel und seine Bedenken fallen in sich zusammen wie ein Soufflé, das man zu früh aus dem Ofen gerissen hat. Nein, das ist keine launische Emanze.

Sie trägt einen zimtbraunen Kaschmirpullover, der ihre straffen Formen zur Geltung bringt, ihr Make-up ist dezent und perfekt und wie sie lächelt... Axel ruft sich zur Ordnung.

»... gut untergekommen?« kann er gerade noch von ihrer letzten Frage aufschnappen.

»Zwei Zimmer mit Dusche, das genügt, für den Anfang. Er nennt die Adresse, und sie stößt ein überraschtes »Oh« aus.

»Schöne Gegend, das Paulusviertel«, bemerkt sie und schaut auf die Uhr. »Ich muß rüber. Wir können zusammen zu Mittag essen, Sie haben sicher noch eine Menge Fragen.«

Mit ihrem eigentümlichen Gang verläßt sie sein Büro. Vor allem eine Frage geht Axel an diesem Vormittag noch ein paarmal durch den Kopf: Gibt es eigentlich einen Herrn Mohr?

Nach dem Einkauf wählt Sophie einen Umweg über den Friedhof, auf dem die alten Kampraths im Familiengrab liegen. Sie über ihm. Rudolfs Mutter hat ihren Mann um fast zwanzig Jahre überlebt, Abstand genug für eine Neubelegung. So blieb die linke Hälfte des Doppelgrabes frei für die nachfolgende Generation.

Sophie hat Rudolfs Mutter nicht mehr kennengelernt, sie muß jedoch mit ihren Möbeln leben. Und mit den

Fotos: Laura Kamprath als junge Braut neben ihrem Bräutigam im Schlafzimmer, als junge Mutter im Wohnzimmer, als gepflegte ältere Dame auf Rudolfs Schreibtisch. Sophie ist manchmal, als wäre die Frau ein fester Bestandteil ihres Lebens.

Der Wind hat buntes Laub auf das schwarze Beet geweht, es sieht sehr schön aus. Sophie mag den alten Friedhof vor allem wegen seiner hohen Bäume. Sie klaubt die Blätter auf und wirft sie hinter eine Hecke. Der Tod verlangt nach Ordnung. Wird sie eines Tages über Rudolf liegen, eingebettet in seine Reste?

Sie setzt sich zwei Gräberreihen weiter auf eine Bank neben einer Gruppe Zypressen. Es ist ihr Lieblingsplatz, und am Vormittag ist sie hier meistens ungestört. Sie knöpft den Mantel auf und läßt die dunstverschleierte Herbstsonne auf ihr Gesicht scheinen. Sie merkt, wie sie schläfrig wird und wehrt sich nicht dagegen. Sie hat fast so viel Zeit wie die Toten. Manchmal überlegt sie, wie es wäre, auch schon so weit zu sein.

Gegen Mittag kommt Sophie nach Hause. Sie schaltet das Radio ein, stellt ein Fertiggericht in die Mikrowelle, nimmt einen Kugelschreiber in die Hand und versucht ›Mark‹ auf einen Notizblock zu schreiben. Es entsteht das Wort ›Mag‹, und Sophie lächelt zufrieden. Ihr Essen ist fertig. Sie reißt den Zettel in kleine Fetzen, wirft ihn weg und setzt sich wieder an den Küchentisch. Die Küche ist, abgesehen vom Nähzimmer, der einzige helle, freundliche Ort in der düster möblierten Wohnung.

Das Gericht sieht ein bißchen anders aus als auf dem Hochglanzbild der Packung, aber es macht satt, während sie kaut und grübelt. Was bezweckt dieser Mark mit seinem albernen Mordgeständnis und vor allen Dingen: Hat er wirklich nichts bemerkt?

Das Telefon schnurrt. Es ist Christian. Ob sie ihm am

Wochenende in der Werkstatt helfen und anschließend mit ihm zur Jagd gehen wolle?

»Ich weiß noch nicht.«

»Du weißt nicht, was du willst?«

»Doch, aber...«

»Du mußt erst das Weichei fragen, stimmt's?«

»Nenn ihn bitte nicht immer so. Natürlich werde ich ihn fragen. Das ist in einer Ehe eben so, daß man sich abspricht, was man am Wochenende unternimmt.« Sie weiß, daß ihn jedes Wort wie ein Nadelstich trifft, aber sie mag es nicht, wenn er Rudolf »Weichei« oder »Sesselfurzer« nennt. Er ist immerhin ihr Ehemann, den sie zwar nicht aus Liebe, aber doch aus freien Stücken geheiratet hat, das muß Christian endlich akzeptieren.

Sie sieht sein ärgerliches Gesicht vor sich, als er schnaubt: »Mein Gott, jetzt redest du schon wie er.« Etwas milder setzt er hinzu: »Überleg's dir. Bitte.«

»Ich rufe dich an.«

»Wann?«

»Spätestens Freitag.«

Seine Stimme bekommt einen melancholischen Klang. »Sophie, ich ... wir haben uns so lange nicht gesehen.«

»Ich weiß«, flüstert sie. Da ist auf einmal dieser Knoten im Hals. »Ich werd's versuchen. Ehrlich.«

Sophie legt den Hörer auf und betrachtet ihr Gesicht im Spiegel der Garderobe. Ein grobes Gesicht, findet sie. Die Augen zu tiefliegend, die Brauen dick und schnurgerade, der Mund zu schmal. Die Nase, na, die geht. Ein robustes Bauerngesicht. Nicht gerade häßlich, aber auch ganz bestimmt nicht schön. Sie hätte viel lieber ein schmales Gesicht gehabt, fein und bläßlich, wie Porzellan. Ihre Haut hat, wohlwollend ausgedrückt, eine gesunde Farbe. Besonders jetzt, nach diesem Anruf. Sogar im unbeleuchteten Flur kann sie erkennen, wie rot ihre Wangen sind.

Nochmals meldet sich das Telefon. Es ist Frau Weinzierl.

»Frau äh … Sophie, ich darf Sie doch Sophie nennen? Was ich fragen wollte, hätten Sie Lust, heute nachmittag auf eine Tasse Kaffee zu mir rüber zu kommen?«

Sophie braucht ein paar Sekunden, um das Gehörte zu begreifen.

»Sophie? Sind Sie noch dran? Wenn es nicht geht, dann können wir auch ein andermal …«

»Nein! Ich meine, ja. Ich kann schon kommen. Ich komme gern. Vielen Dank.«

»Wie schön. Paßt Ihnen drei Uhr?«

Natürlich paßt ihr das, und als Frau Weinzierl auflegt, glühen Sophies Wangen wie ein Sonnenuntergang.

Routiniert und lieblos bereitet sie das Abendessen vor. Gulasch schmeckt sowieso besser, wenn es einige Stunden steht. Sie will nachher, beim Kaffeeklatsch, nicht dauernd auf die Uhr sehen müssen. Sie duscht zum zweiten Mal an diesem Tag und wäscht sich die Haare. Sie will keinesfalls nach Küche riechen. Sie zieht das kirschrote Kleid vom Vormittag wieder an, schminkt sich die Lippen und ist um halb drei fix und fertig hergerichtet. Rastlos tigert sie durch die tadellos aufgeräumte Wohnung, knickt die Sofakissen, poliert die Blätter der Yuccapalme, staubt die Geweihsammlung über dem Sofa ab, entfernt ein nicht vorhandenes Krümelchen vom Gefieder des Rauhfußkauzes, ordnet die Teppichfransen, zieht das kirschrote Kleid wieder aus, entscheidet sich für das graue Kostüm und steht schließlich Punkt drei Uhr im taubenblauen Leinenkleid vor Frau Weinzierls Tür. Das Gerüst steht verwaist da, die Reihen der *Black Lady* sind gelichtet.

In der Hand hält Sophie einen kleinen Strauß Astern. Sie ähneln denen, die im Garten der Sauers wachsen und nahe am Zaun stehen. Für gekaufte Blumen hat Sophie kein Geld. Was sie heimlich vom Haushaltsgeld abzweigt und in der Zigarrenkiste in ihrem Nähzimmer versteckt, möchte sie nicht für solchen Krimskrams opfern.

Schwarze, geschwungene Buchstaben zieren das blanke Messingschild neben der Klingel. Vermutlich ist das erste Wort der Vorname ihres Exmannes, denn für ›Dorothea‹ erscheint es Sophie zu kurz. Darunter klebt, schon etwas lose, ein Streifen Papier, der mit blauen, eckigen Buchstaben beschrieben ist. Sie erkennt ›M.‹ am Anfang, seinen Nachnamen kann sie nicht entziffern. Ob er wohl zu Hause ist? Sein klappriger Kadett mit den vielen Aufklebern parkt jedenfalls an der Straße.

Sie drückt den Knopf und ein dezenter Gong hallt durch das Innere des Hauses. Frau Weinzierl öffnet im neuen Kleid.

Im Wohnzimmer verbreiten helles Leder, Glas und schwarzes Holz eine sachliche Atmosphäre, die nicht so recht zu Frau Weinzierl passen will. Bestimmt hat ihr Geschiedener die Möbel ausgesucht und dagelassen. Sie paßten wohl nicht in sein neues Leben mit der hochbeinigen Blonden. Das Regal beherbergt Bücher und eine Sammlung Halbedelsteine und Kristalle in allen Farben. Die Wände zieren ein grober Wandteppich, der aussieht, als würde er aus einem Wigwam stammen, und ein gerahmtes Plakat, das den Sternenhimmel vor zwei halben Weltkugeln zeigt. Einige Sterne sind durch Linien verbunden. Ein Duftlämpchen aus Keramik verströmt Lavendel. Auf dem Glastisch liegt eine weiße Tischdecke mit Lochstickereien, darauf stehen vier Zwiebelmustergedecke. Vor einem sitzt Sieglinde Fabian. Sie ist eine kleine, schlanke Person um die vierzig und wirkt gepflegt. Die schroffen Rillen, die sich in ihre fahle Haut gegraben haben, kann keine Kosmetik mehr verdecken, im Gegenteil, ein Zuviel an Puderstaub hat sich darin abgesetzt. Die Frauen begrüßen sich ein wenig steif. Gelegentlicher Austausch von Wetterbeobachtungen über den Gartenzaun hinweg, weiter ist ihre Beziehung während der vergangenen zwei Jahre nicht gediehen. Eine Jugendstilvase mit Sophies Astern darin wird zwischen dem silbernen Milchkännchen und dem Süßstoffspender plaziert.

Frau Fabian deutet auf das leere Gedeck: »Ist das für Ingrid?« Sie meint Ingrid Behnke von nebenan.

Frau Weinzierl schüttelt den Kopf. »Die kann heute nicht. Hat einen Handwerker da, glaube ich.«

Frau Fabian nickt vielsagend, dann läßt sie die Katze aus dem Sack: »Weißt du schon, daß Ingrid die Dachwohnung vermietet hat?«

Sophie versucht zu ignorieren, daß dieses »Du« sie von vornherein aus der Unterhaltung ausschließt.

»Sicher brauchen sie Geld. Ihr Mann spielt seit neuestem Golf. Wer ist es denn?«

»Ein junger Mann. Kein Student. Rechtsanwalt.«

»Ach. Wieviel verlangt sie?«

»Dotti, so was fragt man doch nicht. Wenigstens ich nicht«, fügt Frau Fabian hinzu.

»Na, da bin ich mal gespannt«, sagt Frau Weinzierl, ohne näher zu erklären, worauf.

Mit dem Kaffee und dem Gebäck kommt noch mehr Klatsch auf den Tisch, und bald kennt Sophie die wichtigsten Eckdaten aus dem Familienleben der Behnkes: Der Mann ist Galerist und viel unterwegs, die Tochter war schon immer ein Früchtchen, das mit achtzehn ein lediges Kind bekommen hat und später ein Verhältnis mit ihrem Chef anfing, dem Juwelier Schwalbe, der auch noch ausgerechnet in dieser Straße wohnt und sich vor kurzem eine Exotin angelacht hat.

»Dann ist diese unselige Affäre mit der Gudrun wohl endlich vorbei«, meint Frau Fabian. »Ingrid wird froh sein, sie hat sehr darunter gelitten.«

Frau Weinzierl schüttelt wichtigtuerisch mit dem Kopf. »Daß du dich da mal nicht täuschst.«

»Wie?« fragt Frau Fabian überrascht. »Neben so einer Thaifrau ...«

»Keine Thai«, korrigiert Frau Weinzierl. »Es ist so eine Kaffeebraune. Keine Ahnung, woher die stammt.«

»Aus dem Katalog, vermutlich«, bemerkt Frau Fabian spitz. »Warum macht die Gudrun das bloß mit? Ist er denn so großzügig? An einen gewissen Luxus gewöhnt man sich natürlich schnell …«

»Im Gegenteil, er ist ein Geizkragen«, wehrt Frau Weinzierl ab.

»Ist es was Sexuelles?« rätselt Frau Fabian mit einer Mischung aus Abscheu und Gier im Blick.

»Nein. Ingrid sagt, er setzt Gudrun unter Druck. Schließlich ist sie seine Angestellte, und die Lage auf dem Arbeitsmarkt ist nicht rosig …«

»Schönes Schlamassel«, urteilt Frau Fabian, »aber selbst eingebrockt.«

»Allerdings«, bekräftigt Frau Weinzierl ein wenig hämisch.

Als der Diät-Bienenstich und die Magerquarkschnittchen zur Hälfte aufgezehrt sind und die Familie Behnke kein Gesprächsthema mehr hergibt, wendet sich die Unterhaltung Frau Fabians Dauerproblem zu. Sophie wird schnell klar, weshalb das Thema während des Essens gemieden wurde.

»Ich frage mich, ob es nur die Krankheit ist oder auch eine gehörige Portion Bosheit«, klagt Frau Fabian. »Gestern zum Beispiel. Unser Zivi war da und wir haben sie von Kopf bis Fuß gewaschen und das Bett neu bezogen. Eine Stunde später komme ich in ihr Zimmer, da hat sie ihre volle Windel ausgezogen und alles …«, sie schlägt in einer dramatischen Geste die Hände vor ihr Gesicht, »Verzeihung, aber so ist es eben: Sie hat den Kot überall rumgeschmiert. Bettzeug, Fußboden, Wände, alles voll. Ich habe mich hingesetzt und erst mal geheult.«

»Das kann ich verstehen.« Frau Weinzierl drückt ihr

mitfühlend die leicht gerötete Hand, die kraftlos neben ihrem Teller liegt. »Ihre Schwiegermutter hat Alzheimer«, erklärt sie, zu Sophie gewandt.

Sophie nickt. Sie weiß einiges über Krankheiten. Besonders gut weiß sie über die Gebrechen der Patienten von Dr. med. E. Mayer Bescheid, da die Sprechstundenhilfen im Sommer viel Wert auf frische Luft legen. Die Versuchung ist groß, die Kaffeerunde über die Leberwerte des Golfspielers Clemens Behnke aufzuklären. Doch Sophie hält sich gewissenhaft an die ärztliche Schweigepflicht. Außerdem hebt Frau Fabian gerade zu einer neuen Suada an: »Nachts brüllt sie, wir sollen sie in den Keller bringen, die Engländer bomben wieder. Seltsamerweise bomben die nur, wenn ihr Herr Sohn auf Dienstreise ist. Er war mir in all den Jahren sowieso kaum eine Hilfe. Aber ich sehe nicht ein, daß unser Flori nicht studieren soll, nur weil wir unser ganzes Geld für ein Heim für diese ... diese ...« Der Haß läßt sie verstummen.

»Noch Kaffee?« Frau Weinzierl gießt die Tassen nach, als es laut an die Tür klopft. Sie flötet: »Herei-ein«.

Ein Busch langstieliger, lachsfarbener Rosen schiebt sich ins Zimmer. Frau Weinzierl stellt die Kanne ab und ordnet mit einer nervösen Geste ihr schwarzgefärbtes Haar, das sie heute zu einem rätselhaften Kunstwerk verschlungen hat. Sie strahlt den Gast an und stellt ihn vor: »Mein Mieter, Herr Bronski.«

»Mark, für Sie.« Er reicht ihr die Rosen, Frau Weinzierl stößt kleine spitze Schreie aus und trippelt nach einer Vase. Mark reicht Frau Fabian die Hand. Frau Fabian lächelt, zum ersten Mal an diesem Nachmittag. Es macht sie für Augenblicke zu einer attraktiven Frau. Als er Sophie die Hand gibt, wird Marks Lächeln noch eine Spur breiter. Oder bildet sie sich das nur ein?

Frau Weinzierl kommt zwitschernd und flatternd zurück, sie hat sich die Lippen in einem erbarmungslosen

Pink nachgezogen und schiebt eine Bugwelle Chanel Nr. 5 vor sich her.

»Was für ein traumhaftes Gewand Sie heute tragen!«, kommentiert Mark ihren Auftritt. »Dieser Schnitt, dieser Faltenwurf! Es hat etwas Mondänes und etwas Lässiges zugleich. Die Farbe erinnert mich an Pistazieneis.«

»Es ist salbeigrün«, antwortet Frau Weinzierl hoheitsvoll. Das Wort stammt von Sophie, aber Frau Weinzierl wendet es um so lieber an. »Die Farbe meiner Augen. Frau Kamprath hat es genäht.«

Anstatt Frau Weinzierl in die salbeigrünen Augen zu sehen, nickt Mark Sophie anerkennend zu. »Es ist immer wieder überraschend, was für Talente in einem Menschen schlummern«, sagt er. Sophie taucht ihren Blick in die Kaffeetasse.

Die Astern landen auf der Anrichte neben dem Duftlämpchen, raumgreifend quillt der Rosenstrauß in der Tischmitte auseinander und Sophie sieht Frau Weinzierl ab sofort nur noch vom Doppelkinn abwärts. Das macht ihr wenig aus, aber Frau Fabian, die Mark gegenüber sitzt, ruckelt an ihrem Stuhl, und ihr Rückgrat erweist sich als unerwartet biegsam.

Die Atmosphäre im Raum hat sich verändert. Schultern werden gestrafft, Bäuche eingezogen, Beine grazil übereinandergeschlagen, wechselseitige intensive Blicke spinnen ein unsichtbares Netz über den Tisch. Nur Sophie beobachtet mit stummer Hingabe die kumulierenden Sahnewolken in ihrer Kaffeetasse. Es wird nicht mehr gejammert und über Körperausscheidungen gesprochen, sondern über Rosen.

»Es sind dreizehn«, verkündet Mark. »Als schwachen Trost für Ihren herben Verlust.« Frau Weinzierl quietscht vor Entzücken. Offenbar weiß er genau, wie er seine Vermieterin handhaben muß. Aber auch Sophie wird langsam nervös, denn schon zweimal hat seine Hand die ihre berührt, ganz zartzufällig, beim Hantieren mit Milchkännchen, Zuckerzange und Kuchenschaufel. Als Frau Weinzierl in die Küche geht, um frischen Kaffee zu holen, lobt Frau Fabian das Kleid, das Sophie trägt, und auch das Salbeigrüne von Frau Weinzierl.

»Ja«, stimmt ihr Mark unaufgefordert zu. »Dieser Schnitt ist außerordentlich, er thematisiert geradezu die verschwenderische Weiblichkeit. Man möchte es am liebsten gleich selbst anprobieren.«

Frau Fabian wirft ihm einen pikierten Blick zu, dann beugt sie sich zu Sophie und sagt mit gedämpfter Stimme: »Ich bräuchte so dringend etwas Neues. Etwas Schlichtes, Elegantes. Für eine besondere Gelegenheit, Sie wissen schon.«

Sophie freut sich, von Frau Fabian endlich wahrgenommen worden zu sein.

»Wären Sie denn bereit, mir auch so ein Wunderwerk zu nähen?« wispert Frau Fabian, wobei sie Mark verschwörerisch zuzwinkert.

»Ja, gerne.«

»Ich komme morgen mal bei Ihnen vorbei, dann ...« Sie verstummt, denn eben schwebt die Gastgeberin wieder ein. Anscheinend soll sie vorerst nichts von Frau Fabians Ansinnen erfahren.

Frau Weinzierl versorgt Mark mit Kaffee und einem Himbeer-Sahneschnittchen, das sie extra für ihn in der Küche gehortet haben muß, und berichtet von ihren Schwierigkeiten, einen neuen Maler zu bekommen. Sie klagt nicht etwa, nein, sie erzählt im Stil einer heiteren Anekdote. Seit Mark hier ist, gibt es keine ernsthaften Probleme mehr. Das Leben hat eine Glasur aus Zuckerguß bekommen.

»Eigentlich müßte ich Ihnen ja böse sein.« Frau Weinzierl droht Sophie scherzhaft mit dem Zeigefinger.

»Mir? Wieso denn?« Sophie ist alarmiert. Hat sie irgend etwas Falsches gesagt oder getan?

»Weil ich jetzt ohne Maler dastehe und vor allen Dingen wegen meiner kaputten Rosen.« Sie ringt die Hände in gespielter Verzweiflung.

Sophie ist verwirrt. Frau Weinzierl äugt an den Blumen vorbei und flüstert: »Nein wirklich, Frau äh … Sophie! Wie Sie das gemacht haben, mit dem Mann, das werde ich nie vergessen. Diese Augen!« Jetzt wendet sie sich abwechselnd an Frau Fabian und an Mark. Unverhohlen genießt sie deren gespanntes Interesse. »Wie sie ihn angesehen hat, so ganz hypnotisch, und dann hat sie diese Worte gesagt, so was soll man ja besser nicht wiederholen, das bringt Unglück, und prompt …«, sie legt eine Kunst-, vielleicht auch eine Atempause ein, »… ist der Mann eine Minute später mausetot.« Noch immer ist ihr das Lächeln ins Gesicht gemeißelt.

Sophie bekommt keinen Ton heraus. Sie sieht Mark an. In seiner Miene ist eine gewisse Erheiterung zu bemerken, als er jetzt sagt: »Soviel ich weiß, hatte der Mann einen Herzanfall.«

»Ach«, entschlüpft es Sophie.

Frau Weinzierl lächelt wissend. »Natürlich hatte er den. Nachdem sie«, sie deutet mit dem Kinn auf Sophie, »ihn zum Teufel gewünscht hat. Im übrigen völlig zu Recht, ich mache Ihnen ja keinen Vorwurf, Sophie. Im Gegenteil. Es war beeindruckend. So etwas erlebt man schließlich nicht jeden Tag.« Ein Blick falschen Bedauerns streift Frau Fabian, die nicht das Glück hatte, Zeugin dieses Ereignisses zu werden. »Ich finde es aufregend, so jemanden zu kennen.« Frau Weinzierl stellt die Vase achtlos neben Frau Fabians leeren Kuchenteller. Sie braucht jetzt freie Bahn, um Sophie in die Augen sehen zu können. Frau Fabian steht kopfschüttelnd auf und verbannt die Rosen auf die Anrichte, wobei sie das Teelicht im Duftlämpchen ausbläst. »Penetranter Geruch!« Sie äußert sich nicht zur Theorie ihrer Freundin. Dergleichen hört sie nicht zum ersten Mal, erst kürzlich hat Dotti sie darüber in Kenntnis gesetzt, daß sie, Dotti Weinzierl, in einer ihrer früheren Leben eine mandschurische Schamanin war. Ob das chronologisch gesehen vor oder nach der indischen Kurtisane kam, hat Frau Fabian zu fragen vergessen.

»Was meinen Sie mit ›so jemanden‹?« hakt Mark nach.

»Der solche Kräfte hat wie sie.« Frau Weinzierl deutet auf Sophie, die sich noch immer erschrocken und sprachlos an ihren Stuhl klammert. »Das ist eine Gabe. Nur wenige Menschen können das. Sagen Sie, Sophie, haben Sie das schon einmal getan?«

»Nein, das habe ich nicht!« Sie schreit es beinahe heraus.

Frau Fabian räuspert sich. »Warst du in den letzten Tagen beim Friseur, Dotti?«

»Ja, am Samstag«, gesteht Frau Weinzierl, etwas aus dem Konzept gebracht. »Ich gehe immer, wenn der zunehmende Mond im Löwen steht, das weißt du doch.«

»Du solltest nicht alles glauben, was in den abgegriffenen Heftchen steht, die du unter der Trockenhaube liest.«

Frau Weinzierl straft sie mit Nichtbeachtung.

»Was sagen Sie dazu, Mark? Sie waren doch Zeuge des sogenannten Unfalls, nicht wahr?«

»Ich bin ans Fenster gegangen, als ich etwas laut scheppern hörte. Und da fiel der Mann auch schon runter. Wie von einem unsichtbaren Blitz getroffen.«

Feigling, denkt Sophie.

»Da hörst du es!«

»Dotti, wir leben nicht in Schwarzafrika!«

»Das müssen wir auch gar nicht, Sieglinde. Erst neulich haben sie in einer dieser Nachmittags-Talkshows über das Thema Flüche diskutiert. Normalerweise schaue ich so was ja nicht an«, erklärt sie in Marks Richtung und errötet ein wenig, »aber ich war gerade am Bügeln … nun ja, jedenfalls ging es da um Menschen, die andere verflucht haben. Das waren ganz normale Leute, äußerlich. Keine Voodoo-Priester oder so was. Eine Zuschauerin hat erzählt, eine ihr bekannte Frau hätte zu einem Mann gesagt, er würde die Hochzeit seiner Tochter nicht erleben. Der Mann war kerngesund und hat das natürlich nicht geglaubt. Er ist am Tag vor der Trauung gestorben.«

»Vielleicht hat die Verflucherin etwas nachgeholfen.«

»Es muß dabei nicht immer um Leben und Tod gehen«, doziert Frau Weinzierl unbeirrt weiter. Man kann jemandem auch nur Schaden zufügen, nicht wahr?« Wieder sieht sie Mark an. Ab sofort ist er ihr Mann für's Übersinnliche.

»Das ist zweifellos eine interessante Materie«, sagt er ausweichend, »aber niemand weiß wohl genau, was die Wahrheit ist und wo Einbildung und Scharlatanerie anfangen.«

»Es soll auch Leute geben, die Warzen wegbeten«, bemerkt Frau Fabian.

»Ja«, pflichtet ihr Sophie bei, »das konnte meine Großmutter.«

Ein Schweigen folgt diesen Worten. Sophie beißt sich auf die Unterlippe und blickt verlegen in die Runde. Frau Fabian verzieht abfällig das Gesicht, Mark sieht amüsiert aus und Frau Weinzierl vergißt, den Mund zu schließen.

»Ist das wahr?« haucht sie schließlich.

»Ja«, bestätigt Sophie unsicher. Sie ist es nicht gewohnt, im Mittelpunkt der Aufmerksamkeit zu stehen. Aber ein klein wenig genießt sie es auch. »Sie kannte sich mit Pflanzen aus und konnte Leute gesundbeten.«

Diese Mitteilung läßt Frau Weinzierl schneller und lauter atmen.

»Klappte es auch andersrum?« Das war Mark.

»Andersrum?« Sophie versteht nicht, was er damit sagen will.

Frau Weinzierl schon. »Hat sie mal jemandem eine Krankheit angewünscht, oder sogar … Sie wissen schon?« fragt sie begierig.

»Nein«, sagt Sophie schnell, »das hätte sie nie getan.«

»Weil es auch nicht geht«, wirft die Stimme der Vernunft ein, aber niemand antwortet Frau Fabian.

Frau Weinzierl drückt Sophies Hand und schaut ihr in die Augen. »Es ist ganz klar. Sie haben diese Gabe geerbt.«

Noch nie hat jemand Sophie so angesehen wie Frau Weinzierl in diesem Moment: Aus ihrem Blick spricht schiere Bewunderung. Sie wirkt auf Sophie wie eine Droge.

Frau Fabian richtet sich nun direkt an Sophie. »Seit wann ist Ihre Großmutter tot?«

»Schon lange. Ich war acht, als sie starb.« Das Glücksgefühl ist verschwunden.

Frau Fabians Mund kräuselt sich zu einem spöttischen Lächeln. »Da haben wir es. Man hat Ihnen als kleines Mädchen ein paar haarsträubende Geschichten erzählt. Vielleicht hat Ihre kindliche Phantasie ein wenig nachgeholfen.«

Sophie überlegt. Nein, so war es nicht. Ganz und gar nicht. Niemand hat sich seit dem Tod ihrer Großmutter Zeit genommen, ihr Geschichten zu erzählen.

»Ja, das kann schon sein«, sagt sie, und Frau Fabian nickt versöhnlich.

»Liebe Dorothea«, säuselt Mark, und Frau Weinzierl schmilzt bei dieser Anrede dahin wie Märzschnee, »Sie halten es also für möglich, daß Ihre Nachbarin, diese sanfte, stille Frau, allein durch ihre Willenskraft einen Menschen töten kann?«

»Es sieht ganz danach aus, oder nicht?« Jetzt, wo Mark es so krass formuliert hat, scheinen Frau Weinzierl Zweifel zu befallen.

»Dann müssen wir eben warten, bis sie uns ihre besondere Fähigkeit nochmal beweist«, hört Sophie Mark sagen und Frau Fabian murmelt: »Ich wüßte da auch schon eine Versuchsperson.«

Sophie findet, daß jetzt ein guter Zeitpunkt ist, um zu gehen. Sie steht auf. »Ich muß jetzt nach Hause.«

Frau Weinzierl protestiert. »Aber Sophie, Sie können doch jetzt nicht einfach gehen!«

»Ich muß noch kochen.« Sie nickt Frau Fabian und Mark zu und strebt rasch in Richtung Flur. Ein salbeigrüner Schatten heftet sich an ihre Fersen.

»Schön, daß Sie hier waren«, sagt Frau Weinzierl, als sie Sophie die Haustüre öffnet, und leiser: »Hören Sie nicht auf Sieglinde. Es ist ihre Lebenseinstellung, anderer Meinung zu sein. Ich glaube ganz fest an Sie.« Da ist er wieder, dieser innige Blick.

»Auf Wiedersehen, Frau Weinzierl. Und vielen Dank«, antwortet Sophie und geht mit schnellen Schritten durch den Vorgarten und über die Straße. Sie weiß, daß die anderen jetzt noch eine Weile über sie reden werden, und diese Gewißheit bereitet ihr Unbehagen. Gleichzeitig ist da aber auch etwas Prickelndes.

Das Radio dudelt vor sich hin, und Sophie räumt gerade den Frühstückstisch ab, als es an der Tür klingelt. Das wird Frau Fabian sein, vermutet sie, wegen des Kleides.

Es ist Mark. Sie bittet ihn ins Wohnzimmer. Er streift forschend herum, taxiert jedes Möbelstück, als wolle er es pfänden und studiert die Buchrücken im Regal. Vor dem Rauhfußkauz, der auf einem bemoosten Ast über dem Waffenschrank sitzt, bleibt er stehen.

»Hast du den gemacht?«

Sophie findet das »Du« unangebracht. Doch ebenso unpassend fände sie es, sich zu siezen. Vielleicht liegt es daran, daß sie Marks Anwesenheit hier, in dieser Wohnung, in Rudolfs Territorium, generell unpassend findet.

»Ja, der ist von mir.«

Der Kauz hat den staunenden Blick und den pummeligen Körper eines Jungvogels. Er wirkt verloren, ein verlassenes Vogelkind, das nun aus gelben Glasaugen mit großer, dunkler Iris auf die schweren Möbel herabblickt.

»Der ist schön. Aber auch ein bißchen traurig. Wie macht man so etwas?«

»Ganz einfach. Man löst das Fleisch von der Haut …«

»Wie?«

»Mit Skalpell, Messer und Pinzette. Bestimmte Knochen bleiben dran. Dann kommt der Balg in die Gerblauge. Am nächsten Tag wird er ausgewaschen, geschleudert, geföntt …«

»Geschleudert?« unterbricht Mark erneut. »In einer Wäscheschleuder?

»Ja«, bestätigt Sophie, »Federn halten mehr aus, als man denkt.«

Sie sieht in sein Gesicht. Er betrachtet jetzt nicht mehr den Kauz, sondern sie.

»Weiter«, ermuntert er sie, »erklär's mir, ich will alles wissen.«

Sophie spricht zu dem Kauz: »Er wird also gefönt und mit Schädlingsbekämpfungsmittel bepinselt. Wenn das Tier klein ist, genügt ein Korpus aus Holzwolle, die wird fest mit Draht oder Garn umwickelt. Für größere Körper braucht man ein Modell aus Gips oder aus Hartschaum. Manchmal muß man ein richtiges Gerüst bauen, an dem man die Knochen und die Gipsschale befestigen kann. Aber bei dem Kauz genügt fester Draht für die Flügel und die Ständer.«

»Ständer?«

»Die Füße. Der Balg wird zugenäht, bekommt die passenden Glasaugen und zum Schluß werden noch Füße und Schnabel nachgemalt, weil die Gerblauge die Hornteile ausbleicht.«

Sophies Gesicht hat während des Vortrags einen lebhaften Ausdruck bekommen.

»Das ist ein interessanter Beruf«, bemerkt Mark. »Es

scheint nicht einfach zu sein. Du bist eine Künstlerin, weißt du das?«

Sophie lächelt verlegen.

»Wo kommt der Rest hin?«

»Welcher Rest?«

»Das Fleisch, die Innereien, die richtigen Augen.«

»In die Tiefkühltruhe und von dort zum Schlachthof, in die Tierkörperbeseitigung.«

»Kann man das auch mit Menschen machen?«

»Was?«

»Sie präparieren.«

Sophie sieht ihn erstaunt an, zum ersten Mal sieht sie ihm in die Augen, aber sein Blick bestätigt ihr, daß er die Frage durchaus ernst gemeint hat. Offenbar besitzt er einen Hang zum Makabren.

»Ja. Lenin zum Beispiel, der ist präpariert. Man ersetzt das Wasser in der Haut durch Paraffin.«

»Deshalb ist der so blaß.«

»Mit Gerblauge würde die Haut ledrig. Aber im Prinzip ist es dasselbe …«

»Du meinst, Haut ist Haut.«

»Ja«, antwortet Sophie knapp. »Wollen Sie … wie wär's mit einem Kaffee?«

»Gerne.«

Er folgt ihr in die Küche, setzt sich an den Tisch und beobachtet schweigend, wie sie mit den vertrauten Gegenständen hantiert.

»Hier lebst du also. Fühlst du dich wohl?«

Sophie fährt herum, den Filter noch in der Hand, braune Tropfen zerplatzen auf den hellen Fliesen. »Ja, natürlich.«

»Also nicht. Das dachte ich mir.«

Sie stellt die Tassen etwas unsanft auf den Tisch und setzt sich steif ihm gegenüber.

»Wie ist das, wenn man nicht lesen kann?«

Es ist dasselbe Gefühl wie im Supermarkt. Ihr wird flau, ihre Wangen werden erst flammend rot, dann fahl wie Lehm und Asche und sie beginnt zu zittern. Er legt seine Hand auf ihren Arm. »He, Sophie, kein Grund zur Aufregung.«

»Du wirst es doch niemandem sagen, oder?«

Er lächelt. »Jetzt siehst du aus wie der Kauz da drüben. Ich werde schweigen wie ein Grab. Was denkst du denn von mir?«

Was Sophie von ihm denkt, weiß sie selber nicht. Sie weiß nur eins: Wenn er jetzt gleich davon anfängt, daß er ihr Lesen und Schreiben beibringen möchte, dann wird sie ihn hinauswerfen. Dieses Martyrium hat sie bereits mit Rudolf hinter sich, das braucht sie nicht noch einmal.

»Wie ist es dazu gekommen? Ich meine, du bist doch sonst eine kluge Frau.« Sophie sieht ihn zweifelnd an. Eine kluge Frau hat sie noch niemand genannt.

»Ich will darüber nicht sprechen.«

»Okay«, lenkt Mark ein, »dann sprechen wir über was anderes. Du nähst wunderbar. Sogar die Weinzierl bekommt so etwas wie eine Figur in diesem Salbeigrünen. Wo hast du das gelernt?«

»Die einfachen Sachen von meiner Großmutter. Später habe ich einen Kurs gemacht, wie man Kleider entwirft und zuschneidet.«

»Darf ich mal deine Kleider sehen?«

Sophie ist unschlüssig, doch seine schiefergrauen Augen sehen sie so erwartungsvoll an, als hinge von ihrer Antwort sein Seelenheil ab.

»Bitte«, sagt sie förmlich und steht auf. Er folgt ihr ins Nähzimmer, und sie öffnet ihren großen, schweren Bauernschrank, den sie von zu Hause mitgebracht hat. Ein Duft nach Zedernöl und neuem Stoff weht ihnen entgegen.

»Das sind ja viele«, ruft er begeistert. »Wann ziehst du sie an?«

»Weiß ich nicht. Eigentlich sind sie viel zu schade ...«, ›für mich‹ wollte sie sagen, aber sie bremst sich gerade noch, »... für die Hausarbeit und den Supermarkt.«

Er sieht sie herausfordernd an. »Sind das deine Kreise, Sophie? Diese Wohnung, der Supermarkt und der Friedhof?«

»Ab und zu gehe ich spazieren oder in die Stadt.«

»Was machst du da?«

»Stoff kaufen. Zum Markt. Und Leute ansehen. Die meisten sind schlecht angezogen, obwohl sie Geld haben.«

»Kannst du Auto fahren?«

»Ja.«

»Aber er läßt dich nicht, stimmt's?«

»Nicht ohne Führerschein.«

»Wann fährst du dann?«

»Wenn ich bei meinem Bruder bin.«

»Ist er gut zu dir, dein Bruder?«

Was für eine seltsame Frage, denkt Sophie und antwortet schroff: »Natürlich ist er das.«

Mark lächelt. »Jetzt hast du wieder Farbe bekommen. Übrigens, wenn du mal dringend ein Auto brauchst, kannst du meins nehmen. Der Ersatzschlüssel liegt im Handschuhfach, und die Beifahrertür ist immer offen, das Schloß ist hin.«

»Warum sollte ich dringend ein Auto brauchen?«

»Man weiß nie.«

»Willst du jetzt die Kleider sehen?« fragt Sophie ungeduldig.

»Ja.« Mark nimmt eines nach dem anderen heraus. Seine Hände tasten die Nähte entlang, spielen mit Knöpfen, erforschen die Innenseite. Ab und zu hält er den Stoff an seine Wange oder vergräbt das ganze Gesicht darin. Dann hängt er jedes Kleid sorgfältig zurück, streicht wie zum

Abschied noch einmal darüber, ehe er mit Ungeduld, fast schon Gier, das nächste hervorholt. Noch nie hat Sophie einen Mann so mit Kleidern umgehen sehen. Sie ertappt sich bei dem Wunsch, er möge auch sie auf diese Weise berühren.

»Darf ich eines anziehen?«

»Ob ich eines anziehe?«

»Nein, nicht du. Ich. Ich würde gerne das Rote da anziehen. Es hat so ungefähr meine Größe. Alle haben meine Größe, und sie sind wunderbar.«

Sophie starrt ihn an.

»Okay, Sophie. Ich kenne dein Geheimnis, du sollst meins kennen. Darf ich bitte eines von deinen Kleidern anziehen?«

»Bist du, äh, ich meine ...«

»Nenn es, wie du willst. Ich ziehe einfach ab und zu gerne ein Kleid an. Mit dem entsprechenden Make-up dazu, natürlich.«

»Natürlich«, wiederholt Sophie. Erst jetzt fällt ihr der kleine Lederbeutel auf, den er dabei hat.

Er will seinen Arm um sie legen, aber Sophie weicht zurück.

»Du brauchst keine Angst zu haben. Es ist einfach ein Spiel, nichts weiter, eine Marotte von mir. Ich habe das als Kind schon gerne gemacht.«

Sie lächelt unsicher. »Meinetwegen. Ich geh inzwischen raus.«

Sie geht ins Bad und wäscht ihr Gesicht kalt ab. Dann kämmt sie ihr Haar und malt sich die Lippen an. Ein wenig Rouge könnte nicht schaden, findet sie. Und Lidschatten und Wimperntusche. Sie muß die Sachen aus der hintersten Ecke des Badezimmerschränkchens hervorkramen. Rudolf mag es nicht, wenn sie sich schminkt. Er findet das nuttig.

Seltsam, wie so ein paar simple Dinge ein Gesicht verändern. Sie findet sich gar nicht mehr so bäurisch. Nuttig auch nicht.

Endlich tönt seine Stimme »Fertig!« aus dem Nähzimmer. Gespannt macht sie die Tür auf. Drinnen steht eine Person mit aufgestecktem Haar, ein paar Fransen sind in die Stirn gezupft, das Gesicht ist mädchenhaft. Er hat sich ein gerade geschnittenes, mohnrotes Kleid ausgesucht, asymmetrisch geknöpft und mit einem schwarzen Stehkragen. Es besitzt einen fernöstlichen Touch, der durch den schweren Seidenstoff unterstrichen wird.

Sophie hätte gewettet, daß Mark das Kleid viel zu groß ist, aber es sitzt nicht einmal schlecht. Seine Schultern sind breiter, als sie scheinen, und füllen das Oberteil gut aus, nur um die Hüften sucht der Stoff vergeblich nach Halt. Seine Figur ruft in ihr ein Gefühl, vielmehr die Erinnerung an ein Gefühl, hervor, die sie ganz rasch verdrängt.

»Wie findest du es, so auf die schnelle?« Fast kommt es Sophie so vor, als hätte sich auch seine Stimme verändert.

»Es steht dir besser als mir«, gesteht sie. Er legt seinen Arm um ihre Taille und dreht sich mit ihr vor dem Spiegel einmal um die eigene Achse. Sophie leistet keinen Widerstand. Die Schneiderpuppe gerät ins Wanken, Mark fängt sie auf. »Wackeliges Ding!«

»Du mußt jetzt gehen. Frau Fabian wollte heute noch vorbeikommen, wenn die dich hier sieht, noch dazu so …«

»Dann haben sie noch ein Skandälchen zum Tuscheln.«

»Und ich komme in Teufels Küche.«

»Scheint ein echt sympathischer Typ zu sein, dein Mann.«

»Zieh dich wieder um, bitte.« Sophie geht aus dem Zimmer. Als Mark fertig ist, ist sie wieder verblüfft, diesmal über die Rückverwandlung.

»Mit dem Kleid gefalle ich dir besser, stimmt's?«

»Irgendwie schon.«

»Nähst du mir auch eins?«

»Also, ich weiß nicht ...«

»Ich flehe dich an! Nur ein Kleid. Niemand wird davon erfahren.«

»Wann willst du es denn anziehen?«

»Wann ziehst du deine an?«

»Selten. Manchmal bloß so, für mich.«

»Schade drum. Mit diesen Kleidern muß man unter Leute, um sich bestaunen zu lassen.«

»Ich schenke dir das Rote, wenn du es willst. Ich muß es nur ein bißchen ändern.«

Er strahlt. »Danke. Aber du nähst mir trotzdem eines?«

»Vielleicht.«

Als er gegangen ist, läßt sie sich erschöpft auf das schwarze Sofa in ihrem Zimmer fallen und versucht das Chaos in ihrem Kopf zu ordnen, als es erneut klingelt. Sophie kann sich nicht erinnern, wann es in dieser Wohnung jemals so zugegangen ist wie an diesem Vormittag.

Diesmal ist es Frau Fabian. Sophie bietet auch ihr einen Kaffee an, aber sie behauptet, sie hätte nicht viel Zeit. Täuscht sich Sophie, oder hat Frau Fabian einen mißtrauischen Blick auf die zwei Tassen auf dem Küchentisch geworfen? Wenn schon! Sie könnten auch vom Frühstück mit Rudolf übriggeblieben sein.

Im Nähzimmer sieht sich Frau Fabian mit distanzierter Neugier um. »Hier ist also Ihr Reich. Muß ich den Pullover ausziehen?«

»Wäre besser.«

Frau Fabian schlüpft aus dem champagnerfarbenen Angorapullover. Ihr Parfum ist kaum wahrzunehmen, aber unwiderstehlich. Die Dessous ebenfalls. Ihr Körper sieht jünger aus als ihr Gesicht. Sophie muß sich zusammenreißen, sie nicht öfter als notwendig zu berühren. »Es ist schön, endlich mal für jemanden zu nähen, der Figur hat.« Frau Fabian lächelt, zuerst erfreut, dann boshaft, als ihr einfällt, wer Sophies letzte Kundin war.

Während sie gemessen wird, gibt sich Frau Fabian redselig. Sie erzählt von Frau Behnkes neuem Mieter und daß Frau Weinzierl öfter so »herumalbern« würde wie gestern nachmittag. »Die gute Dotti«, seufzt sie, »immer ein bißchen überdreht. Müssen Sie denn die Maße nicht aufschreiben?

»Das mache ich nachher.« Frau Fabian zieht sich wieder an, während Sophie erläutert: »Ich denke an eine Art Etuikleid. Wie Audrey Hepburn in ›Frühstück bei Tiffany‹. Mit einer kurzen Jacke dazu.« Sophie läßt sich häufig von Filmen zu neuen Werken inspirieren.

»Das klingt verlockend.«

»Wollen Sie den Stoff selbst besorgen?« Sophie rollt das Maßband auf.

»Ja, gerne. Wenn Sie mir sagen, welchen.«

»Kräftige Seide, kann auch Wildseide sein, oder Satin. Am schönsten wäre natürlich …« sie zögert, ihre Augen glänzen jetzt lebhaft, »… aber das ist nicht ganz billig.«

»Was denn?«

»Schwarzer Brokat«, sagt sie mit einem schwärmerischen Ton in der Stimme, »das wäre am schönsten.«

»Schwarzer Brokat«, wiederholt Frau Fabian.

»Natürlich schwarz. Etwas anderes kommt ja nicht in Frage.«

Frau Fabian sieht sie groß an, aber Sophie ist schon dabei, eine kleine Skizze anzufertigen, während sie erklärt: »Zeigen Sie das der Verkäuferin, die wird Ihnen dann sagen, wieviel Stoff nötig ist. Oder soll ich doch lieber selbst gehen?« fragt Sophie, als Frau Fabian sie noch immer mit somnambulem Blick ansieht.

»N… nein«, antwortet sie endlich. »Schwarzer Brokat. Ich habe verstanden.«

Während des Abendessens hofft Sophie auf ein Zeichen, daß Rudolf noch mal weggeht. Aber es sieht nicht danach aus. Er hat sich bereits mit Zeitung und Weinglas in der Kurve des Ecksofas festgesaugt.

Sophie räumt die Küche auf und säubert die Töpfe. Langsam und gründlich. Immerhin hat er ihre Lasagne gelobt.

Draußen zerrt der erste Herbststurm an den Baumkronen, im Wohnzimmer läuft der Fernseher. Das ist schon mal nicht schlecht, spekuliert Sophie. Manchmal liest Rudolf den ganzen Abend. Wenn Sophie den Fernseher oder das Radio einschalten will, beschwert er sich über die Störung. Aber er erlaubt ihr auch nicht, in ihr Zimmer oder ins Bett zu gehen.

»Schau dir die Bilder an«, sagt er dann boshaft und wirft ihr eines seiner Magazine in den Schoß.

Wenige Wochen nach ihrer Heirat hat er mit dem Versuch begonnen, ihr wenigstens das Lesen beizubringen. »Wäre doch gelacht, wenn ich als Lehrer das nicht schaffe.«

Doch obwohl Sophie tagelang über Erstkläßlerfibeln brütete, war sie am Abend, bei Rudolfs »Lernkontrolle«, unfähig, sich an das Erlernte zu erinnern. Sie fing an zu stammeln, machte Fehler und wurde von Mal zu Mal nervöser. Als klar wurde, daß Oberstudienrat Rudolf Kamprath es tatsächlich nicht schaffte, seiner eigenen Frau das Lesen beizubringen, lachte er entgegen seiner Ankündigung nicht, sondern schimpfte sie blöde und stur und kapitulierte »vor so viel Dummheit«.

Vielleicht, so grübelt Sophie häufig, würde ein Kind alles ändern. Aber auch darin hat sie bisher kläglich versagt.

Als Sophie ins Zimmer kommt, balgen sich zerlumpte schwarze Menschen wie Hunde um Pakete, die weiße Menschen von einem Lastwagen werfen. Sophie setzt sich ans äußerste Ende der Couch.

Rudolf steht auf und geht zum Schreibtisch. Er nimmt eine Kassette aus seiner Aktentasche und rammt sie in den

Schlund des Videorekorders. Die Tagesschau bricht ab. Sophie fühlt, wie sich ihr Magen zusammenkrampft als Rudolf sie mit hungrigem Blick ansieht und ihr einen gemütlichen Feierabend verspricht.

Dorothea Weinzierl steht am Fenster ihres dunklen Wohnzimmers und starrt auf das gegenüberliegende Haus. Der Birnbaum hat bei dem Sturm von letzter Woche die meisten Blätter verloren, so daß sie jetzt freie Sicht auf die obere Wohnung hat. Alle Fenster sind dunkel, bis auf das Nähzimmer.

Sie sieht Sophie, die konzentriert an ihrer Nähmaschine sitzt. Ab und zu langt sie nach der Schere oder steht auf, um ein eben bearbeitetes Stück Stoff auf den Zuschneidetisch zu legen und ein anderes herzuholen. Ist es Absicht oder Nachlässigkeit, daß sie die Gardinen nicht zugezogen hat?

Ihr Mann ist vorhin weggefahren. Würde mich nicht wundern, wenn der noch was nebenbei laufen hat, denkt Frau Weinzierl. Immer geht der doch auch nicht zur Jagd, jetzt, wo die Nächte langsam frostig werden.

Normalerweise sitzt Sophie im Wohnzimmer vor dem Fernseher, wenn ihr Mann nicht da ist. Aber seit Beginn dieser Woche näht sie, als säße ihr jemand mit einer Stoppuhr im Nacken.

Schon eine seltsame Person. Warum wollte sie kein Geld für das Salbeigrüne annehmen? So dicke haben die es doch auch wieder nicht. Aber auch Rudolf Kamprath ist ein eigenartiger Mensch. Ehe diese Sophie ins Haus kam, hat er über zehn Jahre mit seiner Mutter in dieser Wohnung da drüben gelebt. Soviel Frau Weinzierl mitbekommen hat, und das ist so einiges, gab es in diesen zehn Jahren keine Frauengeschichten in Kampraths Leben. Es gab ein paar Gerüchte über eine gescheiterte Ehe, aber weder er noch seine Mutter haben je etwas darüber erzählt. Vor drei Jahren ist sie dann plötzlich gestorben. Herzschwäche, sagte Dr. Mayer. So wie Frau Weinzierl Frau Kamprath senior in Erinnerung hat, kann sie sich bei ihr überhaupt keine Schwäche vorstellen, nicht einmal die eines ihrer Organe. Aber irgendwann trifft es jeden und jede, denkt sie, und ein Schauder kriecht ihr über den Rücken.

Sie findet, Sophie Kamprath hat großes Glück gehabt, um diese Schwiegermutter herumgekommen zu sein. Andererseits – zu Lebzeiten der alten Frau Kamprath wäre diese Ehe sicherlich nie zustande gekommen. Laura Kamprath hätte keine andere Göttin neben sich geduldet.

Göttin? Wie absurd. Warum mußte Rudolf Kamprath ausgerechnet im tiefsten Odenwald auf Brautschau gehen und ein so farbloses Wesen anschleppen? Warum keine Frau mit Bildung und ein wenig Temperament? Und dann dieser gräßliche Beruf! Selbst wenn sie es nur aushilfsweise macht. In ihrer Phantasie sieht Frau Weinzierl Sophie mit einem Fleischermesser in einem aufgeschlitzten Tierleib wüten. Därme quellen hervor, Blut läuft ihr an den Händen herab, um sie herum stehen und hängen ihre fertigen Opfer und glotzen sie aus trüben Glasaugen an.

Die reale Sophie steht jetzt gerade von der Nähmaschine auf und streift diesem widerlichen, beinamputierten Gestell das Kleid über. Es ist schwarz.

Frau Weinzierl weiß inzwischen, für wen das Kleid ist. Sieglinde hat ihr davon erzählt, und auch von den geheimnisvollen Andeutungen der Kamprath. Arme Sieglinde. »Dieses alte Wrack ruiniert mein Leben. Dabei ist die ganze Mühe sinnlos, es geht sowieso bergab mit ihr. Nur viel zu langsam«, hat die Geplagte ihr vor einiger Zeit in ihrer Verzweiflung anvertraut, und hinter vorgehaltener Hand geflüstert: »Glaub mir, wenn es ein Gift gäbe, das man nicht nachweisen kann, ich würde es ihr schöpflöffelweise verabreichen.«

Wieder muß Frau Weinzierl an den Maler denken. Das

war schon eine seltsame Sache. Was, wenn diese Sophie wirklich seinen Tod verursacht hat?

Frau Weinzierl schaut wieder hinüber zu Sophie. Man wird sehen, denkt sie, wozu diese Frau fähig ist.

Als Sophie gegen Mittag vom Einkaufen kommt, steht Walter Fabians anthrazitmetallicfarbener BMW vor der Pforte seines Bungalows. Heute morgen hat sie Dr. Mayer dort herauskommen sehen, unmittelbar vor Beginn seiner Sprechstunde. Normalerweise macht er seine Hausbesuche mittags oder abends.

Sie geht zu ihrer Schneiderpuppe, nimmt eine Flusenbürste und fährt damit über das enge schwarze Brokatkleid und die taillenkurze Jacke. Schon an der Puppe sieht es ungemein elegant aus. Sie nimmt den Kopf mit den blonden Haaren aus der Kommode und schraubt ihn auf den Torso. Beim flüchtigen Hinsehen sieht die Gestalt jetzt fast wie Frau Fabian aus.

Sophie entfernt den Kopf wieder und entkleidet die Puppe. Sorgfältig bügelt sie das Kleid ein letztes Mal. Ihre Finger streichen über den warmen Stoff. Es ist wie ein kleiner Abschied. Ähnlich muß ein Maler fühlen, der sich von einem Bild trennen muß. Doch zum Trost wartet bereits eine neue Aufgabe. Auf dem Zuschneidetisch windet sich ein Seidenstoff in leuchtendem Azur. Er wird schön sein. Sophie lächelt. Er ganz besonders.

Das Kleid über dem Arm geht sie über die Straße. Sie nickt Frau Behnke zu, die gerade mit zwei vollen Einkaufstaschen am Sauerschen Grundstück vorbeigeht. Ingrid Behnke nickt kaum merklich zurück.

Vor dem Gartentor der Fabians bleibt Sophie stehen. Sie hat gerade auf den vergoldeten Klingelknopf gedrückt, als hinter ihr der lange schwarze Wagen hält.

2

Karin Mohr betritt Axels Büro mit einem Stapel Akten unter dem Arm und einer Tasse in der Hand. Axel kennt inzwischen ihre Marotte, sich mit einem doppelten Espresso in Arbeitsstimmung zu bringen, aber normalerweise tut sie das in ihrem eigenen Büro. Sie trägt den Kaschmirpullover, den er auch schon kennt, und – einen Rock.

»Guten Morgen. Hier ist schon mal ein Teil ihrer Kandidaten.« Sie haben vor ein paar Tagen besprochen, welche Mandanten in Zukunft von ihm betreut werden sollen.

»Guten Morgen.« Axel wuchtet Pallandts BGB-Kommentar zur Seite, damit sie den Stapel ablegen kann. Er kann es kaum erwarten, ihre Beine anzusehen. Es gelingt ihm, ohne daß sie es merkt, zumindest glaubt er das. Sie trägt schwarze, undurchsichtige Strumpfhosen.

Oder Strümpfe?

Der Rock ist nicht geeignet, in diesem Punkt Klarheit zu schaffen. Das steife Bein sieht der Form nach ganz normal aus. Es ist ziemlich schlank, vielmehr dünn, aber das ist das andere Bein auch. Drahtig, findet Axel und entscheidet sich im geheimen für die Strumpf-Variante.

Sie stellt ihre Tasse ab und mustert ihn stirnrunzelnd. »Axel, von mir aus müssen Sie hier nicht jeden Tag im Nadelgestreiften antanzen. Jackett und Krawatte genügen.« Sie tritt so nahe an ihn heran, daß ihm ihr pudriges Parfum in die Nase steigt und den Kopf benebelt, und flüstert: »Brauchen Sie etwa einen Vorschuß?«

Die Frage stößt Axel, der seinen Kopf gerade zwischen ihren Schenkeln hatte um mit seinen Lippen der Fährte eines ihrer schwarzen Strumpfhalter zu folgen, rauh ins

Hier und Jetzt zurück. Noch nicht ganz bei Sinnen, weiß er nicht, was er darauf antworten soll.

»Tut mir leid, daß ich nicht von selber darauf gekommen bin. Dabei müßte ich es doch noch wissen! Als ich anfing, hatte ich jeden Tag den selben gräßlichen Hosenanzug an, bis mir eine Sekretärin ein paar Sachen von sich geliehen hat.«

Sie rückt von ihm ab, und Axel kommt wieder zu Atem und Verstand.

»Da liegt mein Problem: Frau Konradi will das Senfgelbe partout nicht rausrücken.«

Karin lacht. Axel mag es, wenn sie lacht.

»Frau Konradi wird Ihnen einen himmelblauen Scheck geben.«

Offenbar ist sie heute in Plauderstimmung, denn sie erkundigt sich leutselig: »Haben Sie sich in Ihrer Wohnung gut eingelebt?«

»Ja, es ist sehr schön, nur …«

»Nur was? Fehlen Ihnen ein paar Topfpflanzen?«

»Es wohnen überwiegend ältere Leute in der Nachbarschaft. Ich meine, verheiratete Paare, Sie wissen schon.«

»Wie trist«, stimmt sie ihm zu. Inzwischen weiß er, daß es keinen Herrn Mohr gibt. »Das ist nun mal so, in den respektablen Vierteln. Wo haben Sie denn bisher gehaust, in einer verlotterten Studenten-WG?«

Axel feilt noch an einer Antwort, da ist sie schon beim nächsten Punkt: »Sagen Sie, wohnt in Ihrer Straße ein gewisser Kamprath?«

»Es wohnt jemand schräg gegenüber, der so heißt. Aber den Mann habe ich noch nie gesehen. Nur die Frau, die stand neulich mal auf dem Balkon.«

»Die Frau?«

»Ja, seine Frau. Er ist Lehrer.«

»Sie wissen aber schon recht gut Bescheid. Sind Sie etwa ein Klatschmaul?«

»Himmel, nein! Den ganzen Tratsch mußte ich mir von meiner Vermieterin anhören, als ich sie neulich um zwei Eier gebeten habe. Daraufhin hatte sie mich zum Abendessen eingeladen.«

»Der alte Trick. Funktioniert bei älteren Damen immer, darauf müssen Sie sich nichts einbilden.«

»Und ich dachte schon, es liegt an meinen sanften braunen Augen.«

»Unsere Frau Konradi ist übrigens auch sehr angetan von Ihnen. Obwohl sie weiß, daß Sie hinterrücks Kohlrabi zu ihr sagen. Und was macht sie?«

»Was macht wer?« fragt Axel verwirrt.

»Die Frau vom Kamprath. Was macht sie beruflich?«

»Nichts – äh, ich meine … Hausfrau. Sie näht Kleider für die Damen der Nachbarschaft. Sind das Mandanten von uns?«

»Nein«, antwortet Karin Mohr knapp und im fliegenden Wechsel ist sie schon beim nächsten Thema: »Wollen wir die nächsten Tage mal ein Bier trinken gehen? Damit Sie das Nachtleben unserer südhessischen Metropole kennenlernen.«

Mann, denkt Axel, legt die heute ein Tempo vor.

»Ja, sehr gerne.« Er traut sich nicht zu fragen, was genau mit »die nächsten Tage« gemeint ist.

»Aber ziehen Sie sich dann bitte was Legeres an. Eine Jeans haben Sie doch, oder?«

»Ich werde aussehen wie ein Streetworker«, verspricht er.

Sie ist schon halb aus der Tür, da dreht sie sich nochmals um.

»Aber erwarten Sie nicht zuviel.«

Während er dem Stakkato ihrer Schritte auf dem Flur lauscht, grübelt er, was mit ihrem letzten Satz wohl gemeint war.

Der Kaffeetisch ist adrett, beinahe liebevoll gedeckt. Nur schade, daß Frau Behnke beim Eingießen das persilweiße Tischtuch bekleckert hat. Sophie fragt sich, warum sie so nervös ist.

Die Wohnungseinrichtung der Behnkes ähnelt der der Kampraths, doch hier spielen die düsteren Möbel die Rolle würdiger Antiquitäten. Die Villa hat einen großen Wintergarten, der das graue Novemberlicht einfängt, und dort sitzen Sophie und Ingrid Behnke unter einem Feigenbaum, der winzige Früchte trägt, während ein Regenschauer auf die Glasfläche trommelt.

Frau Behnke ist groß und hager. Schlaffe Tränensäcke verleihen ihrem Blick etwas Trübsinniges, ihr Haar ist nicht gefärbt. Das Grau ist dabei, das ursprüngliche Mausbraun zu überdecken, und Sophie fällt ein, daß man das bei Rauhhaardackeln »saufarben« nennt.

»Das ist schön«, sagt Sophie, »bei Regen doch irgendwie im Freien zu sitzen.«

Frau Behnke lächelt stolz. »Wir haben das Haus umgebaut, als unsere Tochter erwachsen wurde und die obere Wohnung für sich haben wollte.«

»Wo lebt Ihre Tochter jetzt?«

»In der Innenstadt.« Unvermittelt legt Frau Behnke ihre Hand mit den kurzen, klarlackierten Fingernägeln auf Sophies Arm und neigt sich ihr entgegen. »Ach, Frau Kamprath, ich sage Ihnen, was ich mit diesem Mädchen schon für Sorgen hatte …« Sie geht nicht näher auf diese Sorgen ein, sondern setzt sich wieder gerade hin und tupft sich mit der Stoffserviette unter den Augen herum.

Sophie nippt an ihrem Kaffee. »Sie können mich ruhig Sophie nennen.«

»Danke.« Der Altersunterschied von knapp zwanzig Jahren rechtfertigt es, daß Frau Behnke das Angebot nicht erwidert. Sophie ist froh darüber, es wäre ihr peinlich, Frau Behnke »Ingrid« nennen zu müssen. Sie nennt auch Frau

Weinzierl nicht Dorothea und kann nicht verstehen, warum eine gestandene Frau wie sie es zuläßt,»Dotti« gerufen zu werden. Sophie dagegen ist gewohnt, sich unterzuordnen.Wo sie hinkam, war sie immer bloß »die Sophie« oder »die Näherin«. Bei »Frau Kamprath« muß sie immer zuerst an Rudolfs Mutter denken. Der Name ist wie ein schlechtsitzender Mantel, auch jetzt noch, da sie ihn schon zwei Jahre lang trägt.

Frau Behnke revanchiert sich für Sophies Entgegenkommen mit einem Beweis ihres Vertrauens: »Was ich Ihnen jetzt erzähle, muß unter uns bleiben, versprechen Sie mir das?«

»Natürlich«, antwortet Sophie. Soeben wird ihre Ahnung bestätigt, daß es nicht nur die Maße für ein neues Kleid waren, die ihr diese Einladung eingebracht haben.

»Sie kennen doch den Schwalbe...«

»Nein.«

»Schmuck und Uhren-Schwalbe?« hakt Frau Behnke ungläubig nach. »Das erste Haus, vorne an der Ecke. Hat doch ein riesiges Schild neben der Tür hängen. Obwohl seine Läden in der Stadt sind.«

»Ach so, den Schwalbe meinen Sie.« Sophie hat schon oft im Vorübergehen gerätselt, was auf dem Schild steht, aber es ist ihr nie wichtig genug gewesen, um Rudolf danach zu fragen. Schwalbe also. In ihrem Hirn gespeichert als dunkelhaariger Männerkopf auf einem gedrungenen Rumpf in einem silbergrauen Mercedes. »Nur vom Sehen.«

»Meine Tochter hat Goldschmiedin gelernt und in seinem Geschäft in der Fußgängerzone gearbeitet. Damals war der Schwalbe noch ein ansehnlicher Mann, nicht so aufgeschwemmt vom Saufen wie jetzt ...«

Sophie möchte ihre Nachbarinnen nicht bloßstellen, deshalb hört sie sich die Geschichte noch einmal an, angereichert durch einige Details: »Er macht sie vor den

Kolleginnen runter und kürzlich hat er sogar behauptet, sie hätte eine Perlenkette aus dem Laden gestohlen. Er ruft nachts an und steht vor ihrer Tür, wann es ihm paßt. Einen netten jungen Mann ihres Alters, den meine Tochter kennengelernt hat, hat er bereits vergrault. Keine Überstunde hat er ihr je bezahlt, und das dumme Ding hat sich das gefallen lassen. Zuerst aus Liebe, dann aus schlechtem Gewissen.« Frau Behnke seufzt. »Ist es nicht manchmal erschreckend, was wir Frauen uns alles gefallen lassen?«

»Ja«, sagt Sophie, und für einen Moment schauen beide nachdenklich in den Regen. »Kann sie nicht wegziehen?«

Frau Behnke räuspert sich und blinzelt mit den Augen, als ob sie ein Traumbild verscheuchen wollte. Ihre rissigen Putzhände sind ineinander verschlungen. »Das ist nicht so einfach. Wegen ihrer Kleinen.« Frau Behnke greift sich verlegen an den Kragen ihrer Bluse, als sie das sagt. »Gudrun will sie nicht aus ihrer gewohnten Umgebung und vor allem nicht aus der Schule rausreißen. Das verstehen Sie doch?«

»Sicher.« Anscheinend liegt Frau Behnke viel an ihrem Verständnis.

»Die Kleine tut sich ein wenig schwer. Gudrun ist froh, daß sie eine verständnisvolle Lehrerin hat. Sie ist nämlich Legasthenikerin, unsere Anna-Lena.«

»Was?«

»Sie hat eine Schreib- und Leseschwäche. Sie verdreht Buchstaben oder kann die einzelnen Laute nicht zusammenziehen. Das ist angeboren, eine Störung der Wahrnehmung.« Ihre Erklärung klingt auswendig gelernt. »Aber es hat nichts mit der Intelligenz zu tun!« fügt sie hastig hinzu. »Das sagt auch die Therapeutin. Mit ihr macht sie jetzt gute Fortschritte. Gottseidank gibt es heute für alles Therapeuten. Kostet zwar ein Vermögen, aber Hauptsache es hilft. Möchten Sie vielleicht ein Gläschen Mirabellenlikör? Den haben wir vom Wanderurlaub aus Südtirol mitgebracht. Sophie? Frau Kamprath! Hören Sie mir zu?«

»Ich … oh, ja natürlich.«

»Sie wirkten so abwesend.«

Frau Behnke geht zur Anrichte und gießt aus einer bauchigen Flasche eine giftgelb schimmernde Flüssigkeit in zwei langstielige Gläschen. Als sie zurückkommt, fragt sie: »Haben Sie die Frau schon gesehen, die sich der Schwalbe vor einem Vierteljahr ins Haus geholt hat?«

»Nein.«

»Ist auch kein Wunder, er hält sie unter Verschluß, wie ein Tier. Trotzdem, als ich das damals mitbekommen habe, da dachte ich, na, jetzt wird er Gudrun wohl endlich in Ruhe lassen. Aber vor ein paar Wochen ging der Terror wieder los. Sie geht schon kaum mehr aus, weil sie ihn überall zu treffen fürchtet. Neulich ist er sogar in dem Fitneß-Center aufgetaucht, in dem Gudrun Aerobic macht. Die Arme ist allmählich fix und fertig. Und ich dazu.« Ein paar Gesichtsmuskeln geraten nun außer Kontrolle, ihre Unterlippe beginnt zu zittern.

»Die arme Frau«, murmelt Sophie. Der Satz mit dem eingeschlossenen Tier will ihr nicht aus dem Kopf.

Frau Behnke unterdrückt ein Schluchzen und schneuzt sich die Nase. Ihr Kummer wirkt aufrichtig. Ihre Schultern hängen nach vorne und zwei tiefe Falten ziehen sich von den Nasenflügeln bis zu den Mundwinkeln. Die Lippen sind trocken und konturlos. Hat sich meine Mutter jemals so um mich gesorgt, fragt sich Sophie und verzichtet gerne auf die Antwort.

Frau Behnke saugt ihren Likör ein und sieht Sophie über das leere Glas hinweg an. In ihren Augen entdeckt Sophie jenen bewundernden Ausdruck, den sie schon von Frau Weinzierl kennt, aber da ist zusätzlich etwas Flehendes, beinahe Forderndes. Sophie versucht dem Blick zu entrinnen und nippt an ihrem Glas. Der Inhalt ist zum Steinerweichen süß.

In diesem Moment wird eine Tür aufgestoßen und ein kleines Mädchen mit langen, weißblonden Haaren und einer Puppe im Arm tippelt quer durch das Wohnzimmer, auf Frau Behnke zu. Oma und Enkelin klammern sich aneinander, als hätten sie sich Jahre nicht gesehen. Sophie steht auf und murmelt einen Abschiedsgruß. Auf einmal ist sie diejenige, die die Tränen kaum noch zurückhalten kann.

Es ist vier Uhr und der Regen hat aufgehört. Bedächtig geht Sophie die Straße entlang. An der Kreuzung bleibt sie stehen. Schwalbes Haus ist ein weißer Bungalow mit breiter Doppelgarage und einem tiefgezogenen Walmdach, das gut auf eine friesische Insel passen würde. Der Garten strahlt die Leblosigkeit einer öffentlichen Grünfläche aus. Die Büsche sind auf Mannshöhe so gerade abgeschnitten worden, als hätte man sie mit einem riesigen Schwert geköpft. Die Eingangstreppe öffnet sich dem Besucher in einladender Trichterform, das Geländer ist geschwungen, als wolle es den Hereinkommenden umarmen. Die vergitterten Fenster sprechen eine andere Sprache, daran ändern auch die schmiedeeisernen Schnörkel, die Sonnenblumen darstellen, nichts. Wie hat Frau Behnke gesagt? ›Er hält sie unter Verschluß wie ein Tier‹.

Die Gardinen sind zugezogen. Sophie empfindet auf einmal heftiges Mitleid mit der Fremden hinter den eisernen Sonnenblumen. Hinter diesen Mauern kann er mit ihr machen, was er will. Ihr Mitgefühl weicht der Wut auf diesen Schwalbe.

Etwas rascher als vorhin geht sie durch die angrenzenden Straßen. Sie überquert die Schienen, aus der Ferne nähert sich eine Straßenbahn, kreuzt die Hauptstraße, dann ist sie am Friedhof. Nahe beim Eingang liegt das Grab der alten Frau Fabian. Der durchnäßte schwarze Schleier hängt wie welker Spinat an dem provisorischen Holzkreuz, dem sicherlich bald ein glattpolierter Stein folgen wird. Vielleicht bekommt sie den Stein zu Weihnachten.

Die Beerdigung war letzte Woche. Frau Fabian hat Sophie ganz fest die Hand gedrückt und sie mit einem warmen Lächeln bedacht. In ihrem schmalen Brokatkleid sah sie hinreißend aus und unter dem dünnen Firnis pflichtschuldiger Schwiegertochtertrauer wirkte sie gelöst. Sie stand aufrecht, das Kinn erhoben, als der Pfarrer seine Grabrede hielt. Ganz im Bewußtsein ihres guten Aussehens nahm sie Beileidsbekundungen wie Huldigungen entgegen, bewegte sich grazil und mit Leichtigkeit, als hätte man ihr eine Last von den Schultern genommen, die sie all die Jahre niedergedrückt hat. Fast meinte man, sie müsse ein Champagnerglas in der Hand halten. An einem passenderen Ort als dem offenen Grab ihrer Schwiegermutter hätte sie wahrscheinlich gestrahlt wie eine junge Braut.

Ihr Mann gab sich gefaßt und feierlich, seine Miene drückte eine verhaltene Zufriedenheit aus, wie nach einem erfolgreichen Geschäftsabschluß.

Fünfzehn leicht aufgeweichte Kränze zieren ein Eisengestell neben dem Grab. Gerne würde Sophie die gedruckten Worte auf den schwarzen Bändern lesen. Sicher sind viele Lügen dabei. Rudolf hat ihr die Todesanzeige vorgelesen: *Ein treues Mutterherz hat aufgehört zu schlagen. In tiefer Trauer nehmen wir Abschied von unserer geliebten Mutter, Oma ...* und so weiter. Arme Frau. Es muß schlimm sein, wenn man alt und hilflos ist und nur noch gehaßt wird, denkt Sophie.

Sie geht heute nicht zum Grab der Kampraths, sondern setzt sich sofort auf eine Bank, die sie vorher mit ihrem Taschentuch trockenwischen muß. Eine Gestalt nähert sich, Stöckelschuhe bohren sich in den aufgeweichten Boden, mohnrot blitzt es unter einem weitschwingenden, dunklen Mantel.

»Du erlaubst, daß ich mich setze?«

»Mark. Wie läufst du denn herum? Noch dazu auf dem Friedhof!«

»Scharf, was? Eben ist mir in der Straßenbahn die halbe Nachbarschaft begegnet, aber niemand hat mich erkannt.«

Sophie schüttelt den Kopf. »Du bist verrückt. Wenn das herauskommt, sag bloß nicht, daß du das Kleid von mir hast. Woher weißt du, daß ich hier bin?«

»Ich habe dich von der Bahn aus gesehen und bin dir gefolgt«, gesteht er freimütig.

»Ich war gerade bei Frau Behnke.«

»Will die auch ein Kleid genäht haben?«

»Ja. Und sie will, daß ich Herrn Schwalbe umbringe.«

Er zieht seine geschwungenen Brauen hoch. »Hat sie das gesagt?«

»Nicht so direkt.«

»Und warum? Hat er ihr einen falschen Brilli angedreht?«

Sophie berichtet ihm von dem Gespräch.

»Und?« fragt er gespannt, »wirst du ihr den Gefallen tun?«

»Blödsinn«, schnaubt Sophie.

»Du kannst deine Kundschaft doch nicht so enttäuschen!«

»Mark, bitte!«

»Seit die alte Frau Fabian unter der Erde liegt, ist die Weinzierl restlos von deinen Talenten überzeugt. Selbstverständlich hat sie gleich von Anfang an gespürt, daß von dir eine besondere Aura ausgeht.«

»Sie übertreibt. Wenn ich so etwas könnte, dann würde ich zuerst ...«

»Was?«

»Nichts.«

Mark fängt ihren Blick auf und hält ihn fest, bis Sophie das Duell verloren gibt.

»Ich könnte ohne Rudolf gar nicht zurechtkommen«, sagt sie nach einer Weile.

»Versuch's doch einfach.«

Darauf gibt sie ihm keine Antwort.

»Wer hat dir eigentlich eingeredet, daß du blöd bist?«

Sie zuckt die Schultern. Seit ihrer Kindheit galt sie als dumm. Schwer zu sagen, wer damit angefangen hat.

»Hast du einen Schulabschluß?«

»Hauptschule.«

»Wie hast du das gemacht?«

»Mit Mogelei. Im Rechnen war ich nicht schlecht, und in allen mündlichen Prüfungen auch nicht. Gelegentlich hat mein Bruder die Hausaufgaben für mich geschrieben, oder einen Aufsatz, den ich ihm diktiert habe. Er wollte nicht zulassen, daß ich in die Sonderschule geschickt werde. Ich denke, die Lehrerin hat's gewußt, aber sie hat nichts gesagt, weil ich sonst keine Probleme machte. Wir waren zeitweise über fünfzig Schüler in einer Klasse, da ist man als Lehrerin wahrscheinlich um jedes Kind froh, das sich ruhig verhält.«

»Haben deine Eltern nichts unternommen?«

»Doch. Bei jedem Zeugnis gab's Prügel.«

»Auch von deiner Oma?«

»Nein, nie.«

»Es muß schlimm gewesen sein, als sie gestorben ist.«

»Ja«, sagt Sophie nur und knetet ihre Finger im Schoß.

»Woran ist sie gestorben?«

Sophie ballt die Hände zu Fäusten. »An Krebs, und jetzt laß mich endlich damit in Ruhe!«

Mark steht auf und schlendert zwischen den Gräbern herum. Seine Bewegungen sind anders, wenn er Kleider trägt. Als er sich wieder neben sie setzt, schlägt er vor: »Du könntest einen Alphabetisierungskurs machen, an der Volkshochschule.«

Sie winkt ab. »Alles schon versucht. Ich bin nach der Hälfte nicht mehr mitgekommen.«

»Warst du regelmäßig da?«

»Ziemlich. Auch Rudolf wollte es mir beibringen, aber es hat nicht geklappt.«

»Das kann ich mir vorstellen«, antwortet Mark, zieht eine Grimasse und packt sie plötzlich bei den Schultern. Seine Augen blitzen übermütig. »He, Sophie, wollen wir mal zusammen weggehen? Ich meine am Abend, in eine Kneipe, hast du Lust?«

»Wozu soll das gut sein?«

»Damit du mal rauskommst.«

»Dein Mitleid kannst du dir an den Hut stecken«, faucht Sophie und steht auf.

»Jetzt renn nicht gleich davon«, stöhnt Mark und ist mit ein paar schnellen Schritten neben ihr. Sophie bleibt stehen und kichert hinter vorgehaltener Hand. »Wie du eben gerannt bist, das hat gar nicht damenhaft ausgesehen.«

»Stimmt. Ich muß noch besser werden. Wenn wir ausgehen, dann darf nichts schiefgehen.«

»Doch nicht in diesen Klamotten!«

»Natürlich. Und sag nicht Klamotten zu deinen herrlichen Gewändern. Wann ist dein werter Gatte abends weg?«

»Das ist verschieden.«

»Ich sehe ja, wenn er fährt. Dann rufe ich dich an, und wir treffen uns hinter der Kreuzung.«

»Mal sehen.«

Sophie seufzt. Wie leicht er das alles nimmt. Für ihn ist das Leben ein Spiel, und warum auch nicht, in seiner Situation als Student.

Ein paar Tage lang hat Sophie darüber nachgedacht, ob

sie sich vielleicht in Mark verliebt hat. Sie ist zu dem Schluß gekommen, daß es nicht so ist. Seltsamerweise fühlt Sophie sich ihm immer dann sehr nahe, wenn er Kleider trägt. Vielleicht, weil es ihre Kleider sind? Sie kann dann über Dinge mit ihm reden, die sie sonst höchstens ihrem Bruder anvertraut. Er hat eine unbekümmerte Art, ihre vagen Empfindungen deutlich auszusprechen. Und er hat noch eine besondere Fähigkeit: er bringt sie zum Lachen.

Nach dem zweiten Bier wird Axel allmählich lockerer. Eben hat er Karin erzählt, daß er neben seinem Studium viel gejobbt hat, weil der Getränkehandel seines Vaters gerade so viel einbrachte, um das Reihenhäuschen abzuzahlen und seine Kleidung bei C & A zu kaufen.

Karin sieht ihn mit ihrem typischen distanzierten und zugleich amüsierten Blick an. »Wissen Sie, Axel, warum ich Sie eingestellt habe?«

»Weil die Einser-Kandidaten zu teuer waren?«

»Einser-Kandidaten sind mir höchst suspekt. Nein, Ihr Lebenslauf hat mir gefallen. Ich wollte keinen Schnösel aus reichem Elternhaus, der niemals kämpfen mußte. Ich wollte jemand mit Stehvermögen und Ehrgeiz, und ich denke, das haben Sie. Ich hatte übrigens auch nur eine Drei in der Gesamtnote.«

»Wann haben Sie Ihr Examen gemacht?«

»Vor fünf Jahren.»

Axel überlegt noch, wie er die Frage, die im Klartext lauten würde: Haben Sie so lange gebraucht oder so spät angefangen? taktvoll formulieren könnte, da erklärt sie: »Ich habe erst mit dreißig zu studieren begonnen.«

»Was haben Sie vorher gemacht?«

»Ich war verheiratet.«

Axel versucht ohne Erfolg, sich Karin als Haus- und Ehefrau vorzustellen. Was das wohl für ein Mann war?

Die Bedienung kommt vorbei. »Bitte zwei Kognak«, ordert Karin, ohne Axels Einverständnis einzuholen. Sie muß gespürt haben, daß er jetzt einen vertragen kann.

»Haben Sie Kinder?«

»Nein.«

»Das hat sicher viel Kraft gekostet, so ein Neuanfang nach – wie lange waren Sie denn verheiratet?«

»Zu lange«, antwortet sie, und Axel traut sich nicht, weitere Fragen zu stellen. Er sieht sich im Lokal um. Es ist groß, heißt *Havana* und aus den Boxen dröhnt unerbittlich lauter Salsa. Oder ist es Samba? Axel kennt sich mit Latino-Musik nicht aus, er steht nahezu kompromißlos auf klassischen Rock.

Am Nebentisch küssen sich zwei Frauen, und Axel schaut peinlich berührt weg. Es macht ihm auch viel mehr Freude, seine Chefin anzuschauen. Sie hat ihr Haar hochgesteckt, was sehr elegant wirkt, fast zu elegant für diese Kneipe.

Der Kognak wird gebracht, und er kippt ihn rasch hinunter, während Karin den ihren langsam die Kehle hinabrinnen läßt.

Sie sind eine Weile still und trinken ihr Bier. Das Lokal wird voller. Dann fängt Karin wieder an zu sprechen: »Ich bin gerne Anwältin. Am meisten freut es mich, wenn ich Leuten helfen kann, die sonst keine Lobby haben. Leider passiert das viel zu selten. Letztes Mal, bei meiner Beratungsstunde im Frauenhaus, ist mir wieder ein Fall begegnet, bei dem ich mich für unsere Gesetze geschämt habe.«

»Wieso das?« fragt Axel, mehr aus Höflichkeit als Interesse.

»Da ist eine Brasilianerin, die vor wenigen Monaten einen Deutschen geheiratet hat. Über eine kriminelle Vermittlungsagentur, aber das ist jetzt nicht der Punkt. Er will, daß sie ihr Kind nachkommen läßt. Das Schwein hat genug von ihr und ist scharf auf ihre achtjährige Tochter.

Gestern saß die Frau vor mir, mit der Hand in der Schlinge und einer Platzwunde an der Stirn. Die ist entstanden, weil sein Hemd nicht gut genug gebügelt war. Und was mußte ich dieser Frau sagen? Daß sie im Falle einer Trennung oder Scheidung sofort in ihr Heimatland abgeschoben wird. Sie muß drei Jahre verheiratet sein, erst dann hat sie ein Bleiberecht in unserem schönen Land. Sie kann ihn natürlich wegen Körperverletzung anzeigen, aber dann schickt er sie zurück. Brutal gesagt hat sie die Wahl: Sklavin ihres Ehemannes oder Nutte für Touristen. Es gibt nichts und niemanden, der diese Frau schützt.«

Axel nickt. »Wir können das aber nicht ändern.«

»Nein«, sagt sie. »Wir verwalten bloß das Elend.«

Axel würde am liebsten das Thema wechseln, er ist nicht mit ihr in die Kneipe gegangen, um das Leid der Welt zu diskutieren. Ein paar Tische weiter sieht er eine Frau, die Judith ähnlich sieht. Judith, die ihn vor einem dreiviertel Jahr verlassen hat, weil er in ihren Augen ein Muttersöhnchen ist. »Ödipussi« hat sie ihn genannt, als er ein Abendessen mit ihr absagte, um seine Mutter, die plötzlich diese unheimlichen Herzstiche bekommen hatte, ins Krankenhaus zu fahren.

Er schaut schnell wieder weg und sieht sich die anderen Gäste an, während Karin noch immer mit den Schicksalen ihrer Schützlinge hadert. Auf einmal entdeckt Axel eine Chance, den Abend zu retten: »Sie haben sich neulich nach der Frau von diesem Kamprath erkundigt. Da steht sie«, sagt er, als Karin endlich einmal eine Pause macht, um einen Schluck zu trinken.

»Wo?« Sie ist sofort interessiert, ja geradezu elektrisiert.

Die große, breitschultrige Frau da, an dem Stehtisch neben der Bar. Neben der Aufgedonnerten.«

Er beobachtet Karin, wie sie die andere Frau beobachtet. An der Art, wie die Frau sich ab und zu umsieht, erkennt man, daß sie nicht oft in Kneipen verkehrt. Jetzt legt die Aufgedonnerte einen Arm um sie und küßt sie auf die Wange. Verdammt, denkt Axel, was ist das hier? Eine Lesbenbar, wo gutsituierte Vorstadthausfrauen heimlich die Sau rauslassen?

Auf einmal fängt Karin an, verschmitzt zu grinsen.

»Axel, was sehen Sie, wenn Sie die beiden anschauen?«

Axel runzelt die Stirn. »Zwei Freundinnen, die tuscheln und, naja, sich küssen. Frauen tun so was ja häufiger.«

»Die andere ist keine Frau. Man sieht's an den Füßen, wenn man genau hinschaut. Und am Hals.« Sie tippt an die Stelle, wo bei manchen Männern der Adamsapfel hervorspringt. »Aber gut gemacht, alle Achtung.«

»Sie meinen ...«

Sie lacht und Axel wundert sich über den raschen Stimmungswechsel, vom Nullpunkt zu sprühender Heiterkeit. Also doch launisch. Emanze sowieso. Axel Kölsch, du bewegst dich auf sehr dünnem Eis.

Karin hat den Kopf in die Hände gestützt und mustert das Paar unverhohlen. Wenn ihn nicht alles täuscht, ist ihr Lächeln schadenfroh, was er sich jedoch nicht so recht erklären kann.

»Karin, warum interessiert Sie diese Frau so?«

In ihre Augen tritt ein Leuchten, aber sie sieht nicht ihn an, sondern schaut zur Tür.

»Ah«, seufzt sie, »endlich. Da kommt Maria.«

Am Klang seiner Schritte auf der Treppe kann sie hören, daß er wütend ist. Er rammt den Schlüssel ins Schloß und knallt die Aktentasche auf den Schrank. Sie sollte ihm jetzt beflissen entgegeneilen, ihn begrüßen und ihm den Mantel aufhängen.

Aber Sophie kann sich überhaupt nicht bewegen, wie festgewachsen steht sie am Herd, eine in sich zusammengesunkene Gestalt. Es ist aus! Er hat's erfahren. Ich wußte, daß es nicht gutgehen kann, daß es Wahnsinn ist. Irgend jemand hat uns gesehen. Ein Kollege vielleicht, den ich gar nicht kenne. Was wird jetzt passieren? Sie merkt, wie Schuld und Angst langsam in ihr hochkriechen, und das Gefühl ist ihr auf fatale Weise vertraut.

Rudolf registriert den Fehler im Protokoll nicht, sondern stürmt direkt in die Küche. Er fragt nicht, was es zum Abendessen gibt, sondern: »Was ist das für ein hanebüchener Blödsinn, den man sich im ganzen Viertel über dich erzählt?«

»Was meinst du?« flüstert Sophie kaum hörbar.

»Die Sache mit dem Maler von Frau Weinzierl und der Mutter vom Fabian! Sie sagen, daß du … daß du …«

Sophie richtet sich mit einem Ruck auf. Sie schafft es, ihrem Mann in die Augen zu schauen. Sie sind wässrig und von unbestimmter Farbe, wie Kiesel in einem Bach.

»Wollen wir uns nicht erst einmal einen Guten Abend wünschen?«

Die Veränderung ihrer Haltung, die Aufsässigkeit in ihrem Blick bleibt ihm nicht verborgen. Er geht auf sie zu, den Arm wie zum Schlag erhoben. Als er sieht, was Sophie in der Hand hält, bleibt er abrupt stehen. Es ist das Küchenmesser, an dem noch Zwiebelreste kleben.

Er läßt den Arm sinken. »Sophie«, stammelt er fassungslos, »was … was tust du da?«

»Ich schneide eine Schalotte, für den Salat.« Sophie legt das Messer hin.

»Was erzählt man sich in der Nachbarschaft für unglaubliche Dinge über dich?«

»Was für welche denn?« Sie hält seinem Blick stand, während sie den Salat mischt und lächelt dabei auf eine Weise, die ihm nicht gefällt.

»Ach, nichts«, winkt er plötzlich ab. »Was gibt's zu essen?«

»Hackbraten mit Reis und Grünem Salat. Rudolf, ich werde einen Alphabetisierungskurs an der Volkshochschule belegen.«

»So? Das ist doch schon mal schiefgegangen. Warum willst du dir das noch einmal antun?«

»Es ist schiefgegangen, ja.« In Gedanken fügt sie hinzu: weil du dich dauernd eingemischt hast. »Aber ich will es noch einmal versuchen.«

»Und wenn ich nein sage? Das ist doch rausgeschmissenes Geld, in deinem Fall.«

Sophie dreht sich um und geht auf ihn zu. »Du wirst mir Geld dafür geben. Das steht mir zu.«

Rudolf erkennt seine Frau nicht wieder. So hat sie noch nie mit ihm gesprochen. Er muß an die Geschichte denken, die ihm die Weinzierl vorhin in der Straßenbahn erzählt hat. Sieht sie ihn nicht in diesem Moment genau so an, wie die Weinzierl die Szene mit dem Maler geschildert hat? Lauert da nicht etwas in ihren Augen, das anders ist als sonst? Unsinn! Hysterisches Geschwätz einer frustrierten Sitzengelassenen. Er ruft sich zur Ordnung. Er darf nicht nachgeben, sonst nimmt ihm seine eigene Frau die Zügel aus der Hand. Frauen sind wie Hunde. Zeigt man Schwäche, werden sie sofort übermütig. Wenn sie etwas von ihm will, soll sie erst einmal dafür bezahlen.

»Wir werden sehen«, grinst er. »Du weißt, von mir kannst du alles haben, wenn du mich entsprechend darum bittest. Also, mein Kind, sei mal ein bißchen nett …«

Na bitte, es geht doch! Schon nimmt sie wieder die Haltung ein, die er so an ihr schätzt. Fügsamkeit ist eine weibliche Tugend, die leider nicht mehr oft zu finden ist. Er umfaßt ihr Haar und küßt sie auf den Mund. Ihre Lippen sind kalt, wie bei einer Toten.

Torsten Schwalbe geht zur Empfangstheke und winkt das blonde Mädchen heran, das gerade drei Löffel eines weißen Pulvers in ein Glas Milch rührt. Auf der Packung feixt Arnold Schwarzenegger. »Den Schlüssel, Sonja!« Es kümmert ihn nicht, daß sich Sonja gerade mit der Frau unterhält, die die Bestellung aufgegeben hat. Sie hat ein Tuch um ihre Stirn geknotet, damit der Schweiß das Make-up nicht aufweicht.

»Her mit dem Schlüssel, dann könnt ihr Weiber tratschen, soviel ihr wollt.« Sonja hört auf zu rühren und grüßt ihn mit »Servus Torsten«. Man ist hier eine große Familie. Sie nimmt eine Karte aus einem Karteikasten und reicht ihm einen Schlüssel mit einer Nummer.

»Danke, Mäuschen. Wie du heute wieder aussiehst!« Sonja ist nach der neuesten Fitneß-Mode gekleidet. Ihr Hintern steckt in einer glänzenden rosa Hose und wird von einem lackschwarzen String-Body in zwei stramme Hälften geteilt. Wie die Weiber das bloß aushalten, ständig den Stoff in der Arschfalte? Aber geil sieht's aus. Das enge Oberteil läßt viel karamellbraune Haut sehen und modelliert die stählerne Bauchmuskulatur. Schade, daß es hier so wenige solcher Frauen gibt. Zu seinem Leidwesen sind die meisten Kundinnen zwischen dreißig und fünfzig, also viel zu alt, und obendrein fett wie die Wachteln. Vielleicht sollte er gelegentlich das Studio wechseln, vielleicht gibt es woanders mehr Frischfleisch. Junges, straffes Fleisch, nicht diese Wabbelzitzen und Zellulitisärsche. Wie sich wohl Sonjas Golfbällchen anfühlen? Aber Sonja ist die Freundin von Connie, dem Chef, da hält man sich besser etwas zurück. Nur ein Vollidiot würde sich mit neunzig Kilo Muskeln pur anlegen.

Vor der Tür zur den Umkleidekabinen zwinkert er einer verkabelten Frau zu, die in einem quietschgelben Trikot auf dem Rad sitzt und strampelt. Manchmal piepst es aus einem Kasten mit buntem Display, dann ist der Puls zu hoch oder zu niedrig. Im Erdgeschoß herrscht eine ruhige, konzentrierte Atmosphäre. Überall stehen Tonkübel mit exotischen Pflanzen. *Tropicana* heißt das Studio und heute ist es schon recht gut besucht. Frischer Schweißgeruch hängt in der kühlen Luft. Hin und wieder unterbricht ein orgasmisches Stöhnen das Klickern der Gewichte.

Aus dem oberen Stockwerk tönt gedämpfte Musik und rhythmisches Stampfen. Die Aerobic-Häschen. Er ist schon gespannt auf Gudruns Gesicht, wenn sie ihn nachher sehen wird.

Er zieht sich rasch um und beginnt mit dem Aufwärmtraining. Erst das Fahrrad. Auch bei ihm piepst es einige Male, bis sich sein Puls auf 120 eingependelt hat. Er sieht sich im Spiegel an. Für sein Alter ist seine Figur noch recht passabel, findet er. Zumindest, so lange er die Luft anhält. Er absolviert einen Durchgang an sämtlichen Geräten, die das Erdgeschoß zu bieten hat, und erklimmt dann die schmale Wendeltreppe, die hinauf in den ersten Stock führt. Gegenüber dem Ballettraum, in einer durch Palmenkübel abgetrennten Nische, stehen niedrige, ledergepolsterte Bänke. Dazwischen liegen die schweren Hanteln und Gewichte. Das Bankdrücken hebt er sich immer für den Schluß auf. Heute ist das Timing perfekt, denn gleich werden die Hupfdohlen aus dem Ballettraum strömen, da macht sich diese Übung besonders gut. Ansonsten ist der obere Stock schwächer besucht. Ein junger Mann mit überbreitem Kreuz posiert vor einem Spiegel. Hingerissen verfolgt er das Spiel seiner Muskeln, indem er die Hantel zur solariumgebräunten Hünenbrust heranzieht und langsam wieder sinken läßt.

Schwalbe setzt sich auf die Bank und trainiert zuerst den Bizeps, wobei er zwei Frauen am anderen Ende des Raumes ins Visier nimmt. Sie haben sich jede einen Stock in den Nacken geklemmt, den sie mit ausgestreckten Armen festhalten, während ihr Oberkörper hin- und herschwingt. Soll gut für die Taille sein. Sieht aus wie der I.N.R.I., findet Schwalbe. Die eine hat lange, dunkle Haare und eine knackige Figur, soweit er das unter dem weiten T-Shirt und der ausgebeulten Trainingshose erkennen kann. Warum tragen immer die mit den Hängeärschen diese hautengen Dinger, und die, die es sich leisten könnten, laufen rum wie Berti Vogts?

Durch extremes Baucheinziehen gelingt es ihm, den breiten Ledergurt, der Leistenbrüche verhindern soll, im letzten Loch zu schließen. Dann schraubt er je drei Zehnkiloscheiben an die Enden einer langen Stange. Er legt sich flach auf die Bank, sechzig Kilo schweben über ihm. Er hebt die Stange aus der Gabel des Eisengestells. Schwer lastet das Gewicht auf seinem Brustkorb. Er stößt es nach oben. Dreimal, viermal, fünfmal. Er keucht. Weil es heute so gut läuft, legt er auf jeder Seite noch fünf Kilo drauf. Er wird die siebzig Kilo schaffen, er hat sie schon einmal geschafft. Sein Ziel, auf das er seit Monaten hinarbeitet, ist, sein eigenes Körpergewicht, also knappe achtzig Kilo, zu stemmen. Als er die Stange aus der Gabel hebt, spürt er den Unterschied sofort. Er läßt das Gewicht vorsichtig auf seine Brust sinken und preßt es langsam wieder hoch. Wie eine Sonne strahlt die grelle Neonröhre über ihm. Brennender Schweiß kriecht ihm in die Augen, seine Arme beginnen zu zittern, an den Schläfen quellen die Adern fingerdick auf. Er atmet konzentriert. Da, jetzt hat er es geschafft. Noch ein, zwei Sekunden halten, den Sieg auskosten. Aahh!

Eine Geruchsmischung aus Parfum und Schweiß steigt ihm in die Nase. Na also, wer sagt's denn. Kaum zeigt man Leistung, schon pirschen sich die Miezen ran.

Als Sophie vor dem Museum auf der Mathildenhöhe steht, ist ihr mulmig zumute. Außer ihr wandert nur noch ein junges Pärchen um die russische Kapelle, deren Kuppel in der fahlen Dezembersonne golden glänzt. Sie hat recht behalten, der Winter kam dieses Jahr früh und mit unnachgiebiger Kälte, so daß nach vielen Jahren wieder mit einer weißen Weihnacht zu rechnen ist. In knapp zwei Wochen ist Heiligabend. Sophie graut davor.

Die Frau hat nicht gesagt, worum es geht, nur daß sie sich gerne mit Sophie treffen möchte. Sehr eigenartig. Aber in letzter Zeit passieren viele eigenartige Dinge. Heute morgen ist ihr Frau Behnke beim Einkaufen begegnet, zwei Flaschen Sekt, vielleicht war es auch Champagner, klimperten in ihrem Einkaufswagen. Sie erwischte Sophie zwischen der Tiernahrung und den Hygieneartikeln, preßte sie gegen ihren knochigen Brustkorb und sagte mehrere Male: »Endlich ist Frieden«, so daß Sophie nahe daran war zu fragen, ob denn Krieg war. Doch Frau Behnke legte den Finger an den Mund, blinzelte ihr verschwörerisch zu und schwebte mit vogelleichten Schritten zur Wursttheke, wo sie nach Ardenner Schinken verlangte, während Sophie verdattert zwischen Damenbinden und Katzenfutter stehenblieb.

Nun steht sie auf eiskalten Füßen hier herum und fragt sich, ob sie nicht lieber wieder gehen soll.

Eine Frau kommt über den Platz, sie geht auffallend langsam. Unter einem weiten, offenen Cape trägt sie einen Hosenanzug mit Weste. Trotzdem wirkt sie feminin. Aber auch Sophie braucht sich heute nicht zu verstecken. Mark hat es sich nicht nehmen lassen, einen Vorschuß für das blaue Kleid zu bezahlen, und sie hat sich davon schwarze Pumps angeschafft. Es ist nicht einfach, elegante Schuhe in Größe zweiundvierzig zu finden. Mit den Pumps ist Sophie größer als Rudolf, was er nicht schätzt, aber Sophie hat entschieden, daß er die Neuanschaffung gar nicht zu sehen bekommen wird. Die Frau im Anzug bewegt sich tatsächlich auf sie zu. Irgend etwas an ihrem Gang ist seltsam. Sie bleibt vor Sophie stehen. Sie ist, wie die meisten Frauen, kleiner als Sophie und dürfte so um die Vierzig sein.

»Frau Kamprath?« Ihre Stimme ist dunkel und voll.

»Ja?«
»Ich bin Karin Mohr. Wollen wir in das Café gehen?«
»Meinetwegen.«
Sie steigen die Außentreppe hinauf. Es geht schleppend voran, weil die Fremde nur das rechte Bein auf die Stufen stellt, und das linke nachsetzt.

Was will diese Frau von ihr? Sophie hat nicht den Hauch einer Ahnung.

Es ist früher Nachmittag und nur zwei Tische sind besetzt. Sie wählen einen Platz, an dem sie sich ungestört unterhalten können. Der Ober nimmt ihnen die Mäntel ab und bringt zwei Karten.

»Einen Campari Soda. Für Sie?«
»Für mich auch«, sagt Sophie schnell. Sie fühlt sich in Lokalen hilflos. Die Fremde dagegen wirkt sehr selbstsicher.

»Ein interessantes Kleid«, sagt sie zu Sophie, die heute wieder das Kirschrote trägt. »Sie nähen selbst, nicht wahr?«

»Ja. Woher wissen Sie das?«
»In meiner Kanzlei arbeitet seit kurzem ein junger Anwalt, ein Herr Kölsch. Axel Kölsch. Er ist Ihr Nachbar.«

»Tut mir leid, ich kenne ihn nicht.«
»Er wohnt bei Frau Behnke.«
»Ach so, der.«

Sophie hat den Mann noch nicht gesehen aber inzwischen mehrmals von ihm gehört, denn zwischen Frau Behnke und Frau Weinzierl läuft seit seinem Einzug so eine Art Wettstreit: ›Wer hat den besseren Mieter?‹

Der Ober bringt die Getränke.

»Wer sind Sie, und was wollen Sie von mir«, fragt Sophie, als der Mann gegangen ist. Es klingt ein bißchen schroff.

Karin lächelt. »Zunächst sollen Sie wissen, wer ich bin. Ihnen ist sicher bekannt, daß Ihr Mann schon einmal verheiratet war.«

»Natürlich.«

»Was erzählt er denn so?«

»Nichts. Über Tote nichts Schlechtes, sagt Rudolf.«

Die andere Frau sieht für einen winzigen Moment irritiert aus, dann lacht sie trocken: »Das sieht ihm ähnlich. Ich bin Karin Mohr, geschiedene Kamprath. Ich war mit Rudolf verheiratet. Acht lange Jahre.«

»Wollen Sie mich auf den Arm nehmen?«

»Warum sollte ich?«

»Warum sollte Rudolf mich anlügen?«

»Weil er in vielen Dingen lügt.«

»Wer sagt mir denn, daß ich Ihnen glauben kann?«

»Ihr Gefühl«, antwortet Karin Mohr. Sophie sagt nichts. Karin läßt ihr ein paar Augenblicke Zeit.

»Wir lebten in Frankfurt. Rudolf hat sich nach Darmstadt versetzen lassen, nachdem … nach der Scheidung. Heim zu Muttern.« Mehr zu sich selber sagt sie: »Ich habe die letzten Jahre kaum noch an ihn gedacht. Für mich war er sozusagen auch gestorben. Ich lebe erst seit zwei Jahren hier.«

»Weiß Rudolf das?« fragt Sophie. Doch noch ehe sich ein Verdacht in ihrem Kopf einnisten kann, sagt die Frau: »Ja, er weiß es. Aber er wird jederzeit einen riesigen Bogen um mich machen, darauf können Sie sich verlassen. Und ich um ihn ebenso.«

Ihre Hand berührt ganz kurz die von Sophie. »Sie müssen sich nicht beunruhigen. Ich will gar nichts von Ihnen, ich war einfach nur neugierig, wen er geheiratet hat. Das ist alles. Ist das schlimm?«

Sophie lächelt zaghaft. Trotz der seltsamen Umstände ihrer Begegnung ist ihr diese Frau sympathisch.

»Warum hat er mir erzählt, daß Sie tot wären?«

»Vielleicht, weil er sich das insgeheim wünscht. Wann hat er Ihnen das erzählt?«

»Als wir uns kennenlernten. Vor knapp drei Jahren.«

Karin nickt. »Er hat bestimmt nicht damit gerechnet, daß ich mal nach Darmstadt ziehe. Es ist ein Zufall, leider. Ich lege keinen Wert darauf, in seiner Nähe zu leben.«

»Wer wollte sich scheiden lassen, er oder Sie?«

»Er. Ich wollte ihn töten.«

Sophie sieht Karin ruhig an. Was für eine schöne Frau, im Vergleich zu ihr. Sophie muß daran denken, wie viele Leute in den letzten Tagen vom Töten gesprochen haben, mehr oder weniger direkt.

»Warum wollten Sie ihn töten?«

Statt zu antworten, fragt sie zurück. »Sophie, was ist Ihr Handicap?«

»Mein was?«

»Ihr Makel, ihr verwundbarer Punkt. Sehen Sie, bei mir ist es mein Bein. Sicher haben Sie vorhin bemerkt, daß ich hinke. Schon seit meiner Kindheit. Als ich Rudolf traf, war ich sehr unselbständig und voller Komplexe deswegen. Meine Eltern haben alles noch schlimmer gemacht, indem sie mich in Watte gepackt haben.« Ihr Blick bekommt etwas Abwesendes, als würde sie direkt in die Vergangenheit schauen.

»Ich vergesse nie, wie glücklich meine Mutter war, als Rudolf sich ernsthaft für mich zu interessieren begann. Ich war einundzwanzig und sie sagte: ›Das ist deine letzte Chance‹. Es war ein Schock für mich. Bisher hatten mir meine Eltern nie das Gefühl vermittelt, daß ich minderwertig sei. Sie hatten mir all die Jahre etwas vorgemacht, und ich fühlte mich plötzlich als Mensch zweiter Wahl. Als Rudolf mich geheiratet hat, da glaubte ich lange Zeit, daß er es trotz meiner Behinderung getan hat. Er hat es aber genau deswegen gemacht.«

»Du kannst von Glück sagen, daß so ein feiner Mann dich überhaupt nimmt.«

»Wie bitte?«

»Das hat mein Vater damals zu mir gesagt.«

Karin nickt. »Es gibt Männer, die müssen schwache Frauen haben, um sich stark zu fühlen. Rudolf ist ein Musterexemplar dieses Typs. Er fühlt sich gut, wenn er andere erniedrigen kann. Ich kann mir kaum vorstellen, daß er sich inzwischen geändert hat«, fügt sie hinzu.

Als Sophie schweigt, fährt sie mit harter Stimme fort: »Mich hat er immer John Silver genannt, oder Käpt'n Hook. Auch Hinkebein, Krüppel, Bresthafte. Auf der Straße zeigte er mir Frauen und sagte: ›Sieh mal, was für einen tollen Gang die hat.‹ Sie hält für einen Moment die Hände vor ihr Gesicht, dann sagt sie leise, aber voller Leidenschaft: »Er konnte so gemein sein!«

Die beiden sitzen sich eine kurze Weile stumm gegenüber. Karin zeichnet mit dem Fingernagel Linien auf den Tisch.

»Und Sie, Sophie? Welche Namen hat er für Sie? Womit kann er Sie demütigen?«

Sophie senkt den Kopf. Ihre Hände krampfen sich um ihr Glas, von dem sie kaum etwas getrunken hat. Viele wirre und einige entsetzlich klare Gedanken gehen ihr durch den Kopf. Ihr Gefühl sagt ihr, daß sie dieser Frau trauen kann. Plötzlich bricht aus ihr heraus, was sie noch keinem Menschen gesagt hat, auch nicht Christian. »Er nennt mich blöde Kuh«, murmelt sie, »Spatzenhirn, Trampel. Elefantenkuh.«

Karin sieht sie abwartend an. »Weiter.«

Jetzt muß alles auf den Tisch. Es ist, als ob man ein Ventil geöffnet hätte. »Nutte, Schlampe«, Sophie schluckt, »Fotze.«

Karin winkt ab. »Das scheint der Standard zu sein, das sagen sie alle, wenn ihnen sonst nichts mehr einfällt.«

»Er ... er läßt mich die Worte buchstabieren.« Sophies Gesicht ist flammend rot, und sie flüstert nur noch.

»Warum denn das?«

»Ich bin Analphabetin.« So direkt hat sie es noch nie

ausgesprochen, aber gemessen an den vorigen Geständnissen, kommt ihr dieses nun mit Leichtigkeit über die Lippen.

»Ich bin Anwältin«, sagt Karin Mohr, und dann fangen beide an zu lachen. Sophie lacht immer weiter, sie lehnt sich an die Schulter dieser Fremden, und die Tränen laufen ihr übers Gesicht. An den anderen Tischen verstummen die Gespräche, und der Mann hinter der Theke sieht die beiden mißbilligend an.

Karin Mohr legt Geld auf den Tisch und steht auf, Sophie holt die Mäntel und dann gehen sie Arm in Arm hinaus in den sonnigkalten Tag.

»Sie müßten seine Mutter gekannt haben«, sagt Sophie, als sie langsam zwischen den gestutzten Platanen herumgehen. Sie sehen verkrüppelt aus, denkt Sophie und findet diesen Gedanken höchst unangebracht. »Wie war sie?«

»Eine recht resolute Frau. Ach Quatsch, sie war ein herrschsüchtiger alter Drachen. Ich war nur ein einziges Mal bei ihr, in dieser Wohnung, in der Sie jetzt wohnen. Wir kamen nicht gut miteinander aus. Sie konnte sich nicht an den Gedanken gewöhnen daß ihr Rudi eine Frau hatte, noch dazu eine, die in ihren Augen nicht vorzeigbar war. Sie hat ihren Sohn vergöttert und mich von Anfang an gehaßt. Heute weiß ich, daß es nicht an mir lag. Sie hätte wahrscheinlich jede Frau gehaßt.«

»Vielleicht ist Rudolf wegen ihr so geworden?«

Karin bleibt ruckartig stehen. »Die Männer sind nie selbst schuld, was? Immer sind's die Frauen, die Schuld haben. Die Ehefrauen, die Mütter, notfalls die Lehrerin, die zu streng mit dem Knäblein war oder vielleicht zu sexy aussah!« Ihr Blick hat etwas Stählernes bekommen.

»Ich weiß nicht, was ich falsch mache«, gesteht Sophie.

»Im Gegenteil, Sophie, im Gegenteil. Sie machen alles richtig«, versichert Karin zynisch. »Seien Sie überzeugt: Genau so, wie Sie jetzt sind, so will er Sie haben.«

»Ich möchte ihn so gerne verstehen.«

»Ja«, nickt Karin, »wir Frauen wollen immer alles verstehen und verzeihen. So hat man es uns beigebracht.« Sie nimmt Sophie bei den Schultern und fragt in sachlichem Ton: »Sophie, hatten Sie eine glückliche Kindheit?«

»Nicht besonders.«

»Und piesacken Sie deshalb Schwächere? Tiere? Kinder?«

Sophie schüttelt den Kopf. »Kinder«, wiederholt sie, »vielleicht wäre alles anders, wenn wir ein Kind hätten. Aber bei mir klappt nicht mal das.«

»Bei IHNEN klappt es nicht?« schreit Karin. Sie scheint plötzlich sehr wütend zu sein. »Bei IHNEN?« Ehe Sophie reagieren kann, stößt sie hervor: »Rudolf ist unfruchtbar. Das ist ärztlich nachgewiesen.«

Die Worte treffen Sophie mit der Wucht eines Kinnhakens. Sie ringt um Atem. »Ist das wahr?«

Karin braucht nicht zu antworten. Schweigend gehen sie weiter. Sophie muß sich gewaltsam bremsen, damit Karin Schritt halten kann.

Im Alexandraweg parkt Karins Wagen. Sophie möchte nicht mitgenommen werden, sie will zu Fuß nach Hause gehen. Sie braucht Bewegung, um nicht vor Wut zu bersten. Sie reichen sich die Hände, und Karin gibt Sophie eine Visitenkarte. »Ich könnte mir gut vorstellen, daß Sie demnächst einen Rechtsbeistand brauchen werden.«

Sophie schaut auf die Karte.

»Entschuldigung. Sie können ja nicht ... wie dumm von mir!«

»Ich kann Sie anrufen. Mit Zahlen geht es einigermaßen. Sie können mir die Nummer sagen.«

Karin nennt eine sechsstellige Zahl. »Die können Sie sich jetzt einfach so merken?«

»Ja.«

»Erstaunlich.« Karin lächelt Sophie zu. »Den Rest werden Sie lernen.« Ohne Sophies Antwort abzuwarten, steigt sie in ihren Golf und fährt davon.

Zu Hause angekommen ist Sophie erhitzt vom schnellen Gehen und erstaunlicherweise hungrig. Wahllos nimmt sie eine Packung aus dem Gefrierschrank. Die *Gemüselasagne Piero* sieht auf dem Bild ausgesprochen appetitlich aus. Sophie kennt den Namen des Gerichts aus dem Werbefernsehen. Sie stellt die Aluschale in die Mikrowelle und geht ins Wohnzimmer. Sein Schreibtisch ist nicht abgeschlossen. Wozu auch? Vor ihr kann er alles offen liegenlassen. Es ist, als ob ein Ochse in eine Apotheke schaut, denkt Sophie. Mit spitzen Fingern, sorgfältig darauf bedacht, eine eventuell vorhandene Ordnung nicht zu zerstören, durchsucht sie Fächer und Schubladen. Sie weiß nicht genau, wonach sie eigentlich sucht. Es muß irgend etwas sein, das mit Karin Mohr zu tun hat, und mit seinen Lügen. Die erste Lüge hat sie ihm bereits verziehen, die zweite, für die wird er büßen. Sie weiß nur noch nicht wie. Sie reißt einen Ordner nach dem anderen heraus. Gut, daß Rudolf heute spät nach Hause kommen wird. Das Lehrerkollegium feiert Weihnachten.

Weihnachten! Das Wort birgt gleich zwei Schrecken. Da ist Heiligabend, an dem Rudolf ihr einen Mantel aus Fuchspelz schenken wird. Nicht, daß sie sich einen wünscht. In einem Pelz wird sie noch größer und breiter wirken als sonst, wie ein kanadischer Holzfäller. Nein, Sophie dient lediglich dazu, die Trophäen vorzuführen. Es sind ausschließlich dicke Winterfelle, über drei Jahre hinweg hat er sie gesammelt. Er wird ihr an Heiligabend, wenn sie der altdeutsch geschmückten Nordmanntanne gegenübersitzen, schildern, wie er in eiskalten, mondhellen Nächten so lange auf dem zugigen Hochsitz ausharrte, bis der hungrige Fuchs zum Luderplatz geschlichen kam, angelockt durch das verlockende Aroma von ranzigem

Fisch und verwesenden Schlachtabfällen. Alles nur für sie. Er wird Dankbarkeit erwarten für dieses Opfer, das sie nie von ihm verlangt hat. Und Rudolf hat seine eigenen Vorstellungen davon, wie sie ihm ihre Dankbarkeit zu erweisen hat.

Danach die Ferien! Er wird dauernd zu Hause sein, hinter ihr herschnüffeln und an allem, was sie tut oder nicht tut, herumnörgeln. Die »gemütlichen Feierabende« werden endlos sein, weil er ja ausschlafen kann. Ein einziger Schrecken, der fast drei Wochen dauern wird. Vielleicht läßt er mich ja ein paar Tage nach Hause, auf den Hof, und ich könnte dann ... Nein. Sie glaubt selbst nicht daran. Während der Sommerferien hat er ihr auch verboten, ihre Familie länger als einen Nachmittag zu besuchen.

Sophie schluckt den Kloß, der sich in ihrem Hals gebildet hat, hinunter und konzentriert sich wieder auf ihre Tätigkeit. In den meisten Ordnern sind Rechnungen, soviel erkennt sie. Sämtliche Rechnungen werden von Rudolf über Jahre hinweg aufbewahrt und archiviert. Sogar die Kassenbelege ihrer Einkäufe im Supermarkt sind sortiert, vermutlich nach Monaten, und in Klarsichthüllen gepackt. Handgeschriebene Notizen und Additionen klemmen außen an der Hülle. Die unterste Zahl ist die Summe ihrer Ausgaben eines Monats. Sophie kann sich ein böses kleines Lächeln nicht verkneifen, denn seine akribisch geführten Ordner sind voller Kassenzettel fremder Menschen. Wenn sie auf dem Markt eingekauft hat, nennt sie Rudolf grundsätzlich eine höhere Summe. Fast täglich kommen so ein paar Mark zusammen. Den größten Teil davon gibt sie für neue Stoffe aus, aber sie spart auch. Sie weiß selbst nicht, wofür, aber das Geld gibt ihr ein Gefühl von Sicherheit und Selbstvertrauen.

Papiere, Papiere, Papiere. Selten zuvor hat Sophie so heftig bedauert, nicht lesen zu können. In letzter Zeit hat sie es fast gar nicht mehr bedauert. Sie hat sich ihr Leben so eingerichtet, daß Lesen und Schreiben unnötig geworden sind. Sie kauft immer in den selben Geschäften oder auf dem Markt ein. Sie schaut sich die Werbung im Fernsehen aufmerksam an, um sich die Verpackung der Dinge einzuprägen, die sie brauchen kann. Seit kurzem gibt es einen lokalen Nachrichtensender, der manche Neuigkeiten sogar einen Tag früher bringt als die Zeitung. Das Fernsehen ersetzt ihr die Literatur. Daß sie die Programmzeitschrift nicht lesen kann, ist lästig, aber es gibt eine telefonische Fernsehprogrammansage. Auch Kochrezepte erfährt sie über das Telefon.

Man kann sich auch ohne Lesen im Leben zurechtfinden, denkt sie manchmal trotzig. Sie bedauert ihre Unfähigkeit hauptsächlich dann, wenn Rudolf sie durch sein abendliches Lesen zur Untätigkeit verurteilt oder wenn sie sich zusammen einen Film ansehen, und er hinterher urteilt: »Ganz nett, aber kein Vergleich mit dem Buch.« Sie weiß genau, welches Buch sie zuerst lesen würde, wenn sie es plötzlich könnte: »Vom Winde verweht«. »Pretty Woman« wäre auch nicht schlecht, aber Sophie weiß nicht, ob es davon überhaupt ein Buch gibt.

In der oberen Schublade sind Bankformulare, Schecks, etliche Visitenkarten und ein paar lose Zettel mit Telefonnummern in Rudolfs Handschrift. In der Mitte sind Arbeiten von Schülern, die zu korrigieren sind. Die unterste Schublade beherbergt Reisepaß, Jagdschein, Waffenbesitzkarte und verschiedene Urkunden. Ganz hinten, in einer ansonsten leeren Lederbrieftasche, findet sie ein postkartengroßes Farbfoto. Es zeigt Rudolf, als sein Haar noch voll war, neben einer Frau, auf die er mit Besitzerstolz herabblickt.

Sie trägt das Haar länger als jetzt, mit einer Rose und etwas Weißem darin, es sieht wie Maiglöckchen aus. In einer Hand hält sie einen Blumenstrauß: Rosen, umhüllt von einer weißen Schärpe, daran eine lila Schleife mit langen Bändern. Ihr Kostüm ist schwarz. Rudolf hat ein Blumensträußchen am Revers seines Nadelstreifenanzugs stecken. Sein rechter Arm ruht auf ihrer Schulter.

Ein scharfer Geruch aus der Küche unterbricht Sophie beim Studium des Fotos. Sie öffnet das Küchenfenster, denn der Raum steht unter Qualm. Möglicherweise hätte man Wasser dazugeben müssen, überlegt sie und befördert das Brikett, das eine *Gemüselasagne Piero* hätte werden sollen, in den Mülleimer. Sie geht zurück an den Schreibtisch. Ihr Hunger ist ohnehin vergangen, er hat einer fiebrigen Erregung Platz gemacht, die die Leere in ihrem Inneren besser ausfüllt als ein Fertiggericht.

Sie schließt die Schubladen und reiht die Ordner wieder ins Regal. Das Foto behält sie. Sie bringt es in ihr Nähzimmer und betrachtet Karin Mohr sehr genau durch Rudolfs Leselupe. Die kurze Kostümjacke ist, ähnlich einem Smoking, eng tailliert, mit breiten Schulterpolstern, und doppelreihig geknöpft. Darunter trägt sie eine weiße Spitzenbluse mit Stehkragen. Der enge Rock ist wadenlang. Welcher Stoff das wohl ist? Das Paar steht vor einem blühenden Apfelbaum. Also ist es April oder Mai. Bestimmt Mai, wie es sich gehört. Es wird Seide sein, spekuliert Sophie, vielleicht auch Satin oder Rips. Jedenfalls kein Wollstoff. Sicher ist es Seide. Seide paßt am besten zu dieser Frau, und Karin Mohr weiß ganz offensichtlich, was zu ihr paßt.

Sie entwirft eine grobe Skizze des Kostüms, dann versteckt sie das Foto in der Zigarrenkiste, die außer ihren Nähseiden ihr Gelddepot beherbergt. Sie nimmt die Scheine heraus und zählt nach. Es sind knapp einhundertfünfzig Mark. Das wird reichen.

In der Mittagspause kommt Frau Konradi in sein Büro und legt ihm das *Darmstädter Echo* auf den Schreibtisch. Axel sieht ihr an, daß sie ihm gleich eine aufregende Neuigkeit verkünden wird. Sie leitet ihren Bericht mit den Worten »Hawwe Se des geläse?« ein, und tippt mit ihrem pinkfarbenen Fingernagel auf einen Artikel auf Seite eins des Lokalteils. Axel überfliegt die Zeilen und Frau Konradi berichtet ihm synchron dazu den Inhalt, wenn auch mit etwas abweichender Wortwahl: »Den Juwelier Schwalbe, den hodd's erwischt. Er hodd uff enner Bank geläsche, im Fidneß-Schdudio, un wollt so e schweres Gewischd hochstemme. Da ham en die Kräfte verlosse un des Ding is uff'n runner. Direkt uff de Kehlkopp gedädscht.« Sie vollführt eine Geste, die Axel an Bruce-Lee-Filme erinnert. Er verzieht mitfühlend das Gesicht.

»Der war gleich hinüwwer. Daß es do gar kaa Sicherung gibbd, des is ja wägglisch gefählisch.« Sie wartet gespannt ab, bis Axel den Artikel zu Ende gelesen hat. Das ist auch nötig, denn Frau Konradis Ausführungen konnte er nur lückenhaft folgen. Die Frau scheint das Hochdeutsche nur in Gegenwart einer handverlesenen Schar von Mandanten zu beherrschen. Im letzten Satz des Berichts heißt es, daß die Polizei den Vorfall noch untersucht, aber man geht mit großer Wahrscheinlichkeit von einem Unglücksfall aus.

»Isch wollt Ihne des bloß zeige, weil Sie doch den Schwalbe in Zukunft iwwernämme sollde. Des hodd sisch denn also erledischt. Jetz dürfe Se vielleischt sei Fraa, oder besser, sei Widwe verdräde.«

»Die Witwe?«

»Ei, die Brasilianerin.«

»Ei, die Brasilianerin«, wiederholt Axel verständnislos.

»Sie kenne sisch wohl no gar nedd aus. Frooge Se mei Kusine, die kaa Ihne sischer was iwwer den Herrn erzähle. Jesses«, sie schwingt sich von seiner Schreibtischkante, »die wolld isch no oorufe, un graduliere.«

»Hat sie Geburtstag?«

»Naa. Zum Dood vom Schwalbe, derre Sauwatz!«

»Bitte?«

»Zum Tod von Herrn Schwalbe, diesem Schwein«, kommt es glasklar.

»Frau Konradi! Wie reden Sie denn über unsere Mandanten?«

»Ex-Mandande. Ja, isch waaß, iwwer Doode niggs Schleschtes. Awwer sie is sischer nedd traurisch, daß der hin is.«

Rudolf deutet auf die Platte mit belegten Broten und seine Nasenflügel beginnen zu beben, wie bei einem schnaubenden Pferd.

»Was soll das? Freitagabend und nicht einmal ein ordentliches, warmes Abendessen? Was treibst du eigentlich den ganzen Tag?«

»Ich habe genäht«, antwortet Sophie ruhig.

»Und da hat Madame keine Zeit zu kochen, oder was?«

»Genau«, antwortet Sophie und stellt ein paar aufgeschnittene Tomaten auf den Tisch. »Was möchtest du trinken?«

Rudolf ist fassungslos über so viel Impertinenz. Was ist nur in letzter Zeit mit diesem Weib los?

»Du bringst es noch so weit, daß ich diese Nähmaschine zum Fenster rauswerfe!« Eigentlich wollte er nicht schreien. Wer schreit, zeigt Schwäche. Aber sie bringt es fertig, daß er die Beherrschung verliert.

»Warum steht da nur ein Teller?« fragt er etwas leiser.

»Ich bin nicht hungrig.«

Er packt sie am Arm und drückt sie auf den Stuhl. »Hier wirst du dich hinsetzen und mit mir essen!«

»Na gut, wenn du mich so nett bittest.« Sie steht wieder auf.

»Wo gehst du hin?«

»Einen Teller holen.«

Sie kommt mit einem Teller zurück, einer Flasche

Weißwein und zwei Gläsern. Sie setzt sich und lächelt ihm zu. Nicht unterwürfig, wie sonst. Nein, da ist etwas anderes, etwas, das ihm ganz und gar nicht behagt. Frauen, die so lächeln, haben etwas zu verbergen. Eine Weile ist es still, bis auf Rudolfs Kaugeräusche, dann sagt Sophie: »Der Schwalbe ist tot.«

»Ich weiß. Ich lese ja Zeitung.«

»Frau Weinzierl denkt, daß ich es war.«

Rudolf läßt die Gabel sinken. »Ist die völlig übergeschnappt? Warum solltest du den Schwalbe ... das ist doch lächerlich! Wie soll das, bitteschön, vor sich gegangen sein?«

»Ich habe ihn zum Teufel gewünscht«, antwortet Sophie, »und da ist er jetzt.«

Rudolf lacht verächtlich, es klingt wie Husten. »Und warum hast du ihn dorthin gewünscht?«

»Er hat seine Frau schlecht behandelt.«

Rudolf gefällt die Wendung, die die Unterhaltung genommen hat, ganz und gar nicht. Er murmelt etwas von völlig durchgedrehten Weibern, und sie essen schweigend weiter. Aber Rudolf spürt, daß sich etwas an ihrer Haltung ihm gegenüber verändert hat.

Dieses Wochenende wird Axel wieder nicht zu seiner Mutter nach Hause fahren. Letzte Woche hatte er einen ganzen Haufen Klageschriften aufgesetzt, und diesmal hat er keine Lust. Er erinnert sich mit einem schalen Gefühl an das Telefongespräch von heute mittag. Ihre Stimme klang brüchig wie Zwieback, als sie ihm versicherte, daß es ihr nichts ausmache, gar nichts. Sie ist die Meisterin des stummen Vorwurfs, die Königin des Erduldens.

Und was mache ich Trottel mit meinem freien Wochenende? Ich sitze bei Salzletten und einem gräßlichen Likör an einem rosafarbenen Marmorcouchtisch und höre mir Tratsch an. Aber ganz so ist es nicht. Nachdem Frau

Behnke eine halbe Stunde lang die Leiden ihrer Tochter unter dem Monstrum Schwalbe geschildert hat, kommt sie nun zum interessanteren Teil: »Wie sie das macht? Ich weiß es wirklich nicht. Aber es ist schon unheimlich. Erst das mit dem Maler, gut, das könnte man noch als Zufall durchgehen lassen. Aber die Sache mit Frau Fabians Schwiegermutter ... Ich hab's mit eigenen Augen gesehen, ich kam gerade vom Einkaufen: In dem Moment als der Leichenwagen hält, steht sie mit dem Trauerkleid für Sieglinde vor der Tür. Mich hätte es fast umgeworfen. Wie im Gruselfilm!« Axel schaut unwillkürlich zum Fenster. Das schwache Licht der Straßenlaterne gibt nicht viel her, aber der Mond versilbert die verschneiten Dächer, es ist eine sternklare Winternacht.

»Noch ein Gläschen?«

»Nein, vielen Dank!« Zu spät. Honiggolden und schwer wie Öl liegt die Flüssigkeit in dem geschliffenen Kristallglas. Axel nimmt sich vor, bei nächster Gelegenheit Behnkes Feigenbaum etwas Gutes zu tun.

»Hat Frau Kamprath denn tatsächlich angekündigt, daß sie die alte Frau Fabian ... nun eben ...«

»Nein, natürlich nicht«, wehrt Frau Behnke ab, und gießt sich selbst auch noch ein Glas ein. Ihre Apfelbäckchen schimmern rosig über der cremefarbenen Batistbluse. »Wobei man ja nicht weiß, was zwischen ihr und Sieglinde wirklich gesprochen worden ist. Wenn man Sieglinde glauben kann, dann hat sie nur so komische Andeutungen gemacht. Es müsse ein schwarzes Kleid sein, weil ein Todesfall ins Haus stünde oder so ähnlich.«

»Und der Schwalbe? Wie war das bei dem?«

»Ich habe selbstverständlich mit keinem Wort gesagt, daß sie dem Mann was antun soll. Ich glaube solchen Humbug nicht, ich heiße ja nicht Dotti Weinzierl. Ich habe ihr lediglich ein paar Tage vorher von meiner Tochter und dem Schwalbe erzählt, so wie Ihnen gerade. Sie war wegen eines Kleides hier, das ich mir nähen lassen will.«

»Ein schwarzes?«

»Nein«, sagt Frau Behnke bestimmt. »Ein Graues.«

»Und jetzt ist der Schwalbe also tot ...«

»Ja«, stößt sie hervor und lächelt. »Ehrlich gesagt, es ist mir völlig egal, wie das passiert ist.«

»Wird Ihre Tochter jetzt arbeitslos werden?«

»Wahrscheinlich nicht. Es gibt noch einen Kompagnon, der wird die Geschäfte weiterführen.«

»Ein echter Glücksfall, dieser Unglücksfall. War Ihre Tochter an dem Abend auch in diesem Fitneß-Center?«

Wenn du so weitermachst, kannst du morgen die Wohnungsanzeigen studieren.

»Sie war bei der Aerobic-Gruppe, als es passiert ist.«

»Sagen Sie, Frau Behnke, was wissen Sie über diese Frau Kamprath?«

»Wenig. Sie ist erst in letzter Zeit ein bißchen aufgetaut. Seit sie für uns näht. Denken Sie sich, sie nimmt nicht einmal Geld dafür. Komisch, was?«

»Allerdings.«

»Vorher hatten wir keinen Kontakt. Wenn man die Straße langkam, ist sie nach Möglichkeit schnell ins Haus gewitscht, nur damit sie einem nicht beggegnet. Anfangs dachte ich, Gott, ist die affig. Aber ich glaube, sie ist nur sehr schüchtern. Keine Ahnung, wie der Kamprath an die geraten ist. Ich meine, sie ist zwar deutlich jünger als er, aber besonders hübsch ist sie nicht, oder?«

»Unscheinbar, würde ich sagen.«

»Nur ihre Kleider, die sind schön. In letzter Zeit hat sie auch die Haare besser frisiert als früher.«

»Vielleicht hat sie einen Liebhaber.«

Es sollte ein Scherz sein, aber Frau Behnke stürzt sich sofort auf diesen Gedanken. »Also, ich will ja keine Gerüchte verbreiten, aber man hat sie schon ein-, zweimal mit diesem Untermieter von Dotti, also der Frau Weinzierl, reden sehen.«

»Das ist allerhand.«

»Einmal soll er sogar in ihr Haus gegangen sein.«

»Sagt Frau Weinzierl.«

»Ja.«

»Vielleicht war er beim Arzt?«

»Was soll so einem jungen Kerl schon fehlen?« Dieses Argument ist so überzeugend, daß Axel dazu nichts mehr einfällt. Aber jetzt kommen ihr anscheinend selbst Zweifel: »Andererseits ... sie ist ja mindestens zehn Jahre älter als dieser Student. Und sie sieht auch nicht aus wie ein lockerer Vogel. Zumindest hält sie den Haushalt tadellos in Ordnung, das muß man sagen. Da liegt nichts rum, nirgends ist ein Stäubchen, ich war neulich drüben, bei der Anprobe. Alles tipptopp.«

Er unterdrückt ein Grinsen und wirft seiner Vermieterin lediglich das Stichwort »Stille Wasser« hin.

»Nötig hätte sie das ja nicht. Ihr Mann ist Oberstudienrat und sieht noch recht passabel aus, für Ende Vierzig. Außerdem ...«, sie neigt sich über den Tisch und fällt in einen Flüsterton, »... kommt mir der Kerl da drüben ein bißchen andersrum vor. Finden Sie nicht?«

Jetzt endlich klingelt es bei Axel. Das *Havana*!

»Ich kenne mich in solchen Sachen nicht aus.«

Frau Behnke lächelt boshaft. Der Gedanke, Frau Weinzierl könnte einen schwulen Untermieter haben, bereitet ihr noch größeres Vergnügen als eine ehebrecherische Oberstudienratsgattin.

Jetzt gräbt sie Erinnerungen aus: »Die Mutter von Herrn Kamprath war eine eindrucksvolle Persönlichkeit, aus guter Familie. Sie zog erst nach dem Tod ihres Mannes wieder hierher, in ihre Heimatstadt. Sie hat Frankfurt nie gemocht. Die Leute wären dort ordinär, hat sie behauptet. Ihr Mann war irgendwas Höheres bei der Bahn. Als sie starb, waren wir alle sehr betroffen, denn sie machte immer so einen vitalen Eindruck. Wie geht es denn Ihrer Mutter, hat sie sich schon daran gewöhnt, daß ihr Sohn so weit weg ist?«

Axel stöhnt innerlich auf. Dieses ganze Gerede über Mütter, tote und lebendige, geht ihm auf die Nerven.

»Es geht ihr gut«, verkündet er und steht auf. Er bedankt sich und erzählt etwas von Akten, die er noch durcharbeiten muß. »Tja, wer Karriere machen will, dem wird nichts geschenkt«, weiß Frau Behnke und ist stolz auf ihren fleißigen, seriösen Mieter. Ein Rechtsanwalt, das ist doch ganz was anderes als dieses schmierige Bürschchen von nebenan.

»Da haben Sie recht«, sagt Axel und entflieht schleunigst ihrem Blick, in dem etwas Mütterliches lauert.

Rudolf ist zwar erschöpft, aber gut gelaunt nach Hause gekommen. Es ist Freitag, der letzte Schultag vor den Weihnachtsferien, und zum Abendessen gibt es Tafelspitz mit Röstkartoffeln. Sophie hat sich mit dem Kochen Mühe gegeben, denn Tafelspitz ist eines von Rudolfs Lieblingsgerichten, und heute ist ein besonderer Tag. Auch Sophie ist guter Stimmung. Den ganzen Nachmittag, während der Vorbereitungen für diesen Abend, hat sie vor sich hin gelächelt.

Der Tisch ist mit einem weißen Tischtuch, dem frisch polierten Silberbesteck und den silbernen Platztellern gedeckt. Neben der Suppenterrine kündet ein roter Weihnachtsstern, ein Sonderangebot aus dem Supermarkt, vom nahe bevorstehenden Fest der Liebe. Ansonsten gibt es keinen Adventsschmuck in der Wohnung. Rudolf schätzt es nicht, für derlei Firlefanz Geld zu verschwenden.

Das Abendessen verläuft harmonisch. Rudolf lobt die zarte Konsistenz des Fleisches und die dezente Schärfe der Meerrettichsahne. Sophie lächelt nur.

Nach dem Essen kommt Rudolf in die Küche, wo Sophie eben die Teller in die Spülmaschine stellt. Er nimmt ihre Hand, setzt sich auf einen Küchenstuhl und zieht Sophie auf seinen Schoß. Sie will aufstehen. Er hält sie fest.

»Laß mich los«, sagt sie bestimmt. Rudolf nimmt die Hände hoch, als hätte sie ihn mit einer Waffe bedroht. Er ist verwirrt. Eben war doch noch alles in bester Ordnung, oder etwa nicht? Sie steht auf und räumt das Geschirr vollends ein.

Rudolf beobachtet sie.

»Sophie«, sagt er mit heiserer Stimme, »findest du, daß ich dich nicht gut behandle?«

»Wie kommst du darauf?«

Sie ist fertig mit Aufräumen und geht ins Wohnzimmer. Er folgt ihr und setzt sich neben sie auf das Sofa.

»Vielleicht war ich in letzter Zeit ein wenig gereizt«, lenkt er ein. »Aber ich hatte auch viel um die Ohren. Du weißt, bis zu den Weihnachtsferien ist immer die schlimmste Zeit, und dann mußte ich den Konrektor vertreten …«

»Warum bist du eigentlich nicht Konrektor geworden?«

Die Frage läßt ihn zusammenzucken. Er rückt ein Stück von ihr ab und sieht sie entgeistert an.

»Was soll das?«, schreit er. »Bin ich dir nicht mehr gut genug? Fehlt dir irgendwas? Du hast doch alles! Kleider, eine schöne Wohnung, du brauchst nicht zu arbeiten …« Offenbar fallen ihm keine weiteren Annehmlichkeiten in Sophies Leben ein. Sophie antwortet nicht, sie sieht ihn nur an. Er rutscht wieder näher an sie heran, legt den Arm um ihre Schulter und beginnt mit der anderen Hand, ihre Brust zu streicheln. »Komm, laß uns wieder friedlich sein.« Seine Stimme ist rauh und Sophie erkennt den Klang der Geilheit darin. Sie gefriert auf der Stelle zu Eis. Durch das Kleid spürt sie seine Hand, feuchtwarm. Sie mag es nicht, wenn er ihre Brust anfaßt, so wenig wie seine Küsse. Sie versteht, warum sich Huren angeblich nicht küssen lassen.

Die andere Hand drückt gegen ihren Oberschenkel.
»Ich habe uns eine Überraschung mitgebracht.«
O Gott, bestimmt wieder eines dieser ekelhaften Videos. Heißer Atem zischt dicht neben ihrem Ohr. Sie kann nicht mehr gut hören, sie will die Ohren frei haben, die Augen, den Kopf, nur so funktioniert der Trick. Sie nennt es »das Ausklinken«. Jenen Punkt, an dem ihre Sinne den Körper einfach verlassen, wie die Seele eines Sterbenden, den Zustand, in dem sie sich selbst nur noch als Organismus wahrnimmt, reduziert auf seine primitiven Funktionen, ähnlich einer Pflanze. Ist dieser Punkt erreicht, dann berührt er nicht sie, sondern nur eine Hülle, denn sie selber ist weit weg, sie schaut von irgendwoher zu, was Rudolf mit dieser seelenlosen Attrappe anstellt. Dann wünscht sie sich, an jenem Ort ohne Materie bleiben zu können, nie mehr in die Realität zurück zu müssen, wo Ekel und Angst sie erwarten. Die Angst, daß ihr diese innere Flucht eines Tages nicht mehr gelingen wird.

Sie weicht seinen bohrenden Fingern aus. Seine Zärtlichkeiten, oder das, was er dafür hält, sind ihr am meisten zuwider. Da ist ihr noch lieber, wenn er seiner Gier freien Lauf läßt, umso schneller ist die Angelegenheit vorüber.

Tote Fische unter ihrem Pullover.

Da ist sein Körper. Fest wie ein Baum. Sein dichtes, sprödes Haar, der Geschmack seiner Lippen ... Sophie sträubt sich gegen die Bilder, die sie plötzlich überfallen. Nicht jetzt! Nicht unter Rudolfs fahrigen Händen. Sie wehrt sich, als könnte das Kostbare allein dadurch beschmutzt, entweiht, für immer verdorben werden, daß die Gedanken im falschen Moment über sie kommen.

Tote Fische überall auf ihrer Haut. Bitte nicht jetzt!

Doch die Bilder stürzen immer heftiger auf sie ein, und Sophie gibt ihren Widerstand auf. Sie läßt sich fallen, mitten hinein in diese andere Welt, die nur noch Erinnerung sein darf, wie ein totes, präpariertes Tier, und die doch mit jedem Tag lebendiger wird. Seine Hände. Kräftig, warm, trocken. Ruhige, bestimmte Bewegungen. Kein Zögern, kein Flattern, kein Fummeln. Hände, die wissen, was sie wollen. Die Bewunderung mit der er sie anfaßt, ihren Formen nachspürt, als wäre er ein Künstler und ihr Körper ein Kunstwerk, das es zu ergründen und sich einzuprägen gilt. Ihr Körper, der unter diesen Händen zerfließt, der diese Hände so gut kennt, schon immer kannte, als wären sie ein Teil von ihr. Ihre Wange, die über seine Brust streicht, seine Haut, so glatt und warm, als berühre man einen rundgeschliffenen Stein, der den ganzen Tag in der Sonne lag.

Dieses Gerubbel, dieses Geschabe! Radiergummifinger. Schlaffes Beamtenfleisch. Wie Fleischwurst. Weichei. Sesselfurzer.

»Nicht hier«, sagt sie bestimmt.

Ehe Rudolf etwas begriffen hat, hat sie sich aus seiner Umklammerung gelöst, ist aufgestanden und hinausgegangen. Er folgt ihr, schaut ins Schlafzimmer. Es ist leer.

Auch im Badezimmer ist sie nicht. Also bleibt nur noch das Nähzimmer. Das Nähzimmer hat er immer als Sophies Refugium akzeptiert. So, wie man einem Hund sein eigenes Körbchen zugesteht. Aber jetzt scheint sie es nicht anders zu wollen, ja, vielleicht will sie es gerade da drinnen haben. An ihm soll's nicht liegen.

Er öffnet die Tür.

Drinnen herrscht Dunkelheit. Durch einen schmalen Spalt im Vorhang fällt das Licht der Straßenlaterne auf ihren nackten Körper, der ausgestreckt und weiß wie eine Made auf dem Sofa liegt. Weiße Haut auf schwarzem Samt. Obwohl er sie oft als fette Kuh beschimpft, gefällt ihm in Wahrheit ihre füllige Figur, er mag dieses träge, weiche Fleisch. Er merkt, wie sein Glied mit Vehemenz gegen die Hose drückt. Was sie wohl mit dieser neuen Variante bezwecken will? Kreativität in Sachen Sex ist er von ihr nicht gewohnt, dazu hat er es erst gar nie kommen lassen, er gibt auch auf diesem Gebiet den Ton an. Jetzt grinst er voller Häme in sich hinein. Wahrscheinlich hat sie wieder ihre fruchtbaren Tage mit dem Fieberthermometer ermittelt und die ganze Vorstellung dient nur dem einen Zweck, dieser irren Hoffnung, die sie hegt und die sie so angenehm gefügig macht. Die da ist nicht wie die andere, die würde es nie wagen, ihn zum Arzt zu schleppen, ihn dermaßen zu demütigen ... Er streift sich die Hose herunter, die Unterhose gleich mit. Es ist diese besondere Situation, die ihn scharf macht, wie schon lange nicht mehr, dieses Zimmer, in dem früher seine Mutter schlief und in dem sie auch gestorben ist, es gaukelt ihm das prickelnde Gefühl vor, etwas Verbotenes zu tun. Er hält sich jetzt nicht mehr mit irgendwelchen Lappalien auf, sondern faßt sie um die Hüften, zieht ihr Gesäß zu sich heran und stößt sofort hart in diesen warmen, nachgiebigen Körper. Umsonst, denkt er, du einfältige ahnungslose Kuh, du hältst deinen weißen Prachtarsch ganz umsonst so geduldig hin.

Unaufhaltsamer Bildersturm: zwei unbefangene Körper in der Sonne. Sein Lachen. Absolute Vertrautheit und spielerische Neugier. Sein Blick in ihre Augen, lockend, herrisch, verlangend. Er streckt nur die Hand nach ihr aus, und sie brennt. Ein Kuß, ihr Körper ist eine einzige brennende Höhle. Seine sanfte Brutalität, die sie an den Rand des Wahnsinns treibt. Ein schluchzender Schrei, satte Erschöpfung. Jener schwebende Moment purer Seligkeit, ehe Schuld und Angst heranschleichen.

Seine Roheit kann sie jetzt nicht mehr erreichen. Sie ist schon zu weit weg. Hält still und ist ganz weit weg.

Es dauert nicht lange, bis Rudolf Kamprath zu keuchen beginnt, und in diesem unvermeidbaren Moment der Schwäche, in dem er sich gehenläßt und vertrauensvoll in ihr versinkt, geht plötzlich die Stehlampe an. Grell trifft ihn der Lichtstrahl, als er den Kopf hebt. Er blinzelt, bunte Blitze kreuz und quer, ein Tuch fällt von irgendwo herunter, vor ihm steht seine Exfrau. Ihr Gesicht ist fast so bleich wie ihre Spitzenbluse, die sie unter dem Kostüm von damals trägt. Das wilde dunkle Haar hängt lang um ihre Schultern, geschmückt von einer Rose und etwas Weißem. Auch der Blumenstrauß ist da, Rosen in einer weißen Schärpe und mit einer Schleife mit langen lila Bändern.

Brüllend fährt Rudolf hoch und stürzt aus dem Zimmer.

Sophie setzt sich langsam auf, hüllt sich in die Sofadecke und lächelt dem starren Puppengesicht zu.

3

DER HIRSCH HÖRT AUF zu äsen. Mißtrauisch hebt er seinen Kopf und dreht die Lauscher in den Wind. Das Geschoß vom Kaliber 7×65 durchdringt Haar und Haut, spaltet eine Rippe, bohrt sich einen Kanal durch mürbes Fleisch, pilzt auf und läßt den Herzmuskel explodieren. Jetzt erst zerfetzt der Knall die Stille. Der Hirsch schnellt steil in die Höhe, zwei, drei rasende Sprünge, die Vorderläufe knicken ein. Reflexartiges Schlegeln der Hinterkeulen, ein Zucken der Flanken, dann bleibt er reglos im Schnee liegen. Kaltes Mondlicht läßt sein Fell stählern schimmern.

Die nächtlichen Geräusche sind nach dem Schuß verstummt, als hielte der Wald für einen kurzen Moment den Atem an. Geschmeidig gleiten die Jäger vom Hochsitz, kommen näher und gehen um ihre Beute herum. Sie nehmen ihre Hüte ab.

»Sauber.«

Der Hirsch schaut seine Mörder aus toten, milchigen Augen an. Christian bricht einen Zweig von einer Fichte und klemmt ihn dem Tier zwischen die starren Kiefer.

»Sollst deinen letzten Bissen haben.«

Er taucht einen anderen Zweig in das frische Blut, das in winzigen Bläschen aus der Schußwunde brodelt, und reicht ihn weiter.

»Weidmannsheil!«

Sophie nimmt den Schützenbruch mit der linken Hand, wie es der Brauch vorschreibt, steckt den Zweig an die Kordel ihres alten Filzhutes und setzt den Hut wieder auf.

»Weidmannsdank.«

Sie weiß, daß ihm derlei Rituale viel bedeuten.

»Auf den bin ich den ganzen Herbst angesessen.«

»Dann war's ja höchste Zeit«, erwidert Sophie. »Bist du neidisch? Du hättest mich nicht schießen lassen müssen.«

Seine dunklen Augen sehen sie an. »Klar bin ich neidisch. Aber dafür bist du jetzt dran.« Er läßt sein Jagdmesser aufblitzen. »Hab's extra für dich geschliffen.«

Sophie nimmt das Messer und beugt sich hinunter zu dem Hirsch. Es ist ein Jährling, schwach an Gewicht, das Geweih besteht aus zwei mageren Spießen.

Ihr Bruder tritt neben sie. »Ein elender Kümmerer.«

Als müßten sie sich gegenseitig den Tod des Tieres rechtfertigen, stimmt ihm Sophie zu: »Stark abgekommen, der stellt schon die Knochen raus.«

Ein paar eitrige Stellen im Fell zeugen von den Kämpfen, bei denen das schwächliche Tier vom Rudel abgeschlagen worden ist. Sophie zieht einen Handschuh aus und streicht dem Tier über die Decke. Was durch das Zielfernrohr so silbern im Mondlicht glänzte, ist ein Tummelplatz für Zecken und Hirschläuse und im Körperinneren schmarotzen garantiert noch andere Untermieter. Nicht mal für den Hund wird man den Aufbruch gebrauchen können.

Sie schleifen den Körper an eine günstige Stelle neben einem Baumstumpf. Sophie dreht das Tier auf den Rücken und bringt es in eine stabile Lage. Mit der Klinge nach oben zieht sie einen glatten Schnitt vom Drosselknopf bis zum Brustkern. Dampf steigt aus dem offenen Leib.

»Der Pratt wird sich freuen, daß der weg ist«, meint Sophie. Ihre Finger gleiten tief in dem Schnitt, dann zieht sie die Drossel und den Schlund heraus, trennt die glitschigen Stränge voneinander und schneidet sie am oberen Ende ab.

»Mir läßt er die Kümmerer, die guten schießt er selber. Oder seine noblen Herren.«

Sophie weiß genau, wen er mit den noblen Herren meint.

»Wieviel zahlt er dem Pratt für das Begehungsrecht?« fragt Christian.

»Ich weiß es nicht.« Sophie schärft das rote Muskelfleisch vom unteren Ende des Schlundes und verknotet ihn sorgfältig, so daß kein Panseninhalt auslaufen und das Wildbret verderben kann.

»Zahlst du?«

»Nein. Er braucht meine Stimme in der Jagdgenossenschaft. Aber ich muß dafür die meiste Arbeit machen.«

Sophie steht auf und begibt sich zwischen die Hinterläufe ihrer Beute.

»Jetzt kommt der interessante Teil«, grinst ihr Bruder, der auf dem Baumstumpf sitzt und Sophies Tun genau verfolgt. Sophie lächelt und schneidet dabei die Bauchdecke von den Hoden bis zur Spitze des Geschlechtsteils auf, das in der poetischen Sprache der Weidmänner Brunftrute genannt wird. Ein intensiver Geruch tritt aus. Sophie löst das fleischige Glied aus dem Fell, ebenso die Hoden. Sie umfaßt die Fortpflanzungsorgane mit einer Hand und legt die »Brunftkugeln« mit Hilfe des Messers ganz frei.

»Rudolf ist zur Zeit oft auf der Jagd«, bemerkt sie. Die Samenstränge treten hervor. Sophie schneidet sie dicht an den Keulen durch und wirft den blutigen Batzen rechts neben sich ins Gras.

»Ja, ich weiß.«

Sophie steckt Mittel- und Zeigefinger der linken Hand in den offenen Tierkörper und schiebt mit der rechten vorsichtig das Messer an der Bauchdecke entlang. Das Gedärm liegt nun frei, der Geruch kann nicht länger ignoriert werden, aber er würde noch schlimmer, sollte sie mit ihrem Schnitt das Gescheide verletzen und der Darminhalt herausquellen. Doch Sophie führt das Messer vollkommen sicher.

Christian steht auf und steckt sich eine Zigarette an. Während er raucht, tritt er von einem Fuß auf den anderen. Die Nacht ist klirrend kalt.

»Triffst du ihn manchmal?« fragt Sophie.

Sie tastet in der Bauchhöhle zwischen Leber und Pansen nach dem Schlund und zieht ihn durch das Zwerchfell, um ihn dann zusammen mit dem Pansen herauszuheben.

Sein schmales, kantiges Gesicht verdüstert sich. »Nein, nie.«

Die Milz landet neben Christians Stiefelspitze.

»Er ist immer auf der anderen Seite. Ist auch besser so.« Er stößt ein kurzes, rauhes Lachen aus. »Mir könnte ja mal ein Schuß auskommen.«

Sophie geht nicht darauf ein.

»Soll ich dir mit dem Schloß helfen?« fragt er.

»Nicht nötig. Der hat noch weiche Knochen.« Sophie durchtrennt das unterste Stück der Bauchdecke, führt das Messer vorsichtig an der Blase vorbei, und schneidet tief in das Fleisch bis sie auf die Schloßnaht trifft. Dann biegt sie das Messer so lange hin und her, bis es einen Knacks gibt und das Becken durchbrochen ist.

»Warum nimmt er dich nie mit?«

Sie biegt die Hinterkeulen weit auseinander und keucht vor Anstrengung. So ein Hirsch ist keine Kleinigkeit, auch wenn der hier zur leichteren Sorte gehört.

»Ich will gar nicht.«

»Er würde dich sowieso nicht schießen lassen, der korrekte Herr Beamte.«

»Eben.«

Sophie nimmt den Darm heraus, legt ihn zu dem restlichen Gescheide und löst das Zwerchfell von den Rippen.

»Ein Jammer, daß du keinen Jagdschein hast.«

Sie umfaßt die Drossel am abgeschnittenen Ende und zieht kräftig daran. Zweimal rutscht sie ab, denn ihre

Hände sind mit blutigem Schleim überzogen. »Du könntest schon mal ein Loch graben.«

Gehorsam holt Christian einen kleinen Klappspaten aus seinem Rucksack und versucht in dem gefrorenen Boden eine Grube für die Gedärme auszuheben.

Sophie arbeitet angestrengt weiter. Herz, Lunge, Leber und Nieren hängen, verbunden durch Häute und Sehnen, aneinander und werden dem Körper gleichzeitig entrissen.

»Warum läßt er dich nie herkommen?«

Sophie zuckt mit den Schultern. »Jetzt bin ich da.«

Das Herz ist eine rote, breiige Masse, aus der sie mit den Fingern das Geschoß herausschält. Sie steckt es in ihre Hosentasche und lächelt. Dann wäscht sie sich die Hände mit Schnee.

»Hilf mir mal.«

Christian nimmt den Hirsch am Haupt und zusammen richten sie ihn auf. Zwei Schnitte in der Leiste und das Blut sprudelt aus den bläulichen Brandadern. Die Körperhöhle ist der Windrichtung zugeneigt, der Schnee darunter färbt sich dunkel. »Gut durchlüften und ausschweißen lassen, den Burschen«, meint Christian. Er ist glücklich, daß sie hier ist, und er gönnt seiner Schwester den Jagderfolg. Daß sie niemandem davon erzählen dürfen, macht beiden nichts aus. Sie sind es gewohnt, Geheimnisse zu teilen.

»Hast du gut gemacht«, lobt er. »Ich kenne nicht viele, die ein Stück so tadellos aufbrechen. Frauen schon gar nicht. Weißt du noch, wie wir diese schwere Wildsau geschossen haben, die wir zu zweit nicht mal wegtragen konnten?«

»Klar weiß ich das noch.«

»Damals warst du noch nicht mit dem Weichei verheiratet.«

Sophie inspiziert die Leber und entfernt die Gallenblase.

»Die Leber ist in Ordnung. Der Rest kommt weg«,

entscheidet sie. Sie nimmt einen Plastikbeutel aus dem Rucksack und läßt die Leber hineingleiten. Das Gekröse wird in das Loch geworfen, das Christian vorbereitet hat. Er schaufelt Erde und Schnee darüber.

»Die Füchse zerren sowieso alles wieder raus«, meint er und legt den Spaten weg. »Die sind heuer schon ziemlich ausgehungert.« Er holt einen Flachmann aus dem Rucksack und reicht ihn Sophie.

»Da.«

Sophie nimmt einen kräftigen Schluck und hustet. Es ist der Selbstgebrannte vom Bauer Heckel und kratzt im Hals, als hätte sie eine Drahtbürste verschluckt. Sie strahlt Christian an. Auch sie ist in einer gelösten Stimmung. Am liebsten würde sie noch stundenlang hier, auf dieser kleinen Lichtung, bleiben. Der Mond schwebt über den kahlen Bäumen und hat rechts eine kleine Delle. Es ist windstill. Es ist die Nacht vom ersten auf den zweiten Weihnachtsfeiertag und sie wird wieder außergewöhnlich kalt werden. Aber Sophie spürt die Kälte nicht. Sie hat sich schon lange nicht mehr so wohl gefühlt. Christian zündet sich noch eine Zigarette an, und Sophie kauert sich neben ihn, auf den Rucksack. Sie lehnt den Kopf an seine Schulter, und sie betrachten schweigend den Nachthimmel.

Christian steckt die Zigarette in den Schnee, steht auf und stampft mit den Füßen. »Laß uns gehen.«

Gemeinsam binden sie die Läufe des Hirsches zusammen. Sophie hätte den Weg auch im Dunkeln gefunden, sie hat einen Großteil ihrer Kindheit in diesem Waldstück verbracht, aber das Mondlicht und der frisch gefallene Schnee sorgen für genug Helligkeit.

»Warst du heute auch auf dem Hof?« fragt Christian, als sie den Hirsch zu zweit den schmalen Pirschweg entlang schleppen.

»Nein. Ich war bloß an Großmutters Grab. Morgen gehe ich hin.«

»Mutter wird sich freuen.« Christian ist schon vor Jahren, nach Vaters Unfall, vom elterlichen Hof weggezogen. Er wohnt jetzt am anderen Ende des Dorfes in der Dachwohnung über seiner Werkstatt. Sie befindet sich in einem Austragshaus, das zum größten Bauernhof des Ortes gehört.

»Die Landwirtschaft und der Alte sind zu viel für sie«, meint Sophie.

»Sage ich auch. Aber sie hört nicht auf mich.«

»Sie wird erst auf dich hören, wenn er tot ist. Und bis dahin ist sie selber am Ende.«

»Ähnlich wie bei dir«, versetzt er bitter.

»Da irrst du dich«, antwortet Sophie.

Sie stoßen auf den Feldweg, der nur noch durch die gefrorenen Reifenspuren eines Traktors erkennbar ist.

»Da vorne legen wir ihn hin. Ich hole den Jeep.«

»Lieferst du ihn gleich ab?« fragt Sophie.

»Das hat Zeit bis morgen. Der Pratt muß dich nicht unbedingt zusammen mit einem toten Hirsch sehen.«

Der Jagdpächter Pratt lebt im nächsten Dorf und ihm steht das Wildbret zu. Von dessen Verkauf finanziert er größtenteils die Pacht für die achthundert Hektar Jagd.

»Soll ich dich gleich nach Hause fahren, oder braten wir uns vorher noch die Leber zum Abendessen?« Der »Aufbruch«, die eßbaren Innereien, stehen nach altem Brauch dem Jäger zu. »Du kannst doch auch mal etwas später nach Hause kommen, das Weich … der Kamprath kann sich doch mal selber ein Brot schmieren.«

»Du brauchst mich heute nicht nach Hause zu fahren.«

»Wie?«

»Ich bleibe hier, wenn … falls dir das recht ist.«

Der Hirsch fällt in den Schnee, als Christian die Arme um seine Schwester schlingt und sie an sich preßt.

Eine kraftlose Mittagssonne beleuchtet den Zuschneidetisch und die Schneiderpuppe, die nicht mehr Karin Mohrs Hochzeitskostüm anhat, sondern ein enges, goldfarbenes Abendkleid, das Mark in Auftrag gegeben hat. Mark selbst trägt ein halbfertiges Kleid aus azurblauer Wildseide und dreht Pirouetten vor dem Spiegel. »Das ist göttlich!« ruft er. »Einfach göttlich, wie machst du das bloß?«

Sophie gefällt es, wenn er so maßlos übertreibt.

»Ist nicht so schwer. Bei deiner Figur«, sie unterdrückt ein Kichern.

»Mach das noch mal«, verlangt Mark.

»Was?«

»Dieses versteckte Lächeln eben.«

Sie sehen sich in ihrem Spiegel an. Sophie versucht noch einmal wie eben zu lächeln, aber es gelingt ihr nicht.

»Du hast goldene Sprenkel in den Augen«, stellt Mark fest.

»Wirklich?«

»Weißt du das nicht?« fragt er entsetzt.

»Doch, ich ...«

Sie verstummt, denn seine Hände greifen nach ihrem Haar, eine Geste, die sie an Rudolf erinnert und zurückweichen läßt.

»Bleib stehen«, sagt er ruhig, als spräche er zu einem halbzahmen Tier. Sie gehorcht.

»Du mußt es noch länger wachsen lassen. Dieser Topfschnitt muß weg. Dann kannst du es hochstecken. So.« Er hält ihr Haar mit beiden Händen in die Höhe. »So sieht man mehr von deinem hübschen Gesicht.«

»Ich habe kein hübsches Gesicht.«

»Stimmt«, sagt Mark. »Hübsch ist nicht der richtige Ausdruck. Es ist schön.«

»Quatsch. Es ist viel zu ... zu breit und zu rund.«

»Na und? Weißt du, an wen du mich erinnerst?« Mark

setzt sich auf den Tisch und sieht sie von unten herauf an. Er ist nicht geschminkt, und sein Haar hängt auf die Schultern herunter.

»An Heidi, die in die Jahre gekommen ist.«

»An Mona Lisa.«

»Die war doch auch nur eine Bäuerin, oder?«

»Man vermutet es.«

»Genauso sehe ich aus. Wie frisch vom Land.«

»Na und?« sagt er wieder, »Tausende von Menschen pilgern jedes Jahr in den Louvre, nur um sich diese Bäuerin anzusehen. Wer sagt denn, daß Frauen wie Nachtschattengewächse aussehen müssen, um schön zu sein?«

Sophie sieht ihn unsicher an. »Nett, daß du solche Sachen sagst, auch wenn sie gelogen sind.«

»Ich meine es ernst. Du hast keinen Grund, dich zu verstecken.«

»Zieh das Kleid aus.«

»Wie?«

»Sonst gehen die Nähte auf, sie sind nur gereiht«, murmelt Sophie und wendet sich ab, als Mark der Aufforderung unverzüglich nachkommt und in einem schwarzen Tangaslip vor ihr steht. Seine Brust ist unbehaart, er hat eine makellose Haut und sein Körperbau ist auf unaufdringliche Weise athletisch.

»Jetzt noch das Abendkleid. Wegen der Länge.«

Sie streift die Goldhaut von der Puppe und reicht sie Mark, ohne ihn dabei anzusehen.

»Was ist mit deinen Schreib- und Lesekursen?« fragt er, als er sich vorsichtig in den Schlauch zwängt. »Mann, das ist enger als ein Pariser!«

Sophie überhört die letzte Bemerkung. »Der nächste fängt nach den Weihnachtsferien an.«

»Du wirst doch hingehen?«

»Ja.«

»Versprochen?«

»Versprochen.«

»Was sagt dein Mann dazu?« fragt Mark skeptisch.

»Nichts.«

»Wo ist er eigentlich? Müßte er nicht zu Hause rumlungern? Jetzt sind doch Ferien.«

»Er ist auf der Jagd.«

»Den ganzen Tag?« Mark wirft einen Blick auf die Straße, als könnte sein Auto jeden Moment vor dem Haus anhalten.

»Mehrere Tage«, sagt Sophie und nestelt an der Puppe herum, die jetzt das Azurblaue trägt.

»Ach, deshalb bist du so anders.«

»Bin ich anders?«

»Ja. Du wirkst so gelöst. Du solltest dich von ihm trennen, er hindert dich bloß am Leben.« Er bemerkt, wie sie lächelt. »Oder ... oder hast du ihn schon ... ich meine, wie die anderen? Den Schwalbe und ...«

»Mark, bitte! Ich will über diese Dinge nicht mehr reden, das haben wir verabredet.«

»Okay, wie du willst«, sagt er. Sophie schätzt an ihm, daß er ihre Grenzen ohne Wenn und Aber akzeptiert.

»Sitzt wie eine zweite Haut. Schau her.«

Sie dreht sich um. Der Anblick ist umwerfend. Sehr elegant und feminin. Dieser Mensch ist wie ein Chamäleon.

»Ich danke dir.« Er nimmt ihre Hände, küßt ihre Fingerknöchel und dann, nur ganz kurz, aber mit Sorgfalt, ihren Mund. Sophie entzieht ihm ihre Hände.

»Wann wirst du es anziehen?« fragt sie, um ihre Verlegenheit zu überspielen.

»Zum Kostümfest an Silvester. Kommst du mit?«

»Mal sehen. Mark?«

»Was ist?«

»Würdest du ...?« Sophie zögert und beißt sich auf die Lippen. »Ich meine ... wenn du mich jetzt einfach so kennenlernen würdest, ohne daß ich verheiratet wäre … würdest du dann mit mir schlafen wollen?«

Mark reißt erstaunt die Augen auf. »Du meinst, ob ich dich in einer Disko anmachen und mit nach Hause schleppen würde?«

»So ungefähr.«

»Wieso fragst du mich das?«

»Nur so. Also, würdest du? Sei ehrlich.«

Seine Antwort ist ebenso ehrlich wie deutlich, auch ohne Worte. Sophie sieht an ihm hinunter und muß plötzlich lauthals lachen. Der Schlauch sieht jetzt aus, als hätte eine Schlange etwas Sperriges verschluckt.

Mark grinst. »Himmel! Wie peinlich! Wenn mir das auf der Party passiert!«

»Stretch ist unheimlich dehnbar«, belehrt ihn Sophie und hilft ihm mit routinierten Handgriffen aus dem Kleid.

Der Koffer ist verstaut, der Kühlschrank mit dem Nötigsten gefüllt, die Wäsche kreist in der Maschine, der Heizkörper gluckst, langsam wärmt sich das ausgekühlte Zimmer wieder auf. Heute nachmittag ist Dorothea Weinzierl von ihrem fünftägigen Besuch bei ihrer Schwester zurückgekehrt, die in München verheiratet ist. Weihnachten ist überstanden, nur der leidige Silvesterabend liegt noch vor ihr. So wie es aussieht, wird sie ihn allein vor dem Fernseher verbringen.

Sie steht am Fenster ihres dunklen Wohnzimmers und starrt hinaus. Es ist früher Abend, aber niemand ist auf der Straße. Kälte und Dunkelheit treiben die Menschen zeitig in ihre warmen, hellen Häuser, wo die Christbäume bereits zu nadeln beginnen. Nur die Autos kauern unter den Straßenlaternen. Ruhende Tiere, von einer weißen Frostschicht überzogen, wie die kahlen Zweige des Birnbaums vor dem Haus. In Sophie Kampraths Nähzimmer brennt Licht. Die Gardinen sind offen wie der Vorhang einer

Bühne. Sophie sitzt an ihrer Maschine und näht an etwas Schwarzem.

Wie sich die Szenen gleichen. Frau Weinzierl schaudert. Warum sind die Gardinen wieder nicht zu? Ganz klar – es ist eine Warnung. Eine Warnung an mich. Weil nur ich Bescheid weiß über sie, weil nur ich keine Zweifel habe. Die anderen, die reden von Zufällen, Unfällen, Herzattacken. Ihre Blindheit schützt sie. Nur ich weiß Bescheid. Und sie weiß das.

»Ein schwarzes Kleid«, flüstert sie vor sich hin und erschrickt über ihre eigene Stimme. Für wen es wohl bestimmt ist?

Als hätte Sophie Kamprath ihre Gedanken gelesen, steht sie plötzlich von der Maschine auf, geht zum Spiegel und hält den Stoff an ihren Körper.

Am Tag vor Silvester verläßt Axel die Kanzlei am späten Nachmittag und als er vor Sophie Kampraths Haus steht, bemerkt er ärgerlich, daß sich sein Herzschlag beschleunigt.

Über Weihnachten hatte er Zeit, über die diversen seltsamen Vorfälle der letzten Tage nachzugrübeln. Schwalbes Witwe, die Brasilianerin, erschien kurz nach dem Ableben ihres Gatten in der Kanzlei. Als die Klientin nach über einer Stunde Karin Mohrs Büro verließ, bemerkte Karin lediglich, daß es ihr guttäte, ihr Englisch mal wieder aufzupolieren.

Dieser Auftritt und der bizarre, gerüchteumwobene Tod Torsten Schwalbes weckten in Axel den Wunsch, sich seine Nachbarin einmal genauer anzusehen.

Die Arztpraxis ist bis Dreikönig geschlossen, Axel muß unten an der Tür klingeln. Der Summer ertönt sofort und oben erwartet ihn Sophie Kamprath. Sie sieht erstaunt aus, trotzdem hat er den Eindruck, daß sie sich über seinen Besuch freut. Sie bittet ihn herein ohne zu fragen, was er will.

Axel schmunzelt. Bei den Damen in der Straße genießt er offenbar einen absolut seriösen Ruf. Frau Behnke spricht von ihm stets als von »ihrem Herrn Anwalt«.

Axel sieht sich verstohlen um. Im Flur hängt ein jagdgrüner Lodenmantel mit Hornknöpfen. Der Besitzer des Prachtstücks scheint nicht da zu sein. In der Küche, in die er im Vorübergehen einen Blick wirft, deutet nichts auf die Vorbereitung des Abendessens hin. Sophie Kamprath trägt eine weite Hose und darüber eine hüftlange, kragenlose blaue Jacke. Sie hat ihr Haar hochgesteckt, einzelne Strähnen haben sich gelöst, was der Frisur eine lässige, verspielte Note gibt. Sie sieht völlig anders aus, als das scheue, verhuschte Wesen, das ihm vor zwei oder drei Wochen zwischen Tür und Angel seiner Vermieterin begegnet ist.

Sie dirigiert ihn ins Wohnzimmer. Im dämmrigen Flur stößt er gegen einen Umzugskarton. Der Deckel klappt auf und gibt einen Blick auf den Inhalt preis: Herrenhemden, Krawatten, ein Jackett. Außen am Karton klebt ein Wurfzettel mit einem dicken Roten Kreuz, einem hohläugigen Kindergesicht und darunter, fettgedruckt: »HILFE FÜR BOSNIEN«.

Das Wohnzimmer macht keinen solchen Eindruck. Die Möbel erinnern ihn an das Vorzeigezimmer seiner Eltern, die sich in den fünfziger Jahren erstmals solide deutsche Wertarbeit leisteten. Über dem Sofa spreizt sich ein mächtiges Hirschgeweih, flankiert von Rehgehörnen. Ein präparierter Kauz schaut von der anderen Wand, seine traurigen Augen wecken in Axel den Impuls, ihn zu streicheln.

»Setzen Sie sich doch.«

Axel läßt sich unter dem Geweih nieder.

»Möchten Sie Tee?« fragt Sophie. »Ich wollte mir eben einen machen.«

»Ja, danke«, akzeptiert Axel. Kaum ist Sophie hinausgegangen, steht Axel wieder auf und inspiziert den Raum. Ein Perserteppich in Blau und Dunkelrot bedeckt das Eichenparkett. Die Tapete ist in Beigetönen längsgestreift, ein heller, rechteckiger Fleck zeichnet sich in der Nähe des Kauzes ab, als hätte man vor kurzem ein Bild abgenommen. Axel fährt zusammen, als eine mannshohe Standuhr zweimal schlägt. Halb fünf. Im Bücherregal der Schrankwand drängeln sich die deutschen Dichter und Denker. Nietzsche ist am häufigsten vertreten. Nachdem Judith ihn verlassen hatte, um sich einem bärtigen Biologieprofessor hinzugeben, hat sich Axel mit grimmiger Freude den Zarathustra einverleibt. Einige Sätze wirkten wie Eisbeutel auf seinen hellodernden Seelenschmerz und auch jetzt, wo die heißen Gefühle längst einer flauen Leere gewichen sind, fallen sie ihm prompt wieder ein: »Bitter ist auch noch das süßeste Weib« oder »... denn der Mann ist im Grund der Seele nur böse, das Weib aber ist dort schlecht ...«

Weiter unten findet sich eine zwölfbändige Enzyklopädie, Fachliteratur zur Biologie, ein Stapel Jagdzeitschriften und Bücher über die Jagd. Das Fenster verhüllen durchsichtige Gardinen in exakten Falten zwischen dikken, dunkelroten Samtvorhängen. Schräg davor steht Rudolf Kampraths Schreibtisch, Eiche massiv, neben einem niedrigen Regal mit Ordnern. Die Platte ist leer, bis auf eine Lampe mit dunkelgrünem Glasschirm, der mit einer feinen Staubschicht überzogen ist. Das gilt auch für die lederne Schreibunterlage, die Anrichte, den Couchtisch und den Schrank mit den schnitzereiverzierten Flügeltüren, hinter denen sich der Fernseher verbirgt. Auch der fünfflammige Kronleuchter weist Spuren der Nachlässigkeit auf, und sogar der Kauz, die Gehörne und die Topfpflanzen am Fensterbrett tragen Grauschleier. Hat ihm Frau Behnke die Wohnung nicht mit »alles tipptopp sauber« beschrieben?

Nirgends sind Sachen von Sophie. Keine Zeitschrift über Mode oder Klatsch, kein Strickzeug, keine Haarspangen oder Kleidungsstücke, kein Roman, dessen Titel er ihr zuordnen würde, nichts von dem, was Frauen gewöhnlich in Zimmern herumliegen lassen. Es liegt überhaupt nichts herum und ihn fröstelt. Nein, gewohnt wird hier nicht, zumindest nicht von Sophie. Der Raum wirkt wie die Behausung eines alleinstehenden, einseitig gebildeten älteren Herrn mit Ordnungsfimmel und Hang zur Jagd, den die Putzfrau im Stich gelassen hat.

Sophie kommt mit einem Tablett zurück, und Axel setzt sich brav zwischen die geknickten Sofakissen. Sie gießt Tee ein und sieht ihn erwartungsvoll an. Axel fühlt sich genötigt zu erklären, weshalb er hier ist.

»Ich habe von Frau Behnke gehört, daß Sie ganz wunderbar nähen können. Nähen Sie auch für Herren?«

»Nur Kleider.«

»Ich dachte ja eigentlich mehr an ein Sakko. Meine Chefin hat eine Abneigung gegen Nadelstreifen. Außerdem hätte ich gerne etwas Wärmeres – bei dieser Kälte jetzt, und überhaupt ...« Axel kommt sich auf einmal idiotisch vor. Was mache ich hier eigentlich? Er fühlt sich wie in einem absurden Theaterstück.

»Wie geht es Frau Mohr?« fragt Sophie.

Axel stutzt einen Moment. »Gut, danke. Sie kennen sich?«

»Ja«, antwortet Sophie. Sie hat das sichere Gefühl, daß er nicht bloß wegen des Sakkos gekommen ist.

»Entschuldigen Sie meine Neugier, aber woher kennen Sie sich?«

»Frau Mohr war mit Rudolf, meinem Mann, verheiratet.«

Axel kann seine Überraschung nicht verbergen. Sophie mißdeutet seinen Gesichtsaudruck.

»Es stimmt. Soll ich Ihnen das Hochzeitsfoto zeigen?«

»Das ist nicht nötig, nein, ich war nur etwas … verwundert.«

In Axels Kopf arbeitet es angestrengt: Karins Verblüffung, als er Kampraths Frau zum ersten Mal erwähnt hat, der Abend im *Havana* … Haben die zwei sich inzwischen getroffen? Und wenn ja, weshalb?

»Wenn Sie möchten, nähe ich Ihnen ein Sakko«, sagt Sophie, nachdem sie sich eine halbe Minute lang angeschwiegen haben, jeder in seine eigene Gedankenwelt vertieft.

»Wie? Ah ja. Ich würde mich freuen. Ihr Mann ist Lehrer, nicht wahr?«

Axel möchte jetzt am liebsten so bald wie möglich diesen Rudolf Kamprath kennenlernen.

»Ja.«

»Und Sie, haben Sie früher auch schon genäht?«

»Ja.«

Was für ein anregendes Gespräch!

Draußen ist es inzwischen stockfinster. Sophie steht auf und blickt aus dem Fenster. Ein netter Junge, dieser Axel Kölsch. Morgen wird er bestimmt mit Karin Mohr über mich sprechen. Entschlossen reißt sie die roten Vorhänge zu. »Sagen Sie, Herr Kölsch, würden Sie mir einen Gefallen tun?«

»Gerne. Worum geht es?«

»In der Küche liegt ein Stapel mit Post. Würden Sie die mit mir durchgehen? Ich kann nämlich nicht lesen. Schreiben natürlich auch nicht.«

Nur für einen Augenblick zeigt sich Erstaunen auf seinem Gesicht. Offenbar ist diese Neuigkeit für ihn weniger sensationell, als die vorherige Enthüllung über die Ehe seiner Chefin.

»Bringen Sie alles her, dann sehe ich mir das mal an.« Sein Ton ist neutral, geschäftsmäßig. Erleichtert geht Sophie die Post holen.

Tatsächlich ist Axel von diesem Geständnis nicht allzu überrascht. Es kommt gar nicht so selten vor, daß Mandanten auf Schreiben nicht antworten, sondern irgendwann in der Kanzlei auftauchen und vorwurfsvoll fragen, was aus ihrer Sache geworden sei. Allerdings, von der Frau eines Oberstudienrates hätte er dergleichen nicht erwartet. Noch erstaunlicher findet er Sophies Offenheit. Nach seinen bisherigen Erfahrungen bemühen sich Analphabeten mit allen Tricks, ihr Manko zu verschleiern. Sie dagegen kennt ihn kaum und überhaupt – warum erledigt die Post nicht ihr Mann? Was für ein seltsames Paar, wundert sich Axel, und da kommt Sophie mit einem kleinen Stapel Briefe zurück. Die meisten sind Rechnungen. Die Autoversicherung ist fällig, das Gaswerk bittet seine Kunden, die Zählerablesung selbst vorzunehmen, ebenso das Wasserwerk, eine Rechnung über zwei Biologiebücher ist dabei und eine für das Jahresabonnement der Zeitschrift »Wild und Hund«. Nichts Handgeschriebenes, nichts Persönliches. Axel schaut sich die Poststempel an. Zwei Briefe wurden am zwanzigsten Dezember aufgegeben, das war ein Freitag. Sie müssen also spätestens am Montag, einen Tag vor Heiligabend, angekommen sein, wahrscheinlich aber schon am Samstag, dem einundzwanzigsten. Der Brief von der Jagdzeitschrift trägt den Stempel vom siebenundzwanzigsten Dezember. Sieben Tage, denkt Axel, während er die Überweisungsformulare ausfüllt. Sophie hat ihm eine Karte mit der Kontonummer aus Rudolfs Schreibtisch geholt. Was ist das für ein Mann, der seine Frau über Weihnachten alleine läßt?

»Jetzt müssen Sie die Überweisungen nur noch unterschreiben, hier oben.« Er deutet auf die Stelle. »Können Sie das?«

Sophie nickt, macht aber keine Anstalten, das sofort zu tun.

»Kann ich mit dieser Karte Geld holen?« fragt sie.

»Ja, ich denke schon. Es ist zwar keine Euroscheckkarte, nur eine Bankkarte, aber in der Filiale, in der Sie das Konto haben, können Sie damit Geld abheben.«

»Ich danke Ihnen«, sagt Sophie und legt die Papiere auf den Schreibtisch.

»Frau Kamprath, warum erledigt Ihr Mann die Post nicht selbst?« ›Und warum läßt er Sie ohne Bargeld sitzen?‹ fügt er im stillen hinzu.

»Er ist verreist«, antwortet Sophie und ihr Gesicht verschließt sich wie eine Auster.

»Kann ich Ihnen sonst irgendwie helfen?«

»Bitte erzählen Sie niemandem davon.« Bei diesen Worten sieht sie sehr unsicher und verletzlich aus. »Außer Ihnen weiß es nur noch Frau Mohr.«

»Natürlich«, versichert Axel. Deshalb also ihre spontane Offenheit. Er lächelt ihr beruhigend zu. »Anwälte sind schon von Berufs wegen äußerst verschwiegen.«

»Danke nochmals.«

Axel räuspert sich. »Sagen Sie, Frau Kamprath ...«

»Es wäre mir lieber, wenn Sie mich Sophie nennen.«

»Also gut, Sophie. Ich heiße Axel. Wieso können Sie nicht lesen und schreiben?«

Sophie zuckt die Schultern. »Irgendwann in der Schule habe ich eben den Anschluß verpaßt.« Inzwischen macht es ihr gar nicht mehr so viel aus, über ihr »Handicap«, wie Karin Mohr es genannt hat, zu sprechen. Ihm vertraut sie, auch wenn sie immer noch nicht weiß, weshalb er eigentlich gekommen ist. Hat Karin Mohr ihn geschickt oder sind es die Gerüchte über sie, die seit Schwalbes Tod intensiver denn je kursieren? Sophie lächelt in sich hinein. Sie ist es gewohnt, mit Gerüchten zu leben.

»Es ist mir ein Rätsel, wie Sie sich zurechtfinden.«

»Ach, es geht schon«, antwortet Sophie leichthin. »Beim Einkaufen ist es gar nicht so schwer, fast auf jeder Packung sind Bilder. Man muß nicht unbedingt lesen können, um durchzukommen. Nur solche Sachen wie eben, das ist schwierig.«

»Ist es nicht ein sehr reduziertes Leben, das Sie dadurch führen? Ohne Bücher, ohne Zeitung?«

»Es gibt viele Leute, die können lesen, und tun's trotzdem nicht. Meine Kolleginnen in der Fabrik haben immer nur ferngesehen. Wenn die gelesen haben, dann höchstens die Bild-Zeitung. Die haben sie sich gegenseitig vorgelesen, in der Pause. Da war ich manchmal ganz froh, nicht lesen zu können.«

Axel lacht. »Sie haben recht. Überspitzt ausgedrückt sind wir jetzt schon ein Volk von Analphabeten. Ich überlege gerade, wann ich zum letzten Mal einen Roman gelesen habe.«

»Wann?«

»Ich kann mich kaum noch dran erinnern.«

»Sehen Sie. Ihr Mitleid ist umsonst.« Jetzt lächelt auch Sophie.

»Das war kein Mitleid, ich habe nur versucht, mir vorzustellen, wie das ist.«

Von einer Sekunde auf die andere versandet Sophies Lächeln und sie sagt leise: »Das kann sich keiner vorstellen. Wie soll sich ein Tauber vorstellen, wie es ist, Musik zu hören?«

»Aber eben sagten Sie doch, Sie vermissen nichts.«

»Ich habe nur gesagt, daß viele Menschen wie Analphabeten leben. Daß man so leben kann. Lange Zeit habe ich tatsächlich nicht viel vermißt. Früher hat mir mein Bruder manchmal vorgelesen. Griechische Heldensagen und Karl May. Später was von Hermann Hesse. Ehrlich gesagt, so arg viel konnte ich damit nicht anfangen, aber woher hätte ich wissen sollen, was mir gefällt? Dann ist Rudolf gekommen. Er hat mir auch vorgelesen, aber ganz andere Sachen. Gedichte vor allem, und Theaterstücke. Das war für mich, als würde ein Vorhang aufgehen, und man sieht plötzlich eine ganz andere Welt.«

Anscheinend hat Rudolf Kamprath es versäumt, seiner Frau den Zugang zu dieser neuen Welt dauerhaft zu öffen. Wollte er sie nur einen Blick darauf werfen lassen, damit sie weiß, was ihr entgeht? Was muß ein Mensch, der so etwas tut, für einen Charakter haben?

Sophie rührt in ihrer Teetasse und fährt fort: »Was hätte ich für einen Beruf lernen sollen, außer Näherin? Nicht mal darin habe ich eine Prüfung. Aber das schlimmste ist die Angst, bloßgestellt zu werden. Das ist das schlimmste«, wiederholt sie und betrachtet grübelnd die feinen Staubflusen zwischen den gekämmten Teppichfransen.

Ihre Worte lösen bei Axel ein Gefühl der Beklommenheit aus. Doch gleich darauf sieht ihn Sophie an, und ihr Blick ist wieder offen und lebhaft. Diese raschen Stimmungswechsel sind die einzige Gemeinsamkeit, die Axel bis jetzt zwischen den Ehefrauen von Rudolf Kamprath erkennen kann.

»Aber das wird jetzt anders!« verkündet sie. »Ich mache einen Kurs, ich fange ganz neu an. Diesmal schaffe ich es.«

»Das glaube ich auch«, sagt Axel voller Überzeugung. So wie sie jetzt aussieht, strotzt sie geradezu vor Tatendrang, und er gesteht sich ein, daß ihn diese Frau beeindruckt. Er steht auf. »Ich muß gehen. Das mit dem Sakko ...«

»Wie wär's mit anthrazitgrau? Ein leichter Wollstoff?« Sie zwinkert ihm zu, beinahe übermütig. »Es soll ja solide aussehen, oder?«

Sie verabreden, daß Sophie den Stoff und alles Notwendige besorgt. Er muß noch einen Moment stehenbleiben, bis Sophie das Maßband geholt und seinen Oberkörper vermessen hat, wobei sie sich über die Lage von Knöpfen und Taschen und die Kragenform einigen.

»Sophie, ich weiß nicht, was Sie mit Ihren Nachbarinnen vereinbart haben«, kommt Axel auf einen heiklen

Punkt zu sprechen, »aber ich möchte für Ihre Arbeit einen angemessenen Preis bezahlen.«

»Einverstanden«, antwortet Sophie ohne Umschweife.

»Wenn ich Ihnen bis dahin noch mal mit der Post helfen soll, ich meine, solange Ihr Mann verreist ist, dann sagen Sie es ruhig. Wann kommt er denn wieder?«

»Bald«, sagt Sophie knapp. »Ich sage Bescheid, wenn Sie zur Anprobe kommen können. Grüßen Sie bitte Frau Mohr von mir.«

Dann steht er draußen, in der Kälte des Winterabends.

»Und ich sage euch, da stimmt etwas nicht!« Die reichberingte Faust saust auf den Tisch, daß die Zwiebelmustertassen klirren. »Seit Weihnachten ist er spurlos verschwunden!«

»Wie kannst du das wissen? Du warst doch über Weihnachten bei deiner Schwester!« protestiert Frau Fabian.

»Aber ihr«, entgegnet Frau Weinzierl, »ihr wart hier. Und? Habt ihr ihn gesehen?«

Ingrid Behnke und Sieglinde Fabian schütteln synchron mit den Köpfen.

»Ich habe allerdings nicht darauf geachtet«, gibt Frau Behnke zu. »Ich hatte selbst genug um die Ohren.«

»Ich auch«, beeilt sich Frau Fabian zu versichern.

Frau Weinzierl macht ein Gesicht wie eine Lehrerin, deren Schüler das kleine Einmaleins nicht kapieren wollen. »Die letzten Jahre«, sagt sie mit mühsam errungener Geduld, »ist Rudolf Kamprath immer zwischen Weihnachten und Silvester vorbeigekommen, um mir ein gutes neues Jahr zu wünschen. Spätestens an Neujahr ist er gekommen. Und heuer? Nichts. Wir haben schon den dritten.«

»Vielleicht hat er's vergessen«, meint Frau Behnke ohne viel Überzeugung. »Oder er ist verreist.«

»Ohne seine Frau?«

»Kann doch sein«, meint Frau Fabian. »Zur Bärenjagd nach Kanada oder zur Elchjagd nach Schweden. Ein Freund meines Mannes macht das jedes Jahr.«

»Das hätte sie uns doch erzählt«, widerspricht Frau Weinzierl.

»Wann denn?« fragt Frau Behnke zurück. »Ich habe sie vor Weihnachten das letzte Mal getroffen. Obwohl ich ihr sonst öfter mal beim Einkaufen über den Weg laufe. Nur einmal habe ich sie gesehen, abends, als sie gerade die Gardinen zugezogen hat.«

»Sie war zu Hause, die ganze Zeit«, sagt Frau Weinzierl und räumt ein: »Schließlich sehe ich ja hinüber, ob ich will oder nicht. Aber ihn habe ich kein einziges Mal aus dem Haus kommen oder hineingehen sehen. Die Wohnzimmervorhänge sind jetzt immer schon zu, ehe es richtig dunkel ist.«

»Das kann ich verstehen.« Frau Fabian preist in Gedanken ihre sensorengesteuerten, elektrischen Rolläden.

»Glaubt ihr, sie hat ihren Mann ... ich meine ...« Frau Behnke sieht die anderen beiden mit einer Mischung aus Furcht und Sensationsgier an.

»Ganz sicher«, bestätigt Frau Weinzierl das Unausgesprochene. »Ich habe vor drei Nächten geträumt, daß der Kamprath tot ist. Es war gespenstisch, um ihn herum war alles weiß und er hat sich praktisch in ein Nichts aufgelöst, wie eine Nebelgestalt.«

»Dann ist ja alles klar«, stellt Frau Fabian zynisch fest.

Frau Weinzierl läßt sich nicht beirren. »Seht ihr den Schnee vor seiner Garage? Da ist keine einzige Reifenspur, und es hat seit Tagen nicht mehr draufgeschneit.«

»Na und?« zweifelt Frau Fabian, »das beweist nur, daß er nicht Auto gefahren ist. Kein Wunder, bei dem Wetter.«

»Vielleicht ist er krank«, spekuliert Frau Behnke. »Er könnte doch im Krankenhaus liegen, das wäre eine Erklärung.«

Das muß sogar Frau Weinzierl zugeben und ihr Einwand: »Aber so etwas erfährt man doch«, kommt ohne große Überzeugung.

»Warum gehst du nicht einfach rüber und fragst sie?« Sieglinde schaut ihre Freundin Dotti provozierend an. »Oder hast du Angst, der böse Blick könnte dich treffen? So etwas dürfte dir, als Ex-Schamanin, doch nichts ausmachen.«

Ein böser, salbeigrüner Blick trifft Frau Fabian.

»Frohes neues Jahr, Frau Kamprath! Ach übrigens, haben Sie Ihren Mann umgebracht? Man sieht ihn gar nicht mehr.«

»Stell dich nicht so an, Dotti. Du hast doch Phantasie. Laß dir notfalls noch mal ein Kleid nähen. Was Geblümtes, fürs Frühjahr.«

»Apropos nähen«, beendet Frau Weinzierl das Scharmützel. »Soll ich euch was sagen? Ich habe sie in den letzten Tagen beobachtet. Entweder, sie ist abends gar nicht da, und ich frage mich, wo die alleine immer hingeht, aber wenn sie da ist, dann sitzt sie in diesem Zimmer, und näht. Etwas Schwarzes. Es ist wie bei dir damals, Sieglinde, genau wie bei deiner Schwieger …«

»Unsinn«, kommt es scharf, »das war reiner Zufall.«

»Es gibt keine Zufälle«, offenbart Frau Weinzierl mit entschiedener Stimme ihre Weltanschauung.

»Mein Mieter«, sagt Frau Behnke plötzlich, »der war neulich bei ihr. Den könnte ich fragen, ob er ihren Mann gesehen hat.«

»Tu das«, sagt Frau Weinzierl eifrig. »Was wollte er denn von ihr?«

»Was weiß ich. *Ich* spioniere meinem Mieter doch nicht nach«, antwortet Ingrid Behnke mit Würde, aber dann erscheint ein süffisantes Lächeln auf ihrem Gesicht. »Aber frag doch mal deinen Untermieter, liebe Dotti. Der geht dort drüben aus und ein. Oder ist euer Verhältnis nicht mehr so vertraulich, wie es am Anfang war, liebe Dorothea.« Bei den letzten beiden Worten spitzt sie den Mund auf affektierte Weise. Frau Fabian grinst unverhohlen, während Frau Weinzierl ferkelrosa anläuft.

»Warten wir doch einfach ab, bis nächste Woche.« Frau Fabian leert ihre dritte Tasse Kaffee. »Ihr werdet sehen, er tigert am ersten Schultag wieder brav mit seinem Köfferchen zur Straßenbahn, und die ganze Aufregung war umsonst.«

»Wie lebt es sich eigentlich, so ohne Schwiegermama?« stichelt Frau Weinzierl.

»Ganz einfach: Ich lebe wieder«, antwortet sie aufrichtig.

»Du verteidigst diese Sophie doch nur, weil du ihr zu Dank verpflichtet bist. Und du auch.« Frau Weinzierl deutet mit dem Finger auf Frau Behnke. »Wegen der Sache mit Schwalbe.«

Frau Behnke steht auf. »Also das reicht jetzt, Dotti, wirklich! Du weißt ja nicht mehr, was du sagst. Du bist völlig hysterisch, was diese Sophie Kamprath angeht, du … du siehst Gespenster! Komm Sieglinde, hören wir uns das nicht länger an!«

Die Angesprochene wirft einen demonstrativen Blick auf ihre Platinarmbanduhr und springt auf. »Oh, schon fünf! Ich muß heim. Mein Mann bringt heute einen vielversprechenden jungen Maler mit, den er demnächst ausstellen möchte.«

»Und da mußt du sicher noch kochen«, nimmt Frau Behnke die Entschuldigung vorweg.

»Kochen? Unsinn! Ich muß mich zurechtmachen.«

Die beiden schnappen sich ihre Handtaschen und streben zur Ausgangstür.

»Ja, geht nur«, krächzt Frau Weinzierl ihnen gekränkt nach, »wenn ich so viel Dreck am Stecken hätte wie ihr, dann würde ich auch zu ihr halten, zu dieser … dieser … Hexe!«

Die Haustür schlägt zu.

»Das darfst du ihr nicht übelnehmen. Sie ist völlig durchgedreht«, sagt Frau Fabian zu Frau Behnke, als sie durch den schwach beleuchteten Vorgarten eilen. »Sie hat kurz vor Weihnachten erfahren, daß ihr Paul wieder heiratet.«

»Sie sollte zu einem Psychiater gehen«, grollt Frau Behnke. Sie treten durch das Gartentor, aber sie trennen sich noch nicht.

»Meinst du nicht, daß sie vielleicht doch recht hat?« fragt Ingrid Behnke. »Immerhin war das mit dem Schwalbe schon recht seltsam, und das mit deiner Schwiegermutter auch.«

»Ach komm, hör auf«, winkt Sieglinde Fabian unwirsch ab, doch wie auf Kommando sehen beide hinüber, zu Sophies Haus. Dort sind alle Gardinen geschlossen, und im Nähzimmer brennt Licht. Sie schauen sich einen Moment schweigend an, dann gehen sie auseinander, jede in ihr Haus.

»Ich wollte Ihnen bloß ein gutes neues Jahr wünschen«, sagt Frau Weinzierl, als sie Sophie gegenübersteht. »Ich habe gehofft, Sie mal auf der Straße zu treffen, aber bei dieser Kälte bleibt wohl jeder gerne zu Hause, und da dachte ich, ich schau mal kurz bei Ihnen vorbei.«

»Ich wünsche Ihnen auch ein frohes neues Jahr«, sagt Sophie.

»Wollen Sie auf einen Kaffee hereinkommen? Ich habe inzwischen koffeinfreien da.«

Diesmal ziert sich Frau Weinzierl nicht. Wie von Zauberhand gleitet der Pelzmantel, ein zehn Jahre altes Weihnachtsgeschenk von Paul dem Abtrünnigen von ihren Schultern, und schon sitzt sie am Küchentisch. Sophie räumt gemächlich die Reste ihres Frühstücks weg. *Eine* Tasse, *ein* Teller, Käse noch im Einwickelpapier. Frau Weinzierl hat nicht den Eindruck, daß Sophie die Unordnung peinlich ist.

»Ist Ihr Mann nicht zu Hause?« steuert sie frontal auf ihr Ziel los, nachdem sie einige Belanglosigkeiten über das Wetter ausgetauscht haben.

»Nein.« Sophie schaltet den Wasserkocher ein. »Kaffeesahne oder Milch?«

»Egal. Ich habe ihn schon länger nicht mehr gesehen.« Frau Weinzierl bedauert ihr übereiltes Vorpreschen, denn Sophie dreht ihr den Rücken zu und hantiert mit Filter und Kaffeedose herum, so daß Frau Weinzierl ihr nicht in die Augen sehen kann, als sie antwortet: »Er ist verreist.«

»Verreist«, wiederholt Frau Weinzierl gedehnt und überlegt, ob sie sofort oder später fragen soll, wohin, als Sophie sagt: »Ihr geschiedener Mann heiratet wieder, nicht wahr?«

Frau Weinzierl ist aus dem Konzept gebracht. »Wo ... woher wissen Sie das?«

»Tratsch«, gesteht Sophie unumwunden. Sie hat die Neuigkeit von Mark. »Es tut mir leid. Das war sicher keine gute Nachricht für Sie.«

Frau Weinzierl ist hin- und hergerissen zwischen Bestürzung über Sophies indiskrete Fragen und dem Bedürfnis, sich ihren Kummer von der Seele zu reden. Sie entscheidet sich für letzteres und während sie Kaffee trinken, bekommt Sophie eine Menge über »diese Schlampe« zu hören, die ihr ihren Paul weggeschnappt hat. Frau Weinzierl gerät immer mehr in Fahrt. Vor den verständnisvollen Augen Sophies entblößt sie vertrauensvoll ihre geschundene Seele. Hier ist endlich jemand, der ihr zuhört und sie versteht. Auf einmal kommt Frau Weinzierl der Gedanke, daß Sophie vielleicht dasselbe passiert ist. Natürlich! So muß es sein, das ergibt ein klares Bild. Hat sie Rudolf Kamprath in letzter Zeit nicht auffallend oft am Abend aus dem Haus gehen und wegfahren sehen? Meistens mit Gewehr, Rucksack und dicker Jacke, auf dem Weg zur Jagd. Bei Regen, Schnee und Kälte. Frau Weinzierl kennt sich mit den Zwängen und Gepflogenheiten des Jagdhandwerks nicht aus, aber ihr gesunder Menschenverstand, den zu besitzen sie noch keinen Augenblick bezweifelt hat, sagt ihr, daß sich kein normaler Mensch freiwillig so etwas antut. Die Jagd war sicher nur ein Vorwand, um zu einer anderen gehen zu können, so wie ihr Paul monatelang das Haus im Trainingsanzug und mit einer Wolldecke unter dem Arm verließ, angeblich um zweimal die Woche den Volkshochschulkurs »Yoga für den Rücken« zu besuchen. Von wegen »Yoga für den Rücken«! »Karate für die Lenden« würde die Sache eher treffen.

Frau Weinzierl ist nun absolut sicher: Rudolf Kamprath hat seine Frau verlassen. Das allein ist die plausible Erklärung für sein Verschwinden und für Sophies Zurückgezogenheit. Ja, es erklärt sogar Sophies Kontakte zu ihrem Untermieter. Bestimmt hat Sophie sich diesem einfühlsamen jungen Mann anvertraut. Sie selbst hat ihm eines Abends ebenfalls ihr Leid geklagt. Und dann diese indiskrete Frage von vorhin: Warum, wenn nicht aus diesem bestimmten Grund, sollte Sophie sich nach ihrem Exmann erkundigen? Ganz klar, sie sind in gewissem Sinne Leidensgenossinnen, nur ist Sophie noch nicht so weit, darüber sprechen zu können. Frau Weinzierl kennt auch dieses Gefühl nur zu gut: Die Scham der Verlassenen, die einen für Monate zu Einsamkeit und Schweigen verurteilt.

Sie schenkt Sophie ein mütterliches Lächeln, das diese scheu erwidert. Frau Weinzierl wird von der Gewißheit überwältigt, eine verwandte Seele vor sich sitzen zu haben. Für den Moment hat sie den ursprünglichen Zweck ihres Besuches vergessen. Sie widersteht nur knapp dem Impuls, über den Tisch nach Sophies Hand zu greifen und sie mitfühlend zu drücken. Statt dessen sagt sie: »Solche Frauen, die anderen einfach den Mann wegnehmen, die müßte man ...« sie beendet den Satz nicht, sondern nickt vielsagend mit dem Kopf.

»Müßte man?« hakt Sophie nach.

»Man müßte sie zum Teufel wünschen«, platzt Frau Weinzierl heraus, denn soeben hat sich ihr eine neue Perspektive eröffnet. Nicht daß ihr der Gedanke noch nie gekommen wäre, aber bisher hat sie nicht gewagt, ihn vor Sophie auszusprechen. Aber jetzt scheinen die Dinge anders zu liegen.

Sophie nickt. »So etwas ist einfach nicht richtig. Es tut mir sehr leid für Sie.«

Frau Weinzierl's Blick klebt an ihrem Gesicht, als wäre jedes Wort, jede Geste von ihr eine Offenbarung.

Sophie lächelt.

»Diese Frau ... Sie heißt Cornelia Bircher, Bircher wie Müsli, und wohnt ... das heißt, beide wohnen in so einem Block in der Frankfurter Straße«, flüstert Frau Weinzierl und senkt feierlich die Lider, als hätte sie soeben ein unwiderrufliches Todesurteil gefällt.

»Es ist egal, wo die beiden wohnen.« Sophie stellt sich vor, wie Frau Weinzierl ab sofort jeden Morgen die Zeitung aus dem Briefkasten reißen und die Todesanzeigen überfliegen wird.

»Möchten ... brauchen Sie ein Bild von ihr?« fragt Frau Weinzierl mit erregter, heiserer Stimme.

Sophie sieht Frau Weinzierl bereits mit einer Polaroid in den Grünanlagen vor Pauls Wohnblock hocken. Sie schüttelt den Kopf, ihre Mundwinkel zucken. »Das ist nicht nötig. Ich kann sie mir gut vorstellen.«

Schade, denkt Sophie, während sie gegen das innere Kribbeln, das durch einen stetig zunehmenden Lachreiz ausgelöst wird, ankämpft, schade, daß Mark uns nicht hören kann. Aber wenigstens wird diese aufdringliche Person jetzt eine Zeitlang Ruhe geben. Das ist alles, was Sophie braucht: Ruhe.

»Das ist unglaublich«, haucht Frau Weinzierl und beginnt, hinter und unter ihrem Stuhl nach etwas zu suchen.

Sophie hört, wie das Geräusch von Frau Weinzierls Atem von den typischen rasselnden Pfeiftönen durchzogen wird.

»Sie sollten sich nicht darüber aufregen«, tröstet sie. »Die meisten Männer sind es gar nicht wert, daß man sich über sie aufregt.«

Genau das hat auch Mark neulich zu ihr gesagt, aber Frau Weinzierl hat ganz plötzlich andere Sorgen. »Meine Handtasche!«

»Sie hatten keine Tasche dabei. Soll ich zu Dr. Mayer runterlaufen?«

Frau Weinzierl nickt, ihr Brustkorb hebt und senkt sich wie eine Luftpumpe, dann schüttelt sie den Kopf.

»Ferien«, preßt sie hervor.

»Versuchen Sie, ruhig zu atmen.« Sophie öffnet das Küchenfenster. Mit einem heftigen Schwall, als hätte sie nur darauf gelauert, strömt die Kälte in den kleinen Raum. »Ich rufe zuerst den Notarzt an und dann laufe ich rüber und hole Ihnen Ihre Tasche. Sind die Hausschlüssel im Mantel?«

Frau Weinzierl nickt, ihr Mund bewegt sich, aber ihre Stimme gehorcht ihr nicht. Mit weit aufgesperrten Augen starrt sie Sophie nach, die die Küche verläßt.

Ferdinand Pratt parkt seinen Range-Rover an der üblichen Stelle und klettert aus dem Wagen. Seine lammfellgefütterten Gummistiefel versinken im Schnee, dessen Oberfläche eine gefrorene Kruste gebildet hat. Er läßt Leica herausspringen, die sich sofort mit gekrümmtem Rücken durch den Schnee arbeitet und Spuren aufnimmt.

»Leica Fuuuß«, ruft er. Die Hündin macht sofort kehrt und trottet auf ihren Herrn zu. Ihr Widerwillen drückt sich in einem vorwurfsvollen Blick aus, als wolle sie sagen:

Schließlich hindere ich dich morgens auch nicht am Zeitunglesen.

Pratt folgt einem schneeverwehten Pirschweg, den man jetzt nur findet, wenn man sich wirklich gut auskennt. Der Hund hält sich einen Meter hinter ihm. Sie erreichen die steil abfallende Lichtung, auf der verwilderte Obstbäume stehen, und Leica buddelt einen tiefgefrorenen Apfel aus, während ihr Herr die Kanzel inspiziert, die Christian Delp neulich repariert hat. Die Arbeit ist sauber ausgeführt und Pratt brummt zufrieden. Wenigstens einer, auf den Verlaß ist. Er schaut zum pastellgrauen Himmel und hofft, daß das Wetter trocken bleibt. Heute abend wird er noch ansitzen müssen, er ist mit dem Abschußplan in Rückstand geraten. Typisch, denkt er ärgerlich. Im April, wenn das Jagdjahr beginnt und es zur Bockjagd geht, da treten sich die Herren im Wald gegenseitig auf die Füße. Aber je weiter das Jahr fortschreitet, desto mehr kühlt sich das Jagdfieber ab. Um den Abschuß von Kitzen und alten Ricken im Winter drängelt sich keiner mehr. Klar, da ist es draußen ungemütlich, und es gibt keine vorzeigbare Jagdtrophäe.

Pratt ist verärgert über seine Jagdkollegen. Der Herr Zahnarzt, der diesen Herbst einen Ib-Hirsch schießen durfte, ist seit zwei Wochen in Skiurlaub, der Herr Steuerberater hat angeblich Ischias und der Herr Oberlehrer meldet sich auch nicht mehr. Sicher, dieser Winter ist deutlich kälter als normal, trotzdem ist das kein Grund, seine Pflichten völlig zu vernachlässigen. Bloß weil einem der Arsch ein bißchen friert! Memmen! Sonntagsjäger! Wenn das so weiter geht, können sie sich die Jagd in seinem Revier an den Hut stecken, alle miteinander. Es gibt genug Leute, die scharf auf ein Begehungsrecht sind. Andererseits – alle drei zahlen gut, und er braucht ihr Geld, um die Pacht finanzieren zu können.

Er seufzt, denn er hat es nicht leicht. Im Frühjahr hat ihn eine Nachbarin einen Killer genannt, weil er mitten im Revier einer wildernden Hauskatze ihr blutiges Handwerk gelegt hat. Mit einer Salve Schrot. Für die unzähligen Singvögel, die das kleine Raubtier vernichtet hatte, reichte ihre Tierliebe nicht aus. Doch als ihr Garten letzte Woche gründlich umgegraben wurde, da konnte sie gar nicht laut genug nach den Jägern schreien. Pratt kann sich ein boshaftes Grinsen nicht verkneifen. Eine Rotte Wildsauen richtet annähernd den selben Schaden im Gemüsebeet an wie ein Panzer. Er hat sich seitdem mehrere Nächte auf dem Hochsitz am Feldrand, ganz in der Nähe des Dorfes, um die Ohren geschlagen, aber die Sauen haben sich nicht mehr sehen lassen. Als hätten sie es geahnt.

Leica, das Deutsche Drahthaar, steht in gespannter Wartestellung auf dem breiten, befahrbaren Waldweg, der in den östlichen Teil des Reviers führt. Auffordernd winkt sie mit dem Schwanz.

»Hast noch nicht genug, was?« stellt Pratt fest. »Meinetwegen«, gibt er den bettelnden Augen nach. »Schauen wir mal, ob auf der anderen Seite alles in Ordnung ist.« Als hätte man eine Feder losgelassen, schnellt der Hund davon. Pratt folgt ihr den Weg entlang, der durch Traktorenspuren markiert wird. Mit einem anderen Fahrzeug kommt man momentan im Wald nicht sehr weit. Diesen Revierteil besucht Pratt nicht so häufig, denn die Wilddichte ist hier gering. Die nahe Bundesstraße ersetzt den Jäger.

Der Hund wartet an der Jagdhütte. Der vorige Pächter hat das kleine Blockhaus errichtet und als eine Art Wochenendhäuschen benutzt. Pratt bewahrt dort lediglich Werkzeug und Geräte auf.

Zwischen der Hütte und einer ausladenden Fichte parkt Rudolf Kampraths Opel. Das ist einerseits nichts Besonderes, denn Kamprath, der diesen Revierteil für die Fuchsjagd bevorzugt, parkt häufig an der Hütte. Andererseits ist es aber doch ungewöhnlich, denn normalerweise geben seine Jäger vorher Bescheid, wenn sie zur Jagd gehen. Das gehört zum guten Ton, findet Pratt. Verwunderlich ist auch die Tatsache, daß der Wagen überhaupt bis hierher gekommen ist, bei dem Schnee. Noch dazu ohne auf der kurzen Strecke vom Waldweg zur Hütte Reifenspuren zu hinterlassen. Da stimmt was nicht! Die Scheiben des Wagens sind dick zugefroren und über der Kühlerhaube und dem Dach liegt mindestens eine Handbreit alter, festverkrusteter Schnee. Er schabt mit seinem Lederhandschuh ein Loch in die angefrorene Scheibe der Fahrertür und späht ins Wageninnere. Der Wagen ist leer. Nichts Auffälliges zu sehen. Er greift nach dem Schlüssel für die Hütte, der an einem Haken hinter dem Fensterladen hängt, und schließt die Tür auf. Das Mobiliar stammt noch von seinem Vorgänger und ist konsequent im Jodlerstil gehalten, angefangen beim Türschild mit der Aufforderung »Hax'n abkratz'n« bis hin zur Schwarzwälder Kuckucksuhr. In der Hütte ist alles so wie immer. Pratt schließt die Tür wieder ab. Wo, zum Teufel, ist jetzt der Hund? Er brüllt und pfeift, aber nichts rührt sich, nur ein Eichelhäher rätscht.

»Elendes Luder!« Fluchend folgt Pratt der Spur seines Hundes durch eine tiefe Schneeverwehung. Die Spur verläuft geradlinig einen schmalen Weg entlang, der jetzt nur noch durch ein paar schief aus dem Schnee ragende Zaunpfähle gekennzeichnet ist. Sie führt ihn über eine leichte Anhöhe und wieder bergab, in ein kleines Tal, durch das ein Bach fließt, den man unter dem Schnee nur noch erahnen kann. Das Tal öffnet sich zu einer Lichtung hin. Es ist eine ideale Stelle für die Fuchsjagd und deshalb steht hier, am leicht erhöhten Rand der Lichtung, ein Hochsitz.

Hier findet Pratt endlich seinen Hund. Er sitzt vor der Leiter und gibt, den Kopf weit in den Nacken gelegt, einen wölfisch klingenden Laut von sich. Leica ist ein guter Jagdhund. Ihre Nase irrt sich nie.

Nur Pratt, der traut seinen Ohren nicht.

Das »Totverbellen« geschieht dann, wenn der Hund bei einer Nachsuche das verendete Stück Wild nicht apportieren kann, entweder weil es an unerreichbarer Stelle liegt, oder weil es zu groß ist – letzteres ist Leicas Problem.

Am Montag ist Axel mit Frau Konradi allein in der Kanzlei. Frau Konradi nutzt das schamlos aus und serviert ihm, kaum daß er am Schreibtisch sitzt, einen »rischdische Filderkaffee« und einen Gebäckklumpen, den sie »Bobbes« nennt. Axel läßt sich heute gerne ein wenig bemuttern. Seit dem Aufwachen spürt er einen Druck im Kopf und gleichzeitig spürt er, wie sein Hals von Stunde zu Stunde mehr zuschwillt. Auch das Schlucken bereitet Schmerzen.

»Frau Konradi, haben wir Hustenbonbons da?« Die Frage kommt als papageienhafter Laut aus seinem Hals.

»Wärde Se krank? Losse Se mol sähe.« Ehe er sich zur Wehr setzen kann, klatscht ihre kühle Hand gegen seine Stirn.

»Ei, gans haaß. Stregge Se mol die Zung raus!«

Ein fachkundiger Blick in seine Mundhöhle veranlaßt Frau Konradi zu der Aussage: »Sie missed ins Bedd!« Dort wäre Axel jetzt auch am liebsten, aber er hat heute nachmittag einen Termin am Amtsgericht, bei dem er einen fünfzehnjährigen Mofadieb verteidigen wird. Außerdem muß er hier die Stellung halten, denn Karin Mohr ist mit einem Mandanten nach Leipzig gereist, um vor Ort eine komplizierte Immobiliengeschichte zu regeln.

»So schlimm ist es nicht. Ein paar Hustenbonbons oder vielleicht einen Tee …«

Frau Konradi ist schon auf dem Sprung. »Isch hol Ihne was. Wenn Se so lang uff des Delefon uffbasse?«

Axel nickt ergeben.

»Sie hätte sich wägglisch besser schone solle. Am Woche'end schaffe, des is nedd rischdisch«, rügt sie im Hinausgehen.

Es stimmt, er hat am Wochenende gearbeitet, aber nicht nur. Am Samstag und am Sonntag abend war er nochmals im Martinsviertel, auch im *Havana*, aber Karin war nicht dort und auch nicht diese Maria. Ob sie nur so zusammen wohnen, oder ... Axel läuft bis über die Ohren rot an, als er sich plötzlich wieder an seinen Traum von heute früh erinnert, der ihm eine hartnäckige Morgenerektion beschert hat.

Das Telefon klingelt. Es ist ein gewisser Kommissar Förster, der dringend Frau Mohr sprechen will. Axel erklärt ihm, daß das heute nicht geht.

Förster seufzt. »Die Sache ist die: Bei uns sitzt eine Frau die behauptet, sie habe ihren Mann umgebracht.«

»Oje«, krächzt Axel.

»Sie wollte erst gar keinen Anwalt, aber, ehrlich gesagt, die Frau kommt mir etwas wirr vor, und da hielt ich es für angebracht ...« Der Kommissar macht eine Pause. Seine Stimme hört sich jung, sympathisch und erkältungsfrei an. Ein Polizist, der einen Verdächtigen drängt, seinen Anwalt zur Vernehmung zu rufen, erscheint Axel zumindest ungewöhnlich. Vor allem, wenn es sich um Mord oder Totschlag handelt. Himmel, das erste Kapitalverbrechen seiner Laufbahn, und das ausgerechnet heute! Vielleicht ist das seine große Chance? Axel, ermahnt er sich, du solltest dir weniger von diesen Anwaltsserien reinziehen!

»Ihr Bronschialdee?!« ruft ihm Frau Konradi von der anderen Straßenseite zu, als er gerade in ein Taxi steigt.

»Hat sich erledigt. Zettel liegt auf Ihrem Schreibtisch«, schreit er zurück und schlägt die Tür zu. Das Gebrüll ist seinem Hals überhaupt nicht zuträglich. »Zum Polizeipräsidium«, röchelt er kraftlos.

Langsam quält sich das Taxi durch den Matsch, und sie brauchen fast eine halbe Stunde, bis sie am Ziel sind. Das Präsidium ist ein weitläufiger Neubau, fast wie in einer richtigen Großstadt.

Das erste, was Axel in Försters Büro sieht, ist eine junge Frau, die sich hinter ihrem Schreibtisch zu einer Länge von knapp einssechzig aufrichtet, wobei sie eine Zigarette in einen überfüllten Aschenbecher drückt. Sie erinnert ihn sehr stark an Judith, obwohl Judith Nichtraucherin und blond ist. Diese hier hat lackschwarzes, kurzgeschnittenes Haar. In letzter Zeit begegnen ihm auf Schritt und Tritt Judiths, es ist schon zur Gewohnheit geworden, deshalb gelingt es ihm ohne weiteres, sie nicht allzu auffällig anzustarren, als sie auf ihn zugeht und ihm die Hand gibt.

»Ich bin Claudia Tomasetti. Mein Kollege Förster kommt gleich wieder.«

»Guten Morgen. Ich bin Axel Kölsch, der Anwalt.«

»Aus Köln?«

»Hürth.« Schon der Name klingt wie Husten.

Auf dem Schreibtisch der Tomasetti stapeln sich Akten und loses Papier zwischen Büroutensilien, gebrauchten Tassen und Gläsern, einem offenen Lippenstift, zwei schmutzigen Aschenbechern, einem grünen, angebissenen Apfel, einem Päckchen Tabak und zwei angebrochenen Tafeln Nougatschokolade. Das Ganze ist gleichmäßig mit Tabakkrümeln übersät. Das Plakat an der Wand dahinter entlockt Axel ein Lächeln: Unter einem Kometen und mehreren kleineren gelben Sternen auf tiefblauem Grund steht das Nietzsche-Zitat: »Man muß noch Chaos in sich haben, um einen tanzenden Stern gebären zu können.«

Als sich die Frau, die mit dem Rücken zu ihm vor dem Schreibtisch sitzt, umdreht, gefriert Axels Lächeln auf der Stelle: »Frau Kamprath!«

»Guten Tag«, erwidert Sophie freundlich, aber dann fragt sie: »Wo ist denn Frau Mohr?«

Axel verbirgt seinen Schrecken hinter Förmlichkeiten. »Frau Mohr ist heute verhindert. Frau Kamprath, möchten Sie, daß ich Sie anwaltlich vertrete?«

Sophie zuckt mit den Schultern, dann nickt sie, und Claudia Tomasetti bietet ihm einen Stuhl an, auf den er sich dankbar niederläßt. Er spürt, wie ihn ein Frösteln durchläuft und versucht krampfhaft die Signale seines Körpers zu ignorieren. Schließlich geht es hier um wichtigere Dinge als um seine Erkältung. Er nimmt sich zusammen und konzentriert sich auf die Polizistin, die ihn mit sorgfältig gewählten Worten über den Stand der Dinge informiert: »Gestern mittag fand ein gewisser Ferdinand Pratt, der Mann ist Pächter eines Jagdreviers im Odenwald, bei einem Reviergang die Leiche seines Jagdkameraden«, sie lächelt flüchtig, »oder wie immer man das nennt. Es handelt sich um Rudolf Kamprath. Er ist wahrscheinlich erfroren. Die Kripo Erbach ermittelt noch.«

»Frau Kamprath, das tut mir schrecklich leid«, unterbricht Axel den Rapport und sieht dabei Sophie an. Die nickt ihm nur zu.

Claudia Tomasetti fährt fort: »Die Kripo Erbach bat uns«, wieder ein Lächeln, »– es handelt sich hier um die Mordkommission – um Hilfe bei den Ermittlungen.«

»Sagten Sie nicht, er sei erfroren?«

»Die Leiche befindet sich im Gerichtsmedizinischen Institut in Frankfurt. Die Ergebnisse der Obduktion erwarten wir in zwei bis drei Tagen. Fest steht, daß die Leiche schon länger dort unten lag.« Daß sie Rudolf Kamprath in Gegenwart von dessen Frau immer »die Leiche« nennt, zeugt nicht gerade von Pietät, findet Axel.

»Dort unten? Wo unten?«

»Unter einem Hochsitz. Jagdwaffe und Rucksack fand man oben. Der gefrorene Leichnam hat vermutlich das Gleichgewicht verloren, und ist heruntergestürzt. Vielleicht durch einen Sturm. Der Tote konnte anhand der Papiere vorläufig identifiziert werden ...«

»Wieso anhand der Papiere?«, unterbricht Axel. »Hat Frau Kamprath nicht ...?«

»Die Füchse, Sie verstehen?« antwortet Claudia Tomasetti rasch mit einem Blick in Sophies Richtung.

»Frau Kamprath gibt an, den Toten am Freitag, den zwanzigsten Dezember, zum letzten Mal gesehen zu haben. Laut ihren Angaben verließ er die Wohnung an diesem Abend, um auf die Jagd zu gehen. Auf die Frage, warum sie ihn nicht bei der Polizei vermißt gemeldet hat, antwortete sie nur: ›Ich vermisse ihn ja nicht‹.«

Sie schweigt und läßt ihre Worte wirken. Axel hat ein Bild vor Augen: Das leicht angestaubte Kamprathsche Wohnzimmer und die »HILFE FÜR BOSNIEN«.

»Und weiter?« fragt Axel, und sein Blick taucht mitten in die rosinenfarbenen Augen der Polizistin. Den Hinweis »das ist schließlich kein Verbrechen« spart er sich.

»Nun, wie gesagt, die Kollegen aus Erbach ersuchten uns um Amtshilfe, da das Umfeld des Toten hier in Darmstadt liegt. Deshalb haben wir Frau Kamprath heute morgen aufs Präsidium bestellt. Vorhin, ehe mein Kollege Förster Sie anrief, hat sie gestanden, ihren Mann umgebracht zu haben.« Claudia Tomasetti hält inne und blickt zur Tür, die soeben geöffnet wird.

»Allerdings kann sie uns nicht genau sagen, wann und wie das vor sich gegangen sein soll«, sagt die Telefonstimme von vorhin. Ein großer, pummeliger Teddybär betritt das Büro mit drei Henkeltassen voll Kaffee. Er begrüßt Axel und stellt die Tassen vor Sophie und seiner Kollegin ab.

»Eine ungewöhnliche Geschichte nicht wahr?« sagt er mit einem Seitenblick auf Sophie. Die hat die Ausführungen mit teilnahmslosem Gesichtsausdruck verfolgt. Axel bezweifelt, daß sie überhaupt zugehört hat.

»Sie sagte …«, er langt nach einem Papier auf seinem Schreibtisch, der im Gegensatz zu der Müllhalde seiner Kollegin tadellos aufgeräumt ist, »… ›ich habe ihm den Tod gewünscht, und jetzt ist er tot.‹« Förster, er dürfte etwa in

Axels Alter sein, streckt ihm das Protokoll hin. Seine Bewegungen haben etwas bärenhaft Täppisches, ein krasser Gegensatz zu den klaren, energischen Gesten, mit denen seine Kollegin ihre Worte zu unterstreichen pflegt.

Verrückt, fährt es Axel durch den Kopf, der inzwischen angefangen hat zu dröhnen. Die Kamprath ist irre. Er überfliegt das Papier und fragt ohne eine Spur von Geringschätzung. »Das ist alles?«

»Immerhin war der Mann seit fast drei Wochen verschwunden, ohne daß seine Frau das gemeldet hat.«

»Das mag ungewöhnlich sein, aber es ist kein Verbrechen.« Nun hat er es doch gesagt und prompt antwortet Claudia Tomasetti ein wenig gereizt: »Das wissen wir auch.«

Axel taxiert Sophie von der Seite. Sie sieht eigentlich nicht aus, wie er sich eine Geistesgestörte vorstellt. Ihr goldig schimmerndes, haselnußbraunes Haar – sie muß in den letzten Tagen eine Tönung aufgelegt haben – wird im Nacken von einem bordeauxroten Seidenband zusammengehalten, demselben Stoff, aus dem ihre Bluse ist. Die Bluse, zu der sie eine schwarze Hose trägt, hat etwas Zigeunerhaftes, und Axel kommt der Gedanke, daß der korrekte Rudolf Kamprath diese Art der Aufmachung garantiert mißbilligen würde. Sie ist dezent geschminkt. Ihr Blick ist jetzt offen und erwartungsvoll, als bekäme sie hier ein Theaterstück zu sehen, das man ihr als interessant empfohlen hat. Nur ihre Hände, mit denen sie ihre Handtasche auf dem Schoß umklammert hält, verraten ihre Anspannung. Er denkt an seinen Besuch bei ihr zu Hause, als sie so selbstsicher und gelöst wirkte, während ihr Mann seit Tagen steifgefroren wie ein Fischstäbchen unter einem Hochsitz lag, Ergänzungsfutter zur mageren Winterkost ausgehungerter Füchse. Warum hat Sophie ihm damals nichts gesagt? Er wendet sich an Förster: »Wo kann ich bitte mit meiner Mandantin allein sprechen?«

»Folgen Sie mir.« Die Tomasetti steht auf, während Förster sich in seinem Bürosessel zurücklehnt. Arbeitsteilung, denkt Axel, dafür holt er den Kaffee. Als Axel hinter Sophie hinausgeht, schenkt ihm Förster einen mitfühlenden Blick, als wolle er sagen: ›Jetzt dürfen Sie sich mit dieser Irren rumschlagen.‹

Sie werden in ein kleines Zimmer geführt, in dem nur ein viereckiger Tisch mit vier Stühlen steht. Es riecht nach neuen Möbeln und kaltem Rauch.

»Einen Kaffee für Sie?« Aus einem blassen Gesicht lächelt ihm ein voller, rotgeschminkter Mund zu. Nein, da ist keine Ähnlichkeit mit Judith. Und bei näherem Hinsehen ist sie auch nicht mehr ganz so jung, wie sie auf den ersten Blick wirkte.

Axel lächelt zurück. »Hätten Sie vielleicht Tee? Nur wenn's keine Umstände macht, aber ich bin ein wenig erkältet, und da …«

»*Menta*?«

»Wie bitte?«

»Pfefferminze.«

»Ja, gerne.«

»Und ein Aspirin?«

»Das wäre himmlisch.« Schon bei der Vorstellung wird ihm deutlich besser. Sie schließt die Tür hinter sich. Für einen Moment fühlt sich Axel alleingelassen. Es ist sein erstes Gespräch mit einer Mordverdächtigen, und er hofft, daß seine Mandantin nichts von seiner Unsicherheit spürt. Wie würde Karin in diesem Fall vorgehen? Erst mal Vertrauen schaffen, denkt er.

»Eines vorweg, Frau Kamprath …«

»Sie dürfen mich ruhig wieder Sophie nennen.«

»Also gut, Sophie. Alles, was Sie mir sagen, wird streng vertraulich behandelt. Nichts dringt nach außen, verstehen Sie?«

»Wie bei einem Arzt oder einem Pfarrer?« fragt sie,

und Axel ist sich nicht sicher, ob sie ihn überhaupt ernst nimmt.

»Genau so. Jetzt erzählen Sie mir bitte der Reihe nach, was passiert ist.«

Als hätte sie es auswendig gelernt, erklärt sie: »Es ist so, wie es die Polizisten gesagt haben. Am Freitag abend vor Weihnachten ist Rudolf mit dem Auto weggefahren und nicht zurückgekommen.«

»Wohin ist er da gefahren?«

»Zur Fuchsjagd.«

»Wie spät war es da?«

»Halb acht.«

»Was haben Sie getan, als er nicht zurückkam? Ich meine, haben Sie mit jemandem darüber gesprochen?«

»Nein.«

»Haben Sie nicht nach ihm gesucht?«

»Nein.«

»Ihr Verhalten ist ungewöhnlich, da muß ich der Polizei recht geben. Was haben Sie denn die ganze Zeit gemacht? Am Wochenende und über die Weihnachtstage?«

»Nichts. Nur genäht. Ihr Sakko ist bald fertig.«

»Äh ... ja, das ist ... schön, aber ich meine, haben Sie nichts unternommen?«

»An Weihnachten war ich bei meinem Bruder.«

»Wie lange waren Sie dort?«

»Ich habe ihn Mittwoch abend zur Jagd begleitet und anschließend bei ihm übernachtet. Wir ... er hat einen Hirsch geschossen, den mußten wir noch versorgen.«

»Versorgen?«

»Zerwirken. Die Decke abziehen, das Fleisch zerlegen ...«

»Okay, okay.« Axel spürt auf einmal seinen leeren Magen. »Haben Sie mal zu Hause angerufen, ob Ihr Mann während dieser Zeit in der Wohnung aufgetaucht ist?«

Ihr »Nein« überrascht ihn nicht. »Sie haben der Polizei gesagt, daß Sie ihn umgebracht haben ...«

»Rudolf war ein Lügner«, unterbricht ihn Sophie unvermittelt. »Er hat mir die ganze Zeit verschwiegen, daß er unfruchtbar ist. Er sagte immer, es wäre meine Schuld. Aber Frau Mohr hat mir die Wahrheit gesagt.«

»Wann war das?«

»Etwa eine Woche, bevor Rudolf starb. Das genaue Datum weiß ich nicht mehr.«

»Seit wann kennen Sie und Frau Mohr sich?«

»Seit diesem Tag.«

»Haben Sie ihn wegen seiner Lüge zur Rede gestellt?«

»Nicht gleich.«

»Wann dann?«

»Später. An dem Freitag.«

»Am Zwanzigsten, als er verschwand.«

Sie nickt.

»Warum nicht gleich? Am Tag, als sie davon erfuhren?«

Sophie zuckt nur mit den Schultern. Wie soll sie ihm das erklären, wie jenen unvergeßlichen Moment der Rache beschreiben? Er würde es sicher nicht verstehen.

Es klopft sacht an der Tür. Claudia Tomasetti kommt herein und stellt eine Tasse mit dampfendem Tee und ein Glas, in dem eine Tablette leise zischelnd auf und ab taumelt, vor Axel auf den Tisch, daneben einen Pappbecher mit Kaffee für Sophie. Wortlos legt sie ein paar Zuckertüten neben den Tee. Axel läuft ein bißchen rot an und bedankt sich. Sie lächelt nachsichtig, als wolle sie sagen: ›Gestern gesoffen, was?‹, und geht wieder hinaus. Axel trinkt von dem Tee, hustet ein paarmal und wendet sich dann wieder an Sophie, die ihren Kaffee nicht anrührt.

»Sie hatten also Streit an diesem Abend, ehe Ihr Mann ging.«

»Ich habe mir an diesem Abend gewünscht, daß Rudolf sterben soll. Und jetzt ist er tot.«

»Sophie«, seufzt Axel, »das ist doch nicht Ihr Ernst. Wenn derlei Wünsche in Erfüllung gingen, dann wäre dieser Planet entvölkert, meinen Sie nicht?«
»Es ist was, das nicht jeder kann.«
Axel legt für einen Moment sein heißes Gesicht in seine eiskalten Hände. Das scheint nicht einfach zu werden.
»Vergessen Sie das, Sophie. Mit dieser Masche kommen Sie nicht durch. Damit landen Sie höchstens in der Psychiatrie.«
Beide schweigen und mustern sich prüfend. Axel leert das Glas mit der aufgelösten Tablette, dann sagt er: »Frau Kamprath ... Sophie. Sie müssen mir jetzt nicht sofort die Wahrheit sagen. Vielleicht wollen Sie lieber morgen mit Frau Mohr über alles sprechen?«
Sophie schweigt weiterhin, nachdenklich, wie ihm scheint. Axel würde gerne mehr über sie und ihr Verhältnis zu Karin Mohr erfahren, aber als ihr Anwalt besteht seine Aufgabe in erster Linie darin, sie mit heiler Haut hier herauszubekommen, und genau das wird er jetzt tun, nicht mehr und nicht weniger. Zu mehr fehlt ihm heute ohnehin die Energie.
»Sophie, was ich Ihnen jetzt sage, merken Sie sich bitte gut: Sie machen keine Aussage mehr, wenn Sie nicht vorher mit mir gesprochen haben. Sollten Sie eine schriftliche Vorladung erhalten ...«
»Woran erkenne ich die?«
»Wie? Ach so. An den vielen Stempeln und dem billigen Papier. Irgendwo ist sicherlich ein Adler drauf. Wenn Sie also schriftlich oder telefonisch ins Präsidium vorgeladen werden, melden Sie sich bitte zuerst bei mir, und zwar jederzeit, ob in der Kanzlei oder zu Hause. Wenn Sie mich nicht erreichen, dann gehen Sie auch nicht hin. Am besten, Sie rufen grundsätzlich zuerst mich an, ehe Sie mit der Polizei sprechen. Ist das klar?«
»Ja.«

»Ohne vorherige Akteneinsicht machen wir keine Aussage. Wenn Sie nichts zu verbergen haben, würde ich Ihnen allerdings raten, der Polizei zu erlauben, Ihre Wohnung zu betreten und Rudolfs Sachen durchzusehen.«

Sophie nickt. »Und was sagen wir der Polizei jetzt?«

»Gar nichts mehr. Was Sie gesagt haben, ist schon mehr als genug. Und noch etwas: Kein Wort über diese rätselhaften Todesfälle in Ihrer … in unserer Nachbarschaft. Wir wollen doch keine schlafenden Hunde wecken, oder?«

Sophie lächelt und nickt. Axel ist recht zufrieden mit sich. Sein Kopfschmerz löst sich langsam auf, die Welt wird wieder klar.

»Werde ich eingesperrt?«

»Aber nein, natürlich nicht. Wenn Sie möchten, kann ich heute abend noch mal bei Ihnen vorbeikommen. Dann können wir in Ruhe über alles reden.«

»Danke«, sagt Sophie, »aber das wird nicht gehen. Ich habe heute abend schon was vor.«

Dazu fällt ihm nichts mehr ein.

»Heute fängt der Alphabetisierungskurs an«, erklärt Sophie. »Den möchte ich nicht versäumen. Ich habe wegen Rudolf schon genug versäumt.«

4

Maria trägt einen nachtblauen Kimono, auf dem sich feuerspeiende Drachen recken, und ihr Lächeln wirkt bemüht. Sie erinnert Axel an Schneewittchen im Sarg: wunderschön, aber irgendwie kalt.

»Kommen Sie rein«, tönt Karins Stimme von drinnen. Sie erwartet ihn auf dem Sofa, in einer weißen Trainingshose und einer putzlappenfarbenen Wolljacke über einem figurfeindlichen T-Shirt in den ausgewaschenen italienischen Landesfarben, das die Aufschrift *Lavazza* trägt. Soll er ihren legeren Look als ein Zeichen der Mißachtung seiner Person oder als Signal einer gewissen Vertrautheit deuten? ›Axel, Axel‹, ermahnt er sich, ›als ob das jetzt nicht scheißegal wäre!‹

Auf dem niedrigen Tisch steht eine Kanne mit heißem Tee, der nach Orangen und Zimt duftet. Axel bekommt Tee in einer Schale ohne Henkel und einen Sitzplatz angeboten. Dank einer chemischen Keule aus der Apotheke fühlt er sich im Augenblick einigermaßen gesund.

»Blutorange«, sagt Maria, als sie ihm eingießt.

Die Altbauwohnung in der Liebfrauenstraße ist sparsam und in einer gelungenen Kombination aus alt und modern eingerichtet. Kein Vergleich zu der kruden Mischung aus Gelsenkirchener Barock und spätem Ikea in Frau Behnkes Dachwohnung. Es finden sich keine wertvollen Antiquitäten wie in der Kanzlei, dafür noch mehr Bilder von der Art, wie sie dort im Flur hängen: verträumte, verspielte Szenen vor einem Himmel in übermächtigem Blau. Karin hat seine Blicke verfolgt: »Ein unglaublich vielseitiges Blau, nicht wahr? Es läßt einen fast nicht mehr los.«

Wie ihre Augen, denkt Axel und sagt: »Der Koslowski ist wohl Ihr Lieblingsmaler?«

»*Die* Koslowski. Eine Maler*in* aus der Gegend.«

Das hätte er sich eigentlich denken können.

»Immer wenn ich Geld von einem unangenehmen Mandanten für einen Fall bekomme, den ich eigentlich lieber abgelehnt hätte, dann kaufe ich mir ein Koslowski-Bild. So verwandle ich schmutziges Geld in Kunst – davon erhoffe ich mir Absolution.«

»Ein minder schwerer Fall von Geldwäsche würde ich sagen.«

Karin beendet das Geplänkel mit der Aufforderung: »Lassen Sie uns über Sophie Kamprath reden.«

Er wirft einen zögernden Blick auf Maria, die sich neben Karin auf das Sofa drapiert hat und eine ihrer langen Haarsträhnen zwirbelt.

»Sie können ruhig offen sprechen, Maria ist absolut verschwiegen«, erklärt Karin. »Ich diskutiere meine besonderen Fälle immer mit ihr durch. Wenn Juristen unter sich sind, kann eine Prise gesunder Menschenverstand nicht schaden.«

Axel nickt und lächelt Maria unsicher zu. Sie sieht ihn an, doch das bleiche Gesicht mit den Tollkirschenaugen bleibt ausdruckslos wie ein Teller. Dann eben nicht. Er wendet sich an Karin. »Halten Sie es für möglich, daß Sophie ihren Mann auf irgendeine Weise ermordet hat?«

»Formulieren wir es anders herum: Ich denke, daß gewisse Männer jede Frau so weit bringen können.«

»War Rudolf Kamprath so ein Mann?«

»Meiner Ansicht nach schon.«

»Woran ist Ihre Ehe mit ihm gescheitert?«

Karin nimmt einen großen Schluck Tee. Axel ist dankbar, daß Maria offenbar nicht über jene Talente verfügt, die man Sophie Kamprath nachsagt, sonst wäre er augenblicklich entseelt vom Sessel geglitten.

»Haben Sie das von Sophie?«

»Ja. Sie nahm wohl an, ich wüßte Bescheid.« Der unausgesprochene Vorwurf hinter diesen Worten bleibt Karin nicht verborgen.

»Ich finde, wir sollten beim Thema bleiben«, mischt sich Maria ein, und ihrer spröden Stimme ist der verhaltene Ärger anzumerken.

»Wir sind beim Thema«, versetzt Axel patzig.

Karin ignoriert den kleinen Schlagabtausch souverän wie eine Tigerin die Balgereien ihrer Jungen und beantwortet Axels vorausgegangene Frage: »Rudolf war und ist ein verkorkster Typ, und ich war damals sehr unsicher und naiv.«

»So wie Sophie?«

»So ähnlich. Manche Typen brauchen schwache Frauen, um sich selbst stark zu fühlen.«

»War er denn gewalttätig? Glauben Sie, daß er Sophie mißhandelt hat?«

»Er ist ... war nicht der Mensch, der zuschlägt, wenn Sie das meinen. Dazu war er viel zu kultiviert. Seelische Grausamkeit, das war sein Spezialgebiet.«

Ihrem verschlossenen Gesichtsausdruck entnimmt Axel, daß sie nicht näher darauf eingehen möchte.

»Sie haben Sophie von Rudolfs Unfruchtbarkeit erzählt. Das hat sie schwer getroffen, zumindest hatte ich den Eindruck. Das wäre doch ein Motiv.«

Karin wischt seine Überlegungen mit einer Geste vom Tisch. »Bis jetzt haben wir nur eine Leiche unter einem Hochsitz, die keine äußeren Verletzungen aufweist, nicht wahr?«

»Keine Verletzungen ist gut. Ich habe die Fotos gesehen. Vom Gesicht war so gut wie nichts ...«

»Ich meine *prä mortem*«, unterbricht ihn Karin unbeeindruckt.

Axel hat das deutliche Gefühl, daß Rudolfs Tod sie mit

Genugtuung, wenn nicht sogar mit Freude erfüllt, und sagt es ihr offen ins Gesicht.

»Das stimmt nicht ganz«, widerspricht sie, nicht im mindesten gekränkt. »Nicht Rudolfs Tod freut mich, sondern Sophies Freiheit. Es sei denn ...«, sie lächelt, » ... es sollte sich herausstellen, daß sie sein Schlafbedürfnis etwas unterstützt hat. Dann hätten wir ein Problem.«

»Das ist doch Quatsch«, fährt Maria schroff dazwischen, »so blöd ist doch niemand. Ist doch ganz egal wie das Schwein gestorben ist. Ihr müßt dieser Frau auf jeden Fall helfen, damit sie nicht eingesperrt wird.«

Axel findet, und das nicht zum ersten Mal, daß Maria sich wie ein eifersüchtiges, verzogenes Gör benimmt. Aber Karin antwortet ernst: »Sie hat recht. Im Augenblick erübrigt sich jede Spekulation. Wir sollten abwarten, bis die Ergebnisse der Obduktion vorliegen. Aber eines interessiert mich doch: Was ist das für eine Geschichte mit den anderen Todesfällen, die Sie am Telefon angedeutet haben?«

Axel berichtet, was er von Frau Behnke und von Sophie selbst erfahren hat, und Karin schüttelt besorgt den Kopf: »Sie müssen verhindern, daß Sophie sich durch unüberlegte Aussagen verdächtig macht.«

»Das hat sie leider schon getan«, seufzt Axel. »Dadurch, daß sie ihren Mann so lange Zeit nicht vermißt gemeldet hat. Können Sie mir erklären, warum sie so gehandelt hat?« Axel wird sich im selben Moment bewußt, daß er seine Chefin ansieht wie ein Orakel, als wüßte sie die Antwort auf alle Fragen dieser Welt. Er kämpft um einen gleichmütigen Gesichtsausdruck und fügt hinzu: »Ich meine, selbst wenn Sophies Ehe unglücklich war und sie ihm den Tod gewünscht hat, da würde ich an ihrer Stelle doch wenigstens Gewißheit haben wollen. Aber sie ... ihr Mann verschwindet und sie unternimmt die ganzen Ferien über nichts!«

Karin reibt an ihrer Teeschale. Axel hat sich vorhin, beim Versuch daraus zu trinken, Finger und Lippen verbrannt.

»Ferien ...«, wiederholt sie.

»Wie bitte?«

»Sie sagten eben was von Ferien. Vielleicht ist das der Grund, warum sie es nicht gemeldet hat. Sie wollte, vielleicht zum ersten Mal in ihrem Leben, Ferien haben. Frei sein. Einfach in den Tag hinein leben. Es gibt Situationen, da plant man nicht, sondern ist froh, wenn man einen Tag nach dem anderen heil übersteht.«

»Das kapiere ich nicht«, gesteht Axel rundheraus.

»Sie sind ja auch noch jung«, antwortet sie. Es klingt ein bißchen von oben herab. »Sophie ahnte sicher, was für ein Durcheinander es geben würde, wenn sie Rudolf vermißt meldet: Die Polizei wird sie verhören, die Nachbarschaft wird sie bespitzeln, und sie muß sich mit Anwälten herumplagen. Dem hat sie entgegengesehen und wollte noch ein paar Tage für sich.«

»Aber dadurch machte sie sich doch erst richtig verdächtig! Das muß ihr doch klar gewesen sein!«

Karin stellt die Schale ab. »Überlegen Sie, Axel. Wodurch wird Sophies Vorstellung von unserer Welt geprägt? Sie lebt zurückgezogen, sie liest kein Buch, keine Zeitung, und das wenige, was sie durch Rudolf von der Welt kennengelernt hat, das können wir getrost vergessen. Woher also nimmt sie ihr Weltbild?«

»Aus dem Fernsehen«, antwortet Axel prompt.

»Genau. Und wer siegt im Fernsehen immer?«

»Die guten Jungs. Und Mädels«, fügt er blitzschnell hinzu.

»Oder die Gerechtigkeit, wenn Sie so wollen. Egal, wie tief die Helden im Schlamassel sitzen. Für Menschen in Sophies Lage besteht das Glück oft schon darin, einfach ihre Ruhe zu haben«, erklärt Karin. »Sie wurde ihr Leben lang von irgendwem gegängelt, weil sie als dumm galt. Wahrscheinlich glaubt sie das immer noch selbst. Und was die Gewißheit über Rudolfs Tod angeht – die hatte sie doch. Das hat sie Ihnen deutlich gesagt.«

»Sie glauben doch nicht auch an diesen Unsinn?« entfährt es Axel.

»Ein Typ wie Rudolf haut nicht einfach ab. Wenn der nicht nach Hause kommt, dann muß was passiert sein. Um das zu schlußfolgern, bedarf es keiner spirituellen Fähigkeiten. Aber vielleicht hat Sophie tatsächlich gespürt, daß er tot ist. So eine Art sechster Sinn. Ist Ihnen das auch schon zu gewagt?«

Ihr Kopf ruht in schräger Haltung auf dem Knie des gesunden Beins, das sie unter dem Schlabber T-Shirt mit beiden Armen umschlungen hat. Ein bloßer Fuß mit zartrosa lackierten Zehennägeln schaut darunter hervor, filigran und perfekt, wie aus Marmor gemeißelt. Als würde sie ihn nie zum Gehen benutzen. Ihr Haar fließt in Kaskaden ihren Rücken hinunter, und sie schaut gedankenversunken ins Leere. Axel läßt ihren Anblick und ihre Worte auf sich wirken, während er versucht, Marias spöttisches Lächeln nicht zu beachten.

Karins letzte Frage bleibt unbeantwortet. Sie setzt sich wieder gerade hin, nimmt sozusagen eine dienstliche Haltung ein und sagt mit nüchterner Stimme: »Der Klatsch über diese anderen Todesfälle könnte ihr unter Umständen schaden. Versuchen Sie, Genaueres darüber herauszufinden, damit wir wissen, womit wir zu rechnen haben. Ich bin in solchen Angelegenheiten gerne der Polizei einen Schritt voraus. Sie wohnen ja an der Quelle.«

Axel verzieht das Gesicht. Er sieht sich bereits mit den Waschweibern des Viertels beim Kaffee sitzen. Die Erinnerung an das letzte Mal genügt ihm noch, als ihn seine Vermieterin den beiden anderen vorgestellt, besser gesagt, vorgeführt, hat.

»Knöpfen Sie sich auch mal diesen Jüngling von gegenüber vor.«

Auch das noch! »Denken Sie an Mord aus Leidenschaft?«

»Könnte doch sein«, entgegnet Karin nicht ganz ernsthaft.

»Die Frau interessiert Sie sehr, nicht wahr?«

»Besonders nach dem, was ich heute über sie gehört habe. Ziemlich rätselhaft, das Ganze.«

»Allerdings. Vor allem das mit diesem Schwalbe und seinem kuriosen Unfall im Fitneß-Studio. Es ist schon ein auffälliger Zufall: Schwalbe und Kamprath wohnen in derselben Straße, beide behandeln ihre Frauen schlecht, und beide sind jetzt tot.«

»Und um beide ist es kein bißchen schade«, ergänzt Maria und wendet sich an Karin, als wäre Axel gar nicht da: »Sag mal, was passiert jetzt eigentlich mit der Witwe vom Schwalbe?«

»Sie wird abgeschoben.«

»Sie wird WAS?« schreit Maria auf. Ihre Augen sind schmal geworden, und ihre Unterlippe zittert. Doch nicht ganz so cool, wie sie immer tut, denkt Axel.

»Sie muß zurück nach Brasilien«, erklärt Karin ruhig. »Ihre Ehe besteht noch keine drei Jahre, sie hat in Deutschland kein Aufenthaltsrecht.«

»Das ist ungerecht!«

»Das ist Gesetz.«

»Scheiße ist das!« Maria knallt ihre Schale auf den Tisch.

Karin beugt sich zu ihr und legt ihr die Hand auf die Schulter. »Sie geht ja nicht als arme Frau. Sie erbt ein schönes kleines Vermögen. Ich bin gerade dabei, es vor dem Zugriff der gierigen Schwalben, die in Wirklichkeit Geier sind, zu retten.«

Marias Zorn verebbt so rasch, wie er ausgebrochen ist. Sie lehnt sich wieder entspannt zurück.

»So ein Glücksfall«, bemerkt Axel und erinnert sich, daß er so etwas schon einmal im Zusammenhang mit Schwalbes Tod gesagt hat.

»Ihr Zynismus ist hier nicht angebracht«, sagt Karin scharf.

»Verzeihung«, sagt er betont demütig und erwidert ihren Eiswürfelblick. Die Zurechtweisung, noch dazu vor Maria, ärgert ihn. Was glaubt sie, wen sie vor sich hat, einen dummen Jungen?

Als hätte sie seine Gedanken gelesen, lächelt Karin ihm aufmunternd zu und sagt: »Übrigens, was Sie bisher unternommen haben, war völlig korrekt. Aber sollte Sophie im Lauf der Ermittlungen tatsächlich unter Mordverdacht geraten, dann werden wir den Fall an einen Kollegen abgeben, der auf Strafrecht spezialisiert ist. Alles andere wäre unverantwortlich.«

»Natürlich.«

»Nur, damit Sie sich keine Illusionen machen, Axel. Die Fälle, in denen ein Frischling einen Mordprozeß erfolgreich durchzieht, gibt's nur in amerikanischen Filmen.«

»Das weiß ich. Ich bin nicht ganz so grün, wie Sie annehmen.«

»Apropos grün. Wer hat Sophie vernommen?«

»Ein Kommissar Förster.«

»Kenne ich nicht.«

»Ein ganz netter Kerl. Zumindest fair.«

»Hat die Polizei die Wohnung durchsucht?«

»Ja, gleich im Anschluß an die Vernehmung. Ich war dabei. Sophie war einverstanden, dazu habe ich ihr geraten.«

»M-mh.«

»Zwei Beamte und eine gewisse Kommissarin Tomasetti haben sich umgesehen. Vor allem in Rudolfs Schreibtisch, aber da war nichts Besonderes. Außer, daß er sämtliche Rechnungen der letzten Jahre akribisch archiviert hat. Von Auto bis Zahnbürste – alles ist dokumentiert.«

»Er war eine Krämerseele und ein Geizhals.«
»Den Schlüssel für den Waffenschrank konnten wir nicht finden, und Sophie hat keinen zweiten.«
»Es geht doch nichts über das Vertrauen in einer Ehe.«
»Sie hat nicht einmal eine Bankvollmacht«, schnaubt Axel empört.
»Das kommt häufiger vor, als Sie vielleicht glauben. Noch was, Axel«, Karin lächelt süßlich, »wie wär's, wenn Sie gelegentlich einen Ausflug in den Odenwald machen würden? Sie könnten sich präparierte Tiere ansehen ...«
»Schon gut. Ich muß morgen sowieso in die Richtung. Ich treffe mich in der Nähe von Reichelsheim mit dem Gerichtsvollzieher.«
»Was gibt's denn da zu pfänden?«
»Ein Pferd.«
»Was?« »Wie bitte?« fragen Maria und Karin gleichzeitig.
»Es gehört dem Kerl, der seiner Geschiedenen seit acht Monaten keinen Unterhalt gezahlt hat und dem man keinen Lohn pfänden kann, weil er nur schwarz arbeitet. Ich fand, daß in diesem Fall etwas Bewegung nicht schaden könnte. Der Gaul kriegt morgen den Kuckuck an die Box geklebt. Bin gespannt, wie schnell das den Reiter auf Trab bringen wird.«
Karin wirft den Kopf zurück, fährt sich durch die dunklen Locken und lacht hemmungslos. Allein für diesen Anblick würde Axel jederzeit einen kompletten Zoo pfänden. Sogar Maria läßt sich zu einem Kichern hinreißen.
»Und dabei spielt der Gerichtsvollzieher mit?« zweifelt Karin.
»Er meinte zwar, so etwas hätte er noch nie gemacht, aber er tut's.«
»Habe ich dir nicht gesagt, daß er ein fixes Kerlchen ist?« sagt Karin zu Maria. Die rollt die Augen zur Decke, während Axel noch das »Kerlchen« verdauen muß. Er steht

auf. »Ich gehe jetzt nach Hause, meine Erkältung kurieren. Sind Sie morgen in der Kanzlei?«

»Sicher.«

»Vielleicht möchte Sophie lieber mit Ihnen sprechen.«

»Das kann sie, aber ich werde ihr sagen, daß sie sich besser gleich an Sie gewöhnen soll. Schließlich sind Sie mein Partner.«

Mit grimmiger Freude registriert Axel, wie Marias volle Lippen zum Strich werden. Diesmal steht Karin auf und bringt ihn zur Tür.

»Warum haben Sie sich neulich überhaupt mit Sophie Kamprath getroffen?« fragt er, als sie im Flur stehen.

»Aus schnöder Neugier.«

Axel wagt sich noch einen Schritt vor. »Wußten Sie nicht schon länger, daß Ihr Exmann wieder verheiratet war? Vielleicht von Frau Konradi, über deren Kusine?«

»Ich spreche mit Frau Konradi nicht über Privates, und sie weiß nichts von meiner ersten Ehe. Ich hatte keine Ahnung, daß Rudolf noch immer in der Wohnung seiner Mutter wohnte. Immerhin ist unsere Scheidung schon zwölf Jahre her, und da wir nie zusammen hier gelebt haben, gibt es auch keine gemeinsamen Freunde. Er hatte sowieso nie welche. Es war mir gleichgültig, wo Rudolf steckt und was er macht. Bis Sie kamen.« Ihre Augen mustern ihn schelmisch. Zum Glück nimmt sie ihm sein kleines Verhör nicht übel. »Im Grunde sind Sie an allem schuld, Axel.«

»Selbstverständlich.« Er greift ihren leichten Plauderton auf und macht einen Kratzfuß. Dann deutet er mit einer Kopfbewegung in Richtung Wohnzimmer. »Ihre … äh, Freundin kann mich wohl nicht besonders leiden.«

»Nehmen Sie's ihr nicht krumm. Sie hat mit Männern viel Übles durchgemacht.«

»Das … das tut mir leid«, murmelt Axel.

Karin öffnet die Wohnungstür, ein Zeichen, daß die

Unterhaltung beendet ist. Axel verabschiedet sich und schlüpft in seinen Mantel, eine nicht ganz billige Neuanschaffung vom ersten Gehalt.

»Gute Nacht, Herr Anwalt. Übrigens ...«

»Ja?«

»Ein schöner Mantel. Sie haben Geschmack.«

»Danke.«

Er läuft die Treppen hinunter und spaziert eine Weile herum. Sein Kopf ist heiß und er hat das dringende Bedürfnis nach frischer Luft, obwohl diese sofort einen Hustenreiz auslöst. Die Straßen wirken verlassen. Weit ist es mit dem Nachtleben der südhessischen Metropole nicht her.

Als er plötzlich vor der schweren Metalltür mit der pinkfarbenen Aufschrift steht, fragt sich Axel, was er hier eigentlich macht. Was soll's? Ansehen kann man sich den Laden ja mal. Er hält einer Dame mit einer kindersargförmigen Sporttasche die Tür auf und folgt ihr.

»Hi!« begrüßt ihn ein Mädchen in einer lila Zweithaut. Sie steht hinter einer Theke aus Bambusrohr und spült Gläser.

»Guten Abend. Kölsch, Axel Kölsch, ich würde gerne ...«

»Bei uns gibt's bloß Wasser, Säfte und Proteindrinks. Wir sind keine Kneipe!«

Axel wird schlagartig klar, daß hier ausschließlich Muskeln trainiert werden. »Ich bin Anwalt. Es geht um den Unfall von neulich.«

»Da war ich nicht da«, antwortet sie, geht zur Treppe und ruft nach oben »Sonja! Komm mal runter.«

Eine Blonde federt die Wendeltreppe herab. Sie sieht aus, als wäre sie gerade vom Surfbrett gesprungen.

»Petra, geh rauf, da will einer ins Solarium.« Zu Axel gewandt fragt sie: »Was gibt's?«

Axel sagt erneut sein Sprüchlein auf und fügt hinzu: »Ich wäre Ihnen für ein paar Auskünfte dankbar.« Himmel, ich muß mich anhören wie ein Fernsehkommissar! Er gönnt Sonja einen strahlenden Blick. Zumindest versucht er es.

»Da gibt es nicht viel zu sagen. Plötzlich lag er da, das Gewicht auf ihm drauf, und er war tot. Die Zunge hing raus wie bei einem überfahrenen Hund.«

»Wer hat ihn gefunden?«

»Wollen Sie alle zwanzig Namen wissen?«

»Wie?«

»Die Aerobicgruppe. Die kamen gerade aus dem Ballettraum, und da lag er dann.«

»Gibt es niemanden, der in seiner Nähe war, als es passiert ist?«

»Das hat die Polizei auch schon gefragt. Warum wenden Sie sich nicht an die?«

»Ich gewinne meine Informationen gerne aus erster Hand.«

»Für wen arbeiten Sie eigentlich?« fragt sie, etwas spät, aber dafür um so mißtrauischer.

»Für die Witwe von Herrn Schwalbe. Die Lebensversicherung macht Zicken.«

»Also, die Geräte sind bei uns in einwandfreiem Zustand, da gibt's gar nichts!«

»Das bezweifelt niemand. Aber verstehen Sie, wenn es ein Selbstmord war, müssen die nicht zahlen, wenn es ein Unfall war, oder gar ein Verbrechen, dann schon.«

»Selbstmord!?«

»Sie ahnen ja nicht, was Versicherungsinspektoren für wilde Phantasien haben.«

»Kommen Sie mal mit.« Wieder nimmt sie die Stufen mit Elan, diesmal nach oben, Axel zieht seinen Mantel aus und stapft hustend hinterher. Ein bißchen Sport könnte mir auch nicht schaden, denkt er. An der Uni trainierte er ab und zu Leichtathletik, aber dann kam der Winter, und dann verließ ihn Judith und so ist es in den letzten Monaten zu keinerlei Leibesübungen mehr gekommen.

»Hier ist es passiert«, sagt sie lebhaft und deutet auf eine Nische mit ein paar kunstlederbezogenen Bänken. Ein Muskelmann steht vor dem Spiegel und taxiert Axel geringschätzig, während er ein paar Scheiben auf eine Stange schraubt. Gegenüber hängen zwei Frauen in Fußschlaufen an schrägen Brettern und kämpfen mit den Oberkörpern gegen die Schwerkraft an. Am Rudergerät schneidet ein fleischiger Mann Grimassen, während ihm der Schweiß in glitzernden Linien den Hals hinunterläuft. Im Ballettraum ist nur eine Frau, die verknotet auf einer Isomatte hockt. Es ist schon halb zehn, um zehn schließt das Studio.

Axel, in Jeans und Sakko, schwingt sich auf die Bank. Als er schon flachliegt, geht ihm der Gedanke durch den Kopf: Ob das die Bank ist, auf der Schwalbe ... Er will rasch wieder aufstehen, aber da reicht ihm Sonja eine leere Stange. Axel bleibt liegen und imitiert die Stemmbewegung.

»Er bekam wohl das Gewicht nicht mehr ... aua!« Ein Stich zwischen die Rippen läßt ihn zusammenzucken. Seine rechte Hand hat die Eisenstange reflexartig losgelassen, sie fällt ihm auf die Schulter.

»Was soll denn das?« keucht er und richtet sich auf. Sonja streckt ihren voll durchtrainierten rechten Mittelfinger, mit dem sie ihm soeben in die Rippen gefahren ist, in die Höhe und deutet mit der anderen Hand auf die Stange.

»Jetzt lassen Sie da mal sechzig, siebzig Kilo dranhängen. Ein kleiner Stupser im Vorbeigehen ...«

»Sie haben recht.« Axel reibt sich das Schlüsselbein.

»Tut's weh?« Sie streicht ihm über den Oberarm. Ihre magentarot lackierten Fingernägel sind waffenscheinpflichtig.

»Mein Gott!« Sie zieht ihre Hand weg, als hätte er eine ansteckende Krankheit. »Ihr Trizeps! Der ist ja völlig verkrüppelt!«

»Ich bin ein wenig aus der Übung«, murmelt Axel. Der Muskelmann grinst im Spiegel.

Sonja hebt ihren Arm und spannt ihre Muskeln an.

»*So* muß das aussehen! Höchste Zeit, daß Sie was unternehmen.«

»Scheint so.« Er lächelt zerknirscht und ringt sich zu einem Kompliment über ihre Figur durch. Ihr Bauch gleicht einem Waschbrett, respekteinflößend ist das Spiel der Muskeln unter dem kondomartig anliegenden Body, die Brüste müssen sich irgendwann entschieden haben, lieber Bizepse zu werden.

»Wie wär's mit einem Eiweißdrink?«

»Meinen Sie, das nützt noch was?«

»Man weiß nie.«

Sie gehen hinunter, Axel hievt sich auf einen der Barhocker, Schwarzeneggers Pulver kommt zum Einsatz.

»Wissen Sie noch, wer an diesem Abend alles im Studio war? Die Aerobic-Gruppe ausgenommen.«

»Das wollte die Polizei auch schon wissen«, erklärt sie und rührt in dem Glas mit der milchigweißen Flüssigkeit. »Ich habe versucht, anhand der Karteikarten eine Liste zusammenzukriegen. Normalerweise lege ich die Karte raus, wenn ich den Kabinenschlüssel vergebe. So merken wir, wenn einer den Schlüssel nicht mehr abgibt. Die sind nämlich sauteuer. Glauben Sie, es war Mord?«

Sie sieht ihn erwartungsvoll an, während sie den Drink vor ihn hinstellt.

»Sie sagen das so sehnsüchtig.«

»Ja, kapieren Sie denn nicht? Ein Unfall ist furchtbar. Jetzt denkt man, unsere Geräte sind nicht sicher. Aber ein Mörder, der hier zwischen den Palmen herumschleicht – das wäre echt cool. Die Leute würden scharenweise kommen, wegen des Nervenkitzels.«

Ja, so sind die Menschen, denkt Axel und schüttelt den

Kopf. »Ehrlich gesagt«, flüstert er, »glaube ich persönlich nicht an einen Unfall.«

Sie beugt sich über die Theke und sieht ihm tief in die Augen.

»Ich auch nicht«, wispert sie.

»Könnte ich vielleicht die Liste bekommen, die Sie der Polizei gegeben haben?«

»Aber sicher«, sagt sie gönnerhaft. »Wenn es Ihnen hilft. Ich mache schnell eine Kopie.« Sie kramt in den unteren Regionen der Theke und verschwindet dann mit einem Blatt Papier hinter einem Vorhang. Axel hält die Eiweißbombe gegen das Licht. Sieht aus wie … Nein danke! Er beugt sich über die Theke und läßt den zähen Inhalt in die Spüle blubbern. Dann betrachtet er die schwitzenden und stöhnenden Leute an den Geräten. Zum x-ten Mal denkt er nach, ob er lediglich dem Klatsch einiger hysterischer Hausfrauen aufgesessen ist, oder ob Sophie Kamprath eventuell doch eine Mörderin ist.

Sonja kommt zurück und reicht ihm eine Kopie der Liste. »Das bleibt aber unter uns«, mahnt sie.

Axel studiert die Namen. Es sind zweiunddreißig. Der Name Sophie Kamprath ist nicht darunter. Auch kein anderer, der ihm etwas sagt.

Sonja beobachtet ihn. »Na?«

Axel zuckt bedauernd die Schultern. »Sagt mir nichts.«

»Schade.«

»Sagen Sie, Sonja, war an dem Abend eine Frau im Studio, die etwas exotisch aussah? Klein, sehr schlank, hellbraune Haut …«

»Schwalbes Frau? Nein, bestimmt nicht. Das wollte die Polizei als erstes wissen.«

Axel nickt. Zeitverschwendung, was ich hier mache. Die Kripo ist schließlich auch nicht ganz blöde, und ich bin nicht Schimanski.

»Sie sagten vorher, *normalerweise* legen Sie die Karte raus, wenn Sie den Kabinenschlüssel hergeben. Gibt es noch andere Möglichkeiten?«

Genial, registriert Axel, als er Sonjas Augen aufleuchten sieht. Das hätte Schimmi auch nicht besser gekonnt.

»Manche Gäste nehmen sich schon mal selber einen Schlüssel, wenn gerade niemand hier steht.« Sie deutet auf die Reihe von Kabinenschlüsseln, die über der Theke nach Nummern geordnet hängen. Rosa Bänder für die Damen, blau für die Herren. »An dem Abend war viel los, und ich war alleine.« Es klingt, als wolle sie sich für die Disziplinlosigkeit der Kundschaft entschuldigen.

»Also könnte ein Fremder in Sportklamotten hier reinspazieren und mitmachen?«

»Das schon. Aber nicht lange. Ich kenne jedes Gesicht.« Sie legt ihren Zeigefinger an den Mund, dann sagt sie: »Zwei neue Frauen waren an dem Abend zum Probetraining da. Ich bin nicht dazu gekommen, ihre Namen aufzuschreiben. Ich habe denen gesagt, daß Connie nicht da ist. Connie macht das Training mit den Neuen. Er ist mein … ihm gehört der Laden. Aber sie sagten, sie wären nicht zum ersten Mal in einem Studio und wollten sich bloß mal umsehen.«

Axel sieht sich ebenfalls um. Auch heute scheint kein Connie da zu sein. Er bedauert das nicht.

»Kannten sich die Frauen?«

»Ich hatte nicht den Eindruck.«

Axel holt tief Atem. »War eine davon groß, kräftig, mit braunem Haar, braunen Augen, so um die dreißig?«

»Kann sein. Aber genau weiß ich das wirklich nicht.«

»Schade.« Ein ganz leiser Vorwurf schwingt in seiner Stimme, und Sonja senkt den Blick, während ihre kräftigen Hände einen Bierdeckel in Fetzen reißen.

»Versuchen Sie es noch mal. Sie müssen sich doch an *irgendwas* erinnern. Größe, Haare, Kleidung … irgendeine Kleinigkeit!«

»Die andere ...«

»Ja, was war mit der?«

»Jetzt fällt mir wieder ein, daß ich sie um dieses tolle Haar beneidet habe. Nicht wegen der Farbe, die war dunkel«, sie fährt sich eitel durch ihre blonden Flusen, »aber es war so lang und kräftig, ein bißchen lockig. Und dazu diese stechenden Augen ... Die Figur war auch nicht übel, vielleicht eine Idee zu dürr. Genau konnte ich es nicht sehen, sie hatte so unmögliche Klamotten an. Das T-Shirt sah aus wie ein Werbegeschenk, es war eine Reklame für Espresso drauf.«

»*Lavazza.*«

»Genau!« ruft Sonja. »Sagen Sie bloß, Sie wissen, wer das war!«

»Nein«, wehrt Axel ab, während er spürt, wie seine Knie butterig werden. Zum Glück sitzt er. »Es war die erstbeste Espressomarke, die mir eingefallen ist.«

»Och, zu blöd.«

»Sagen Sie ...« Axels Stimme ist heiser, und er fühlt seinen Puls rasen, »...hinkte die Frau?«

Sonja schaut ihn verdattert an. »Hinken? Nein. Das heißt, ich weiß es nicht. Ich habe sie nie gehen sehen. Die zwei standen zuerst hier, an der Theke, und später sind sie immer an den Geräten rumgestanden oder gesessen. Und die drei Schritte von hier bis zur Umkleide – da müßte jemand schon auf allen vieren daherkommen, damit es auffällt. Aber geben Sie's zu, Sie haben doch einen bestimmten Verdacht!«

Axel bringt es fertig, ihr vertraulich zuzuzwinkern. »Leider nicht«, sagt er. »Mir ist eben eingefallen, daß die Person, an die ich einen Moment lang gedacht habe, strohblond ist. So wie Sie.«

Sonja nickt betrübt. »Nein, sie war dunkelhaarig, das weiß ich sicher. Und strohblond war die andere auch nicht, das wäre mir aufgefallen.«

Gottseidank, Sie hat's gefressen! Axel ist auf einmal übel, er muß jetzt schleunigst aus diesem Schweißdunst heraus.

»Danke für die Auskünfte.« Er hebt das leere Glas und rutscht vom Barhocker, nicht sicher, ob ihn seine Beine auch wirklich tragen werden. »War lecker, das Zeug. Vielleicht sieht man sich mal wieder.«

»Hoffentlich«, lächelt Sonja. »Denken Sie an Ihren Trizeps.«

Dorothea Weinzierl steht im dunklen Wohnzimmer hinter ihren Topfpflanzen und schaut auf das Haus gegenüber. Alle Fenster sind schwarz, schon den ganzen Abend.

Zweimal war heute die Polizei da drüben. Das erste Mal hat sie es nicht selber gesehen, weil sie erst gegen Mittag aus dem Krankenhaus entlassen worden ist. Der letzte Asthmaanfall hatte zur Folge, daß man sie einige Tage zur Beobachtung behielt. Jetzt bekommt sie stärkere Medikamente. Nur Sophies überlegtem Handeln sei es zu verdanken, daß sie noch am Leben ist, hat ihr der Arzt versichert. Aber Frau Weinzierl weiß inzwischen nicht mehr, was sie glauben soll. Vielleicht hätte es ohne Sophie gar keinen Anfall gegeben?

Heute nachmittag hat sie die Polizisten selbst hineingehen sehen. Zwei Uniformierte und eine junge Frau in Zivil, zusammen mit Sophie und diesem Anwalt, der bei Ingrid Behnke wohnt.

Obwohl es erst morgen in der Zeitung stehen wird, weiß bereits das ganze Viertel, was geschehen ist. Der Lehrer Rudolf Kamprath wurde tot im Wald gefunden. Angeblich erfroren. Aber für Frau Weinzierl steht felsenfest: Sophie Kamprath hat ihren Mann getötet. So wie die anderen. Daß sie die ganze Zeit so tat, als wäre er verreist, ist der eindeutige Beweis. Sie fühlte sich sicher, hat uns alle an der Nase herumgeführt, diese Teufelin! Die Polizei wird ihr nichts nachweisen können. Böse Gedanken hinterlassen keine Spuren.

Aber warum hat sie es getan? Inzwischen ist sich Frau Weinzierl nicht mehr sicher, ob Rudolf Kamprath tatsächlich eine andere Frau hatte.

Sie ist sich überhaupt nicht mehr sicher, in allem, was Sophie Kamprath betrifft.

»Mein Gott«, stöhnt Frau Weinzierl auf, als gegenüber plötzlich das Licht hinter den Glasbausteinen angeht. Sie hat sie nicht einmal kommen sehen. Wie ein Gespenst. Es ist schon nach zehn, wo war sie bis jetzt? An einem solchen Tag geht die einfach abends weg. Das ist der Gipfel der Abgebrühtheit!

Frau Weinzierls Entrüstung über Sophies mangelnde Pietät ist aufrichtig. Ungleich mehr aber verübelt sie Sophie, daß die Person, die sich ihren Paul geschnappt hat, bis jetzt weder einen tödlichen Unfall erlitten hat noch von einer plötzlichen Herzschwäche dahingerafft worden ist. Im Gegenteil, »die Schlampe« ist dieser Tage munter dabei, Hochzeitseinladungen zu verschicken. Bekannte haben Frau Weinzierl davon berichtet. Fehlt nur noch, daß ich eine bekomme, denkt sie verbittert. Warum hilft diese Sophie allen anderen, nur mir nicht?

Der Gerichtsvollzieher stakst über den Hof, steigt in seinen Wagen und prescht davon. Auch Axel geht im Slalom auf den Golf zu, wobei er wie sein Vorgänger bemüht ist, nicht auf einer der gefrorenen Drecklachen auszurutschen. Der Bauer steht an der Stalltüre und schimpft. Sein Dialekt ist so ausgeprägt, daß Axel nur ein Wort versteht: »Tierquälerei«.

»In ein paar Tagen ist das Geld da, und der Gaul darf wieder raus«, hat Axel dem Gerichtsvollzieher und dem Bauern versichert. »Ansonsten wird er auf der nächsten Auktion versteigert.«

Matsch und Kuhdung hängen an seinen Schuhen, die den Verhältnissen und der Witterung nicht angepaßt sind. Sie hinterlassen Spuren auf den Autofußmatten. Er wird den Wagen gründlich säubern müssen, ehe er ihn an Karin Mohr zurückgibt. Sie hat ihn extra darauf hingewiesen: »Maria hat ihn frisch gewaschen und gesaugt, also geben Sie acht.«

Maria. Die muß viel Zeit haben. Auf Axels Frage an Karin, was Maria beruflich mache, hat Karin nur vage: »Sie fotografiert«, geantwortet. Wahrscheinlich läßt sie sich von Karin aushalten. Etwas in dieser Richtung hat auch Frau Konradi neulich angedeutet und durch eine weitere Indiskretion der Sekretärin weiß Axel, wie sich die beiden kennengelernt haben: Es war Karins erster, größerer Fall in der neu eröffneten Kanzlei. Sie vertrat Maria als Nebenklägerin in einem Prozeß gegen deren Schwager. Der Schwager hatte Maria vergewaltigt. Als ihr ihre ältere Schwester Pia helfen wollte, zertrümmerte der Ehemann seiner Gattin den Schädel am Heizkörper. Daß der Mann zur Tatzeit zweieinhalb Promille Alkohol im Blut hatte, wertete das Gericht strafmildernd. Der Totschläger erhielt drei Jahre Freiheitsstrafe.

Axel betrachtet das Gehöft im Rückspiegel, als er im Schrittempo vom Hof fährt. Der Bauer schüttelt die Faust, Dampf erhebt sich vom Misthaufen in die klare Winterluft – ein Idyll.

Am liebsten hätte er zu Karin gesagt: »Geben Sie lieber selbst acht.« Er hat sich das verkniffen. Seit gestern abend ist nichts mehr, wie es war.

Axel fühlt sich auf einmal nicht besonders gut. Er lenkt den Wagen an den Straßenrand, stellt den Motor ab und sucht nach einem Taschentuch. Seine Erkältung beginnt sich zu lösen, seine Nase läuft ständig. Er dreht die Scheibe herunter. Tief atmet er die würzige Luft ein. Sogar jetzt, bei dieser Kälte, sondern die Bäume und der Boden ihren eigenen, charakteristischen Duft ab. Er hustet. Aus seiner Aktentasche fischt er eine Landkarte, studiert die Strecke und fährt wieder los. Es sind nur zwölf Kilometer bis zu Sophies Dorf, aber er kommt sehr langsam voran. Die Landschaft schwillt an, die schmale Straße führt in engen Kurven bergauf. Oben gibt der Wald den Blick auf eine Burg frei, die auf dem benachbarten Höhenzug thront. Dann dasselbe bergab. Eine herrliche Gegend, dieser Odenwald, wenn man für Waldeinsamkeit schwärmt. Er muß an Judith denken, die ihn im letzten Frühjahr auf einer abgelegenen Waldlichtung in der Eiffel verführen wollte. Berechnend und hemmungslos wie Frauen sein können, hat sie plötzlich eine Decke aus ihrem Rucksack gezaubert, aber er hat ihr Ansinnen zurückgewiesen, aus Angst, irgendein Waldläufer könnte sie entdecken. Was für ein Riesenarsch er war! Ob Karin Mohr für solche Sachen zu haben wäre?

Drei Wildschweine brechen aus dem Gebüsch, Axel steigt auf die Bremse, der Wagen gerät ins Rutschen, die Stoßstange verfehlt um ein Haar die letzte Hinterkeule. Erst als er mit beiden rechten Reifen den aufgeworfenen Schnee am Straßenrand umpflügt, kommt er zum Stehen. Hier ist der Schnee noch weiß, obwohl es die letzten Tage kaum geschneit hat. Die Wildschweine verschwinden in einer kahlen Buchenschonung. Axel stößt die Luft aus, die er während des Bremsmanövers angehalten hat, und wischt sich über die Stirn. Die Gefahren des Waldes sind in der Tat vielfältig.

Endlich erreicht er sein Ziel. Das Dorf schichtet sich an einem Hang auf und ist größer als er erwartet hat. Zumindest länger. Ein drei Kilometer langer Schlauch schmutzgrauer, eng aneinandergereihter Gebäude mit verklinkerten Fundamenten. Kein Grün stört die Architektur, die einen unübersehbaren Hang zu Wellblech und Eternit erkennen läßt. Gärten und Höfe verbergen sich hinter großen Toren aus Plastik mit künstlicher Holzmaserung, nur selten sieht man ein altes Hoftor aus Schmiedeeisen. Den Fußgängern steht ein Gehsteig von der Breite eines Bierkastens zur Verfügung, der jetzt allerdings zur Hälfte von aufgehäuftem Schnee beansprucht wird. Sophies Heimatdorf besitzt keinen erkennbaren Kern, auch keinen Marktplatz, nur eine Kirche, ein schmuddeliges Gasthaus mit gelben Butzenscheiben und eine Metzgerei, vor deren Ladentür eine lachende Blechsau mit Kochmütze, Kochlöffel und Ringelschwänzchen postiert ist. Sie hat ein Schild vor dem Bauch: »Eigene Schlachtung! Heute im Sonderangebot: Dörrfleisch 1,59, Leiterchen 1,89!«

Die zauberhafte Umgebung unterstreicht die Häßlichkeit dieses Straßendorfes noch zusätzlich und die große Dorflinde – oder ist es eine Eiche? –, der man immerhin eine eigene Verkehrsinsel zugesteht, wirkt deplaziert; ein vom Zeitgeist überholtes Relikt.

Vergeblich fährt Axel bis zum Ortsende und wieder zurück. Kein Mensch, den man um Auskunft bitten könnte, zeigt sich. Die Adresse ist nicht sehr aussagekräftig: »Außerhalb 3«. Ein Wagen vom Paketdienst hält vor der Blechsau und Axel fragt den Fahrer nach dem Weg.

Die Delps wohnen wirklich außerhalb. Am Ende des Dorfes quält sich der Golf eine steile, ungeteerte Straße hinauf. Nach einem halben Kilometer endet der Weg vor einem geduckten Bauernhaus. Axel steigt aus. Im Hof steht allerhand Gerümpel, von dem er keine Ahnung hat, ob und wofür es benötigt wird. Zur Landwirtschaft hat er, der im Schatten des allesbeherrschenden Chemiewerkes Hürth-Knappsack aufwuchs, kein Verhältnis.

Von der Fassade des Wohnhauses blättert eine scheußliche, ockergelbe Farbe, vor den oberen Fenstern baumeln mumifizierte Geranien aus grünen Plastikblumenkästen. Sechs Hühner picken im dreckigen Schnee vor einem

Verschlag aus Brettern und Wellblech, der sich an die Wand des Kuhstalls lehnt und aussieht, als würde er beim nächsten Windstoß in sich zusammenstürzen. Hinter dem Haus spreizen kahle Obstbäume ihre weißgefrorenen Äste gegen den graphitgrauen Himmel. Axel hofft, daß es nicht zu schneien anfängt, ehe er wieder in die Zivilisation zurückgekehrt ist.

Die Fenster des Kuhstalls sind mit Pappe zugestellt, vermutlich eine Maßnahme gegen die Kälte. Das Ganze macht einen armseligen Eindruck, als kämen die Besitzer mit der Arbeit nie richtig nach. Ein Hund bellt. Eine Frauenstimme bringt das Tier zum Verstummen, ehe die Haustüre aufgeht und die Frau die drei Stufen herunterkommt. Begleitet wird sie von einem Schäferhundmischling, der Axel neugierig beschnüffelt, und dem unverkennbaren Geruch nach gekochtem Sauerkraut. Von drinnen ruft eine heisere Männerstimme: »Wer ist das?«

Sie hat wenig Ähnlichkeit mit Sophie. Sie ist klein und hat ein hageres Gesicht mit ascheimergrauen Augen. Ihre Lippen sind aufeinandergepreßt, die Arme hat sie vor dem Körper verschränkt, der zwar nicht dick ist, aber eine unförmige Silhouette hat. Axel verzichtet aufs Händeschütteln.

»Guten Tag. Mein Name ist Axel Kölsch. Ich bin der Anwalt Ihrer Tochter Sophie. Darf ich hereinkommen?« Erst jetzt fällt ihm auf, daß Mittagszeit ist und er möglicherweise beim Essen stört. Wie zur Bestätigung mahnen vom Dorf herauf Kirchenglocken die Mittagsstunde an.

»Bitte«, sagt die Frau nach kurzem Zögern und geht voran, die betonierten Stufen hinauf. Im düsteren Hausflur erkennt Axel eine schmale Holztreppe, die nach oben führt, ehe sie ihn rechts in ein Zimmer weist, das von einem flaschengrünen Kachelofen beherrscht wird. An der Stange darüber hängen Damenstrumpfhosen und zwei karierte Hemden, die wohl nie mehr richtig sauber werden.

Vom Ofen geht keine Wärme aus, trotzdem ist es stickig und heiß. Der Dunst von Sauerkraut ist ausgesprochen intensiv, er dringt aus der Küche, die im hinteren Teil des Hauses liegt und durch eine offenstehende Tür mit der Wohnstube verbunden ist.

An einem rechteckigen Tisch sitzt Sophies Vater und stochert mit einer Gabel, der zwei Zinken fehlen, im Kopf einer Pfeife. Er ist ein großer Mann, soweit sich das bei einem Sitzenden beurteilen läßt. Neben ihm, auf dem rissigen Linoleumfußboden, brummt ein elektrischer Heizlüfter mit rotglühenden Spiralen. Axel reicht dem Mann die Hand, die dieser kurz und schmerzhaft zusammenquetscht. Er bleibt dabei sitzen und brummt etwas, das Axel nicht versteht. Axel stellt sich noch einmal vor und läßt sich auf einem hölzernen Stuhl ohne Polster nieder, den Sophies Mutter ihm wortlos anbietet. Unter der Tischplatte überprüft Axel verstohlen, ob die Finger seiner rechten Hand noch zu gebrauchen sind.

»Sie wissen sicher, daß Ihr Schwiegersohn tot aufgefunden wurde«, beginnt Axel und sieht dabei erst den Mann und dann die Frau an, die sich ihm gegenüber auf die Eckbank gesetzt hat.

»Ja«, sagt Frau Delp.

Der Alte nickt. Sein rundes Gesicht weist fast so viele Schrammen auf wie die Tischplatte vor ihm, auf der eine halbvolle Flasche Bier steht. Seine Augen sind klein, mit unruhig hin und her wandernder Iris. Ein beißender Geruch wie nach einem Zimmerbrand mischt sich mit dem Sauerkrautdunst aus der Küche und dem Mief nach ungewaschenen Kleidern und Körpern, als der Hausherr seine Pfeife anzündet. Axel ist froh, seinen neuen Mantel im Auto gelassen zu haben. Er ringt nach Sauerstoff, hüstelt und fragt dann: »War die Polizei schon bei Ihnen?«

»Nein«, sagt Frau Delp.

»Ich würde mich gerne mit Ihnen über Ihre Tochter

unterhalten«, wendet sich Axel an Sophies Mutter, da sie der gesprächigere Teil dieses Paares zu sein scheint.

»Wozu?« Ihre Augen blicken gleichgültig auf den verstaubten Auerhahn, der hinter dem Sitzplatz ihres Mannes an der rauchgelben Wand hängt und den Gekreuzigten über der Eckbank anbalzt. Ihre Hände liegen ruhig in ihrem Schoß, den eine blaue, fleckige Schürze bedeckt.

»Sophie hat nichts getan. Es wird Zeit, daß das Gerede endlich aufhört.«

»Welches Gerede?«

Die Frau macht eine wegwerfende Handbewegung.

»Frau Delp. Ich bin Sophies Anwalt. Ich bin da, um ihr zu helfen, falls es nötig sein wird. Bitte seien Sie offen zu mir. Niemand erfährt von unserem Gespräch. Auch Sophie nicht, wenn Sie das wünschen.«

Die Frau scheint zu überlegen. Ihre Gesichtshaut ist schlaff und fast so grau wie ihr Haar, das von einer billigen Dauerwelle zerfressen ist.

»Angefangen hat es nach dem Tod meiner Mutter …«

»Die alte Hexe!« zischt es hinter einer Qualmwolke, und Axels Bronchien reagieren prompt mit einem Hustenanfall, was aber niemanden zu einer Bemerkung veranlaßt. Ein Königreich für ein offenes Fenster! Als er sich wieder gefangen hat, fährt Frau Delp fort: »Meine Mutter hat sich mit Kräutern ausgekannt. Sie konnte auch Glieder einrenken, Ausschläge heilen und Warzen wegbeten, lauter solche Sachen. Wenn jemand aus dem Dorf was hatte, dann ging man als erstes zur kalten Sophie.«

»Warum kalte Sophie?«

Die Frau zuckt die Schultern. »Nach der Eisheiligen. Und weil sie manchmal so einen Blick hatte … Wenn sie zornig war, dann konnte sie einen angucken, mit so kalten Augen, daß einem ganz anders wurde. Deswegen haben manche Leute ihr was angedichtet. Wenn im Dorf was passiert ist, dann hat es oft geheißen, ›das hat dir die kalte

Sophie gewünscht‹. So sind die Leute halt.« Sie lächelt bitter. »Man tut ihnen jahrelang Gutes, und trotzdem fallen sie einem bei der nächstbesten Gelegenheit in den Rücken.«

»Sie lebte hier, bei Ihnen?«

»Ja. Ihr Mann – mein Vater – ist im Krieg gefallen. Sie mußte aus Ostpreußen fliehen, ich war damals noch ein Kind. Sie hat meine … unsere Kinder großgezogen. Bis zu ihrem Tod. Sie war eine gute Frau, da können die Klatschmäuler sagen, was sie wollen. Nur sich selber hat sie nicht helfen können. Gegen Krebs hilft kein Kräutlein und kein Beten.«

»Was geschah nach dem Tod Ihrer Mutter?«

»Was schon?«, beteiligt sich plötzlich der Alte an der Unterhaltung, »die ist verscharrt worden, wie alle andern auch.« Offenbar stammt er aus der Gegend, denn das wenige, was er sagt, hat eine deutliche Odenwälder Klangfärbung, während seine Frau, ähnlich wie Sophie, ein ziemlich dialektfreies Deutsch spricht.

Frau Delp beachtet den Gesprächsbeitrag ihres Gatten nicht und Axel folgt ihrem Beispiel.

»Sophie hat kaum noch was geredet und ist in der Schule schlecht geworden. Das haben wir aber erst nach ein paar Monaten gemerkt. Einmal hat sie ein Bub deswegen ausgelacht, und sie hat ihm irgendwas Böses nachgerufen. Dann ist der Bub ein paar Tage später unter einen Bus gekommen und war tot. Da haben die Leute behauptet, Sophie hätte was von meiner Mutter geerbt, aber bloß das Schlechte, und sie sei schuld an dem Tod von dem Buben.«

»Wie alt war Sophie damals?«

»Neun oder zehn.«

»Gab es noch öfter solche Vorfälle?«

»Das ist alles Unsinn. Die Leute reden halt gerne. Was sie früher meiner Mutter angedichtet haben, das war dann auf einmal die Sophie. Egal, ob jemand ein Bein gebrochen oder eine Frau ihr Ungeborenes verloren hat – Sophie soll daran schuld gewesen sein. Das ganze böse Geschwätz hat wieder angefangen, genau wie bei meiner Mutter. Sie haben das nicht offen vor mir gesagt, wissen Sie, aber das Getuschel, das habe ich trotzdem mitbekommen. Aber die Sophie tut niemandem was. Sie hat sich halt bloß anders benommen, das war alles.«

»Wie hat sie sich benommen?«

»Sie ist immer viel im Wald gewesen. Wir haben's ihr verboten, sogar Prügel hat sie gekriegt«, bei diesen Worten streift ein ausdrucksloser Blick ihren Mann, »aber sie ist immer wieder gegangen. Was hätte sie auch machen sollen? Die Leute wollten ihre Kinder nicht mit ihr spielen lassen. Und das mit der Schule, das wurde immer schlimmer.«

»Trotz Prügel«, bemerkt Axel trocken.

»Das war mein gutes Recht« plustert sich Sophies Vater auf. »Die ist nicht dumm! Bloß bockig.«

»Wie alt war Sophie, als sie aus der Schule kam?«

»Sechzehn. Dann ist sie in die Fabrik gegangen.«

»Wann haben Sie gemerkt, daß Ihre Tochter nicht lesen und schreiben kann?«

»Die Lehrerin, die Frau Gotthard, die ist einmal gekommen«, sagt Sophies Mutter und läßt den Kopf sinken. »Aber da war es wohl schon zu spät. Sophie war schon elf oder zwölf. Er hat schon recht«, sie deutet mit den Augen auf ihren Mann, »die wollte einfach nicht.«

»Wie konnte sie dann die Schule schaffen?« fragt Axel.

»Ihr Bruder, der Christian, hat ihr geholfen. Reden Sie mit Christian. Er kennt sie von uns allen am besten.«

»Pah«, schnauft der alte Mann, und sein Gesicht ist eine einzige verächtliche Fratze. Axel wüßte gerne den Grund für die Wut, die ihn zerfrißt.

»Wann hat Sophie Sie das letzte Mal besucht?« Die Frage ist an beide gerichtet.

»An Weihnachten«, antwortet der Vater. Er stemmt sich mit beiden Armen von der Bank und rutscht ein Stück zur Seite, offenbar um zu einer Zeitung zu gelangen, die am äußersten Ende der Bank liegt. »Eine knappe Stunde, anstandshalber. Undankbares Stück. Ist jetzt was Besseres, denkt sie!« Die Pfeife fällt zu Boden, und als Axel sich nach ihr bückt sieht er, daß die Hosenbeine des Alten kurz unterhalb der Oberschenkel abgeschnitten und nach innen umgeschlagen sind. Erneut hustend und mit rotem Gesicht legt er die Pfeife auf den Tisch.

»Herr Delp, darf ich Sie fragen, was mit Ihren Beinen passiert ist?«

»Ein Unfall«, sagt seine Frau rasch. »Ist schon fünfzehn Jahre her. Wir haben die Bäume auf einer Obstwiese gefällt. Weil sie kaputt waren. Mein Mann hat die Wiese umgepflügt, wir wollten Roggen anbauen. Da ist die Granate explodiert, direkt unterm Traktor. Die muß vom Krieg übriggeblieben sein. Hat ja seitdem keiner mehr dort gegraben. Sie hat ihm beide Beine abgerissen ...«

»Die eigene Brut hat mir das eingebrockt«, unterbricht Sophies Vater den Redefluß seiner Frau und sieht Axel dabei böse an.

»Hör auf damit«, herrscht sie ihn an.

»Deine Tochter und ihr sauberer Bruder. Der sammelt doch solche Sachen! Alte Gewehre und so Zeugs, der ganze Dachboden war voll davon, ehe ich ihn mitsamt dem Krempel rausgeworfen habe!«

»Du redest Mist!« faucht sie.

»Warum hätten die beiden das tun sollen?« fragt Axel.

»Das geht Sie nichts an«, knurrt der Alte.

»Vielleicht, weil Sie sie ein bißchen zu oft geschlagen haben?« bohrt Axel nach und sieht seinem Hinauswurf gelassen entgegen.

Seine Faust klatscht wie ein Ziegelstein neben die

Bierflasche. »Was hätte ich denn tun sollen, wenn sich die eigene Tochter schlimmer aufführt wie eine läufige ...«

»Halt den Mund!« kreischt seine Frau, und er verstummt augenblicklich. Zu Axel gewandt sagt sie leise: »Hören Sie nicht auf ihn.«

Axel rechnet. Als der Unfall geschah, war Sophie siebzehn. Was muß sie all die Jahre ertragen haben. Erst einen gewalttätigen Vater, dann einen verbitterten Krüppel, dazu eine ewig überarbeitete Mutter und eine Oma, die viel zu früh starb. Kein Wunder, daß sie den erstbesten, der sie wollte, geheiratet hat.

Du bist anmaßend, Axel, sagt er sich im selben Moment. Woher willst du wissen, daß Rudolf der erstbeste Mann in Sophies Leben war? Auch wenn sie deinem Schönheitsideal nicht voll und ganz entspricht, kann sie anderen durchaus gefallen haben. Nach der Bemerkung des Vaters zu urteilen, hatte es diese wohl auch gegeben.

»Schlangenbrut« flüstert der alte Mann. »Die wollten mich umbringen.«

»Du spinnst doch!«

»Züchte Raben und sie hacken dir die Augen aus«, sagt der Alte gestelzt und setzt die Bierflasche an.

Axel steht auf. »Ich gehe jetzt besser.«

Sophies Mutter nickt erleichtert, steht ebenfalls auf und begleitet Axel zur Tür.

»Das hat er nicht so gemeint«, sagt sie, als sie im Hof stehen. »Die Granate hat nicht nur seine Beine erwischt, wissen Sie.« Sie tippt sich vielsagend gegen die Schläfe.

»Schon gut. Sagen Sie, Frau Delp, hatten Sie den Eindruck, daß Sophie glücklich war, als sie Rudolf geheiratet hat?«

Die Frau sieht ihn verständnislos an. »Glücklich?« wiederholt sie, als hätte er etwas völlig Abartiges gesagt. Offenbar hegt er für ihre Begriffe zu naive Vorstellungen vom Ehestand.

»Etwas Besseres hätte ihr doch gar nicht passieren können. Daß die einen Lehrer kriegt, das hätte doch niemand für möglich gehalten.«

»Hat Sophie das auch so empfunden?«

»Sonst hätte sie ihn wohl nicht geheiratet. Gezwungen hat sie jedenfalls keiner.«

»Auch nicht Ihr Mann?«

»Früher«, murmelt sie, »da war er furchtbar streng zu den Kindern. Besonders zu Christian. Wenn der was angestellt hat, hat die Sophie oft behauptet, daß sie es war. Weil sie weniger Schläge gekriegt hat als er. Aber nach dem Unfall – Sie haben's ja gesehen. Was will er noch groß ausrichten? Jetzt kann er nur noch dumm daherreden, so wie eben. Sie dürfen auf sein Geschwätz nichts geben.«

Axel nickt. »Hat Sophie in letzter Zeit mit Ihnen über ihre Ehe gesprochen?«

»Nein«, sie schüttelt den Kopf. »Was soll es da zu reden geben? Man tut seine Arbeit, jeder an seinem Platz, und fertig.«

»Wo finde ich Ihren Sohn?«

Sie beschreibt ihm den Weg und verabschiedet sich. Als er schon am Auto ist, kommt sie nochmals aus dem Haus gelaufen. Sie hält eine Zehnerschachtel Eier in der Hand.

»Nehmen Sie die für Sophie mit?«

»Ja«, sagt Axel, aber da fällt ihm noch etwas ein. Er zieht eine Skizze aus der Innentasche seines Sakkos, hält sie Sophies Mutter hin und zeigt auf die angekreuzte Stelle.

»Wie komme ich von hier aus zu diesem …« er hat Mühe, die lässige Handschrift der Tomasetti zu entziffern.

»Zum Hochsitz an der Galgenbuche«, ergänzt Sophies Mutter. Da haben sie ihn gefunden.«

»Ist es weit?«

»Wenn Sie es mit dem Wagen bis zur Jagdhütte schaffen, sind es noch zehn Minuten, oder eine Viertelstunde, bei dem Schnee.« Sie wirft einen Blick auf seine Füße.

»Aber nicht mit den Schuhchen da. Welche Größe haben Sie?«

»Dreiundvierzig.«

»Ich gebe Ihnen Stiefel von meinem Mann.« Ehe er Einspruch einlegen kann, dreht sie sich um und geht ins Haus. Nach ein paar Minuten erscheint sie mit einem Paar Stiefel. Das braune Leder ist rissig wie die Haut einer Kartoffel, die man zu lange gekocht hat.

»Danke. Ich bringe sie Ihnen so bald wie möglich zurück.«

»Wozu? Er braucht sie bestimmt nicht mehr.« Ein Lächeln spielt um ihre Lippen und in diesem Moment erinnert sie Axel stark an Sophie.

»Richten Sie bitte meiner Tochter aus, daß sie uns Bescheid geben soll, wann die Beerdigung ist.«

»Ja«, sagt Axel. »Auf Wiedersehen, Frau Delp.«

Den Fuß auf der Bremse rutscht er die Zufahrt hinunter und fährt dann ans andere Ende des Dorfes. Ein Schild mit dem Hinweis »Tierpräparator«, das er vorhin übersehen hat, weist auf einen großen Bauernhof, der etwas von der Straße zurückversetzt liegt. Neben den Stallungen steht ein kleineres Haus. Es hat schmale Fenster und ein sehr steiles Dach, in das nachträglich zwei Fenster eingebaut worden sind. Die Entscheidung, ob er zuerst Christian Delp aufsuchen oder sich den bewußten Hochsitz ansehen soll, wird ihm abgenommen. Vor der Werkstatt parkt ein dunkler BMW mit Darmstädter Kennzeichen.

Dann also der Hochsitz.

Der Forstweg ist befahrbar und Axel parkt an der Abzweigung zur Jagdhütte. Rudolf Kampraths Wagen ist inzwischen von seinem Platz neben der Hütte weggebracht worden.

Es ist ein seltsames, nicht sehr angenehmes Gefühl, in die Stiefel des alten Delp zu schlüpfen. Sie passen, gut sogar. Das Sprichwort, »in jemandes Fußstapfen treten«

kommt ihm in den Sinn. Vielleicht geht eine negative Kraft von diesen Stiefeln aus? Jetzt reicht es! Ich bin ja schlimmer als die Weinzierl!

Die Skizze in der Hand folgt er dem breiten Weg noch etwa zweihundert Meter, dann sieht er schon die vielen Fußspuren, die die Polizisten auf dem Pirschweg hinterlassen haben. Er folgt ihnen heftig keuchend über eine Anhöhe. Das Gehen im harschen Schnee ist anstrengender, als er gedacht hat.

Er erreicht das kleine Tal, folgt dem vereisten Bach und überquert ihn an der Stelle, an der die meisten Fußspuren zu sehen sind. Die Landschaft hat hier etwas Liebliches, sogar jetzt, wo alles im Dauerfrost erstarrt ist. Die Bäume sind märchenhaft überzuckert. Am Gegenhang befindet sich der Hochsitz. Der Schnee darunter ist zertrampelt, mehr ist nicht zu sehen. Was hast du erwartet, fragt sich Axel, Blutspuren, Leichenteile? Er klettert die Leiter hoch und setzt sich auf die schmale Holzbank. Der Sitz ist bequemer, als er aussieht, aber hier oben weht ein eisiger Wind. Er zieht den Mantel enger und schlägt den Kragen hoch. Wie kann ein Mensch so verrückt sein, hier die halbe Nacht auszuharren? Axel atmet tief ein. Es herrscht absolute Stille. Totenstille.

Ist Rudolf Kamprath hier, auf dieser schmalen Holzbank, auf der er jetzt sitzt, gestorben? Ist es eigentlich immer so ruhig im Wald? Warum hört man keine Vögel? Als würden seine Gedanken Form annehmen, fliegt von einem nahen Baum eine Krähe mit einem Warnschrei auf. Axel fährt erschrocken zusammen. Der schwarze Vogel entfernt sich mit klatschendem Flügelschlag. Axel muß an den komischen Spruch mit den Raben denken, den der Alte vorhin losgelassen hat. Krähen, fällt ihm ein, hacken ihren Opfern zuerst die Augen aus, ehe sie sich Zugang zu den Weichteilen verschaffen.

Von hier oben kann man ein Gewirr von Fuchsspuren

erkennen, gerade Linien, die kreuz und quer über das Schneefeld führen und sich im Unterholz verlieren. Wieder muß Axel an die Fotos denken, die ihm die Tomasetti gestern während der Durchsuchung der Kamprathschen Wohnung gezeigt hat, wobei sie schmunzelnd beobachtete, wie er von Bild zu Bild blasser wurde. Sadistische Person. Dabei habe ich immer geglaubt, daß Italienerinnen eher gefühlsbetont sind. Aber die nicht. Ob diese Lust am Makabren Bedingung ist, um bei der Mordkommission zu arbeiten?

Ihm ist auf einmal sehr kalt und er findet den Ort hier gar nicht mehr lieblich. Eher unheimlich. Irgendwo hat er einmal gelesen, daß in manchen Kulturen der Glaube herrscht, die Seele eines Verstorbenen halte sich noch eine Weile an der Stelle auf, an der sie den Körper verlassen habe. Wie lange sie das wohl tut? Drei Wochen? Axel steht auf und schüttelt sich. Steifbeinig steigt er die Leiter hinunter. Für den Rückweg braucht er nur halb so lange wie für den Aufstieg.

Der BMW ist inzwischen vor der Werkstatt verschwunden. An seiner Stelle steht jetzt ein dunkelgrüner Jeep. Der Wagen ist aufgebockt, zwei Beine in schmutzigen Arbeitshosen ragen darunter hervor.

Axel parkt hinter einem riesigen Schneehaufen, steigt aus und räuspert sich, während er sich dem Jeep nähert. Zum Glück hat jemand den Hof mit Kies ausgestreut. Axel friert noch immer, die kurze Fahrt vom Wald bis hierher hat weder den Golf, noch seinen durchgefrorenen Körper aufgewärmt.

»Herr Delp?«

Die Beine geraten in Bewegung, ein Schraubenschlüssel fällt klirrend auf das Pflaster, ein massiger Körper schiebt sich unter dem Wagen hervor.

»Was ist?« Eine rauhe Stimme. Vielleicht verkatert, denkt Axel und wiederholt seine Frage nach dem Namen, obwohl er absolut sicher ist, Sophies Bruder vor sich liegen zu haben.

Der Mann steht auf. Er ist breitschultrig und überragt Axel ein gutes Stück.

»Was wollen Sie?« Die dunklen Augen, Axel kann ihre Farbe nicht genau erkennen, taxieren ihn unverhohlen. »Möchten Sie was abholen?«

»Abholen?« fragt Axel verdutzt, ehe es ihm dämmert. »Nein«, sagt er schnell, »nein, ich möchte kein Tier abholen. Mein Name ist Axel Kölsch, und ich bin der Anwalt Ihrer Schwester Sophie.«

Beim letzten Wort hellt sich Christian Delps Gesicht für einen Augenblick auf, ehe es wieder einen abweisenden Ausdruck annimmt.

Axel deutet auf die Tür zur Werkstatt. »Herr Delp, könnten wir uns vielleicht drinnen ein paar Minuten unterhalten?«

Der Mann schüttelt den Kopf. »Muß gleich weg«, brummt er unwillig.

Also weiterhin frische Luft. »Sie wissen, was passiert ist?« fragt Axel und flucht in Gedanken.

»Das ganze Dorf weiß es.«

»Hat Sophie Sie angerufen?«

»Ja. Wir telefonieren ab und zu.«

Himmel, ist der so einfältig, oder tut er nur so? »Ich meine, nach dem Bekannntwerden des Todes von Rudolf Kamprath«, präzisiert Axel förmlich.

Christian Delp überlegt kurz, dann schüttelt er den Kopf. »Nein. Ich habe Sophie angerufen.« Er lächelt vor sich hin. Er hat volle, weich geschwungene Lippen, die nicht so recht zu dem kantigen Männergesicht passen wollen. Ein attraktiver Mann, findet Axel. Nur ein bißchen verlebt und nicht sehr gepflegt.

»Jetzt geht das ja wieder.«

»Was geht wieder?«

Er bekommt keine Antwort, Christian Delp starrt über seinen Kopf hinweg ins Leere.

»Herr Delp, Ihre Mutter hat angedeutet, daß Sie Ihrer Schwester sehr nahestehen. Was hat Sophie Ihnen über den Tod ihres Mannes gesagt? Sie können mir vertrauen, ich bin zu absolutem ...«

»Nichts«, schneidet ihm Christian Delp das Wort ab. »Da gibt es nichts zu sagen. Der ist tot, fertig.«

Zur Verdeutlichung macht er eine wegwerfende Handbewegung. Jetzt, da er nur wenige Schritte von Delp entfernt von einem Fuß auf den anderen tritt, riecht Axel deutlich dessen Alkoholfahne.

»Was wollte die Polizei von Ihnen?«

»Dasselbe wie Sie. Fragen. Fragen. Fragen. Über Sophie und den Kamprath.«

»Sie mochten Ihren Schwager wohl nicht sonderlich?«

Sophies Bruder dreht sich so abrupt um, daß Axel befürchtet, er würde ihn hier einfach stehen lassen. Aber Christian Delp kniet sich nieder und kurbelt den Wagenheber herunter. In das Quietschen hinein sagt er: »Der Kamprath war ein Schwein.«

»Können Sie mir das genauer erklären?«

»Nein«, sagt er bestimmt und kurbelt weiter. Aber als er sich wieder aufrichtet, fügt er hinzu: »Ich war gegen diese Heirat. Ein so alter Kerl. Und Lehrer! Ein Klugschwätzer und ein Geizhals. Ich hab gleich gewußt: Der wird sie bloß ausnutzen. Aber sie hat nicht auf mich gehört. Diesmal nicht.« Er wirkt jetzt erregt und stößt ein zynisches Lachen aus. »Sie wollte Kinder. Unbedingt!« Sophies Bruder sieht Axel an, als warte er auf dessen Kommentar.

»Frauen sind nun mal ...«, beginnt Axel etwas verlegen, da wird er unterbrochen.

»Nicht mal das brachte er zustande.« Delp klappt den Wagenheber zusammen und verzieht den Mund, als wäre ihm bei dem Gedanken plötzlich übel geworden.

»Hat Sophie mit Ihnen über ihre Probleme gesprochen?« hakt Axel nach.

»Nein. Sie hat ihn sogar verteidigt, wenn ich was gegen ihn gesagt habe.«

»Haben Sie und Rudolf Kamprath sich manchmal getroffen? Auf der Jagd zum Beispiel?«

Christian Delp wirft sein Werkzeug in den Jeep und schüttelt den Kopf. »Nein. Jeder hat …«, er grinst flüchtig, » … hatte sein Revier. Jetzt muß ich gehen. Sonst gibt's kein Essen mehr für mich.« Er deutet in Richtung Bauernhof und setzt sich grußlos und mit ausladenden Schritten in Bewegung.

»Und schönen Dank auch, für Ihre Gastfreundschaft«, murmelt Axel. Seine Füße sind inzwischen so kalt, daß er sie kaum noch spürt. Trotzdem geht er, kaum daß Christian Delp aus seinem Sichtfeld verschwunden ist, rasch auf das kleine Haus zu und späht neugierig durch das Fenster in die Werkstatt. Es gibt nicht viel zu sehen, nur ein paar Tiere an der Wand und einen Arbeitstisch, auf dem ein Klumpen Fell liegt. Den Besuch hätte ich mir sparen können, denkt Axel verdrossen, als er zum Wagen zurückgeht.

Dann also nach Hause. Am besten gleich in die Badewanne. Schon bei dem Gedanken wird ihm wärmer. Er ist schon fast aus dem Dorf, als ihm eine Idee kommt.

»Runter mit dir«, befiehlt Anneliese Gotthard und sieht für einen Moment wie die lebendig gewordene Karikatur einer strengen, ältlichen Dorfschullehrerin aus. Sie hat ein faltiges kleines Vogelgesicht mit klaren, hellgrauen Augen. Ihr weißes Haar ist zurückgekämmt und endet an ihrem Hinterkopf in einem Gebilde, das dem Bürzel einer Ente ähnelt. Sie trägt zwei Wollkleider übereinander, dazu klobige Lederstiefel aus deren niedrigem Schaft zwei paar wollene Socken herausschauen.

Die grau-weiß gestreifte Katze, ihre Zeichnung erinnert

Axel an eine Makrele, erhebt sich träge vom Sessel. Der schäbige, krallenzerfetzte Bezug wird von einer moosgrünen Wolldecke nur unzureichend bedeckt. Anneliese Gotthard dreht sich um, nimmt den fiepsenden Blechkessel vom Herd und schüttet kochendes Wasser in einen gelben Porzellanfilter, von dem der Henkel abgebrochen ist. Der Kaffee tröpfelt in eine hellblaue Kanne. Die alte Dame sieht Axel freundlich an, während sie mit langsamen Bewegungen Tasse, Untertasse und Zuckerdose vor ihm aufbaut. Die Makrele macht es sich neben Axel auf dem Sofa bequem, wo sich bereits zwei ihrer Artgenossen herumfläzen.

»Die Katzen mögen Sie«, stellt Anneliese Gotthard fest und setzt sich ihm gegenüber in den Sessel. Axel ist froh, diese Prüfung bestanden zu haben.

»Frau Gotthard, ich möchte mit Ihnen über eine Ihrer ehemaligen Schülerinnen sprechen.«

»Ja, das sagten Sie schon. Sophie Delp, nicht wahr?«

Axel nickt. »Ich weiß nicht, ob Sie schon gehört haben, was ihrem Mann zugestoßen ist?«

»Ihrem Mann?« Sie wirkt einen Moment zerstreut. »Ach ja. Sie hat einen Lehrer geheiratet, stimmt's? Ich weiß seinen Namen nicht mehr. Aber er soll hier zur Jagd gehen.«

»Rudolf Kamprath. Er wurde gestern tot unter einem Hochsitz gefunden. Erfroren.«

Die Nachricht entlockt ihr ein tiefes Seufzen: »Ja, dieser Winter hat es in sich. Ich habe schon drei tote Meisen im Garten gefunden, und mein Holzvorrat ist bald verfeuert. Wenn das so weitergeht, muß ich welches dazukaufen, wahrscheinlich zum doppelten Preis!« Sie zwinkert ihm zu. »Die Bauern hier sind fürchterliche Schlitzohren.« Nein, denkt Axel, am Brennholz spart sie zum Glück nicht. Der Herd dient gleichzeitig als Ofen und wird mit dicken Buchenscheiten geheizt, die neben der Tür in einem Korb liegen. Er gibt eine mollige, angenehme Wärme ab, und anders als bei den Delps riecht es hier sehr gut, trotz der Katzen; eine anheimelnde Komposition aus Kaffee, Holzfeuer und den Kräutersträußen, die aufgereiht an einer Schnur über dem Herd baumeln.

»Aber ich darf nicht jammern. Ich komme mit meiner Pension gut zurecht. Es gibt so viele Frauen in meinem Alter – ich bin einundsiebzig – die müssen mit viel weniger auskommen. Aber was rede ich von mir. Sie möchten ja etwas über Sophie erfahren, nicht wahr?«

Axel lächelt. Er fühlt sich ausgesprochen wohl in der geräumigen Wohnküche ihres winzigen Hauses, und es macht ihm gar nichts aus, daß sie sich dem Gegenstand seines Interesses in mäanderhaften Windungen nähert. Er hat das Gefühl, daß in diesem Zimmer, in dem er bereits vier Katzen gezählt hat, die Zeit anderen Gesetzen folgt und obwohl er und die Frau sich erst seit zehn Minuten kennen, fühlt er sich hier willkommen, beinahe zu Hause.

»Die Sophie war ein liebes Mädchen. Sehr still. Sie hat eine schlechte Zeit erwischt. Damals hatte ich oft über vierzig Schüler in einer Klasse. Da bleibt manch einer auf der Strecke. Sophie hätte viel Zuwendung gebraucht. Aber die hat sie nirgends bekommen, auch nicht daheim.«

»Kannten Sie Sophies Großmutter?«

»Ja, die kannte jeder. Sie ist viel zu früh gestorben. Das Mädchen hat das nie verkraftet. Die Großmutter war ihr einziger Halt. Ihre Bezugsperson, wie man das heute nennt.«

»Frau Gotthard, Sophie hat die Hauptschule als Analphabetin verlassen.« Er kann ihr diese Anklage beim besten Willen nicht ersparen.

Annemarie Gotthard nickt. »Ja, ich weiß.«

»Konnten Sie denn nichts unternehmen?«

»Was denn? Die Sonderschule etwa? Wissen Sie, was das hier, auf dem Dorf, bedeutet? ›Der geht in die Deppenschul‹, heißt es und damit ist man Dorfidiot auf Lebenszeit. Aber Sophie war nicht dumm, ganz und gar nicht. Wie sie sich durchgemogelt hat, alle Achtung. Deshalb dachte ich, mit einem normalen Schulabschluß wird sie vielleicht eher ihren Weg machen.« Sie zuckt mit den Schultern. »Vielleicht war's ein Fehler. Sie tat mir halt leid.«

»Sophies Mutter sagte mir, daß Sie mal mit ihr darüber gesprochen haben.«

»Ja, das habe ich versucht. Aber man wollte es nicht hören, und ich glaube, damit habe ich Sophie nur eine weitere Tracht Prügel eingehandelt. Wissen Sie, der Vater, das war ein grober Klotz, ein Familientyrann, vor seinem Unfall zumindest. Was der den armen Buben herumgehauen hat ...«

»Sie meinen Christian?« unterbricht Axel.

»Ja, Christian. Sophies Bruder. Der Christian hat seiner Schwester immer geholfen. Ich habe so getan, als würde ich nichts bemerken. Sophie konnte im Unterricht sehr kluge Antworten geben. Und zeichnen konnte die! Sie hat Tiere gezeichnet, absolut detailgetreu und in den richtigen Proportionen. Erstaunlich für ein Kind. Ich habe sie ein paarmal unter irgendeinem Vorwand nachsitzen lassen und mich mit ihr beschäftigt. Wollte ihr wenigstens das Lesen nahebringen. Aber sie war sehr unzugänglich. Als ob etwas sie blockierte und sie gar nicht lesen lernen wollte. Und irgendwann war es dann zu spät.«

Sie gießt Kaffee nach, pflückt eine rötliche Katze, die sich wie ein Kragen um sie gelegt hat, von ihrer Schulter und fährt fort: »Tja, die Delps. Eine eigenartige Familie. Die Großmutter war eine ganz besondere Frau.«

»So eine Art Kräuterhexe, nicht wahr?«

»Unsinn«, widerspricht Frau Gotthard energisch. »Kräuterhexe, was für ein Ausdruck! Die Frau hatte ein großes botanisches Wissen und ein Gespür für die Natur, das der heutigen Generation leider verlorengegangen ist.«

Im stillen amüsiert es Axel, wie Sie ihn eben zurechtgestutzt hat, und er ist gespannt, wie sie seine nächste Frage aufnehmen wird: »Sagen Sie, Frau Gotthard, was ist dran an den Gerüchten, daß sie Leuten auch Böses anwünschen konnte.«

Ihr Gesichtsausdruck verhärtet sich, jetzt hat sie etwas Raubvogelartiges. »Wie Sie schon sagten: Gerüchte. Die Leute sind schnell dabei, Bosheiten über jemanden zu verbreiten. Zum Teil sind sie auch noch recht abergläubisch. Was heißt, noch. Neuerdings kommt das ja wieder groß in Mode. Früher nannte man es Aberglauben, heute heißt es Esoterik und gerissene Scharlatane machen viel Geld mit der Dummheit und Orientierungslosigkeit der Menschen. Ein reiner Religionsersatz, wenn Sie mich fragen. Wobei man bedenken muß, daß die Magie ohnehin die Wurzel der Religion ist. Was mich dabei ärgert, ist, daß die meisten Menschen zu bequem sind, sich gewissenhaft mit diesen Themen auseinanderzusetzen. Lieber rennen sie in einen dieser dubiosen Läden, kaufen sich ein paar Taschenbücher, absolvieren übers Wochenende einen Meditations-Workshop und glauben dann, eine höhere Bewußtseinsebene erklommen zu haben.«

Sie *muß* Frau Weinzierl kennen! Axel lauscht ihrer Schmährede mit stillem Vergnügen.

»... und richtig schlimm wird es, wenn diese scheinbar Erleuchteten mit ihrem Halbwissen anderen Menschen Schaden zufügen. Wie Sophie und ihrer Großmutter. Wer hat Ihnen eigentlich diese Schauermärchen erzählt?«

»Sophies Mutter.«

»Die Frau Delp.« Sie nickt ein paarmal. »Die hat nichts von der Resolutheit ihrer Mutter mitgekriegt. Hat immer gekuscht vor ihrem Mann, sogar noch nach seinem Unfall. Hat sie Ihnen davon erzählt?«

Axel bejaht.

»Wissen Sie, ich war nie verheiratet, und ich bereue es nicht, wenn ich mich so umschaue. Kein Wunder, daß Sophie keinen von diesen Bauerntölpeln mochte.«

»Hatte sie denn Verehrer?«

»Verehrer?« Sie winkt ab. »Was wissen die schon, was Verehrung ist? Blumen, Gedichte, Komplimente, Briefe, so wie das in meiner Jugend war – ich bin nämlich in der Stadt aufgewachsen, wissen Sie – von solchen Dingen haben die doch keine Ahnung!« Ihr Gesicht nimmt erneut diesen harten Ausdruck an. »Wissen Sie, wie die jungen Kerle hier über Frauen reden? ›Dumm fickt gut‹, ist eine ihrer gängigen Volksweisheiten. Schon allein deshalb hatte Sophie Interessenten. Sind Sie jetzt schokkiert?«

»Wie? Äh ... nein.«

»Es gab aber auch welche, die es ernst meinten. Die wollten Sophie als Bäuerin, als billige Arbeitskraft, weil sie dachten, wenn eine nicht lesen und schreiben kann, dann kann sie bestimmt gut arbeiten und kommt nicht auf dumme Gedanken.«

»Aber Sophie wollte nicht.«

»Nein. Wie ich schon sagte, sie war nicht dumm. Ich glaube, sie hat auf einen gewartet, der sie aus dem Dorf rausholt. Den hat sie dann ja auch bekommen. Und jetzt ist er tot, sagen Sie?«

»Ja.«

»Er war Oberstudienrat am Gymnasium?«

»Ja«, antwortet Axel.

»Sie wird eine ordentliche Pension bekommen und kann sich damit ein angenehmes Leben machen. Endlich hat sie ihre Freiheit.«

Axel fällt ein, daß auch Karin anläßlich Rudolf Kampraths Tod von »Freiheit« gesprochen hat.

»Was Sie da sagen, klingt wie ein Mordmotiv.«

»Ich denke, er ist erfroren?«

»Genau weiß man das noch nicht.«

»Glaubt die Polizei, daß Sophie ihn umgebracht hat? Sind Sie deshalb hier?«

»Möglicherweise. Immerhin hat sie ihren Mann drei Wochen lang nicht vermißt gemeldet.«

Sie zieht erstaunt die Augenbrauen hoch. »So? Mit welcher Begründung?«

»Sie sagte, sie habe ihn nicht vermißt.«

»Dann wird es wohl so gewesen sein«, lächelt die alte Dame. »Hat er ihr denn das Lesen beigebracht?«

»Nein.«

»Das habe ich mir beinahe gedacht. Offenbar war er auch nicht besser als die Kerle aus dem Dorf.«

»Da ist noch etwas Seltsames: Angeblich wußte – oder ahnte – Sophie schon gleich am nächstem Morgen, daß ihr Mann tot war.«

»Was ist daran seltsam? Der Gedanke liegt doch nahe.«

Ehe er sich dessen bewußt wird, ist Axel mittendrin in der Schilderung der rätselhaften Geschehnisse der letzten Wochen. »…und als ich sie fragte, warum sie gleich so sicher gewesen sei, daß ihr Mann tot ist, da sagte sie: ›Ich habe ihm den Tod gewünscht und jetzt ist er tot.‹«

Anneliese Gotthard steht auf, wirft ein Holzscheit in die Glut des Herdes, setzt sich wieder an den Tisch und wiegt den Kopf hin und her. »Interessant«, meint sie schließlich. »Wie ich Sophie kenne, würde sie so etwas nicht behaupten, wenn es nicht wahr wäre.«

»Bitte sagen Sie mir jetzt nicht, daß Sie an diesen … diesen … Humbug glauben.«

Sie quittiert seine Worte mit einem lehrerinnenhaft nachsichtigen Lächeln. »Sehen Sie, Axel … ich darf Sie doch so nennen, oder?«

Er nickt.

»Sie finden nicht einmal passende Worte dafür, so fremd ist Ihnen Sophies Art zu denken. Sophie verläßt sich lieber auf ihre Gefühle und Intuitionen als auf das, was wir Tatsachen nennen. Und wie Sie mir eben schilderten, hat sie damit schon einige Male recht behalten. Um Ihre Frage zu beantworten: Natürlich glaube ich nicht an ihre zerstörerischen Kräfte. Das ist wirklich … wie sagten Sie noch?«

»Humbug.«

»Genau. Aber wäre es nicht möglich, daß Sophie manche Ereignisse, sagen wir, voraussahnt?«

Hat nicht auch Karin etwas Ähnliches gesagt? Sie nannte es einen »sechsten Sinn«. Ehe er etwas entgegnen kann, fährt sie fort: »Alles, was nicht in Formeln gepreßt und naturwissenschaftlich bewiesen werden kann, dessen Existenz leugnen wir. Im Grunde ist das ein Armutszeugnis für uns zivilisierte Menschen. Es gab und gibt noch Kulturen, die nicht so ignorant sind wie wir. In unserer modernen Welt herrscht nur noch der kalte männliche Verstand. Aber wer oder was gibt uns eigentlich die Gewißheit, daß der immer recht hat?«

Der kalte männliche Verstand. Axel ist sich nicht sicher, ob der bei ihm noch einwandfrei funktioniert.

»Haben Sie Sophie schon mal gefragt, *woher* sie es wußte?«

»Nein. So genau noch nicht.«

»Tun Sie das. Aber seien Sie unvoreingenommen, wenn Sie verstehen, was ich meine.«

»Das werde ich«, versichert Axel.

»Haben Sie mit Sophies Bruder gesprochen?«

»Ja, ich komme gerade von ihm.«

»Er hat Ihnen nicht viel erzählt, oder?« fragt sie.

»Nein. Er scheint seinen Schwager nicht sehr zu mögen.«

»Sophies Heirat hat ihn fast umgebracht«, antwortet sie, ohne nachzudenken.

»Woher wissen Sie das?«

»Das sieht man einem Menschen an.«

»Dieser Unfall damals, bei dem Sophies Vater seine Beine verlor … der Vater verdächtigt seine eigenen Kinder, ihn herbeigeführt zu haben. Wissen Sie etwas darüber?«

»Grund dazu hätten die beiden sicherlich gehabt.«

»Weil er sie so oft geschlagen hat?«

Sie läßt ein paar Sekunden verstreichen, ehe sie antwortet.

»Ja.«

Axel hat das Gefühl, daß dies nicht die ganze Wahrheit ist.

»Warum noch?«

Sie knetet in einem plötzlichen Anflug von Nervosität ihre Hände. Dann sagt sie mit erkennbarem Widerstreben: »Ich hatte manchmal den Eindruck, daß …«

Warum spricht sie nicht weiter? Sie hat doch bis jetzt kein Blatt vor den Mund genommen.

»Daß was …?«

Ihre grauen Augen sind ins Leere gerichtet. »Christian und Sophie …«

»Ich verstehe«, murmelt Axel.

Es ist kurz nach acht. Dorothea Weinzierl beobachtet, wie Sophie sich in ihrem Nähzimmer einrichtet. Sie nimmt den Deckel von der Maschine und stellt ihn auf den Fußboden, sie rückt sich den Stuhl zurecht, wählt eine Nähseide aus einer Kiste und fädelt das Garn in die Maschine. Ihre Bewegungen sind ruhig, fast schon von aufreizender Langsamkeit. Als hätte sie alle Zeit der Welt.

Die hat sie ja nun, denkt Frau Weinzierl bitter. Mein Gott, der arme Rudolf Kamprath.

Aber der Tod ihres Nachbarn ist noch lange nicht das Schlimmste. Viel schlimmer ist die Stille, die sich vom Dachgeschoß ausgehend wie ein unsichtbarer Nebel auf das Haus herabsenkt.

Sie preßt beide Hände gegen ihre pochenden Schläfen, als könnte sie so die bedrohlichen Gedanken vertreiben, die sie immer wieder überfallen, seit sie gestern nacht vergeblich auf das typische Rasseln von Marks altem Wagen horchte, auf das Geräusch des Türschlosses, das Knarren der Holztreppe, seine Schritte über ihrem Schlafzimmer.

Dann, heute morgen, die kalte Leere seines Zimmers. Sei nicht hysterisch, hat sie sich ermahnt. Was ist schon dabei, wenn ein junger Mann mal eine Nacht außer Haus verbringt? Ist doch völlig normal. Besser, als wenn er irgendwelche Mädchen hier anschleppt. Vielleicht hatte sein Auto eine Panne? Womöglich ist das alte Ding nicht mehr angesprungen, bei der Kälte. Es gibt bestimmt eine Erklärung für sein Wegbleiben. Aber warum, zum Teufel, hat er dann nicht wenigstens mal angerufen? Sie hat den ganzen Tag im Haus verbracht, obwohl sie dringend hätte einkaufen müssen. Kaum daß sie gewagt hat, zur Mülltonne zu gehen, aus Angst, dort das Telefon zu überhören. Einen Zettel hat er auch nicht hinterlassen, sie hat schon überall gesucht. Das ist nicht seine Art, nein, ganz und gar nicht.

Und jetzt beginnt schon die zweite Nacht und verleiht ihrer Phantasie Flügel.

Wo ist Mark? Was hat die da drüben mit ihm gemacht? Hätte ich doch niemals auch nur ein Wort mit ihr gewechselt. Mit dem verdammten Kleid damals fing doch irgendwie alles an. Ohne das Kleid hätte ich die Kamprath nie zum Kaffee eingeladen, und ohne dieses Kaffeekränzchen hätten sich Mark und sie womöglich nie näher kennengelernt. Natürlich ist Frau Weinzierl längst klar, daß zwischen ihrem Untermieter und Sophie Kamprath irgend etwas läuft. Dazu bedurfte es nicht einmal der anzüglichen Bemerkungen von Frau Behnke. Was die sich auch einbildet, mit »ihrem« Anwalt! Ob Mark etwas mit Rudolfs Tod zu tun hat? Sie weist diesen Gedanken weit von sich. Dieser junge Mann ist zu keinem Verbrechen fähig!

Ich habe noch einen Fehler gemacht, sieht Frau Weinzierl jetzt ein: Ich hätte der Kommissarin mit dem italienischen Namen, die heute nachmittag hier war, alles sagen sollen, die ganze Wahrheit.

Aber was ist die Wahrheit?

Vorhin hat sie nochmals einen flüchtigen Blick in Marks Zimmer geworfen, aber außer ein paar schlampig herumliegenden Kleidungsstücken ist ihr nichts aufgefallen.

Morgen, beschließt sie, falls er sich bis morgen nicht meldet, werde ich sein Zimmer genau untersuchen – aus ehrlicher Besorgnis, nicht aus Neugier – und dann rufe ich bei seinen Eltern an oder gehe notfalls sogar zur Polizei. Denen werde ich alles erzählen. Restlos alles. Dieser Plan hat etwas Beruhigendes. Für einige Minuten verdrängt er die schreckliche Ahnung.

Noch immer starrt Frau Weinzierl in Sophies Fenster. Sophie ist aufgestanden. Sie wendet Stoffteile auf dem Zuschneidetisch, legt das Maßband an, markiert Stellen mit Schneiderkreide und zupft Stecknadeln aus dem herzförmigen Nadelkissen. Dann setzt sie sich wieder an die Maschine. Geführt von ihren Händen gleitet der Stoff unter der vibrierenden Nadel durch, fließt in ihren Schoß und bleibt dort liegen, wie eine schwarze Katze.

Irgend etwas in Sophies Zimmer ist anders als sonst. Aber was? Der große Schrank, das Sofa, der Zuschneidetisch, das Bügelbrett, die Kommode, alles steht an seinem Platz. Es ist die Puppe. Die Puppe ist größer als sonst. Der Dreifuß wird von einem langen Rock verdeckt und sie trägt ein Tuch über … über was eigentlich?

Normalerweise hat diese Puppe doch gar keinen Kopf.

Axel sitzt vor seinem zweiten Pils und fragt sich, was er in letzter Zeit an lauter Salsamusik findet. Selbst wenn sie hier auftauchen sollte, dann ist zum einen bestimmt das unterkühlte Schneewittchen dabei und zum anderen: Was erhoffst du dir davon, Axel Kölsch?

»Hallo. Sind Sie alleine hier?«
»Ach, Sie.«
»Enttäuscht?«
»Nein, natürlich nicht.«
»Klang aber so. Darf ich?«
»Sicher.«

Claudia Tomasetti erklimmt den Barhocker neben ihm und bestellt ein dunkles Weißbier.

»Sind Sie auf Mörderfang in der Kneipe oder nur zum Spaß?« fragt Axel.

»Mörderfang macht doch Spaß, finden Sie nicht? Ich bin oft hier, weil ich gleich um die Ecke wohne.« Sie zieht ihre dunkelbraune Lederjacke aus. »Allein«, fügt sie hinzu.

Axel ist aufgestanden und bringt die Jacke zur Garderobe. Sie ist schwer, das Leder dick.

»Sieh da, ein Kavalier. So etwas bin ich gar nicht gewöhnt. Sonst habe ich den ganzen Tag mit Büffeln zu tun.«

»Ist Ihr Chef so schlimm? Mir kam er ganz umgänglich vor.«

»Sie kennen den Leiter der Kripo Darmstadt persönlich?«

»Wen? Nein, ich meine Kommissar Förster.«

»Da muß ich Ihr Weltbild leider auf den Kopf stellen. Förster ist nicht mein Chef, sondern umgekehrt. Gestatten: Kriminaloberkommissarin Claudia Tomasetti.«

»Ach du Schande!«

»Wie bitte?«

»Ich meine, entschuldigen Sie. Das wußte ich nicht. Was bin ich für ein ... ein ...« Er gerät ins Stottern und merkt, wie seine Wangen bis hinter die Ohren rot werden.

»Büffel? Ignorant? Macho? Suchen Sie sich was aus.«

»Verzeihen Sie mir?«

Sie lacht. »Klar doch. Strapazieren Sie Ihren Al Pacino-Blick nicht länger. Ich bemühe mich eben manchmal zu sehr, die Chefin nicht raushängen zu lassen. Das ist womöglich ein Fehler. Typisch Frau.«

»Darf ich Sie fragen, was der Fall Rudolf Kamprath macht, oder wollen Sie jetzt lieber nicht darüber sprechen?«

Axel ist darauf gefaßt, daß sie sich ziert, immerhin gehört er zur Gegenseite, aber sie antwortet prompt: »Morgen erwarten wir die Ergebnisse der Leichenschau. Heute hat sich Förster in der Schule umgehört. Laut Aussagen von Lehrern und Schülern war der Kamprath ein glatter Durchschnittstyp. Keine Macken, nichts Ungewöhnliches. Außer, daß er mit niemandem Freundschaft geschlossen hat. Es gibt nicht einen Kollegen, der ihn wirklich näher kennt. Zu den weiblichen Lehrkräften hatte er gar keinen Draht, die meisten halten ihn für verklemmt. Auch der Begriff ›Arschkriecher‹ ist mal im Zusammenhang mit dem Rektor gefallen.« Sie fängt an zu kichern. »Meinen Sie, daß das Wort ›Rektor‹ daher kommt?«

»Möglich«, grinst Axel.

»Außer der Jagd und einmal die Woche Tennis hat er anscheinend keine Interessen gepflegt.«

»Haben Sie schon die Nachbarschaft befragt?« erkundigt sich Axel betont beiläufig.

»Ja, die meisten.« Sie zieht ihren Notizblock aus der Gesäßtasche und blättert darin: »Ich hatte das Vergnügen mit den Damen Behnke, Fabian und Weinzierl, sowie mit Dr. Mayer und den beiden Sprechstundenhilfen. Alle sagen mehr oder weniger dasselbe. Ein ganz normales Ehepaar, das ziemlich für sich lebte.«

»Sonst nichts?« fragt Axel und hofft, daß sie seine Überraschung nicht bemerkt.

»Ich weiß nicht recht.« Sie bläst den Rauch ihrer Selbstgedrehten über die Theke. »Die drei Vorstadtgrazien wirkten auf mich, als hätten sie die Aussagen einstudiert. Sie benutzten teilweise sogar dieselben Vokabeln: ruhig, unauffällig, zurückgezogen.«

Eigentlich ist diese vornehme Zurückhaltung der Damen gar nicht so ungewöhnlich, überlegt Axel. Die Fabian und die Behnke haben ein schlechtes Gewissen, und die Weinzierl hat Angst vor Sophie. Claudia Tomasettis nächste Frage reißt ihn aus seinen Gedanken. »Sie sind doch auch ein Nachbar der Kampraths, richtig?«
»Richtig.«
»Und? Wie war er?«
»Ich kannte ihn leider nicht. Ich wohne noch nicht lange da und bin tagsüber nie zu Hause.«
»Und was treiben Sie so am Wochenende?«
Axel räuspert sich verlegen. »Arbeiten.«
Sie gibt dazu keinen Kommentar ab. Ihr forschender Blick lastet auf ihm, als sie fragt: »Was ist mit Sophie Kamprath wirklich los?«
Axel zuckt die Schultern. »Was soll mit ihr sein?«
»Jetzt lassen Sie schon die Hosen runter.«
»Bitte?«
»Verzeihen Sie den Ausdruck. Das kommt, wenn man zuviel mit Büffeln verkehrt. Ich hätte Ihnen eben auch nichts über unsere Ermittlungen erzählen dürfen. Jetzt sind Sie dran. Irgendwas stimmt doch mit dieser Frau nicht.«
Axel seufzt. Nichts bekommt man umsonst, denkt er, schon gar nicht von Frauen. Wie gut, daß er ihr einen Ersatzköder hinwerfen kann.
»Sie ist Analphabetin.«
»Tatsächlich?«
»Ja. Deshalb lebt sie sehr isoliert. Sie befürchtet, daß die Nachbarschaft davon erfahren könnte.«
Aber so billig läßt sich Claudia Tomasetti nicht abspeisen.
»Das erklärt vielleicht ihre etwas weltfremde Art, aber nicht ihr ungewöhnliches Verhalten. Ich glaube gar nicht, daß sie ihren Mann umgebracht hat. Aber warum, verdammt nochmal, hat sie sein Verschwinden nicht gemeldet?«

»Ich weiß es wirklich nicht. Was glauben Sie denn?« gibt Axel die Frage zurück.

Claudia Tomasetti drückt die Zigarette aus und nimmt einen großen Schluck Weißbier zu sich. Sie leckt sich den Schaum von den Lippen, was Axel hinreißend obszön findet, und sagt: »Keine Ahnung. Wenn sie ihn ermordet hat, macht es keinen Sinn, und wenn sie unschuldig ist, erst recht nicht.«

Axel nimmt diese Worte erleichtert zur Kenntnis. Es scheint also doch noch Menschen, sogar Frauen, zu geben, deren Denken in ähnlich geradlinigen Dimensionen verläuft, wie seines. »Der kalte männliche Verstand«, murmelt er vor sich hin.

»Was war das?«

»Ach, nichts. Wie lief denn das Verhör mit Christian Delp?«

Ihre dunklen Augen sehen ihn erstaunt an. »Ihnen entgeht nichts, was?« Als er darauf nicht antwortet, sagt sie: »Ein komischer Kauz. Säuft wohl auch ein bißchen zu viel. Kennen Sie ihn?«

»Nicht besonders gut. Ich habe einmal kurz mit ihm geredet. Er haßte seinen Schwager.«

»Und er hat was gegen Polizisten. Deshalb sagt er nur, was unbedingt sein muß. Aber manche Dinge sprechen deutlich für sich. Jedenfalls scheint mir das ein recht inniges Bruder-Schwester-Verhältnis zu sein.«

Axel sagt dazu nichts, und auch Claudia schweigt, während sie sich eine neue Zigarette dreht. Axel verfolgt nachdenklich die geschickten, ökonomischen Bewegungen ihrer kleinen, kräftigen Hände mit den kurzgeschnittenen Nägeln. Er stellt sich vor, wie diese Hände eine Pistole abfeuern.

Als sie fertig ist und Axel ihr Feuer gegeben hat, sagt sie: »So wie der Fall Kamprath momentan aussieht, deutet alles auf einen Unglücksfall hin. Vielleicht war er zu leichtsinnig und hat die Kälte unterschätzt. Andererseits – stinkt der Fall zum Himmel!«

»Sagt Ihnen das Ihr kriminalistischer Instinkt? Spüren Sie ein verdächtiges Zucken im linken Knie oder ein Kribbeln in der Magengegend?«

Sie ist taub für seinen Spott. »Das sagt mir mein *weiblicher* Instinkt«, erklärt sie mit Bestimmtheit. »Der sagt mir ganz deutlich: irgend etwas stimmt nicht mit dieser Frau.«

Oje. Die also auch.

»Tja«, seufzt Axel bedauernd, »in unserer Welt des kalten männlichen Verstandes müssen wir uns leider an die Fakten halten. Weibliche Intuitionen oder Instinkte zählen da wenig.«

»Aber sie sind manchmal hilfreich«, sagt sie und lächelt katzenfreundlich, ehe sie zum Gegenschlag ausholt: »Für morgen habe ich den Jagdpächter und Ihre Chefin zu uns ins Präsidium eingeladen.«

»Karin Mohr?«

»Karin Mohr, geschiedene Kamprath, genau die.«

»Was erhoffen Sie sich davon?«

»Vielleicht kann sie ihren Ex besser charakterisieren als seine Witwe, die ja überaus schweigsam ist.«

Diese Frau hat etwas von einem Jagdterrier, findet Axel und greift nach seinem Glas. Bissig und zäh.

»Immerhin wollte sie ihn schon einmal töten.«

Axel läßt sein Glas zurück auf die Theke sinken.

»Was sagen Sie da?«

»Rudolf Kamprath hat die Scheidung eingereicht, nachdem ihm seine Angetraute ein Messer in den Bauch gerammt hat.«

»Ist sie ... wurde sie verurteilt?«

Claudia nickt. »Sie hat sich damals einen ausgefuchsten Strafverteidiger genommen und der hat es auf ›fahrlässige Körperverletzung‹ heruntergebogen. Achtzehn Monate auf Bewährung. Was ist? Habe ich gerade Ihre Herzkönigin vom Thron gestoßen?«

Axel reißt sich zusammen und trinkt sein Bier aus. So kann er wenigstens für kurze Zeit ihrem sezierenden Blick ausweichen.

»Quatsch«, amtwortet er dann und fragt: »Was war denn der Grund?«

»Er hat angeblich versucht, sie zu würgen und mit seinem Gürtel zu schlagen. Ich habe da so meine Zweifel. Über diesen Angriff steht im Protokoll der ersten polizeilichen Vernehmung kein Wort. Auch nichts über Verletzungen, kein Hinweis auf eine tätliche Auseinandersetzung. Das hat ihr der Anwalt erst später eingebleut.«

Axel muß an Karins Worte von gestern abend denken: ›Er war nicht der Typ, der zuschlägt. Dazu war er viel zu kultiviert.‹

»Wenn Sie mich fragen, war das ein versuchter Totschlag, mindestens. Aber die Gegenseite konnte ihr die Lüge nicht beweisen. Vielleicht wollten sie das auch gar nicht, wegen des Aufsehens. Rudolf Kamprath spekulierte damals auf den Posten des Stellvertretenden Direktors an seiner Schule.«

»Hat er ihn bekommen?«

»Nein, natürlich nicht. Er hat die Scheidung eingereicht und um Versetzung nach Darmstadt gebeten. Nach Hause, zur Mama, sozusagen. Ein paar Monate vor Rudolfs Eheschließung mit Sophie Delp ist die alte Dame gestorben.«

»Sie sind ja ausgezeichnet informiert«, bemerkt Axel anerkennend.

»Tja, es gibt so Tage, da arbeiten sogar wir Beamte ein bißchen was. Übrigens hat sich Rudolf Kamprath kürzlich wieder auf die Stelle des Konrektors beworben und ist abgelehnt worden.«

»Na, wenn das kein prächtiges Selbstmordmotiv ist«, witzelt Axel.

»*Piano, piano*, Herr Anwalt.« Ihr Gesicht zeigt dieses Lächeln, dem stets eine Bosheit folgt: »Wenn Ihre Chefin wegen Mordes verurteilt wird, übernehmen einfach Sie die Praxis. Ist doch *die* Chance für Sie!«

»Das ist doch absurd« schnaubt Axel.

»Nun kriegen Sie sich wieder ein! Das sollte bloß ein Scherz sein.«

»Einen Humor haben Sie …«

»Auf jeden Fall will ich die Dame morgen sprechen.«

»Sie verdächtigen doch nicht ernsthaft Karin Mohr, ihren Exmann umgebracht zu haben? Zwölf Jahre nach der Trennung? Mal abgesehen davon, daß ich mir nicht im entferntesten vorstellen kann, *wie* sie das angestellt haben soll – können Sie mir einen Grund nennen, warum sie das tun sollte?«

»Rache.«

»Wofür?«

»Acht Jahre schlechter Sex.« Claudia weiß nicht, warum, aber es bereitet ihr eine kindische Freude, ihn ein bißchen zu schockieren. Sie würde ihn zu gerne noch einmal so rot anlaufen sehen wie vorhin.

»Ich habe das immer für ein typisch italienisches Phänomen gehalten.«

»Was? Schlechten Sex?« ruft sie empört. Etliche Köpfe wenden sich in ihre Richtung und nun ist es Claudia, die Farbe annimmt.

»Die *Vendetta* natürlich«, lächelt Axel milde.

»Eins zu eins, Herr Anwalt«, gesteht sie und schwenkt jetzt lieber rasch um: »Ich verdächtige Frau Mohr ja nicht, ich will bloß ein paar Informationen. Momentan sammeln wir alles, was wir kriegen können, egal, von wem. Machen Sie sich keine Sorgen. Wie ich euch Anwälte kenne, wird sie sich aus allem hervorragend rausreden.«

»Sie wird sich nirgendwo rausreden müssen. Sie hat mir selbst gesagt, daß ihr der Kamprath schnurzegal ist.«

»Glauben Sie immer alles, was Sie von Frauen erzählt kriegen?«

Darauf antwortet Axel lieber nichts.

»Vielleicht ist Ihrer Chefin nicht egal, daß der Kamprath vor zwei Jahren, als sie sich hier als Anwältin niederließ, eine Beschwerde bei der Anwaltskammer eingereicht hat.«

»Wegen der Sache von damals?«

»Ja. Die Beschwerde wurde zwar abgewiesen, aber die Geschichte ging natürlich bei allen Juristen und in der ganzen Stadt herum. Mich wundert, daß Sie noch nichts davon gehört haben.«

»Ich bin zu beschäftigt, um mir Gerichtsklatsch anzuhören.«

»Ich finde, sie hätte es Ihnen sagen müssen.«

Das findet Axel zwar auch, aber er sagt nichts dazu.

»Frau Mohrs Ruf bei der soliden, finanzkräftigen Klientel hat durch diese Klage sicherlich gelitten.«

Da ist was dran, denkt Axel. Claudia Tomasetti hat den Eindruck bestätigt, den er während der letzten Wochen von der Kanzlei gewonnen hat: viel zu viel Kleckerkram, der wenig Geld bringt, Scheidungen armer Schlucker, geklaute Mofas, Sorgerechtsgeschichten, Arbeitsprozesse kleiner Angestellter, Nachbarschaftskräche, Verkehrsdelikte. Wo sind die dicken Vermögensverwaltungen, wo verkehrt die Stadtprominenz, wo die ansässige Geschäftswelt? Bei uns jedenfalls so gut wie nicht. Oder nicht mehr.

»Die Kanzlei läuft hervorragend. Sonst hätte sie mich nicht einstellen müssen«, protestiert Axel schwach.

Claudia Tomasetti leert ihr Glas, diesmal ohne Schaumleckerei, und rutscht von ihrem Hocker. »Wird wohl so sein. Ich muß jetzt nach Hause, mich mal wieder gründlich ausschlafen. Ach, möchten Sie vielleicht die Kopie der Gerichtsakte von damals haben?«

»Ja. Danke.« Ähnlich muß sich Judas nach dem Kuß gefühlt haben.

»Kleiner Freundschaftsdienst. Bis morgen.«

»Ach ja?«

»Entschuldigen Sie. Habe ich vergessen, Ihnen zu sagen, daß ich Ihre Mandantin nochmals vorladen werde?«

Biest! »Ja, das haben Sie allerdings vergessen. Aber nur zu. Wir sind gerüstet.«

»Nicht doch. Das klingt so kriegerisch. Dabei freue ich mich schon auf Sie.«

»Das können wir einfacher haben«, antwortet Axel und scheitert bei dem Versuch, sie charmant anzulächeln.

»Gerne. Wenn dieser Fall gelaufen ist und Sie Ihre Chefin nicht mehr ganz so sehr anhimmeln, dann rufen Sie mich an. *Ciao*, Axel.«

Ihre Jacke holt sie sich selber. Axel ist zu verblüfft, um an derlei Höflichkeiten zu denken. Von Tag zu Tag werden ihm die Frauen, die ihn umgeben, unheimlicher.

Himmelarschundzwirn, flucht Valentin Förster kurze Zeit später in sich hinein, während er den nicht enden wollenden Schilderungen dieser Frau lauscht, die den ganzen Nachbarschaftsklatsch vor ihm ausrollt, walkt und wendet wie einen Kuchenteig. Was, zum Teufel, haben ein salbeigrünes Kleid, dreizehn geknickte Rosen und die Inkontinenz einer alten, inzwischen friedlich verstorbenen Frau mit dem Fall Kamprath zu tun? Mit dem grünen Kleid hat die Erzählung dieser Frau Weinzierl vor einer Ewigkeit begonnen und inzwischen ist sie bei einem roten angelangt, welches sie gestern im Zimmer ihres angeblich verschwundenen Untermieters gefunden hat, und das Sophie Kamprath gehören soll. Dazwischen liegen ein schwarzes Kleid, vier Leichen, unter anderem die vom Juwelier Schwalbe, und eine abhanden gekommene Person. Förster schwirrt der Kopf. Ein paar Details mögen vielleicht gar nicht so uninteressant sein, aber es ist schwer, diese unter der Lawine von Gerüchten, Verdächtigungen und Hirngespinsten herauszufiltern. Als Frau Weinzierl am Ende ihren Bericht mit den Worten: »Sie müssen was tun, diese Frau ist eine Massenmörderin«, bündig abrundet und erwartungsvoll schweigt, weiß er nicht, was er sagen soll.

»Das ist sehr interessant«, bemerkt er vorsichtshalber. Frau Weinzierl lächelt. Sie ist erschöpft, erleichtert und hoffnungsfroh, wie nach einer Lebensbeichte.

»Also, was werden Sie nun wegen meinem Untermieter unternehmen?«

»Im Moment kann ich da nichts für Sie tun. Falls er in den nächsten Tagen nicht auftaucht, sollten Sie sich an seine Familie wenden, damit die eine Vermißtenanzeige aufgibt.«

Das Lächeln weicht, ihre Augen werden groß. »Herr Kommissar, ich habe Angst. Diese Frau läßt jeden Abend ihr Licht brennen, damit ich sehen kann, wie sie näht! Sie weiß, daß nur ich Bescheid weiß über ihre finsteren Machenschaften. Sie müssen mich vor ihr schützen, Sie müssen sie einsperren, sonst gibt es noch mehr Tote!«

»Seien Sie ganz beruhigt«, antwortet Förster, »Sophie Kamprath wird noch heute zum Tod ihres Mannes vernommen werden.«

»Aber Sie sagen ihr nicht, daß Sie das alles von mir wissen, nicht wahr?«

Diese Bitte äußert sie jetzt bereits zum dritten Mal.

»Natürlich nicht.«

»Sonst bin ich die nächste.«

Er nickt ihr auffordernd zu und steht auf. »Von uns erfährt sie nichts.«

»Kann ich die Vermißtenanzeige auch sofort aufgeben?«

Die Rettung und sein zweites Frühstück vor Augen, nennt ihr Förster Stockwerk und Zimmer der zuständigen Kollegen. Sollen die ruhig auch ein bißchen Unterhaltung haben.

Frau Weinzierl löst sich von ihrem Stuhl, wobei ihr ihre Fleischesbürde offenbar zu schaffen macht.

Förster öffnet ihr die Tür des Büros und schließt sie aufstöhnend hinter ihr. Kaum hat er sich wieder an den Schreibtisch gesetzt und gierig den Deckel von seinem Diätjoghurt gerissen, kommt Claudia Tomasetti ins Zimmer. »Das war doch die Nachbarin von der Kamprath, die ich gestern vernommen habe. Was wollte die denn?«

»Eigentlich zu dir. Aber du Glückliche hattest ja den Jägersmann in deinen zarten Fängen.«

»Ja, ich bin heute ein Liebling der Götter.«

Valentin Förster versucht, die wirre Geschichte zu wiederholen, wobei er fast so lange braucht wie vorhin Frau Weinzierl. Claudia hört ihm zu, rauchend, ihr Gesichtsausdruck ist teils amüsiert, teils interessiert.

»Jetzt soll Sophie Kamprath auch noch Frau Weinzierls Untermieter auf dem Gewissen haben, und die Weinzierl fühlt sich dadurch bedroht, daß Sophie Kamprath abends näht, ohne die Vorhänge zuzuziehen!«

»O Mann!« ist alles, was seine Vorgesetzte zunächst sagt, aber nach einer Weile fragt sie: »Ermitteln die Kollegen noch im Fall Schwalbe?«

»Offiziell ja, inoffiziell nein.«

»Vielleicht sollten wir da noch mal nachhaken?«

»Wir nicht. Das kannst du machen. Ich verbrenne mir nicht die Finger.«

»Typisch.«

»Was war mit dem Jagdpächter?« lenkt er schnell ab.

»Nicht sehr ergiebig«, meint sie. »Außer, daß ich mein Jägerlatein aufgebessert habe. Weißt du, was ein ›Luderplatz‹ ist?«

»Laß mich raten: ein Ort, an dem man Weibsbilder wie dich in früheren Zeiten öffentlich gezüchtigt hat?«

»Förster! Wirklich! Ich bin immer wieder angetan von deiner Phantasie! Vielleicht sollten wir doch noch was miteinander anfangen. Ein Luderplatz ist ein enges Loch in der Erde, wo verwestes Zeug reingestopft wird: alter Fisch, Schlachtabfälle ... lauter so leckere Sachen. Um Füchse anzulocken und beim Fressen abzuschießen.«

»Wie edel doch das Weidwerk ist.«

»Ein solcher Platz ist in der Nähe des Hochsitzes.«

»Ich weiß. Steht im Bericht der Erbacher Kripo. Ist was Besonderes damit?«

»So ein Luderplatz lockt Füchse an ...« Sie greift in ihre Schreibtischschublade und holt ein dick belegtes Salamibaguette heraus. »Wenn es die letzten Wochen nicht ganz so kalt gewesen wäre ...« Eine Gurkenscheibe fällt auf den Schreibtisch.

»Dann?« fragt Förster und reicht ihr einen frisch gespülten Teller.

»Überleg mal. Der Kamprath war praktisch tiefgefroren. Ich weiß nicht, wie kräftig die Gebisse von Füchsen sind.«

»Du meinst, wenn es nicht so saukalt gewesen wäre, dann hätten sie ihn nicht bloß angeknabbert ...«

»... sondern es würden bloß noch ein paar Knochen in irgendeinem Fuchsbau liegen, und der Rest des Oberstudienrats hätte seinen Weg durch das Verdauungssystem sämtlicher Füchse und Krähen des Reviers genommen.«

Förster legt den Löffel hin. »Das mag ich an Frauen. Sie sind so zartfühlend.«

»Könnte jemandem daran gelegen sein, ihn ganz verschwinden zu lassen?« fragt Claudia mit vollen Backen.

»Für seine Frau ist es besser, er wird gefunden und es sieht nach Unfall aus. Wegen der Lebensversicherung und der Pension.«

»Sehr gut, Valentin. Weißt du, ich stehe auf intelligente Männer, ich finde bloß nie einen.«

»Wie wär's mit dem Anwalt von der Kamprath?«

Sie überhört die Frage. »Andererseits – wenn die Kamprath eine Leiche verschwinden lassen will, hat sie dafür

bessere Möglichkeiten. Sie braucht ihn bloß zu portionieren und in den Tiefkühltruhen ihres Bruders einzulagern.«
»Und dann?«
»Als Präparationsabfall deklariert in die Tierkörperverwertung. Meinst du, die gucken sich die gefrorenen Brocken, die der Delp dort fast jede Woche abliefert, so genau an? Das kommt alles in einen Bottich und wird zu Kernseife.«
»Und zu Lippenstift«, ergänzt er.
»Lippenstifte sind doch aus Erdöl, oder?« Claudia schlingt den letzten Happen ihres zweiten Frühstücks hinunter.
»Guten Appetit«, wünscht ihr Kollege und stellt seinen halbvollen Joghurtbecher beiseite.
»Danke. Kommt eigentlich der Bericht von der Leichenschau noch vor meiner Pensionierung?«
»Bis zwölf Uhr kriegen wir ihn, großes Ehrenwort.«
»Wie spät ist es?«
Förster ist es schon gewohnt, daß sie nie eine Uhr trägt.
»Halb elf.«
»Gleich kommt die Mohr und heute nachmittag die Kamprath.«
»Mit ihrem Anwalt«, ergänzt Förster.

5

Frau Weinzierl schlappt durch ihr Wohnzimmer und läßt sich wie eine Marionette, der man die Fäden durchgeschnitten hat, auf einen der Stühle am runden Glastisch sinken. Axel nimmt das als Aufforderung, ihr zu folgen und sich ihr gegenüber zu setzen.

»Er ist verschwunden«, beantwortet sie die Frage, die Axel eingangs gestellt hat.

»Was heißt verschwunden?«

»Fort«, präzisiert sie. Ihre Handflächen weisen dabei zur Decke, als wäre ihr Untermieter gen Himmel aufgefahren. »Am Montag morgen war er noch hier im Haus. Ich habe ihn vom Krankenhaus aus angerufen. Gegen Mittag war ich zu Hause, aber er nicht. Wir wollten am Abend zusammen zum Griechen gehen, um meine Genesung zu feiern. Er hat mich schon einmal zum Essen ausgeführt, an meinem Geburtstag. Immer ist er so aufmerksam.«

Axel verkneift sich die Frage, wer die Rechnung bezahlt hat.

»Ihm ist was passiert.« Frau Weinzierl schnieft. »Er hätte sonst angerufen.«

»Ist sein Auto auch weg?«

»Ja.«

Also keine Himmelfahrt.

»Etwas Furchtbares ist ihm zugestoßen, ich weiß es. Ich wußte es schon beim Kamprath, da wollte mir auch niemand glauben.«

Axel übersieht diskret das verdächtige Glitzern in Frau Weinzierls Augen.

»Ich war heute schon bei der Polizei. Mordkommission«, setzt sie wichtig hinzu.

»Mit wem haben Sie gesprochen?« fragt Axel ahnungsvoll.

»Mit einem jungen Kommissar. Blond, ein bißchen dick. Förster hieß er. Ich habe ihm alles gesagt. Aber ...« Eine resignierte Handbewegung demonstriert ihren Unmut über die mangelnde Tatkraft der Staatsgewalt. »Sie sagen, daß es ihn gar nicht gibt.«

»Was soll das heißen?«

»Mark Bronski ist nicht sein richtiger Name.« Sie stützt die Ellbogen auf, legt das Gesicht in die Hände, und als sie wieder aufschaut, kullern zwei dicke Tränen ihre Wangen hinunter. Frau Weinzierl gewährt ihnen freien Lauf. Mit ihrem Haar, das heute dank einer großzügigen Salve Haarspray helmartig auf ihrem Kopf thront, sieht sie aus wie ein trauriger Ritter.

»Haben Sie sich denn nie seinen Ausweis zeigen lassen?«

»Wozu denn? Er besaß eine so leuchtende Aura.«

»Frau Weinzierl, haben Sie schon mal nachgeprüft, ob Ihnen auch nichts fehlt? Scheckkarten, Schmuck, Bargeld?«

»Unsinn!« Rasch wischt sie die Tränen mit dem Ärmel ihrer Bluse weg. Axel ist in Ungnade gefallen und verdient es nicht mehr, Zeuge ihrer tiefen Gemütsregung zu sein. »Nichts fehlt. Warum glaubt mir bloß niemand?«

Axel läßt diese Frage unbeantwortet. Er wird den Verdacht nicht los, daß sich hinter der Lichtgestalt ein ganz gewöhnlicher Ganove versteckt.

»Welchen Grund könnte er gehabt haben, sich unter falschem Namen bei Ihnen einzuquartieren?«

Sie zuckt die Schultern. Auf einmal wird ihr Blick wieder klar. »Warum wollten Sie ihn überhaupt sprechen?« fragt sie lauernd.

Axel beschließt die Wahrheit zu sagen. »Ich wollte herausfinden, welcher Art seine Beziehung zu meiner Mandantin, also zu Frau Kamprath, ist.«

»Beziehung?« Frau Weinzierl rümpft die Nase. »Diese Sophie hat sich in den Jungen verguckt! Kein Wunder, er ist ja sehr hübsch und außerdem charmant. Wo findet man heute noch einen jungen Mann mit Manieren? So einer läßt sich doch nicht mit einer verheirateten Frau ein, die viel älter ist als er und noch nicht einmal sonderlich attraktiv.« Sie stößt ein kurzes, eisiges Lachen aus. »Der hatte ganz andere Chancen! Einmal ist ein bildhübsches Mädchen aus dem Haus gekommen. Ich habe sie leider nur ganz flüchtig gesehen, sie ist zu rasch um die Ecke gebogen, als sie mich sah. Das war schon eher seine Kragenweite. Aber ich kann mir denken, wie das mit der Kamprath war: Er war höflich und nett zu ihr und sie hat das mißverstanden. Als sie gemerkt hat, daß er nichts von ihr will, da hat sie ihn umgebracht. Genau wie die anderen.«

Axel holt tief Luft. Zweifellos gehört diese Frau auf die Couch.

»Verzeihen Sie«, sagt er vorsichtig, »aber das halte ich für unwahrscheinlich. Im übrigen – an dem Tag, an dem Ihr Mieter verschwand, war Frau Kamprath den ganzen Tag mit der Polizei und mit mir zusammen.«

»Am Abend war sie fort, das habe ich gesehen«, pariert Frau Weinzierl prompt. »Aber es ist völlig egal, wo sie wann gewesen ist. Diese Frau tötet mit ihren Gedanken.«

Axel verzichtet auf einen Einwand. Gleich, denkt er, wird sie Hamlet zitieren: »Es gibt mehr Dinge zwischen Himmel und Erde …«

Frau Weinzierl bekräftigt ihre letzten Worte mit einem Nicken. »Bei mir hat sie es auch versucht. Dieser letzte, schwere Asthmaanfall, das war kein Zufall.«

»Offensichtlich ist der Versuch mißlungen«, entgegnet Axel, aber auch dafür hat Frau Weinzierl eine Erklärung:

»Nur, weil ich dagegen gewappnet war. Man kann sich vor negativen Energien schützen, wenn man sensibel dafür ist. Ich weiß schon lange, was da drüben vorgeht.«

Ein bedauernswertes Opfer der einschlägigen Literatur, diagnostiziert Axel. Ob dieser Aushilfsjob im esoterischen Buchladen für sie wirklich das richtige ist? Er versucht es noch einmal mit Sachlichkeit: »Bestimmt hatte Ihr Mieter ganz handfeste Gründe, sang- und klanglos zu verschwinden. Er hat gewiß nicht nur aus Spaß unter falschem Namen hier gewohnt und dadurch Ihr Vertrauen mißbraucht. Bedenken Sie: Er ist nicht vom tödlichen Gedankenstrom getroffen worden, sondern er ist mit seinem Auto weggefahren. Was ist eigentlich mit seinen Sachen?«

»Ein Teil fehlt.«

»Sehen Sie«, lächelt Axel, ein bißchen von oben herab. Aber Frau Weinzierl überhört, was sie nicht hören will.

»Ich habe einen ganz schlimmen Verdacht. Sie hat Mark nicht bloß getötet, ich glaube sie hat ihn ...« sie schluckt und ringt nach Luft, als würde sie gerade stranguliert.

»Hat was?«

»Sie stellt seltsame Sachen an. Mit seiner Leiche.«

Während es Axel kurzzeitig die Sprache verschlägt, kommt Frau Weinzierl in Fahrt: »Denken Sie doch an ihren gräßlichen Beruf! Ich habe sie durchs Fenster beobachtet, abends. Sie läßt die Gardinen offen, wenn sie im Nähzimmer sitzt. Das macht sie extra! Sie spielt ein teuflisches Spiel mit mir. Und dann diese Puppe ...«

»Welche Puppe?«

»Die Schneiderpuppe, sie ist ... sie verändert sich.«

Ich werde mir das nicht länger anhören, beschließt Axel und hört sich dennoch fragen: »Was meinen Sie damit?«

Sie beugt sich zu Axel über den Tisch und stößt hervor: »Sie präpariert ihn.«

»Oh, nein«, stöhnt Axel. »Das haben Sie doch nicht etwa der Polizei erzählt?«

»Sicher habe ich das. Aber man wollte mir nicht glauben. Die halten mich alle für übergeschnappt. Aber ich weiß, was ich gesehen habe.« Ihr feuchter Blick bekommt etwas Fanatisches. »Herr Kölsch, ich rate Ihnen etwas: Bleiben Sie dieser Frau fern, meiden Sie ihren Wirkungskreis. Gehen Sie weg, so lange es noch möglich ist.«

Vermutlich war es genau diese Sorte von Leuten, die bereits Sophies Großmutter in Verruf gebracht haben, denkt Axel ärgerlich und steht abrupt auf. »Genau das werde ich jetzt tun. Und Ihnen gebe ich auch einen Rat: Sie sollten sich zwischendurch vor Augen halten, daß Sie mit solchen aberwitzigen Verdächtigungen einer unschuldigen Person großen Schaden zufügen können. Halten Sie sich bitte etwas zurück. Sie wollen sich doch keine Verleumdungsklage einhandeln, oder? Auf Wiedersehen, Frau Weinzierl!«

Ehe sie ihn zur Tür bringen kann, ist er hinausgegangen.

Ihre Schritte knallen den Gang entlang, die Tür wird aufgestoßen, zugeworfen, der Drehstuhl erhält einen Tritt, der ihn wie einen Torpedo durchs Büro sausen läßt, wobei er den Papierkorb gleich mitnimmt. Das sieht nicht nach guter Laune aus, schlußfolgert Valentin Förster hinter seiner Deckung in Gestalt eines Leitzordners.

Sie bläst sich eine Haarsträhne aus dem Gesicht, das eine cholerische Verfärbung zeigt, während sie sich eine Tasse lauwarmen Kaffee eingießt. Wie immer kümmert sie sich dabei keinen Deut um die Schweinerei, die sie neben der Maschine hinterläßt. Wie muß es erst bei ihr zu Hause aussehen, fragt sich Förster, aber er sagt nichts. Wenn sie so wie jetzt gestimmt ist, zieht man am besten den Kopf ein und wartet ab, das hat er in dem halben Jahr der Zusammenarbeit mit ihr gelernt. Er sieht sie hektisch nach einem Feuerzeug suchen und reicht ihr devot ein Streichholzbriefchen mit der Aufschrift: »Gehen wir zu Dir oder zu mir?«

Als die ersten Rauchschwaden um sie herum ihren Schleiertanz aufführen und ihre Fäuste sich wieder öffnen, wagt er einen Seitenblick.
»Sag mir jetzt nicht, daß du mich gewarnt hast!«
»Das hatte ich nicht vor«, grinst er. »Jetzt erzähl schon, was war los?«
Sie bläst die Backen auf und setzt sich in Chefhaltung – breitbeinig, den Kopf auf die linke Faust gestützt, die rechte Hand vollführt Kraulbewegungen im Schritt – an ihren Schreibtisch.
»Fräulein Tomasetti!« beginnt sie, aber dann unterbricht sie sich: »Dabei habe ich schon hundertmal drauf bestanden, mit ›Frau‹ angesprochen zu werden! Schließlich werde ich im Mai sechsunddreißig.« Typisch Stier, denkt Förster. Unbeherrscht, jähzornig ... Sie fährt fort: »Fräulein Tomasetti. Ich schätze und bewundere Ihren Ehrgeiz. Die Polizei braucht junge, engagierte Frauen wie Sie. Aber daß Sie die Arbeit von einem ganzen qualifizierten Kollegenteam, Leuten mit wesentlich mehr Erfahrung, als Sie sie besitzen, anzweifeln, das geht entschieden zu weit!« Sie schickt eine Rauchwolke zur Decke und kehrt zu normaler Sitzhaltung und Stimmlage zurück. »Dann mußte ich mir den üblichen Vortrag über Teamgeist, Zusammenarbeit, Loyalität und so weiter reinziehen, während er seine Eier sortierte. Mit anderen Worten, ich soll es ja nicht wagen, meine Nase in ihren Fall zu stecken.« Sie rammt die Zigarette in den Aschenbecher, den Förster eben ausgeleert und ausgewischt hat.
»Und zur Krönung hat er mir angeboten, uns im Fall Kamprath den Kollegen Riebel hilfreich zur Seite zu stellen.«
»Oh, nein«, stöhnt er. »Das hast du davon. Ebensogut können wir eine Wanze in diesem Büro installieren.«
»Beruhige dich. Diese Katastrophe konnte ich gerade noch abwenden. Aber die Sache mit Schwalbe ist tabu.

Das ist der Preis, um unsere innige Zweisamkeit zu retten.«

Ihr Galgenhumor zeigt ihm an, daß die ärgste Wut verraucht ist, was man bei Claudia durchaus wörtlich nehmen kann.

»Vielleicht hat der Alte ja recht«, wagt sich Förster einen Schritt vor. »Es waren wirklich nicht die schlechtesten Leute an dem Fall dran.«

»Nachfragen wird man wohl noch dürfen. Eitle Mannsbilder!«

»Wie würdest du es auffassen, wenn einer – nehmen wir mal den geschätzten Kollegen Riebel – dir hinterherschnüffelt, nachdem du einen Fall so gut wie abgeschlossen hast?«

»Wenn neue Fakten aufgetreten sind …«

»Wir haben aber keine neuen Fakten. Wir haben ein paar wirre Theorien von einer durchgeknallten Nachbarin, der ihr Lustknabe entfleucht ist, und die Tatsache, daß Schwalbe und Kamprath in derselben Straße gewohnt haben. Ich glaube, die Kamprath hat den Mann nicht mal gekannt.«

»Ich werde sie fragen, darauf kannst du Gift nehmen.«

»Claudia, du solltest es dir wegen dieser leidigen Geschichte nicht mit dem Alten verderben.«

Sie sieht ihn an. Sie weiß, daß er es ehrlich meint. Er gehört nicht zu denen, die geifernd darauf warten, eine Frau in höherer Position stolpern zu sehen.

»Hast recht«, brummt sie, überraschend einsichtig. »Vergessen wir Schwalbe und konzentrieren uns auf Kamprath.«

»Wie war das Gespräch mit seiner Exgattin?« hakt Förster sofort ein, als befürchte er einen Rückfall.

Sie winkt ab. »Hätte ich mir auch sparen können. Diffuses Anwaltsgeschwätz. Irgendwie ist heute nicht mein Tag. Ist der Bericht aus Frankfurt endlich da?«

»Ja.« Förster reicht ihr die Mappe, wobei er das Fachchinesisch kurz zusammenfaßt: »Tod durch Erfrieren, etwa vier Stunden nach der letzten Mahlzeit: ›gekochtes Rindfleisch, gekochte Kartoffeln, Meerrettich, Spuren von Milchfett ...‹

»Tafelspitz mit Sahnemeerrettich.«

»Ob wir jemals in der Lage wären, einen Obduktionsbericht zu verstehen, wenn deine Eltern kein Restaurant hätten?« Sehnsüchtig erinnert er sich an die marinierten Steinpilze und das *Ossobuco*, das er gegessen hat, als Claudia vor sechs Monaten ihren Aufstieg zur Oberkommissarin feierte. Seither ist er der Küche dieses Restaurants mit Haut und Haar verfallen, was sich deutlich an seiner Gürtellinie ablesen läßt.

»Mach weiter«, fordert Claudia ungeduldig.

»... außerdem Kaffee. Es sind keine Spuren von Gift oder Barbiturat nachweisbar, aber ein Bruch des linken Schläfenbeins ...«

»Was war das?« Claudia wächst in ihrem Stuhl ein paar Zentimeter.

»... allerdings ist nicht feststellbar, ob dieser beim Sturz vom Hochsitz entstanden ist, oder davor.«

»*Porco dio!*« Erneut wird es laut im Büro. »Das darf doch nicht wahr sein! So was nennt sich Pathologisches Institut? Das hätte auch mein Metzger rausgefunden! Nur schneller! Bohr noch mal nach.«

Förster seufzt tief. »Habe ich schon. Sie sagen, wegen der Kälte und dem üblen Zustand der Leiche konnten die umliegenden Blutgefäße nicht ...«

»Gewäsch!« unterbricht Claudia wütend.

Förster zuckt die Schultern. »Das war's, im großen und ganzen. Sollen wir die Kamprath überhaupt noch mal kommen lassen?«

Sie nickt grimmig. »Auf jeden Fall. Ich finde einfach, es gibt ein paar Tote zu viel in ihrer Umgebung.«

Axel sitzt an Sophies Küchentisch, während Sophie Tee zubereitet. Sein Kopf ist noch immer angefüllt mit Frau Weinzierls Klagen und Verdächtigungen.

»Sophie, ich werde Ihnen jetzt Fragen stellen, die Ihnen die Polizei heute nachmittag möglicherweise auch stellen wird. Ich bitte Sie um Offenheit, denn sonst kann ich Ihnen nicht helfen.«

Sophie stellt die Kanne auf den Tisch und zündet das Teelicht an. »Was möchten Sie wissen?«

»Beginnen wir ganz von vorn. Schildern Sie mir die Sache mit dem Maler.«

Sophie folgt der Aufforderung und deckt dazu den Tisch. Axel hört ihren kargen Worten zu und betrachtet dabei seine Mandantin: Sie trägt ein Strickkleid, schwarz, aber es ist eindeutig keine Trauerkleidung. Das Gestrick schmiegt sich an die Taille und zeichnet ihre runden Hüften nach, was ihre Fraulichkeit betont. Der weite Ausschnitt sitzt locker und gibt bei jeder Bewegung abwechselnd die Wölbung ihres Schlüsselbeins oder den Ansatz der vollen Brust frei, wobei ihre extrem helle, feine Haut auf reizvolle Weise mit dem tiefen Schwarz in Kontrast tritt. Das Kleid hat etwas Sinnliches, oder vielmehr die Art, wie sie es trägt. Axel kommt es vor, als ob Sophie in den letzten Tagen gelernt hätte, sich anders zu bewegen: lockerer, eleganter und gleichzeitig kraftvoller. Das Erdenschwere ist von ihr gewichen, denkt Axel und fährt sich verwirrt über die Stirn: Der Ausdruck hätte auch von Anneliese Gotthard stammen können.

»Haben Sie diesem Mann den Tod gewünscht?« fragt er, als sie mit ihrer Erzählung fertig ist.

Sophie schüttelt den Kopf. »Nein.«

»Hätten Sie es denn gekonnt, wenn Sie gewollt hätten?« Auf was für einem Niveau bewege ich mich eigentlich, fragt sich Axel im selben Augenblick.

Sie sieht ihn erstaunt an. »Würden Sie mir denn glauben, wenn es so wäre?«

»Lassen wir das mal dahingestellt«, antwortet Axel diplomatisch.

»Nein, ich habe ihm nichts Böses gewünscht. Ich war nur einen Moment wütend auf ihn, wegen der Rosen, das ist alles.«

Axel kommt auf den Tod der alten Frau Fabian zu sprechen. Zu seiner Verblüffung lacht Sophie leise vor sich hin.

»Was ist daran so lustig?«

»Das war Theater«, gesteht Sophie. »Ich habe gewußt, daß die alte Frau nur noch ein paar Wochen leben wird. Da habe ich dann so getan, als ob … na, Sie wissen es ja sicher schon. Das mit dem schwarzen Kleid und so.« Sie blickt ein wenig beschämt an ihm vorbei.

»Warum haben Sie das getan?«

Sie zögert, dann erklärt sie: »Ich wohne schon über zwei Jahre hier, aber ich habe mich nie getraut, jemanden anzusprechen. Ich weiß nicht, wie man das macht. Worüber hätte ich reden sollen? Ich hatte nie Freundinnen, auch als Kind nicht. Nachdem das mit dem Maler geschehen ist, bin ich auf einmal eingeladen worden, von Frau Weinzierl. Ich war so froh darüber, denn das hat sie vorher nie getan. Und nicht nur das: Sie hat mich auf einmal regelrecht bewundert. So etwas ist mir noch nie passiert.«

»Es brachte Ihnen Anerkennung.«

»Ja. Genau das. Als dann Frau Fabian über ihre Schwiegermutter jammerte, da konnte ich nicht widerstehen. Inzwischen tut es mir leid. Es war nicht richtig von mir.«

»Aber verständlich«, antwortet Axel. Er kann es sich gut vorstellen, wie Sophie sich gefühlt haben muß: Plötzlich war sie, die Außenseiterin, der Mittelpunkt von Frau Weinzierls Kaffeekränzchen. Da war die Versuchung groß, noch einen draufzusetzen, ehe der Maler-Bonus verpuffen würde.

»Woher wußten Sie, daß die alte Frau Fabian bald stirbt?«

Sophie deutet auf den Fußboden. »Die Praxis. Da sind im Sommer oft die Fenster auf. Wenn ich auf dem Balkon bin, kann ich hören, was im Sprechzimmer geredet wird. Etwa eine Woche bevor das mit dem Maler passiert ist, war Herr Fabian bei Dr. Mayer. Es war gegen Abend, die Sprechstunde war schon vorbei, die Mädchen gegangen. Ich habe mich über die Stimmen zu dieser ungewohnten Zeit gewundert und bin draußen stehen geblieben. Aus Neugier, ich gebe es zu.«

Axel muß lachen. So einfach, denkt er, so einfach kann sich ein paranormales Phänomen in nichts auflösen.

»Muß ich das der Polizei sagen?«

»Nur, wenn Sie auf den Tod der alten Dame angesprochen werden. Keine Angst, Ihr kleiner Lauschangriff wird die Mordkommission nicht sonderlich interessieren. Aber es bringt ein bißchen Sachlichkeit in die ganze Geschichte, und die können wir im Moment gut gebrauchen. Wissen Sie noch, was genau Sie gehört haben?«

Sophie überlegt kurz. »Herr Fabian hat gefragt: ›Wie lange noch‹ oder, nein, er hat gesagt: ›Wann ist es soweit?‹, und Dr. Mayer sagte: ›In drei Wochen.‹«

»Sind Sie sicher?«, bezweifelt Axel. »Sagte er wirklich: ›in drei Wochen?‹«

»Ja, das habe ich deutlich gehört.«

»Das ist ungewöhnlich, finden Sie nicht?«

Sie sieht ihn fragend an.

»Ich meine, so eine klare Zeitangabe. Normalerweise benutzen Ärzte Floskeln wie: ›Wir müssen täglich damit rechnen‹, oder ›Ihre Mutter wird Weihnachten vermutlich nicht mehr erleben.‹ Aber doch nicht: ›In drei Wochen‹. Kein Arzt legt sich freiwillig fest. Sind Sie wirklich sicher, daß er das so gesagt hat?«

»Ja.«

Axel richtet sich gespannt auf. »Was haben Sie sonst noch von dem Gespräch gehört?«

»Herr Fabian hat gesagt, daß seine Frau bald zusammenbrechen würde, und daß es mit seiner Mutter nicht mehr lange so weitergehen kann. Die Antwort vom Doktor konnte ich nicht verstehen. Er nuschelt manchmal ein bißchen. Danach kam die Frage von Herrn Fabian, wann es soweit wäre.«

»Und weiter?«

»Dr. Mayer sagte so etwas wie ›gewisse Vorbereitungen auf beiden Seiten‹. Die genauen Worte weiß ich nicht mehr.«

»Und dann?«

»Dann fuhr ein Motorrad vorbei.«

»Verdammt! Verzeihen Sie.«

»Danach hat jemand das Fenster zugemacht, und Herr Fabian ist nach ein paar Minuten aus dem Haus gekommen. Da ist mir erst klar geworden, von wem sie gesprochen haben. Ich habe Herrn Fabians Stimme nämlich zuerst gar nicht erkannt, weil ich mit ihm noch nie geredet habe.«

»Sonst war niemand mehr in der Praxis?« fragt Axel. »Keine anderen Patienten?«

»Nein. Es war schon fast sechs, und um fünf ist die Sprechstunde aus. Ich habe niemanden mehr rauskommen sehen, nur den Doktor selber, kurz nach Herrn Fabian.«

Ich sollte den Doktor der Tomasetti zum Fraß vorwerfen, überlegt er. Womöglich würde sie das von Sophie ablenken.

»Glauben Sie mir, ich habe die Lügerei mit der Frau Fabian schon oft bereut«, beteuert Sophie. »Ich hätte nicht gedacht, daß das solche Folgen hat.«

»Die Folge Ihrer kleinen Scharlatanerie war, daß Frau Behnke Sie bat, das Problem Schwalbe auf ähnliche Weise zu lösen, nicht wahr?«

»Sie hat nicht gesagt, daß ich ihn umbringen soll …«
»Aber Sie haben trotzdem verstanden, was sie wollte.«
»Ja.«

Axel schüttelt den Kopf. »Was mich wundert, ist, daß die Mordaufträge noch nicht Ihren Briefkasten verstopfen.«

Sophie lächelt.

»Oder gibt es da etwas, das ich Ihnen vorlesen soll?« fragt Axel und erwidert ihr Lächeln. Dann räuspert er sich. »Kannten Sie Schwalbe?«

»Nein.«

»Und seine Frau?«

»Frau Behnke hat mir von ihr erzählt. Die Frau hat mir sehr leid getan. Wer hilft eigentlich so einer, wo kann sie hin?«

Ins Frauenhaus. Axel läuft es kalt den Rücken hinunter, Gedanken stürzen auf ihn ein, wie ein Steinschlag: die Brasilianerin. Salsamusik. Das Gespräch mit Karin im *Havana* …

»… mir im Supermarkt gesagt hat, daß er tot ist, da hat es mir nicht leid getan«, dringt Sophies Stimme zu ihm durch, und er zwingt sich zur Konzentration.

»Sophie, waren Sie jemals im *Tropicana* Fitneß-Studio?«

»Nein. Ich war noch nie in so einem Studio. Dafür hätte mir Rudolf kein Geld gegeben. Ich mache manchmal bei der Morgengymnastik im Radio mit.«

»Hatten Sie irgendwelche Vorahnungen, was Schwalbes Tod angeht?«

»Nein.«

»Aber bei Ihrem Mann ahnten Sie es.«

»Nein. Ich wußte es.«

»Was fühlten Sie? Waren Sie traurig, verzweifelt, erleichtert?«

»Ich weiß nicht recht. Ich hatte Angst, wie es mit mir weitergehen soll. Aber nur am Anfang.«

»Was heißt, nur am Anfang?«

»Zuerst wollte ich zur Polizei gehen, gleich am Morgen, als er nicht nach Hause gekommen ist. Ich habe mich angezogen. Dann habe ich mir Frühstück gemacht. Es war plötzlich so ruhig im Haus. Eine ganz andere Ruhe, als wenn Rudolf nur zur Arbeit gegangen wäre. Ruhe ist vielleicht das falsche Wort, es war eher ...«

»Frieden.«

»Ja«, bestätigt Sophie. »Frieden. Ich habe auf einmal nicht mehr nachrechnen müssen, wieviel Stunden mir bis zum Abend bleiben würden. Brauchte mir keine Sorgen zu machen, ob ihm wohl mein Essen schmecken wird, ob er gut gelaunt sein wird oder schlecht, ob ich irgend etwas falsch gemacht habe ...« Sie sieht ihn von unten herauf prüfend an. »Das verstehen Sie wahrscheinlich nicht.«

»Doch«, widerspricht Axel, »ich glaube, inzwischen verstehe ich das. Sie fühlten sich frei.«

»Ja.« Sie nickt ihm überrascht zu. »Ich habe gemerkt, daß ich auch ohne Rudolf ganz gut zurechtkomme. Zumindest für eine Weile. Jeden Abend habe ich mir vorgenommen: Morgen gehe ich zur Polizei. Aber dann, am nächsten Tag, habe ich mir gesagt: nur dieser eine Tag noch. Ich weiß nicht, wie ich das erklären soll. Je länger ich es vor mir hergeschoben habe, desto schwieriger wurde es. Als ungefähr eine Woche um war, da habe ich gedacht: Du kannst doch jetzt nicht mehr zur Polizei gehen, nach so vielen Tagen.« Sie seufzt. »Heute ist der erste Schultag. Heute wäre es sowieso vorbei gewesen.«

Ob die Tomasetti sich mit dieser Begründung zufrieden geben wird?

»Gut«, sagt er, »ich denke, das können wir der Polizei so erklären. Schließlich sind Sie nicht verpflichtet, eine Vermißtenanzeige aufzugeben. Darf ich Ihnen noch eine Frage aus privater Neugier stellen?«

Sophie nickt.

»Woher wußten Sie schon gleich am nächsten Morgen,

daß Ihr Mann tot war? Er hätte doch auch verletzt oder bewußtlos in einem Krankenhaus liegen können.«

»Ich habe es geträumt«, sagt sie mitten in seine erstaunten Augen.

»Das allein machte Sie so sicher?«

Sie sieht ihn milde an, als sei er ein Kind, das eine naive Frage gestellt hat. »Aber ja. Träume sind Wahrheit.«

»Erklären Sie mir das«, fordert Axel, »haben Sie ihn in Ihrem Traum tot auf dem Hochsitz gesehen?«

»Was ich genau geträumt habe, kann ich nicht mehr sagen. Aber als ich aufgewacht bin, da habe ich ganz sicher gewußt, daß er tot war. Und auch, daß er ruhig gestorben ist.«

»Ruhig?«

»Kein Autounfall oder so etwas.«

Seltsam, denkt Axel, wenn Frau Weinzierl ihm dasselbe gesagt hätte, hätte er es als Spinnerei abgetan. Aber Sophie glaubt er, auch wenn er es nicht versteht.

»Passiert Ihnen das öfter?«

»Nicht sehr oft. In letzter Zeit kaum noch, aber als Kind, da schon.«

»Haben Sie vom Tod Ihrer Großmutter geträumt?«

Sie zuckt zusammen, wie unter einem plötzlichen Schmerz, dann antwortet sie: »Ich habe sie tot auf einer Art Wolke liegen sehen. So habe ich mir damals den Himmel vorgestellt. Mit Engeln und so. Ich habe meiner Mutter von dem Traum erzählt und die hat mir ein paar runtergehauen. Ich war ihr nicht böse, im Gegenteil. Ich wollte eine Strafe für meine schlimmen Gedanken.« Sie sieht ihn traurig an. »Lange Zeit habe ich sogar geglaubt, sie wäre gestorben, *weil* ich das geträumt habe. Ich habe mich furchtbar schuldig gefühlt. Ich hätte lieber mit meiner Großmutter darüber reden sollen. Es hätte ihr zwar nicht geholfen, bestimmt hat sie es selber längst gewußt. Aber wir hätten voneinander Abschied nehmen können. Warum denken Erwachsene immer, daß man mit Kindern nicht über den Tod sprechen darf?«

»Weil sie wohl ihre Kinder vor dem bewahren wollen, wovor sie selber schreckliche Angst haben«, antwortet Axel nach kurzer Überlegung. Dann fährt er fort: »Wie war das, als Ihr Vater seinen Unfall hatte? Haben Sie das auch vorher geträumt?«

Er weiß selber nicht, warum ihn der Gedanke an diesen kuriosen Unfall nicht losläßt. An dem unruhigen Flattern ihrer Lider merkt er, daß sie die Frage aufgeschreckt hat.

»Nein«, antwortet sie nach kurzem Zögern.

Axel hat zum ersten Mal das Gefühl, daß sie ihn anlügt oder etwas verschleiert.

»Haben Sie sich seinen Tod oder seinen Unfall gewünscht?«

Sie senkt den Blick. Ihre Finger umkreisen den Rand der Teetasse. »Ja«, flüstert sie, »das habe ich. Oft sogar.«

»Haben Sie etwas in dieser Richtung unternommen?«

»Was meinen Sie damit?«

»Haben Sie die Handgranate im Feld verbuddelt?« fragt Axel rundheraus.

»Nein.«

»Oder Ihr Bruder?«

»Lassen Sie meinen Bruder in Ruhe!« Sophie schnellt von ihrem Stuhl hoch. »Was soll das überhaupt? Glauben Sie, die Polizei wird mir solche Fragen stellen? Über Dinge, die schon eine Ewigkeit zurückliegen?«

»Entschuldigen Sie«, sagt Axel. »Sie haben recht, das tut vermutlich nichts zur Sache.«

»Woher wissen Sie das überhaupt?«

»Ich habe gestern mit Ihren Eltern und Ihrer Lehrerin Anneliese Gotthard gesprochen.«

Sie dreht ihm stumm den Rücken zu, verharrt am Spülbecken ohne sich zu bewegen, eine schier endlose Minute verstreicht. Dann setzt sie sich wieder.

»Also«, sagt Axel in sachlichem Ton. »Das mit den Träumen, das lassen wir bei der Polizei lieber weg. Ich bin mir nicht sicher, ob Kommissarin Tomasetti für so ein Thema die nötige Sensibilität aufbringt.«

»Sie halten mich für verrückt, stimmt's?« fragt Sophie sachlich.

»Nein«, sagt Axel und sieht ihr offen in die Augen, »absolut nicht. Das müssen Sie mir glauben.«

Sie nickt unsicher.

»Eines muß ich noch wissen, und auch die Tomasetti wird Sie das fragen: Welcher Art war Ihre Beziehung zu dem Untermieter von Frau Weinzierl?«

Ein Lächeln hellt ihr Gesicht auf. Schon erstaunlich, registriert Axel mit grimmiger Verständnislosigkeit, was die bloße Erwähnung der Lichtgestalt bei den Damen bewirkt.

»Sagen Sie, Axel, finden Sie, daß ich aussehe wie Mona Lisa?«

»Bitte?«

»Na, die auf dem berühmten Bild …«

»Ah, ja. Ich verstehe«, schwindelt Axel. Was hat ihr der Kerl nur für Schmus erzählt? Er sieht sie an, vergleicht sie in Gedanken mit dem Bild und räumt ein: »Eine gewisse Ähnlichkeit läßt sich nicht leugnen.«

»Mark hat das auch gesagt.« Sophie kommt endlich auf seine Frage nach ihrer Beziehung zurück: »Wir sind befreundet. Ich finde ihn sehr schön.«

Eine eigenartige Antwort, findet Axel.

»Sie verstehen, daß ich das fragen muß. Denn wenn Sie ein … eine Liebesbeziehung mit ihm gehabt hätten, dann bastelt der Staatsanwalt daraus blitzschnell das schönste Mordmotiv. Juristenhirne funktionieren nun mal so«, behauptet er mit einem Augenzwinkern und fragt beiläufig: »Wissen Sie, wo die Licht … äh, der junge Mann zur Zeit ist?«

»Nein.«
»Wirklich nicht?«
»Nein. Glauben Sie mir nicht?«
»Doch, doch, ich glaube Ihnen.«
Glaubt er ihr wirklich? Geht es tatsächlich nur um Freundschaft? Ist es nicht geradezu eigenartig, daß sich Sophie nicht in ihn verliebt haben soll? Bestimmt war er der erste Mann seit ihrer Heirat, der ihr Aufmerksamkeit schenkte. Noch dazu sieht der Kerl gut aus. »Schön« hat sie ihn sogar eben genannt. Naja. Ob er schwul ist? Wahrscheinlich. Er denkt an die Szene in der Kneipe. Nein, wie Verliebte haben er und Sophie damals nicht gewirkt, eher wie – Freundinnen. Das wäre eine Erklärung. Und gleichzeitig ein höchst befremdlicher Gedanke.

»Entschuldigen Sie, dürfte ich mal zur Toilette?« Axel steht auf, und sie zeigt ihm die Tür. Er geht tatsächlich aufs Klo, immerhin hat er im Lauf des Gesprächs drei Tassen schwarzen Tee getrunken. Aber er hat noch etwas anderes vor.

So leise wie möglich verläßt er die Toilette, bleibt im Flur stehen und horcht. Die Küchentür ist angelehnt, er hört Wasser rauschen und Geschirr klappern.

Er überquert den Flur und drückt vorsichtig die Klinke. Dabei entsteht ein leises, quietschendes Geräusch, das ihm durch Mark und Bein fährt. Egal. Jetzt oder nie! Kurzentschlossen stößt Axel die Tür auf und betritt Sophies Nähzimmer. Sein Herz klopft überlaut.

Er hat die Schneiderpuppe schon einmal gesehen und muß Frau Weinzierl recht geben. Etwas ist anders. Sie hat einen Kopf bekommen. Nur ist der leider mit einem schwarzen Tuch verhüllt. Axel tritt näher und streckt die Hand aus.

»Was machen Sie denn da?«
Er fährt zusammen. Ihre Stimme klingt wie Stahl. Diesen Ton hat er bei ihr noch nie gehört.

Mit hochrotem Kopf geht er drei Schritte rückwärts und steht ihr gegenüber, auf der Türschwelle. Was jetzt? Soll er ihr von Frau Weinzierls unsäglichem Verdacht erzählen? Und daß auch er daran glaubt, denn wie anders ist sein unmögliches Benehmen zu erklären?

»Entschuldigen Sie. Ich habe mich in der Tür geirrt.« Brillant, Herr Anwalt! Was für eine schlagfertige, intelligente Ausrede!

»Ist ja auch eine große Wohnung, da kann man sich schon mal verlaufen«, sagt Sophie und schließt dabei die Nähzimmertür mit Nachdruck.

Idiot ist das harmloseste Wort, mit dem er sich im stillen beschimpft. Er weiß, soeben hat er den dünnen Faden des Vertrauens, der ihn und Sophie verband, zerrissen.

Er schleust sich hastig an Sophie vorbei und bleibt in der Nähe der Eingangstür stehen. »Das wäre dann erst einmal alles«, sagt er betreten. Im Augenblick ist ihm nur noch an einem raschen Abgang gelegen. Er schaut auf seine Armbanduhr. »Ich muß noch in die Kanzlei. Wir treffen uns dann im Präsidium.«

»Ja«, sagt Sophie, aber sie lächelt nicht mehr.

Axel legt die Akte beiseite. »Was wollen Sie noch von meiner Mandantin? Die Sachlage ist eindeutig: Tod durch Unterkühlung. Er ist eingeschlafen und erfroren.«

»Kann sein, kann nicht sein«, antwortet sie. »Die Schädelverletzung könnte durchaus von einem Stock oder einem Gewehrkolben stammen.«

»Oder beim Sturz vom Hochsitz entstanden sein. *Post mortem*«, entgegnet Axel aufsässig. In diesem Moment betritt Kommissar Förster den Raum und hinter ihm Sophie. Axel springt auf und reicht ihr die Hand. Sie nimmt neben ihm Platz, und er setzt sie in knappen Worten über den Stand der Dinge in Kenntnis.

»Kann er jetzt beerdigt werden?« will Sophie wissen.

»Ja«, antwortet Claudia Tomasetti. »Das kann er.« Sie hält sich nicht mit Vorreden auf: »Frau Kamprath, wann haben Sie Ihren Mann zum letzten Mal gesehen?«

»Am Freitag vor Weihnachten.«

»Also am Zwanzigsten. Um welche Uhrzeit?«

»Abends. So etwa um halb acht.«

»Zu diesem Zeitpunkt hat er das Haus verlassen?«

»Ja.«

»Sagte er Ihnen, wohin er wollte?«

»Das brauchte er gar nicht. Er befahl mir, eine Kanne Kaffee zu kochen und in die Thermoskanne zu gießen. Außerdem zog er sich um und nahm die Schrotflinte mit. Das hieß, daß er zur Fuchsjagd wollte.«

»Zuvor haben Sie zusammen gegessen?«

»Ja.«

»Was gab es?«

»Tafelspitz.«

Sophies Antworten kommen rasch und klar.

»Gut. Die Aussage wird durch das Gutachten der Gerichtsmedizin bestätigt. Demnach ist der Tod zwischen dreiundzwanzig Uhr und ein Uhr eingetreten. Berücksichtigen wir Anfahrt und Fußweg, muß er etwa gegen halb neun, neun Uhr auf dem Hochsitz angelangt sein. Wie lange bleibt man normalerweise dort oben sitzen?«

»Bis man etwas geschossen hat.«

»Und wenn nichts Passendes vorbeikommt?«

»Man muß warten können. Rudolf ist oft erst nach Mitternacht von der Fuchsjagd heimgekommen. Mit oder ohne Fuchs.«

Claudia Tomasetti lächelt. Axel ist nicht wohl dabei.

»Bevorzugte Ihr Mann bestimmte Wochentage, an denen er zur Jagd ging?«

Sophie schüttelt den Kopf. »Die Jagd hängt von der Jahreszeit und vom Wetter ab, nicht von Wochentagen«, erklärt sie geduldig.

»War denn das Wetter an dem Abend günstig?«

»Ja. Es war kalt, das treibt die Füchse um. Dazu schien der Mond, und es hatte am Tag zuvor ein bißchen geschneit. Schnee und Mondlicht sind ideal für die Fuchsjagd, weil man dann fast so gut wie am Tag sehen kann.«

»Was taten Sie an dem bewußten Freitag, nachdem Ihr Mann gegangen war?«

»Ich habe gebadet, ferngesehen und dann bin ich ins Bett gegangen.«

»Konnten Sie gut schlafen?«

»Ja.«

»Haben Sie nicht gehorcht, wann Ihr Mann nach Hause kommt?«

»Nein. Ich bin … ich war es gewohnt, daß er spät heimkommt.«

»Wenn er zur Jagd ging oder auch sonst?«

»Wenn er zur Jagd ging.«

Was, zum Teufel, führt sie im Schild? Warum stellt sie keine Fragen zum Fall Schwalbe? Warum kein Wort über den Maler oder die alte Frau Fabian? Weiß sie etwas, wovon er nichts weiß? Etwas, das nicht in den Akten steht?

»Führten Sie eine glückliche Ehe?«

Sophie zögert zum ersten Mal. »Es ging mir gut.«

»Das war nicht die Frage.«

Jetzt reicht es Axel. »Frau Kamprath, ich gebe Ihnen den Rat, darauf nicht zu antworten.« Etwas hemmt Axel, Sophie hier, in diesem Raum, beim Vornamen zu nennen. Er wendet sich an Claudia. »Das Empfinden von Glück ist eine subjektive Angelegenheit, Frau Tomasetti. Woher soll meine Mandantin wissen, was Sie unter einer glücklichen Ehe verstehen?«

Claudia grinst. »Wir sind hier nicht im Gerichtssaal, Herr Kölsch. Aber meinetwegen, lassen wir das. Frau Kamprath, können Sie mit einer Waffe umgehen?«

»Mit welcher?« fragt Sophie zurück.

Bravo, denkt Axel, zeig's diesem Biest.

»Mit einem Jagdgewehr«, sagt Claudia Tomasetti im selben geduldigen Tonfall, in dem Sophie vorhin ihre Fragen zur Jagdpraxis beantwortet hat.

»Ja.«

»Sie begleiten Ihren Bruder häufig zur Jagd, nicht wahr?«

»Früher schon.«

»Und seit Ihrer Heirat?«

»Fast gar nicht mehr«, sagt Sophie leise.

»Frau Kamprath, wie oft waren Sie während der vergangenen drei Wochen, seit Ihr Mann verschwunden war, mit Ihrem Bruder unterwegs?«

»Dreimal.«

Die Knöchel ihrer Hände, mit denen sie sich an ihrer Handtasche festhält, werden weiß.

»Nicht öfter?« Claudia sieht Sophie herausfordernd an.

»Vielleicht auch viermal.«

»Das ergibt einen Schnitt von mindestens einmal pro Woche, für die Zeit nach dem Tod Ihres Mannes. Wie oft waren Sie während Ihrer Ehe mit Ihrem Bruder jagen?«

»Was bezwecken Sie mit diesen Rechenexempeln?« fährt Axel dazwischen.

»Dazu komme ich gleich«, antwortet sie. »Frau Kamprath, wie oft waren Sie während der letzten Monate Ihrer Ehe mit Ihrem Bruder zusammen?«

»Nicht sehr oft«, flüstert Sophie.

»Warum nicht?«

»Weil Rudolf es nicht wollte.«

»Gab es dafür einen besonderen Grund?«

»Er mochte Christian nicht.«

»Das ist aber doch kein Grund, seiner Frau zu verbieten, ihren Bruder zu sehen?«

»Wer redet denn von Verbieten?« unterbricht Axel. »Frau Kamprath hat es aus Rücksicht auf ihren Mann unterlassen, ihren Bruder zur Jagd zu begleiten. Immerhin ist es so, daß sie selber keinen Jagdschein und kein Begehungsrecht für dieses Revier besitzt. Da kommen schnell Gerüchte auf, Stichwort: Wilderei. Nach dem, was wir über Herrn Kamprath wissen, war er ein sehr korrekter Mensch, der es sicher nicht schätzte, wenn sich seine Frau am Rande der Illegalität bewegte. War es nicht so?« Am liebsten hätte er Sophie unter dem Tisch getreten. Aber sie hat auch so verstanden.

»Das stimmt«, bestätigt sie.

»Ihr Mann hat Ihnen also nicht verboten, zu Christian zu gehen?« fragt Claudia Sophie.

»Nein. Er hat es nur nicht gerne gesehen.«

»Bezog sich seine Ablehnung nur auf die gemeinsamen Jagdausflüge, oder mochte er es auch nicht, wenn Sie ihn nur so besuchten, beispielsweise, um ihm in der Werkstatt zu helfen?«

Zwei rote Flecken erglühen auf Sophies Wangen. Axel überlegt krampfhaft, wie er das Gespräch herumreißen könnte, weg von Sophies Bruder.

»Was hat denn der Bruder meiner Mandantin mit der Sache zu tun?« fragt Axel, erstens, um Sophie eine Antwort zu ersparen, zweitens, um die Tomasetti aus ihrem Hinterhalt zu locken.

»Unter Umständen einiges«, antwortet sie brüsk und sieht wieder Sophie an. »Also?«

Sie ist tatsächlich ein Terrier, denkt Axel. Sie hat sich an Sophies Schwachstelle festgebissen.

»Ich bin nur noch selten hingegangen, damit es keinen Streit gibt«, erklärt Sophie.

»Streit? Zwischen Rudolf und Christian?«

Sie schüttelt den Kopf. »Zwischen Rudolf und mir.«

»Sie sagten vorhin, daß Sie sich in Ihrer Ehe wohlfühlten. Und das, obwohl Ihr Mann Sie unter Druck setzte, damit Sie Ihren Bruder kaum noch sahen. Sophie, wieviel bedeutet Ihnen Ihr Bruder?«

»Er ist eben mein Bruder«, erwidert sie trotzig.

»Ist er nicht etwas mehr als nur Ihr Bruder?« fragt Claudia Tomasetti. Im selben Tempo, in dem sich Axels Puls beschleunigt, gewinnen die roten Flecken auf Sophies Wangen an Farbe und Fläche.

»Das ist er zweifellos«, antwortet Axel hastig. »Er war nach dem Tod von Frau Kampraths Großmutter eine wichtige Bezugsperson in ihrem Leben. Er hat ihr geholfen, sich als Analphabetin durch die Schule zu mogeln.« Er nickt Sophie auffordernd zu.

»Ja, so war es.«

»Wenn Sie als Kind Kummer hatten, dann erzählten Sie ihm davon, nicht wahr?« Die Tomasetti lächelt ihr Katzenlächeln.

Sophie nickt.

»Hat er Sie getröstet, wenn Ihre Mitschüler Sie geärgert haben?«

»Ja.«

»Hat er Ihnen dann geholfen? Hat er die Schüler verprügelt, die Ihnen böse Worte nachgerufen haben?«

»Manchmal.«

Axel hat die Nase voll. »Ich weiß nicht, ob Sie Geschwister haben«, sagt er zu Claudia Tomasetti, »Ich habe leider keine. Aber dieses Verhalten, das Sie eben ansprechen, scheint mir für einen älteren Bruder ganz normal. Was bezwecken Sie hier eigentlich? Wollen Sie, daß meine Mandantin ihren Bruder belastet, nur weil Sie unbedingt ein Verbrechen sehen wollen, wo weit und breit keines ist?«

»Okay«, lenkt Claudia Tomasetti unerwartet schnell ein, »lassen wir diese ... Angelegenheit ruhen.« Aus ihrem Mund erhält das Wort »Angelegenheit« einen Beiklang, als hätte sie tatsächlich »Affäre« gesagt.

»Kommen wir zu den letzten Wochen vor Herrn Kampraths Tod. Sie haben Ihren Bruder also nicht oft gesehen, aber ab und zu doch.«

»Ja«, sagt Sophie.

»Haben Sie sich bei Ihrem Bruder über Ihre unglückliche Ehe beklagt?«

»Nein.«

Das brauchte sie wahrscheinlich gar nicht, denkt Axel. Die Phantasie eines Eifersüchtigen übertrifft ohnehin die Realität. Claudia hat sich ein wenig über den Tisch gebeugt und sieht Sophie an, als könnte sie sie mit ihren Blicken durchleuchten.

»Haben Sie ihm erzählt, daß Ihr Mann Sie daran hindert, Lesen und Schreiben zu lernen ...«

»Nein«, stößt Sophie heftig hervor, doch ihre Inquisitorin fährt mit eindringlicher Stimme fort: »... daß er Sie bevormundet und Sie behandelt wie sein Eigentum? Daß er Ihnen kein Geld gibt, jeden Pfennig mit Ihnen abrechnet? Haben Sie ihm erzählt, wie unglücklich Sie sind, was für ein Fehler es war, Rudolf zu heiraten, war es nicht so?«

»Schluß jetzt!« schreitet Axel energisch ein. Unwillkürlich greift er nach Sophies Hand und drückt sie kurz. »Sie antworten darauf nicht. Niemand kann Sie zu einer belastenden Aussage zwingen, weder hier noch vor Gericht.«

Claudia Tomasetti, nicht im mindesten aus dem Konzept gebracht, lehnt sich in ihrem Stuhl zurück und zündet sich mit gelassenen Bewegungen eine Zigarette an, die sie schon vorher gedreht haben muß. So, wie man eine Requisite bereitlegt, ehe der Vorhang aufgeht. Tatsächlich kommt es Axel vor, als spiele sie Theater.

Sie beherrscht ihre Rolle. Jetzt folgt ein Szenenwechsel: Sie bläst den Rauch in die Zimmerecke und gönnt ihrem Publikum ein weiches Lächeln. Ihre nächsten Worte klingen wie die Zeilen eines zephirischen Gedichts: »Die Nacht war mondhell ...«, sogar die kleine Pause ist wohlgesetzt, »... und es lag frisch gefallener Schnee.« Ihre Stimme ist cremig wie Tiramisu. Axel sieht unweigerlich das Bild einer mondbeschienenen Waldlichtung mit silbrigen Tannen vor sich. Sein Unbehagen wächst.

»Geschlossene Schneedecke und siebzehn Grad minus in der Nacht, das ist in unseren Breiten selten vor Weihnachten, nicht wahr?« Die Frage ist scheinbar an niemand Bestimmten gerichtet. Sophie ist verwirrt. Sie sieht Axel fragend an und der sagt kurzangebunden: »Das mag sein.«

»Ein idealer Abend also für die Jagd. Die Fuchsjagd. Solche Bedingungen lassen jedes Jägerherz höher schlagen, nicht?«

»Schon möglich«, antwortet Sophie.

»Benutzte Ihr Mann für die Fuchsjagd immer denselben Hochsitz?«

»Das weiß ich nicht. Ich war nie dabei.«

»Aber ich weiß es«, antwortet Claudia Tomasetti. »Vom Jagdpächter Pratt. Ihr Mann wählte fast immer diesen Hochsitz, weil sich dort ein Luderplatz befindet. Ihnen brauche ich ja nicht zu erklären, was das ist.«

Sophie nickt.

»Es war also voraussehbar, daß Ihr Mann einen solchen Abend, vier Tage vor Vollmond, zur Fuchsjagd ausnutzen würde?«

»Das ist reine Spekulation«, interveniert Axel. Er hat endlich verstanden, worauf sie hinaus will.

Claudia überhört seinen Einwand. »Ist Ihr Bruder ein guter Jäger?«

»Ja.«

»Jagt er auch Füchse?«

»Selten.«

Wieder sorgt ein rascher Themenwechsel für Irritationen: »Was glauben Sie, Frau Kamprath, wie lange muß ein Mensch bei siebzehn Grad Minus regungslos auf einem zugigen Hochsitz ausharren, um zu erfrieren?«

Beinahe hätte Axel »Einspruch«, gerufen, aber er besinnt sich noch rechtzeitig darauf, wo er sich befindet.

»Das kann meine Mandantin unmöglich beurteilen, da müssen Sie schon einen Arzt fragen.«

Claudia nickt. »Laut Obduktionsbericht wurden keine Spuren von Gift oder Schlafmittel gefunden. Allerdings ist da eine Verletzung des linken Schläfenbeins ...«

»Wie wir bereits festgestellt haben, kann niemand sagen, ob diese Verletzung vor oder nach dem Tod entstanden ist«, unterbricht Axel, aber Claudia läßt sich nicht beirren.

»... die unter Umständen tödlich sein kann, zumindest aber zur Bewußtlosigkeit führt. Laut Bericht war die Todeszeit zwischen elf und eins. Vielleicht hat jemand Ihrem Mann aufgelauert, ihn niedergeschlagen und den Rest hat die Kälte erledigt. Die Person mußte bloß noch Gewehr und Rucksack auf den Hochsitz schaffen.«

»Und der Leiche den Kaffee einflößen«, ergänzt Axel.

»Den kann er schon im Auto getrunken haben«, versetzt Claudia. »Der Täter kann auch erst gekommen sein, als Herr Kamprath schon eine Weile auf dem Hochsitz saß. Er wurde heruntergelockt oder er ist vom Hochsitz gestiegen, weil ihm die Person bekannt war.«

Axel ist ein bißchen enttäuscht von Claudia Tomasetti. Sie hätte eigentlich wissen müssen, daß sie mit dieser Geschichte nicht durchkommt. Er merkt nicht, daß er es ist, der sich auf dem Holzweg befindet und fragt: »Wie hätte meine Mandantin denn überhaupt ins Revier kommen sollen? Sie hat kein eigenes Auto, keinen Führerschein ...«

»Ich war dort.«

Wie? Hat er da eben richtig gehört?

Claudia Tomasetti sieht Sophie an. »Würden Sie das bitte wiederholen«, sagt sie freundlich und nicht sehr überrascht. Zumindest zeigt sie es nicht. Axel spürt, wie eine Faust nach seinem Magen greift.

»Ich war dort. Ich bin ihm gefolgt.«

»Sophie«, zischt Axel, »was reden Sie da?«

»Wie sind Sie ihm gefolgt?« fragt Claudia Tomasetti, aber ehe Sophie antworten kann, geht Axel dazwischen.

»Einen Moment. Ich möchte sofort mit meiner Mandantin allein sprechen.«

»Bitte«, sagt Claudia und weist mit nonchalanter Geste auf die Tür. Axel steht auf. »Kommen Sie, Frau Kamprath.«

»Nein«, sagt Sophie bestimmt. »Ich bleibe. Ich werde alles sagen. Jetzt und hier.«

Axel beugt sich zu ihr hinunter. »Sophie!« sagt er leise, »was soll das? Das ist doch blanker Unsinn. Warum belasten Sie sich? Diese … diese Theorie der Frau Kommissarin ist nicht beweisbar. Ich bitte Sie, lassen Sie uns allein darüber reden!«

»Nein«, sagt Sophie bestimmt, »Sie lassen mich jetzt reden.« Axel setzt sich wieder hin. Er kommt sich vor wie ein Schüler, der getadelt wurde. Die Situation ist außer Kontrolle, er versteht die Welt nicht mehr.

Sophie sieht jetzt nur noch Claudia Tomasetti an. »Es gab Streit an diesem Abend. Mein Mann hat mich belogen. Er hat mir erzählt, daß seine Exfrau gestorben wäre, und er hat mir verschwiegen, daß er unfruchtbar ist. Das habe ich wenige Tage vorher von Frau Mohr erfahren. Ich haßte ihn. Ich bin meinem Mann in Marks Wagen nachgefahren. Mark ist ein Student, er wohnt gegenüber, bei Frau Weinzierl. Er hat mir einmal angeboten, daß ich das Auto haben kann, wenn ich es brauche. Ein Zweitschlüssel liegt immer im Handschuhfach, hat er gesagt, und das Auto ist nie abgeschlossen.«

»Sie können also Auto fahren?« stellt Claudia fest, als hätte sie es bereits geahnt.

»Ja«, antwortet Sophie. »Ich mußte als Kind schon Traktor fahren. Wenn ich die Strecke kenne und keine Wegweiser lesen muß, geht es.«

»Sie sind Ihrem Mann im Wagen Ihres Bekannten ins Jagdrevier gefolgt. Und dann?«

»Ich habe gewußt, wo er immer auf Füchse ansitzt. Ich bin hin und habe ihn gerufen. Er ist vom Hochsitz gestiegen, und da habe ich ihm einen großen Ast an den Kopf geschlagen.«

»Das stimmt doch hinten und vorne nicht!« ruft Axel dazwischen. »Merken Sie denn nicht, daß Frau Kamprath das nur behauptet, um ihren Bruder zu schützen? Nicht wahr, Sophie, das ist es doch?«

»Ich war allein dort«, sagt Sophie stur, aber sie sieht ihn nicht an.

»Und dann?« fragt die Kommissarin.

»Dann?«

»Ja. Wie ging es weiter?«

»Er fiel um. Ich dachte, er wäre tot. Dann bin ich gegangen und nach Hause gefahren.«

Axel schließt für einen Moment die Augen: Was bin ich für ein Idiot! Ich bin schuld an allem, ich hab's vermasselt, und zwar gründlich. Da rede ich mit ihr über mysteriöse Todesfälle und Träume! Schnüffle in ihrem Nähzimmer herum, anstatt mit ihr über das Wesentliche zu sprechen, das, was sie wirklich berührt. Der Bruder ist Sophies Achillesferse, das hat die Tomasetti glasklar erkannt, nur ich nicht, ich Trottel. Ich hätte wissen müssen, daß er der Schlüssel zu allem ist, schon nach dem Gespräch mit Anneliese Gotthard. Warum habe ich es nicht getan? Weil ich mich geniert habe, über so ein Thema zu reden. Ich habe es verdrängt, wie ein verklemmter Moralist. Jetzt bekomme ich die Quittung. Meine Klientin redet sich um Kopf und Kragen, und ich muß hilflos zusehen.

Er hat die letzten Sätze, die zwischen Claudia Tomasetti und Sophie gewechselt worden sind, nur halb mitbekommen. Es ging darum, wann Sophie beim Hochsitz angekommen ist und wann sie wieder zu Hause war, aber Sophies Angaben sind unpräzise, so daß Claudia Tomasetti jetzt zum Ende kommt: »Wir werden ein Protokoll anfertigen, das Sie dann unterschreiben. Können Sie das?«

»Ja.«

Axel wagt einen letzten Versuch: »Frau Tomasetti, ich bitte Sie! Sie wissen so gut wie ich, daß das Schutzbehauptungen sind, die gewiß keiner Prüfung standhalten. Das alles ist doch absurd!«

»Herr Kölsch, Ihre Mandantin hat soeben ein Geständnis abgelegt. Sogar …«, hier lächelt sie boshaft, »… im Beisein ihres Anwalts. Soll ich das ignorieren?«

Im Beisein ihres Anwalts. Das sitzt. Die Frau versteht es, Tiefschläge zu landen. Er ist ein Versager, sie hat vollkommen recht. Was wird wohl Karin Mohr dazu sagen?

»Frau Kamprath will ihren Bruder schützen, das ist doch offensichtlich. Sie und ihr Bruder sind, wie soll ich sagen …« Sophies Blick bringt ihn zum Schweigen. So hat sie ihn noch nie angesehen, nicht einmal vorhin, als er wie ein ertappter Dieb in ihrem Nähzimmer stand. Es überläuft ihn kalt. Er denkt an Sophies Mutter, und an die Großmutter, die »kalte Sophie«. Kein Wunder, daß solche Blicke die Phantasie der Leute anregen.

Axel steht wortlos auf. Er fühlt sich gedemütigt. Aber er hat kein Recht, sich in Sophies Intimsphäre zu mischen, nicht einmal, um sie vor einer Verhaftung zu bewahren. Was ihm wahrscheinlich sowieso nicht gelingen würde.

»Frau Kamprath, Sie wissen, daß ich Sie jetzt vorläufig in Haft nehmen muß«, erklärt Claudia Tomasetti nüchtern, während sie zum Telefonhörer greift. »Sie werden binnen vierundzwanzig Stunden dem Haftrichter vorgeführt, der dann entscheidet, ob sie inhaftiert bleiben oder nicht.«

»Ja, das weiß ich«, sagt Sophie und dreht sich langsam zu Axel um, der unschlüssig hinter ihr stehen geblieben ist. »Ich hätte eine Bitte.«

»Ja?«

»Könnten Sie die Einzelheiten mit dem Bestattungsinstitut für mich regeln?«

Axel nickt stumm.

»Er kommt ins Familiengrab, zu seiner Mutter. Nehmen Sie einen einfachen Sarg, aber nicht den billigsten. Dazu einen Kranz mit einem schwarzen Band, auf dem mein Name steht. Nur Sophie, sonst nichts. Und setzen Sie eine Todesanzeige in die Zeitung.«

Für Axel klingt es, als diktiere sie ihm die Einkaufsliste fürs Wochenende.

»Welcher Text soll in der Anzeige stehen?«

Sie zuckt die Schultern. »Suchen Sie was Passendes aus.«

Strenge Blicke aus kalten Huskyaugen haften auf seinem Gesicht, als Axel eine halbe Stunde später die Vorkommnisse im Polizeipräsidium schildert und mit den Worten abschließt: »Es ist meine Schuld, ich hätte vorher mit ihr über ihren Bruder sprechen sollen.«

»Na, großartig!«

Ist das alles, denkt Axel, und gleichzeitig: Was hast du erwartet? Lob? Trost?

Ohne ein weiteres Wort steht sie auf, geht um ihren Schreibtisch herum und bereitet sich einen Espresso zu.

»Auch einen?«

Zum Teufel mit diesem Scheiß-Espresso! Axel merkt, wie er wütend wird und er weiß nicht einmal, warum.

»Nein!«

Die Maschine faucht. Als Karin mit der Tasse zurückkommt, lächelt sie, aber es ist ein oberflächliches Lächeln. »Nehmen Sie's nicht tragisch, Axel. Mandanten tun häufig völlig unvorhersehbare Dinge. Ich habe schon die tollsten Sachen erlebt, sogar im Gerichtssaal. Die Leute lassen einen manchmal ganz schön alt aussehen.«

Immerhin wirft sie ihm nicht vor, versagt zu haben. Doch wo bleibt ihre Anteilnahme an Sophies Schicksal, einer Frau, an der sie noch vor kurzem so interessiert war?

»Wie geht's jetzt weiter?« fragt Axel.

»Sophie muß ihr Geständnis widerrufen, das ist klar.«

»Das wird sie nicht tun, so wie ich sie kenne.«

»Mal sehen. Ich werde morgen selbst mit ihr sprechen und sie zum Haftprüfungstermin begleiten.«

Ihre Arroganz wurmt ihn kolossal. Klar, er hat sich nicht gerade Lorbeerkränze errungen, aber was macht diese Frau so sicher, daß ihr nicht dasselbe passiert wäre? Glaubt sie wirklich, sie braucht morgen nur zum Termin zu erscheinen und alles löst sich in Wohlgefallen auf?

»Haben wir nicht vor zwei Tagen besprochen, den Fall einem Fachanwalt für Strafrecht zu übergeben, falls es so weit kommen sollte?«

Ihr Blick wird eine Nuance kühler.

»Trauen Sie mir etwa keine kompetente Strafverteidigung zu?«

»Doch, durchaus«, antwortet Axel gereizt, »Sie haben ja ausreichend persönliche Erfahrung damit.«

Tiefes Atemholen, dann fragt sie: »Woher haben Sie es?«

»Gerichtsklatsch.«

Ihr Blick hält seinem stand, sie sitzen sich gegenüber wie zwei Schachgroßmeister vor den entscheidenden Zügen.

»Ich hätte es Ihnen sagen sollen.«

»Finde ich auch.«

»Tut mir leid.«

Ihre Zerknirschung ist gespielt, so gut kennt Axel sie inzwischen, und diese Unaufrichtigkeit ärgert ihn. Sie ärgert ihn so, daß er ohne zu überlegen herausplatzt: »Sie haben mir noch mehr nicht gesagt. Zum Beispiel, daß Sie an dem

Abend, als unser Mandant Schwalbe umkam, im *Tropicana* Fitneß-Center waren.«

»Wie kommen Sie denn darauf?« fragt sie, völlig erstaunt. Ihre perfekte Schauspielerei treibt ihn noch höher auf die Palme.

»Jemand hat sich an Ihr *Lavazza*-T-Shirt erinnert.«

Ihr rechter Mundwinkel beginnt unkontrolliert zu zukken.

»Keine Sorge, die Polizei weiß nichts davon.«

»Denken Sie wirklich, ich habe den Schwalbe umgebracht?«

»Das habe ich nicht gesagt.«

»Aber angedeutet. Sie sollten allmählich etwas vorsichtiger sein, Herr Kölsch.«

Die plumpe, hilflose Drohung ist für Axel ein erdrückender und gleichzeitig bedrückender Beweis ihrer Schuld. Ihr Blick bekommt etwas Feindseliges. Das ist heute schon das zweite Mal, denkt Axel, daß ich derart vernichtend angesehen werde. Wenn das bloß keine Folgen hat!

Das Telefon schnurrt, und Karin wendet ihm den Rücken zu, während sie über die Fristverlängerung einer Räumungsklage verhandelt. Sie scheint nicht so recht bei der Sache zu sein, denn sie wiederholt sich und stellt mehrmals die gleichen Fragen, was sonst nicht ihre Art ist.

Als sie auflegt, hat sie sich offenbar entschieden, das Thema Schwalbe von der scherzhaften Seite zu betrachten. »Axel, das kann nicht Ihr Ernst sein. Was wäre ich für eine Geschäftsfrau, wenn ich einen unserer finanzkräftigsten Klienten umbringen würde?«

»An den Erbstreitigkeiten verdienen wir auch nicht schlecht«, bemerkt Axel trocken. »Aber Mord aus Geldgier traue ich Ihnen nun wirklich nicht zu.«

»Dann bleibt als Motiv wohl nur noch die Liebe«,

spöttelt Karin. Axel spürt die gespannte Wachsamkeit, die sich hinter ihrer Mokanz verbirgt.

»Oder Mitleid. Sie selbst haben mir von Schwalbes Frau erzählt.«

»Habe ich das?« fragt sie mit einer Prise Unsicherheit in der Stimme.

»Im *Havana*. Sie erwähnten damals eine Brasilianerin. Das war doch die Frau vom Schwalbe, oder etwa nicht? Sie haben sie im Frauenhaus kennengelernt. Bei Ihrer Beratungsstunde. Deshalb ist sie nach seinem Tod gleich zu Ihnen in die Kanzlei gekommen.«

»Sie vergessen, daß ihr Mann bereits unser Mandant war«, schießt Karin zurück. »Warum sollte sie sich an eine fremde Kanzlei wenden?« Axel könnte sich in den Hintern treten, für dieses Eigentor.

»Ich bezweifle, ob die Frau wußte, daß ihr Mann unser Klient war«, pariert er, aber es klingt nicht einmal in seinen Ohren sehr überzeugend.

Karin hat die Situation wieder unter Kontrolle. »Mein lieber Axel«, seufzt sie, »wenn ich alle Männer umbrächte, deren Frauen mir was vorjammern, wäre ich allein damit restlos ausgelastet.«

»Sie hassen Männer wie Schwalbe ...«

»Wer tut das nicht?« wirft sie ein.

»... und wie Kamprath.«

»Oh, meinen Exmann habe ich also auch auf dem Gewissen!« Ihre Stimmt klingt jetzt, als hätte sie über Nacht im Eisfach gelegen: »Ich finde, langsam reicht es, Axel. Sie haben heute Ihre erste größere Niederlage erlitten. So etwas ist gewiß schwer zu verdauen. Aber das rechtfertigt noch lange nicht, daß Sie jetzt blind um sich schlagen und mit wüsten Verdächtigungen um sich werfen. Ich bitte Sie jetzt, mein Büro zu verlassen. Morgen erwarte ich eine Entschuldigung von Ihnen. Anderenfalls sollten wir darüber nachdenken, ob unser Arbeitsverhältnis unter diesen Umständen fortgesetzt werden kann.«

Axel steht auf. Mit der Miene eines Zockers, der sein Blatt auf den Spieltisch wirft, zieht er einen Schlüsselbund aus seiner Jackentasche und legt ihn ihr auf den Schreibtisch.

»Ihre Wagenschlüssel. Danke fürs Leihen.« Im Frühjahr wollte er sich ein Auto kaufen. Daraus wird wohl nichts werden. Seine Chefin noch in der Probezeit des Mordes zu bezichtigen, wirkt sich selten fördernd auf die Karriere aus.

Wortlos und ohne ihn dabei anzusehen nimmt Karin die Schlüssel in die Hand. Er ist schon an der Tür, als sie ruft: »Axel!«

Er dreht sich um. Sie steht neben ihrem Schreibtisch, genau wie damals, als er zum ersten Mal dieses Büro betreten hat.

»Wenn Sie … falls Sie nichts anderes vorhaben, sollten Sie vielleicht heute abend noch mal mit Sophies Bruder sprechen.« Ihr Ton hat sich völlig geändert, er ist butterweich, und sie hält die Schlüssel in der ausgestreckten flachen Hand. So, wie man einem Pferd ein Stück Zucker hinhält.

Axel lächelt zaghaft. »Meinen Sie wirklich?«

»Mir ist gerade eingefallen, daß ich morgen nachmittag nicht zu Sophies Haftprüfungstermin kann, weil ich einen Klienten empfangen muß.« Die unverhüllte Lüge wird von einem mädchenhaft schüchternen Lächeln begleitet. »Sie müssen die Angelegenheit also alleine zu Ende bringen. Ich bin sicher, Sie schaffen das.«

Ist das ein Angebot zur Versöhnung? Der Preis für sein Schweigen in der Sache Schwalbe?

In ihren Augen ist jetzt keine Spur von Zorn mehr zu sehen. Wie an Schnüren gezogen geht er auf sie zu. Als er vor ihr steht und nach den Schlüsseln greifen will, schlingt sie beide Arme um seinen Hals. Ehe Axels Hirn die Schrecksekunde überwunden hat, hat sein Körper längst reagiert: Er hält ihren Körper dicht an seinen gepreßt, und ihre Lippen berühren sich.

Axel treibt den Golf durch die Kurven. Es ist kurz nach fünf, aber bereits stockdunkel, als er vor Anneliese Gotthards Anwesen parkt. Er stapft durch den verschneiten Garten, schon wieder hat er die falschen Schuhe an. Im Sommer ist dieser Garten sicher ein kleines Paradies. Er fragt sich zum wiederholten Mal, was ihn schon wieder hierher treibt. Aber Anneliese Gotthard ist einfach der einzige Mensch, mit dem er momentan über die Ereignisse reden möchte, und vielleicht kann er sich noch ein paar Ratschläge holen, wie er am besten mit Christian Delp umgeht.

Die alte Dame scheint nicht überrascht zu sein, ihn so bald wiederzusehen, und wenig später sitzt er wieder auf dem abgewetzten Sofa. Drei Katzen aalen sich um ihn herum. Für die Tiere gehört er anscheinend bereits zur Familie. Oder zum Mobiliar. Die Gastgeberin steht gekrümmt wie ein Komma im Raum, es sieht aus, als versuche sie eine Weinflasche zwischen den Knien zu zerquetschen, während sie ohne Erfolg am Korkenzieher reißt.

»Darf ich?« Axel nimmt die Flasche und den etwas krummen Korkenzieher entgegen. In diesem Haushalt ist fast alles krumm, alt und angeschlagen. Ganz anders als bei seiner Mutter, die das ererbte Porzellangeschirr nach und nach durch Billigzeug und Tupperware ersetzt hat. Axel fühlt sich in diesem Haus von einer unaufdringlichen Geborgenheit eingehüllt. Vielleicht liegt es auch nur am Duft des Holzfeuers. Ich werde noch zum Romantiker denkt er selbstironisch und öffnet die Flasche, wobei der Korken zerbröselt. Sie schenkt den 90er *Barolo* in zwei Gläser, die nicht zusammenpassen. Mit einem Löffel fischt sie die gröbsten Korkbrocken heraus.

Währenddessen berichtet Axel in zynischen Ton der Selbstanklage von den Ereignissen des Tages. Sie unterbricht ihn nicht. Als er bei Sophies Geständnis angelangt ist, zieht sie lediglich die Augenbrauen hoch. Am Ende bittet sie ihn: »Erzählen Sie mir noch einmal genau, woher Sophie vom Tod ihres Mannes wußte.«

»Sie sagte, sie hätte es geträumt.«

»Mehr nicht?«

»Nur, daß sie am Morgen, nach diesem Traum, völlig sicher gewesen sei, daß ihr Mann tot war. Weil Träume Wahrheit wären, oder so ähnlich. Klingt verrückt, nicht wahr?«

Ihr strenger Blick veranlaßt Axel, seine letzte Bemerkung umgehend abzuschwächen. »Ich meine … ungewöhnlich.« In gewissen Dingen kann die Lehrerin a. D. sehr pedantisch sein.

»Ein Traum also«, sagt Anneliese Gotthard mehr zu sich selbst und nickt dabei, als hätte Axel ihr lediglich bestätigt, was sie schon wußte. Unwillkürlich muß er an seinen Traum von heute morgen denken.

»Man sagt, daß Träume die geheimen Wünsche der Seele sind«, sagt Anneliese Gotthard.

Axel fühlt sich ertappt. Es ist dasselbe Gefühl, das er manchmal in Gegenwart von Karin Mohr verspürt: als stünden seine Gedanken auf seiner Stirn geschrieben, wie die Untertitel eines Films. Er nimmt einen gehörigen Schluck Wein.

»Sophie hat zugegeben, daß sie ihrem Mann den Tod wünschte. Ich verstehe das alles nicht«, gesteht er.

»Er hat es geträumt, also muß es wahr sein.«

»Wie bitte?«

»Eine Redewendung bei den Irokesen. Sie hatten eine hochentwickelte Traumkultur. Sie vertrauten ihren Träumen absolut und ordneten ihr Handeln ihren Träumen konsequent unter. Nur so konnte ihre Kultur einigermaßen überleben. Den Träumen in den Januarnächten, den Rauhnächten, maßen sie die größte Bedeutung bei. Deshalb fand jeden Januar eine kollektive Traumdeutung statt, an der das ganze Dorf aktiv teilnahm. Sie nannten diese Zeremonien die ›Traumriten‹. Das war ein kluges Vorgehen, denn Traumdeutung ist eine schwierige und nicht ungefährliche Sache. Der einzelne wird damit leicht überfordert oder sogar in die Irre geleitet.

»Interessant«, sagt Axel, der mit ihrem völkerkundlichen Exkurs nichts Rechtes anzufangen weiß.

Sie sieht ihn an, als ob sie abwägen müßte, wieviel sie ihm noch zumuten kann, dann spricht sie weiter: »Was ist denn die Wahrheit, Axel? Was ist die Wirklichkeit? Das, was Sie täglich in der Zeitung lesen, im Fernsehen sehen? Was andere Ihnen erzählen? Teilweise bekommen wir die Lügen doch schon in die Wiege gelegt, denken Sie bloß mal an das Ritual der Taufe. Oder ist Ihre Wahrheit das, was Sie mit Ihren wachen Sinnen erfassen? Wissen Sie nicht, wie trügerisch und verlogen unsere Sinne sein können? Unsere sogenannte Wahrheit ist imaginär und subjektiv und unser Wissen unvollkommen.«

Als Axel dazu schweigt, nimmt sie einen Schluck Wein und fährt fort: »Vielleicht wissen Sie, daß sich Träume der Sprache der Mythen, also der Symbolsprache, bedienen. Diese Symbole, man nennt sie auch Archetypen, sind überall auf der Welt im Lauf von Jahrtausenden entstanden. Es ist die einzige Sprache, die bei allen Menschen gleich ist. Erich Fromm nennt sie die ›Sprache des universellen Menschen‹.«

»Ein faszinierender Gedanke«, stimmt ihr Axel zu und versucht, sie so behutsam wie möglich zum Gegenstand ihrer Unterhaltung zurückzuführen. »Aber Sophie …«

»Wir sollten Sophies Erklärung nicht so ohne weiteres

als verrückt abtun«, doziert Anneliese Gotthard, die offensichtlich in ihrem Element ist. »In unseren Träumen äußert sich ja nicht nur unsere animalische Natur«, bei diesen Worten lächelt sie ihn an und registriert belustigt, wie Axel rot anläuft, »sondern auch unser besseres Selbst. Manchmal sind wir im Schlaf intelligenter und weiser als im Wachzustand. Weil wir im Schlaf frei sind, keinen Gesetzen, keiner Ratio unterworfen sind. Im Wachzustand ignorieren wir viele positive Eindrücke und lassen zu, was uns verdummt. Ich denke da zum Beispiel ans Fernsehen. Wir unterdrücken Ängste, leugnen, was wir nicht verstehen, verdrängen, was uns nicht in den Kram paßt. Der Traum ist eine andere Form des Seins und durch ihn, sofern wir ihn verstehen und richtig zu deuten wissen, gewinnen wir oft tiefere Einsichten in die Dinge. Machmal ist es von der Einsicht zur Voraussicht nur ein kleiner Schritt.« Sie lächelt wieder. »Auch wenn Sigmund Freud die Existenz präkognitiver Träume leugnet. Aber sogar der irrte sich bisweilen.«

»Sie wissen eine Menge über solche Dinge«, meint Axel tief beeindruckt.

»Ich habe ein bißchen was gelesen. Jung, Fromm und natürlich Freud. Ich habe ja viel Zeit dazu. Sie sollten sich einmal mit der Materie beschäftigen, es ist sehr aufschlußreich. Gerade für Sie, wo Sie doch als Anwalt viel mit Menschen zu tun haben.«

»Ich werde mir die einschlägige Literatur vornehmen«, verspricht Axel, »sobald diese Sache hier erledigt ist.«

Das ist für sein Gegenüber der Anlaß, sich ebenfalls konkreteren Dingen zuzuwenden: »Wie hat eigentlich Ihre Chefin auf Sophies Verhaftung reagiert?«

»Gelobt hat sie mich nicht gerade.«

»Das war auch nicht zu erwarten.«

»Morgen ist Haftprüfungstermin«, lenkt Axel schnell ab.
»Was werden Sie tun?«

»Ich werde vorher noch mal mit Christian Delp sprechen und außerdem alles daran setzen, diesen Bronski oder wie immer er heißen mag aufzutreiben.«

Zumindest eine gute Idee ist ihm an diesem fatalen Nachmittag noch gekommen: Er hat sich an Frau Gotthards Bemerkung erinnert, wie gut Sophie zeichnen konnte. Ehe er wie ein geprügelter Hund aus dem Polizeipräsidium geschlichen ist, hat er Claudia Tomasetti aufgefordert, Sophie eine Zeichnung von Mark anfertigen zu lassen.

»Vielleicht findet man den Kerl im Bundeszentralregister«, sagt er jetzt zu Anneliese Gotthard. »Er kann vielleicht beweisen, daß Sophie lügt, was die Sache mit dem Auto betrifft.«

»Die Geschichte mit dem Auto klingt unglaubwürdig«, stimmt sie ihm zu. »Aber was heißt das schon? Das Leben übertrifft häufig die kühnsten Spekulationen.«

Wie wahr, denkt Axel und murmelt: »Ich hätte nicht gedacht, daß sie so karrieregeil ist.«

»Wer?«

»Komissarin Tomasetti. Die weiß ganz genau, daß Sophie unschuldig ist.«

»Sophie ist nur Mittel zum Zweck. Ein Köder, sozusagen.«

»Für Sophies Bruder«, ergänzt Axel.

»Er hatte die Möglichkeit und ein Motiv. Ich kann mir denken, daß er immer genau wußte, wann und wo sein Schwager bei der Jagd war. Schon, um ihm aus dem Weg zu gehen.«

»Aber wenn es nicht so war? Wenn es tatsächlich ein Unglücksfall war, und Sophies Bruder nichts zu gestehen hat?«

»Dann müßt ihr Anwälte Sophie helfen.« Sie schenkt Wein nach. Er schimmert in schwerem Granatrot, duftet herb nach schwarzen Beeren und schmeckt ein wenig erdig. »Das Problem ist, daß diese Polizistin eines vermutlich nicht einkalkuliert hat: Christians Charakter.«

»Wie meinen Sie das?«

Sie sieht bekümmert aus, als sie sagt: »Was passiert, wenn Christian ebenfalls etwas gesteht, was er nicht getan hat? Er hat seiner Schwester immer geholfen, also wird er es auch diesmal tun.«

An diese Möglichkeit hat Axel noch gar nicht gedacht. Himmel, das Ganze scheint sich auf einmal zu einer Familientragödie auszuwachsen.

»Ich will Sie ja nicht rauswerfen, aber ich denke, Sie sollten tatsächlich so bald wie möglich mit Christian sprechen. Ehe er eine Dummheit begeht.«

»Sie haben recht«, sagt er und macht Anstalten aufzustehen, aber sie streckt die Hand aus. »Ihr Glas sollten Sie schon noch in Ruhe austrinken. Wäre ja schade drum.«

6

Schroff ragt das steile Dach in den Nachthimmel, alle Fenster sind dunkel. Axel parkt den Wagen vor der Haustüre. Ob er schon Bescheid weiß? Bestimmt. Die Tomasetti darf keine Zeit verlieren, wenn ihr Plan funktionieren soll. Vielleicht sitzt Christian Delp schon auf dem Polizeirevier und erzählt dort eine ähnliche Geschichte, wie seine Schwester ein paar Stunden zuvor? Ist seine Geschichte die Wahrheit? Möglicherweise hat die Tomasetti gute Gründe, ihm diese Falle zu stellen, mit Sophie als Köder.

Falle – Köder, Opfer – Beute, Jäger – Polizisten. Dasselbe in grün. Deshalb heißt es auch »Polizeirevier« und »Spurensicherung«. Wie verräterisch Sprache sein kann, entdeckt Axel, während er an die Tür klopft. Nichts regt sich. Drüben, im neonbeleuchteten Stall des Bauernhofs, hört er etwas scheppern. Axel geht über den Hof. Als sich auf sein »Hallo« niemand meldet, zwängt er sich durch die schwere Schiebetür in den Stall. Wärme hüllt ihn ein und ein scharfer Geruch raubt ihm fast den Atem. Der Stall hat zwei Gänge und bietet Platz für mindestens sechzig Kühe. Axel kennt Kühe lediglich als schwarz-weiße Flecken neben der Landstraße. In einem Stall war er noch nie. Die Tiere stehen brav auf ihren Plätzen und glotzen vor sich in den Futtertrog, worin sich etwas befindet, das aussieht wie aufgeweichtes Frühstücksmüsli. Kiefer malmen, Ketten rasseln, Schwänze schlagen auf Holz, rhythmisch pumpt die Melkmaschine. Ab und zu erhellt das fröhliche Platschen eines Urinstrahls die dumpfe Kakophonie der Stallgeräusche. Axel wirft einen besorgten Blick auf seine Schuhe. Er fragt sich, ob Kühe im Stehen schlafen. Über den Stellplätzen befinden sich kleine Schultafeln mit den Namen der Tiere und einer Menge Daten, hingekritzelt in Kreide. Manche Tafeln zieren zusätzlich farbige Plaketten. Wofür erhalten Kühe Orden? Noch immer »hallo« rufend geht Axel in wohldosiertem Abstand an den strammen Hinterteilen von »Evita«, »Dolli«, »Hermine« und »Sandra« vorbei. Eine weizenblonde Frau in schweren Stiefeln taucht unter einer Kuh hervor, deren Schwanz hochgebunden ist. Die Frau wischt sich die Hände an ihrer blauen Latzhose ab und kommt auf ihn zu.

»Frau Heckel?«

Sie nickt. Axel stellt sich vor und fragt nach Christian Delp.

Ihre unverhohlen belustigte Miene zeigt ihm an, wie deplaziert er hier in seiner Bürokleidung wirken muß. Fehlt bloß noch, daß ich ein Handy aus der Tasche zaubere.

Sie macht keine Anstalten, ihm die Hand zu geben, was Axel mit Erleichterung zur Kenntnis nimmt. Die Frau ist ungefähr in seinem Alter und in anderer Aufmachung wäre sie vielleicht sogar hübsch.

»Keine Ahnung«, antwortet sie. »Ins Wirtshaus geht er meistens am Freitag, mittwochs kaum. Kann sein, daß er zum Jagen ist. Weit kann er jedenfalls nicht sein. Sein Auto ist da. Der Jeep, hinter dem Stall.« Sie deutet vage in die Richtung.

»Danke«, sagt Axel und schickt sich an, diesen intensiv duftenden Ort wieder zu verlassen. Neben dem Eingang befinden sich fünf Kälberboxen, aber nur zwei davon sind belegt. Die Kälber sind nicht angekettet. Eines steht auf sehr wackeligen Beinen und Axel entnimmt der Tafel über der Box, daß das Tier »Sabrina« heißt, Tochter von »Sandra«, und erst zwei Tage alt ist. Warum sind Sabrina und Sandra nicht in einer Mutter-Kind-Box? Hat dieses Landvolk denn gar kein Herz? Eine Bemerkung liegt ihm auf der Zunge, aber er bremst sich. Die Bäuerin würde ihn im günstigsten Fall für sentimental halten, eher aber für einen arroganten Stadtmenschen, der heute die niedlichen Kälbchen bedauert und morgen *Ossobuco* bestellt.

Das andere Kalb ist deutlich größer. Es ist ein Stier mit Namen »Heribert«, Sohn von »Hermine«, sein Geburtsdatum ist der zwanzigste Dezember.

Axel zeigt auf Heribert. »Der ist an dem Tag auf die Welt gekommen, als Rudolf Kamprath starb.«

»Ja«, seufzt Frau Heckel, »der Herrgott gibt's, der Herrgott nimmt's.« Sie tätschelt Heriberts graue, feuchte Schnauze. Ihr Gesicht nimmt dabei einen weichen, beinahe zärtlichen Ausdruck an.

»Ja, der Heribert«, seufzt sie erneut. »Den Abend werde ich nicht so schnell vergessen. Den haben die Hermine und ich ganz alleine rausgekriegt. Meine erste Kälbergeburt, die ich alleine machen mußte. Und dann ist der noch quer gelegen! Ich kann Ihnen sagen! Bis zu den Achselhöhlen habe ich reinfassen müssen, damit ich den Burschen umdrehen konnte.«

»Beachtlich.« Axel schluckt.

Sie lächelt stolz. »Was blieb mir anderes übrig? Mein Mann war bei der Jahreshauptversammlung vom Schützenverein, er ist der Kassenwart, der Tierarzt ist unterwegs in den Graben gerutscht und als ich in meiner Not zum Delp rüber bin, da lag der so besoffen auf seinem Kanapee, daß ich gern auf ihn verzichtet habe.«

»Wissen Sie noch, wann das war?«

»Als der Heribert kam? So gegen zehn Uhr abends.«

»Nein. Als Sie bei Christian Delp waren.«

»Ungefähr eine gute Stunde vorher. Mich hat schon gewundert, daß der um die Zeit nicht im Wirtshaus hockt, so wie sonst am Freitag. Wahrscheinlich war ihm da zu viel Krawall.«

»Krawall?«

»Adventssingen vom Kirchenchor. Ich war auch eingeladen, obwohl ich gar nicht singe, aber wegen der Hermine bin ich dageblieben.«

»Sie sind also gegen halb neun zu Christian Delp in die Wohnung gegangen …«

»Nein«, unterbricht sie ihn, »in die Werkstatt. Dort brannte Licht. Aber mit dem war nichts anzufangen, deshalb mußte ich die Sache allein durchziehen. Nicht wahr, Heribert?« Sie streckt ihm die Hand hin und Heribert saugt gierig an ihrem Zeigefinger.

»Sind Sie ganz sicher, daß er betrunken war?« fragt Axel heiser.

Sie stemmt die Fäuste in die Hüften und sieht ihn mitleidig an. »Mein lieber Herr …«

»Kölsch.«

»… ich bin seit zehn Jahren verheiratet. Sie dürfen mir glauben, ich weiß, wie ein besoffenes Mannsbild aussieht! Außerdem ist mir die Schnapsfahne schon an der Tür entgegengeschlagen. Der muß schon am Nachmittag angefangen haben, so wie der beieinander war. Manchmal hat der so Anwandlungen, da schüttet er sich zu bis zum Rand, einfach so.«

»Und was taten Sie dann?«

»Dann? Dann bin ich schleunigst wieder zur Hermine gegangen. Sie ist schließlich unsere zweitbeste Milchkuh. Aber als ich nachts um elf endlich aus dem Stall rauskam, da hat's da drüben einen Schlag getan, und ich hab' gedacht: Jetzt hat's ihn die Treppe runtergehauen. Ich hab' kurz reingeschaut, und da ist er gerade in seine Wohnung hochgeschwankt. Er hat mich gar nicht bemerkt. Aber Hauptsache, die Hermine hat alles gut überstanden.«

»Ja, das ist erfreulich«, sagt Axel und tätschelt Heribert die blonden Stirnlöckchen. Ein strammes Kerlchen. Er wagt nicht zu fragen, was mit ihm geschehen wird. Wahrscheinlich *Ossobuco*. »Frau Heckel, würden Sie diese Angaben auch vor der Polizei bestätigen?«

»Warum nicht«, antwortet sie gleichmütig. »Wenn die Polizei mich danach fragt.« Sie nimmt einen Eimer mit schaumiger Milch auf. Der Anblick erinnert Axel an Cappuccino. Als es aus ihrer Brust tutet, setzt sie den Eimer wieder ab, reißt den Klettverschluß der Brusttasche auf und meldet sich mit: »Was gibt's?«.

Während die Bäuerin in einen absolut unverständlichen Dialekt umschaltet und in das Handy spricht, steht Axel etwas verloren zwischen den Rindern herum. Eine Kuh namens »Gerlinde« wendet den Kopf und blinzelt ihm kokett zu. Sehr schöne Augen. Melancholischer Blick. Axel lächelt ihr zu, Gerlinde klappt ihren speicheltropfenden Unterkiefer herunter.

Axel kommt zu dem Entschluß, daß er hier nichts mehr verloren hat. Er beendet den Flirt mit Gerlinde und verabschiedet sich von ihr und Frau Heckel mit einem saloppen Winken. Gerlinde sieht ihn traurig an, hebt den Schweif, schon zieren spinatfarbene Sprenkel die maronibraunen italienischen Schuhe. Die Bäuerin nickt ihm lediglich freundlich zu. Noch immer das Handy am Ohr, verschwindet sie in der kleinen Milchkammer, die sich an den Stall anschließt.

Axel tritt hinaus in die eiskalte Nachtluft und atmet tief durch. Den Stallgeruch wird er so schnell nicht aus der Nase bekommen, von den Kleidern gar nicht zu reden. Was wird Karin sagen, wenn ihr Auto nach Exkrementen riecht? Er zwingt sich, nicht an sie zu denken, es verwirrt ihn zu sehr. Schließlich gibt es im Moment Wichtigeres.

Christian Delp hat also ein Alibi. Claudia Tomasetti, das wär's dann gewesen, mit deinem hinterhältigen Plan! Mit schnellen Schritten geht er zurück zum Stall, wo die Bäuerin gerade aus der Milchkammer kommt. Axel deutet auf ihren Busen: »Entschuldigen Sie, Frau Heckel. Dürfte ich mal telefonieren?«

Claudia sucht auf ihrem Schreibtisch nach Tabak und Feuerzeug, als Valentin Förster den Kopf durch die Tür streckt.

»Du bist noch da?«

»Nein, was du vor dir siehst ist mein Klon.«

»Ich habe ihn.«

»Den Bronski?«

»Wie einer bloß auf den Namen kommen kann! Er heißt Jürgen Lachmann. Wehrdienstverweigerer. Vielmehr, Totalverweigerer. Steht auf der Fahndungsliste.« Er wedelt mit Sophies Zeichnung und einem Computerausdruck vor Claudias Nase herum.

»Hör auf, der ganze Tabak fliegt weg! Das ist gut. Jetzt müssen wir ihn bloß noch finden.«

»Fahndung ist schon raus.«

»Brav«, lobt sie.

Valentin setzt sich auf die Kante ihres Schreibtisches.

»Warum hast du das gemacht?«

Sie weiß sofort, wovon er spricht. »Ich will ihren Bruder.«

»Und wenn er's nicht war?«

»Valli, du hast ihn doch erlebt, als wir ihn vernommen haben. Du hast seinen Schreibtisch gesehen, mit den gerahmten Bildern von seiner Schwester, fein säuberlich abgestaubt und frische Blümchen dazwischen. Das war ein Altar!«

»Nicht jeder kann in einer Müllhalde arbeiten«, wirft er ein.

»Und wie mimosenhaft er reagiert hat, bei jeder Frage, die seine Schwester anging.«

»Ja«, erinnert sich Valentin, »ein verschrobener Typ ist er schon. Willst du meine Meinung hören?« fragt er, und redet sofort weiter: »Dem Delp traue ich zu, daß er seinen Schwager im Streit, meinetwegen auch im Suff, erschießt. Aber ihm auflauern, ihn niederschlagen und Rucksack und Gewehr auf den Hochsitz schaffen, damit es aussieht, als ob er eingeschlafen und runtergefallen wäre ... das paßt nicht zu ihm. Wenn es tatsächlich so war, dann ist das eher die Vorgehensweise einer Frau.«

»Natürlich«, höhnt Claudia, »ich weiß, was du sagen willst: Männer töten ehrlich, Frauen heimtückisch.«

»Nein, aber ...«

»Chauvi!«

»Zicke!«

Claudia wirft ihm eine Kußhand zu. »Ich habe Hunger. Kommst du mit zu *mamma*?«

Die geschmorten Wachteln an Petersilienschäumchen mit Steinpilzen, die er letztes Mal im Restaurant der Tomasettis genossen hat, sind Valentin Förster noch in bester Erinnerung und für das gefüllte Kaninchen mit Rosmarin würde er glatt sterben.

»Ich bin am Abnehmen.«

»Es gibt diese Woche Seezunge in Riesling, frische Rebhühner mit Trüffelfarce und Kastanienpüree ...«

Sei stark, sagt er sich, zeige Charakter und denk an den Autoreifen, der einmal deine Taille war.

»... und *Ossobuco*. Von *papa* selbst zubereitet.«

Er schüttelt den Kopf. »Was ist, wenn der Delp nicht gesteht?«

Sie schaut an ihm vorbei, ihre zuckenden Nasenflügel verraten ihm, daß sie sich längst nicht so sicher fühlt, wie sie tut.

»Einer von den beiden war's, entweder er oder sie. Wenn er es war, wird er früher oder später gestehen, wenn nicht, war sie es.«

»Du machst es dir verdammt einfach. Das ist doch sonst nicht deine Art, was ist denn los?«

Claudia antwortet unwirsch: »Gar nichts. Ich lasse mich bloß nicht gerne verarschen. Man wirft nicht ohne Konsequenzen mit Geständnissen um sich, das muß sogar eine Sophie Kamprath lernen.«

»Wurmt dich der Rüffel wegen Schwalbe immer noch? Muß jetzt unbedingt ein Mörder her? Mußt du dir dafür ausgerechnet die schwächste Person aussuchen? Du bist doch sonst so für *Fair play*!«

Statt einer Antwort drückt sie den Zigarettenstummel zwischen zwanzig anderen aus, nimmt ihre Jacke vom Haken und geht zur Tür. »Also, was ist? Kommst du jetzt mit?«

Förster steht auf und nimmt ebenfalls seinen Mantel. »Nein, heute nicht.«

Zu sensibel für den Polizeidienst, grollt Claudia. Das Schnurren des Telefons auf ihrem Schreibtisch wird vom Geklappper ihrer Absätze übertönt, als beide stumm und verdrossen den Gang entlang zum Ausgang gehen.

Ohne sich bewußt zu sein, wie und weshalb er dahin gekommen ist, findet sich Axel erneut auf der Türschwelle von Christian Delps Haus wieder. Er überhört die mahnende Stimme des Juristen in ihm und drückt die Klinke. Die Tür gibt nach. Er schaltet das Licht an, es ist ihm egal, ob die Bäuerin ihn bemerkt. Als erstes fällt sein Blick auf den Schreibtisch gegenüber der Tür, daneben steht das bewußte Kanapee, auf dem Christian Delp seine Räusche auszuschlafen pflegt. Der Raum riecht schwach nach Sägemehl und streng nach Chemikalien. Christian Delps Schnapsfahne muß wirklich beachtlich gewesen sein, wenn die Heckel sie trotzdem schon von der Tür aus wahrnehmen konnte. Aber bei Frauen ist der Geruchssinn ohnehin besser entwickelt. Und nicht nur der, denkt Axel, dessen männliches Ego in den letzten Tagen arg gebeutelt worden ist. Die Mitte der Werkstatt nimmt ein großer Arbeitstisch mit zwei Stühlen und einer verschrammten Holzplatte ein. Darauf liegt ein umgestülpter Federbalg. Die Haut ist mit Sägemehl eingestaubt, das aus einer Holzkiste unter dem Tisch stammt. Axel kann nicht erkennen, um welchen Vogel es sich handelt, das Ganze sieht aus wie ein Wiener Schnitzel im Indianerkostüm. Neben dem Federbalg liegt ein Föhn, eine Spule Garn, diverse Messer und ein Skalpell. Axel prüft seine Schärfe, wobei er sich prompt den Daumen anritzt. Er flucht leise. Von der linken, fensterlosen Wand aus beobachten Vögel mit starren Glasaugen sein Tun. Sie gruppieren sich rund um einen Hirschkopf mit ausladendem Geweih, es ist noch mächtiger als das Exemplar in Kampraths guter Stube. Ein Fuchs kauert vor dem Schreibtisch und linst hinüber zu einer riesigen Eule mit orangeroten Augen. Vielleicht ein Uhu. Manche Tiere sind fertig, andere haben noch Nadeln und Papierstreifen in Fell und Gefieder stecken. Auf einem kleineren Tisch vor dem Fenster befinden sich etliche Tuben und Töpfe mit Farben, dazu Kleber, Pinsel, Spachtel in allen Größen und eine Zigarrenkiste mit Murmeln in unterschiedlichen Farben und Größen. Erst bei genauerem Hinsehen bemerkt Axel, daß es Glasaugen sind. Eine Ente, die auf einer krummen, bemoosten Wurzel steht, ist gerade in Bearbeitung, ihr linkes Bein ist in der Farbe von künstlichem Lachs bemalt, das andere ist grau. Holzwolle quillt aus einem Karton, der neben dem Sofa steht, an der Wand darüber hängen ein paar Wiesel, Marder und ein Hamster vom Ausmaß einer Großstadtratte.

Allein beim flüchtigen Umsehen hat Axel schon vier Bilder von Sophie entdeckt. Zwei auf dem Schreibtisch, eines an der Wand, neben dem Regal mit den ausgekochten Tierschädeln und den Modellen aus Hartschaum, und eines neben dem Fenster, über dem Maltisch. Man kann sich kaum irgendwo in der Werkstatt aufhalten, ohne Sophie zu begegnen; Sophie auf einer Schaukel, die Aufnahme scheint die älteste zu sein, Sophie mit dem Schäferhundmischling ihrer Eltern auf den unteren Sprossen einer Leiter sitzend, Sophie im Schwarzweiß-Portrait,

Sophie und Christian vor einer Hauswand, an der sich ein blühender Rosenstrauch emporrankt. Ein Gefühl sagt Axel, daß dies das letzte Foto vor Sophies Heirat ist. Stolz lächelt er auf seine Schwester hinunter, die er im Arm hält. Wie sagte Claudia Tomasetti noch in der Kneipe zu ihm? ›Manche Dinge sprechen für sich.‹

Ein rot-weiß gestreifter Vorhang, der vor einer Nische angebracht ist, weckt seine Neugier. Dahinter brennt Licht, es muß zusammen mit der Deckenlampe angegangen sein. Er schiebt den Vorhang zur Seite. Auf der Ablage einer weiß emaillierten Spüle, die von zwei geräumigen Kühltruhen eingerahmt wird, stehen eine rote, ziemlich verkalkte Kaffeemaschine, eine angebrochene Packung Filtertüten und zwei Köpfe, denen die Haut abgezogen wurde. Die Augen quellen hervor, als würden sie jeden Moment aus den Höhlen kippen. Das rohe Fleisch schimmert feucht im Licht der nackten Glühbirne, die sich über den blaßgelben Kacheln der Spüle befindet. Die Gehörne sind gut entwickelt, das erkennt Axel. Was einmal die Gesichter der Rehböcke waren, schwimmt nun im Spülbecken und erinnert ihn an die Stützstrumpfhosen seiner Mutter, die sie Jahr und Tag im Waschbecken einweichte. Die Lauge riecht streng, es muß was Schärferes als Persil sein.

Axel tritt zurück, wobei er gegen eine altmodische Wäscheschleuder stößt. Die linke Kühltruhe beginnt drohend zu knurren. Rasch zieht er den Vorhang wieder zu. Wirklich, ein interessanter Beruf.

Auf dem Schreibtisch liegt ein Block mit weißem Papier, darauf ein Füllfederhalter. Wer schreibt heute noch mit so etwas? Judith, fällt ihm ein, Judith hat ihre Briefe — sie unterhielt eine rege Korrespondenz mit ihren Exliebhabern — immer mit so einem Füller geschrieben. In lila Tinte.

Aber Axel kann nicht erkennen, mit welcher Tinte

Christian Delp schreibt, denn das oberste Blatt ist leer, genauso wie alle anderen.

Er setzt sich auf den Stuhl vor den Schreibtisch und grübelt: Christian Delp hat ein Alibi. Aber er weiß nichts davon. Wie reagiert ein Mensch wie er auf die Verhaftung seiner Schwester? Ganz klar, er wird Sophie helfen wollen, so wie sie ihm im Moment zu helfen glaubt. Wahrscheinlich ist das eine Reflexhandlung bei den beiden. Sie haben schon immer füreinander gelogen, nur so konnten sie sich einigermaßen im Leben behaupten. Christian und Sophie gegen den Rest der Welt. Es erscheint logisch, wie ein Naturgesetz: Christian muß seine Schwester entlasten, indem er beweist, daß er der Schuldige ist. Durch ein Geständnis seinerseits. Ob Christian seinem Schwager tatsächlich etwas angetan hat oder nicht, spielt dabei keine große Rolle. Sein Geständnis muß überzeugender sein als Sophies, anderenfalls steht sein Wort gegen das ihre. Es muß den Charakter der Endgültigkeit haben. Immer wieder klingen ihm Anneliese Gotthards Worte in den Ohren: »Sie sollten noch mal mit ihm sprechen. Ehe er eine Dummheit begeht.«

Ein schriftliches Geständnis und dann ein Selbstmord, das wäre in Christians Augen sicherlich das geeignete Mittel, um seine Schwester reinzuwaschen. Neigen Typen wie er nicht von Natur aus dazu, dramatische Dinge zu tun? Axel wird unangenehm heiß. Eine Vorstellung zwängt sich in seinen Kopf: Christian Delp, wie er, den Brief in der Tasche, das Gewehr über der Schulter, im Wald herumläuft und nach einer Stelle sucht, um ... Wozu suchen? Es gibt eine Stelle, die geradezu prädestiniert ist, um ein eindeutiges, endgültiges Zeichen zu setzen: den Hochsitz.

»Warum ißt du nicht mehr?« fragt Maria vorwurfsvoll. »Hast du eine Ahnung, was für ein Aufwand es war, um diese Jahreszeit frische Erbsen zu kriegen?« Sie hat ein neues Rezept ausprobiert: Rigatoni mit Erbsen in Sahnesauce. Doch Karin hat nach wenigen Bissen die Gabel hingelegt.

Sie steht auf, geht hinüber ins Wohnzimmer und gießt sich einen Kognak ein. Maria kommt ihr nach.

»Was ist los?«

Karin setzt sich auf die Armlehne des Sessels und kippt den Kognak hinunter. »Hast du meine Karte vom Fitneß-Studio noch?«

»Ich denke schon.«

»Was heißt, du denkst? Hast du sie oder hast du sie nicht?«

»Ja, ich habe sie noch.«

Im Herbst hat Karin die Mitgliedskarte des *Tropicana* an Maria abgegeben, weil sie selbst zu wenig Zeit zum Trainieren fand und der Vertrag erst in diesem Frühjahr ausläuft. Sie hat die Angelegenheit mit dem Besitzer des Studios unterderhand geregelt.

»Gehst du noch hin?«

»Nein. Der Laden gefällt mir nicht.« Maria schenkt sich ebenfalls einen Kognak ein und wandert mit dem Glas im Zimmer herum.

»Du warst an dem Abend dort, an dem ich bei der Adventsfeier vom Juristenstammtisch war.«

»Kann sein. Was soll die Fragerei? Probst du für eine Verhandlung?« Maria trinkt hastig und fängt prompt an zu husten. Sie ist Alkohol nicht gewohnt, und schon gar nicht in so konzentrierter Form.

Geduldig wartet Karin das Ende des Hustenanfalls ab.

»Ich erinnere mich, daß ich beim Nachhausekommen über deine Sporttasche gestolpert bin und das nasse Handtuch und mein T-Shirt, aufgehängt habe.«

»Wollen wir jetzt die Hausordnung diskutieren, oder was?« Maria zupft an einem Farn herum, der auf einer steinernen Säule vor dem Fenster steht.

»Maria, ich habe nichts dagegen, daß du dir meine Klamotten ausleihst, solange du darin keine Leute umbringst.«

Maria öffnet stumm den Mund. Sie kommt auf Karin zu und vergräbt den Kopf in ihrem Schoß. Beinahe automatisch streicht Karin mit der Hand über Marias dichtes Haar. Obwohl es sehr kräftig aussieht, fühlt es sich an wie Seide.

»Warum?« fragt Karin nach langem Schweigen.

Maria läßt sich neben sie in den Sessel fallen.

»Immer wenn du vom Frauenhaus gekommen bist und mir von deinen Fällen erzählt hast, mußte ich an Pia denken.«

Karin legt den Arm um Marias Schultern. Es ist meine Schuld, wirft sie sich vor. Maria hat das Verbrechen an ihrer Schwester noch längst nicht überwunden, auch wenn sie nicht mehr davon spricht. Ich hätte diese Probleme von ihr fernhalten sollen.

»Wie bist du auf Schwalbe gekommen? Rede ich neuerdings im Schlaf?«

»Nein. Du hast von einer Brasilianerin erzählt und daß der Typ Juwelier ist.«

»Und weiter?«

»Ich habe das nicht geplant«, beteuert Maria, »es ist einfach so passiert. Er ist da im Studio herumstolziert wie ein Gockel und hat die Frauen abgecheckt. Ich kannte ihn nicht und habe ihn nicht beachtet. Bis eine Frau, die neben mir an der Bauchmaschine saß, gesagt hat: ›Der Juwelen-Schwalbe kommt auch bloß her, um Frauen anzugaffen. Dabei hat er doch daheim so eine Kaffeebraune.‹ Da hat's bei mir geklingelt. Die Frau war geschwätzig und nach ein paar Minuten wußte ich: Das ist das Schwein. Später, im ersten Stock, hat er dann eine Show mit seinen Gewichten abgezogen. Lag da, mit Schweiß im Gesicht, und hat gestöhnt, als ginge ihm gerade einer ab. Es war widerlich! Ich konnte nur noch an die arme Frau denken und an das

Kind. Ich habe ständig das Bild vor mir gesehen, wie sich diese Sau auf so einem kleinen Kind herumwälzt.« Maria schüttelt sich.

»Und dann?«

»Du kennst doch diese weißen Gymnastikstöcke, die man sich so in den Nacken klemmt ...«

»Und so einer ist dir dann ausgerutscht«, ergänzt Karin und muß, ohne es zu wollen, ein wenig lächeln.

»Exakt zwischen die Rippen.« Maria schaut Karin ruhig in die Augen. »Es hat gut getan, wenigstens mal einen von ihnen zu kriegen. Es tut mir nicht leid.«

Karin antwortet nicht. Ihr fallen ohnehin nur Plattheiten ein wie: ›Ist dir klar, daß dein Leben ruiniert sein könnte wegen so einem Schwein? Wo kämen wir hin, wenn jeder Selbstjustiz üben würde?‹ oder ›Davon wird Pia auch nicht wieder lebendig.‹

Sie denkt daran, daß Marias Schwager möglicherweise in wenigen Wochen entlassen werden kann. Sie wird in Zukunft gut auf Maria aufpassen müssen.

Inzwischen sind beide in den Sessel gerutscht und halten sich gegenseitig fest, als säßen sie in einem zu kleinen Boot.

»Wie hast du es rausgekriegt?« will Maria wissen.

»Unser tüchtiger junger Anwalt hat Detektiv gespielt.«

»Weiß er ...« Maria schnellt erschrocken hoch, aber Karin legt ihr die Hand auf die Schulter.

»Nein. Du kannst ihn am Leben lassen. Er denkt, daß *ich* im Studio war.« Sie lächelt. »Aber ich war ja beim Juristenstammtisch, das läßt sich beweisen, im Notfall. Aber dazu wird es erst gar nicht kommen.«

»Bist du sicher?«

»Die Staatsanwaltschaft hat das Ermittlungsverfahren mehr oder weniger auf Eis gelegt. Es war ein Unfall. Und unseren kleinen Petrocelli, den habe ich ganz gut im Griff.«

Axel holpert so schnell es die vereisten Schlaglöcher zulassen den Waldweg zur Hütte entlang. Inzwischen sind die Spurrillen so ausgefahren, daß er befürchtet aufzusitzen. Er schafft es bis zur Hütte und fährt auch noch das letzte Stück, bis zur Abzweigung des Pirschwegs, den er in der Dunkelheit beinahe verpaßt. Er setzt den Wagen an den Wegrand, in einen gefrorenen Schneehaufen, aus dem er wahrscheinlich ohne Hilfe nicht mehr herauskommen wird. Aber das ist ihm im Moment egal. Wenn er schon bei Sophie so kläglich versagt hat, dann muß er jetzt wenigstens ihren Bruder vor einer Panikreaktion bewahren.

Hustend und rutschend arbeitet er sich voran. Der Himmel über dem Odenwald ist pechschwarz. Gestern war Neumond. So steht es jedenfalls in seinem Terminkalender in der Kanzlei. Was die Mondphasen in einem Terminkalender zu suchen haben, war ihm bis zu dieser Stunde unklar.

Wind kommt auf, kalt und scharf wie ein Messer. Schnee durchweicht die italienischen Schuhe.

Mond oder nicht Mond, er wird es auch so schaffen. Einfach gar nicht an die Kälte denken. Denk an was anderes. Er ruft sich die heutige Szene in Karins Büro in Erinnerung; ihre unerwartet weichen Lippen, dieser herbe Duft ihres Haars, ihr fester Körper, der sich gegen seinen drängte ... Prompt spürt er ein heißes Kribbeln in seinem Bauch und noch ein Stück tiefer. Wer weiß, wohin die Sache getrieben wäre, wenn nicht Frau Konradi an die Tür geklopft hätte, um ihren Feierabend anzukündigen. Zum Glück weiß die Frau, was sich gehört.

Was hatte das zu bedeuten? Wie wird es weitergehen? Will ich überhaupt, daß es weitergeht?

Verdammt, wo geht es denn hier jetzt weiter? So langsam müßte doch diese Lichtung kommen. Die Spuren, die ihn gestern so praktisch geleitet haben, sind bei dieser Dunkelheit nicht zu erkennen. Er ahnt gerade mal die

Schatten der Bäume, und selbst das nicht immer: Schon zweimal hat er sich den Kopf an einem Ast geschrammt. Eigentlich müßte er längst da sein. Er ist schon eine halbe Stunde gegangen, das letzte Stück sogar stramm bergauf. Neulich war doch der Weg nicht so weit. Jetzt steht er auf einem Hügel, er merkt es vor allen Dingen daran, daß der Wind noch unangenehmer geworden ist. Stimmt, da war diese Anhöhe, und dahinter das kleine Tal mit dem Bach. Aber so steil war der Hügel doch gar nicht, oder? Axel muß sich, erstens, eingestehen, daß er die Orientierung verloren hat und, zweitens, daß sein exquisiter, kognakfarbener Mantel aus Kaschmir-Alpaka-Gewebe gerade so warm hält, als trüge er eine Gardine am Leib. Wie hat die Verkäuferin gesagt: »Sie brauchen hier keinen dicken Mantel. Darmstadt ist das Tor zu Bergstraße, und dort fängt bekanntlich Italien an.«

Auch die farblich abgestimmten Handschuhe aus Rentierkalbleder können nicht verhindern, daß seine Finger, einer nach dem anderen, klamm werden. Seine Zehen spürt er schon eine ganze Weile nicht mehr. Er versucht diesen lästigen Begleiterscheinungen keine Beachtung zu schenken und stapft durch den verharschten Schnee, langsamer als am Anfang, aber gleichmäßig, wie eine Maschine. Zum Stehenbleiben ist es sowieso zu kalt.

Der Wald hört nicht auf. Wenn er wenigstens wüßte, ob er schon zu weit gegangen ist. Seine Hose ist bis hinauf zu den Knien gefroren. Mit der Kälte, die langsam in seinen Körper eindringt, sickert auch die Erkenntnis in sein Hirn: Es ist idiotisch, was ich da mache! Wahrscheinlich komme ich sowieso zu spät. Außerdem kann dieser Kerl überall sein, weiß der Teufel wo. Warum sollte er ausgerechnet zu diesem Hochsitz gehen? Weil es Täter immer wieder an den Tatort treibt? Schwachsinn! Wahrscheinlich treibt es ihn eher zu einem romantischen Plätzchen, an dem er und Sophie ihre heimlichen Stunden verbracht haben. Und noch viel eher treibt es ihn bei dieser Kälte ins warme Wirtshaus, wo er vielleicht gerade sein fünftes Bier mit Schnaps bestellt, während ich mir hier den Arsch abfriere! Welcher Mann nimmt sich heutzutage noch das Leben, um eine Frau vor dem Gefängnis zu bewahren? Dafür hat man schließlich Anwälte! Helden werden nicht mehr gebraucht. Von Frauen schon gar nicht. Bestimmt ist Christian Delp nicht halb so verrückt, wie ich ihn einschätze.

Ein bißchen spät, diese Einsicht, was, Axel Kölsch? Wenn hier einer in Panik geraten ist und verrückte Dinge tut, dann du!

Jetzt ist Schluß, sagt sich Axel, ich gehe zurück. Als hätte er ein militärisches Kommando erhalten, wendet er sich um und setzt sich wieder in Bewegung. Aber bereits nach wenigen Minuten ist er nicht mehr sicher, ob er sich noch auf der Spur befindet, auf der er gekommen ist. Er bleibt stehen und versucht etwas zu erkennen. Der Nachthimmel verschluckt die Schatten der Bäume. Nicht stehenbleiben! Immer weiter, immer vorwärts. Vorwärts? Was bedeutet vorwärts, wenn man nicht einmal weiß, woher man kommt? Eine geradezu philosophische Frage.

Bei Schopenhauer hat er einmal gelesen, daß die menschliche Existenz bloß eine Vorstellung sei, oder so ähnlich. Die genauen Worte hat er sich nicht gemerkt, weil ihm die Sache damals, als Oberstufenschüler, gar zu verrückt erschien. Ihm fällt Anneliese Gotthards Theorie über die Wahrheit ein. Bestimmt hat die auch Schopenhauer gelesen. Demnach ist das alles hier pure Einbildung? Sinnestäuschung? Die Dunkelheit, die Äste, die ihm ins Gesicht schlagen, die Nadelstiche in seinen Fingern, die Taubheit seiner Füße, die Kälte, die ihm an den Knochen nagt, die seine Eingeweide zusammenzieht und ihm den Atem nimmt, der Schmerz in seinem Brustkorb, alles ein Hirngespinst?

Zum Teufel mit Schopenhauer, der hilft dir jetzt nicht

weiter. Reiß dich gefälligst zusammen! Allmählich merkt Axel, wie er müde wird. Am liebsten würde er sich irgendwo hinsetzen. Vielleicht unter die dichten Zweige einer jungen Fichte, wo kein Schnee liegt und dieser gemeine Wind ihn nicht erreichen kann. Wo verkriechen sich eigentlich Tiere bei solcher Kälte, wie halten die sich warm?

Ich darf mich nicht hinsetzen, sagt er sich sofort. Ich darf nicht mal daran denken. Hinsetzen bedeutet aufgeben. Dann wird diese elende Kälte mich lähmen, wie ein Gift wird sie sich im Körper ausbreiten, eine Funktion nach der anderen zum Erliegen bringen, mich nach und nach mit Gefühllosigkeit erfüllen, so wie meine Füße. Was stirbt wohl als letztes? Herz? Lunge? Hirn? Axel verbietet sich solche Szenarien. Ich finde zurück, ganz bestimmt. Zurück, zurück. Immer wieder taucht das Bild von Anneliese Gotthards Küchenherd vor ihm auf. Es ist zum Inbegriff für Wärme und Sicherheit geworden.

Plötzlich wird der Schnee noch höher. Dafür kann er jetzt besser sehen. Das muß die Lichtung mit dem Hochsitz sein! Er erkennt sie wieder, er glaubt es wenigstens, hofft es. Der Wind fegt mit frischer Kraft über den baumlosen Flecken. Axel versucht so gut es geht, den hüfthohen Verwehungen auszuweichen. Krachend bricht die festgefrorene Schneedecke bei jedem seiner Schritte ein. Seine Augen gewöhnen sich an die Umgebung, und ihm ist, als ob er da oben, am Hang, die Silhouette des Hochsitzes erkennt. Der Anblick mobilisiert seine Kräfte, er geht schneller.

Er hat sich nicht getäuscht, da ist der Hochsitz. Keuchend lehnt er sich an die Leiter. Als sich sein Atem beruhigt hat, späht er nach oben. Es ist nichts zu erkennen. Zu dunkel. Außerdem ist sich Axel ziemlich sicher, daß da oben nichts ist.

Da! Da ist es wieder. Aufgeregt starrt Frau Weinzierl auf die dunklen Fenster von Sophies Wohnung. Sie hat sich also vorhin doch nicht getäuscht. Da ist ein Lichtstrahl, der pfeilschnell durch das Nähzimmer huscht, wie ein Sputnik. Was ist das, eine Kerze? Nein, eher eine Taschenlampe.

Was treibt diese Hexe denn jetzt wieder, daß sie nicht einmal das elektrische Licht dazu einschaltet? Wieder hat sie Sophie nicht nach Hause kommen sehen, hat schon gehofft, sie hätten sie dabehalten, wo sie hingehört: im Gefängnis. Aber auf die Polizei ist auch kein Verlaß, das hat sie heute morgen schon schmerzlich erfahren müssen.

Noch immer blickt sie wie hypnotisiert nach draußen. Der schmale Neumond steht jetzt genau über dem Dachfirst. Was geht da drüben vor? Der Lichtkegel hat sich in eine Zimmerecke verkrochen und schimmert jetzt kaum noch wahrnehmbar durch die Scheibe. Warum läßt sie nicht die Rolläden herunter, wenn sie nicht gesehen werden will? Nicht einmal die Vorhänge sind zu. Was ist das nun wieder für ein Theater, das sie für mich inszeniert? Eine spiritistische Sitzung? Ein satanisches Ritual? Geisterbeschwörung?

Frau Weinzierl stöhnt auf. Diese Frau treibt mich noch in den Wahnsinn! Wahrscheinlich ist es genau das, was sie will. Sie wendet sich ab und geht in die Küche, denn auf einmal spürt sie dieses trockene Kratzen in ihrem Hals und die Luft strömt nur noch wie durch einen Schwamm gefiltert in ihre Lunge. Als sie am Spiegel vorbeikommt, erschrickt sie. Die Person da drinnen, ist das wirklich noch sie selbst? Ihr Haar zeigt am Ansatz einen verräterischen grauen Streifen und sieht aus, als wäre es auf dem Kopf explodiert. Sepiabraune Schatten liegen unter ihren geröteten Augen mit den überweiten Pupillen, die Wangen sind schlaff und käsig, bedeckt von unregelmäßigen roten Flecken, wie eine Landkarte. Der Lippenstift ist verschmiert und ihr Kinn, das in drei Schichten in den Hals übergeht, zittert. Mit hastigen Schlucken trinkt sie ein Glas Leitungswasser und legt ihr Sprühfläschchen bereit.

»Sie macht mich fertig«, flüstert sie. »Sie will mich zerstören. Warum nur, was habe ich ihr getan?«

Am liebsten würde sie in der Küche bleiben oder sich unter die Bettdecke verkriechen, aber das Wohnzimmerfenster, vielmehr Sophies Nähzimmerfenster, zieht sie magisch an. Da ist eine Gestalt! Sie trägt ein langes Kleid und bewegt sich hin und her. Was macht sie? Fast sieht es so aus, als ob sie tanzt. Der Lichtkegel bewegt sich und fällt jetzt genau auf die Puppe. Sie trägt keinen Schleier mehr über dem Kopf. Frau Weinzierl stockt das Blut. Ihr Schrei kommt als heiseres Würgen heraus. Wie eine Betrunkene stolpert sie zum Telefon.

Langsam läßt sich Axel auf die Holzbank sinken. Herrlich, nicht mehr gehen zu müssen, wenn auch nur für ein paar Minuten. Der Wind hat nachgelassen, und ab und zu kommt die fadendünne Mondsichel hinter einer Wolke hervor. Seine Augen gewöhnen sich nach und nach an die Lichtverhältnisse. Unter ihm schimmert das Schneefeld und der Bach ist ein krummer Scheitel, der das kleine Tal teilt. Seltsamerweise befällt ihn jetzt nicht dieses unheimliche Gefühl, das er gestern empfunden hat, als er an dieser Stelle saß. Vielleicht, so spöttelt Axel vor sich hin, hat sich Rudolf Kampraths Geist inzwischen davongemacht.

Schwerfällig zieht er seine steifen Beine hoch und legt die Arme um die Knie. Er muß an seinen Physiklehrer denken. »Die Kugel hat die kleinste Oberfläche.« Wo keine Oberfläche ist, kommt die Kälte nicht hin, jedenfalls nicht so sehr. Manchmal lernt man in der Schule doch was fürs Leben.

Wie friedlich es hier ist. Auf einmal kann er verstehen, warum jemand sich an diesem Platz die Nächte um die

Ohren schlägt. Bestimmt ging es Rudolf Kamprath gar nicht so sehr um die Fuchsfelle. Und schon gar nicht an jenem Abend. Anstatt sich nach dem Streit mit seiner Frau in einer Kneipe zu betrinken, wie es vielleicht ein nichtjagender Ehemann getan hätte, kam er hierher. Ja, so muß es gewesen sein. Axel sieht das Bild in eindringlicher Deutlichkeit vor sich: Rudolf Kampraths Tag ist anstrengend gewesen, soweit das bei einem Lehrer der Fall sein kann, und am Abend, als er heimkommt, gibt es eine heftige Auseinandersetzung mit Sophie. Sie konfrontiert ihn mit seinen Lügen und droht, ihn zu verlassen. Wütend setzt er sich ins Auto und fährt in das Jagdrevier. In seiner Erregung denkt er nicht daran, den Jagdherrn zu informieren. Es ist eine Flucht an den Ort, an dem man ihn endlich in Ruhe lassen wird. Auf dem Marsch zum Hochsitz kann er sich bereits ein wenig abreagieren und schließlich erreicht er den vertrauten Platz. Jetzt kann er endlich in Ruhe nachdenken. Er trinkt einen Becher heißen Kaffee, gewinnt mehr und mehr Abstand zu den alltäglichen Dingen, sein Ärger läßt nach, löst sich auf, Körper und Seele finden Entspannung. Es überkommt ihn dieses schwebende Gefühl der Empfindungslosigkeit, die Kälte spürt er jetzt nicht mehr … Dann ist er eingeschlafen, ganz friedlich.

Axel weiß, daß es so war. Die Gewißheit ist so absolut, daß sie ihn verblüfft. Er denkt an Sophies Worte: »Ich wußte, daß er tot ist. Und daß er ruhig gestorben ist.«

Axel kuschelt sich in seinen Mantel und lehnt den Kopf an den stabilen Eckpfeiler. Er friert jetzt nicht mehr. Nur einen Moment ausruhen, Kraft schöpfen. Dann gehe ich zurück, ich finde den Weg, ganz bestimmt finde ich ihn.

Das Bild von Anneliese Gotthards Herdfeuer ist das Letzte, was er wahrnimmt, ehe er sich dieser schwerelosen Leichtigkeit hingibt.

Claudia hält die Taschenlampe zwischen ihren Zähnen, während sie in Gedanken Försters Stimme hört, die etwas von einem richterlichen Durchsuchungsbefehl faselt.

Ach, Valli, wie recht du mal wieder hast. Aber falls Sophie morgen entlassen wird, ist es fraglich, ob ich den bekommen werde. Und ich will ja nur einen ganz kurzen Blick in dieses Nähzimmer werfen … Im Innern des Türschloßes knackt es leise. Claudia nimmt die Taschenlampe aus dem Mund und lächelt. Es war also doch nicht ganz umsonst, daß ich mir letztes Jahr diese Vorträge »Das sichere Haus« habe aufs Auge drücken lassen.

Der Lichtkegel tastet sich durch den Flur und verweilt an der Klinke der Nähzimmertür. Vorgestern, als sich Claudia und die beiden Beamten hier umsahen, konzentrierte sich die Aufmerksamkeit hauptsächlich auf Rudolf Kampraths Schreibtisch und den Schrank mit seiner Jagdkleidung. In Sophies Nähzimmer ist Claudia nur kurz gewesen. Trotzdem erinnert sie sich gut an die Schneiderpuppe, die als kahler Torso auf einem dreibeinigen Holzständer neben dem großen Tisch stand. Von einem Kopf, wie diese Weinzierl behauptet, war nichts zu sehen. Aber etwas anderes fiel Claudia auf: angebrochene Tuben mit Öl- und Acrylfarben auf der Kommode und ein Glas mit Pinseln. Zu diesem Zeitpunkt hatte Claudia nur den Gedanken, daß der gleichzeitige Umgang mit Farben und Stoffen in einem so kleinen Raum große Sorgfalt erforderte. Bei ihrem Hang zur Schusseligkeit wäre das garantiert schiefgegangen.

Jetzt, als sie Zentimeter für Zentimeter die Tür öffnet – sie kann sich selbst nicht erklären, warum sie so leise und verstohlen operiert – fällt der Lichtstrahl als erstes auf die Kommode. Die Farbtuben liegen immer noch da, außerdem zwei kleine Spachtel, eine Tube Klebstoff, ein spitzes Messer und ein Föhn. Eine ähnliche Ansammlung von Materialien und Werkzeugen hat sie erst kürzlich gesehen, und sofort fällt ihr ein, wann und wo: gestern, in Christian Delps Werkstatt.

Sie macht die Tür ganz auf.

Die Weinzierl hat recht, durchfährt es Claudia, als der Strahl der Lampe die Schneiderpuppe aus dem Dunkel reißt. Da ist ein Kopf drauf. Aber es hängt ein Tuch darüber. Unwillkürlich muß Claudia an Hitchcocks »Psycho« denken, der, jedenfalls bis zu diesem Augenblick, zu ihren Lieblingsfilmen gehört hat. Was, wenn Sophie die weibliche Ausgabe von Norman Bates ist? Eine Gänsehaut fließt ihr den Rücken hinab und sie bereut heftig, keinen Durchsuchungsbefehl beantragt zu haben. Dann wäre sie wenigstens bei Tageslicht und in Begleitung einiger Beamter hier. Und überhaupt, grollt sie, ist nur Valli schuld daran: Wenn der vorhin nicht den Beleidigten gespielt hätte, dann säße ich jetzt bei *Ossobuco* und *Barbaresco* bei *mamma* und müßte nicht im Schein der Taschenlampe auf dieses Ding da zugehen und das Tuch entfernen, um wer weiß was zu enthüllen.

Sie schöpft tief Atem. Sei nicht kindisch! Du bist die *Commissaria* und keine hysterische Gans! Mit zwei, drei entschlossenen Schritten, die Taschenlampe wie eine Waffe vor sich haltend, geht sie auf die Puppe zu, zieht das Tuch herunter und kann trotz bester Vorsätze nicht verhindern, daß ihr ein Schrei entfährt. Sie weicht zurück, als wäre sie gegen eine unsichtbare Wand geprallt und findet sich keuchend an die Toilettentür gelehnt wieder.

Dio mio, das gibt es nicht, das kann sie nicht getan haben! Ekel und Entsetzen lassen die Stehpizza, die sie unterwegs an einem Imbißstand hinuntergeschlungen hat, in ihrem Magen rotieren.

»*Mamma*!« flüstert sie und preßt kurz die Hand auf ihren Mund. »Ich glaub', ich muß kotzen!«

Sie wartet, bis ihre Nerven zu flattern aufgehört haben und sie wieder normal atmen kann. Die Übelkeit läßt nach. Erneut umklammert sie ihre Lampe. Von der halboffenen Tür aus fängt der Lichtstrahl die Puppe ein.

Claudia kennt Jürgen Lachmann, oder auch Mark Bronski, nur von Sophies Zeichnung und vom Fahndungsfoto. Aber sie hat sein Gesicht schon nach einer Sekunde erkannt. Das Werk ist perfekt. Ihre Empfindungen pendeln zwischen Abscheu und Neugier. Am Ende gewinnt ihre Neugier langsam die Oberhand. Mit der Lampe in der einen und dem Messer von der Kommode in der anderen Hand nähert sie sich Jürgen Lachmanns *alter ego*, wobei sie das Messer vor sich hält, als könnte er sie jeden Moment anspringen. Zitternd berührt das Metall die blasse Wange und den vollen Mund. Die Lippen glänzen feucht, wie eine frische Wunde. Zaghaft klopft sie mit dem Griff gegen den Kopf. Ein hohler Laut entsteht, und etwas, das wie Katzenstreu aussieht, rieselt auf den Parkettboden. Beinahe hätte Claudia laut losgelacht. Sie legt das Messer weg und streicht über die römisch geformte Nase, das markante Kinn, die kalten Augen. Gips. Sie zwirbelt eine Strähne des schulterlangen Haars zwischen ihren Fingern. Kunsthaar. Die Augen sind aus Glas. Er trägt ein langes Kleid aus einem dunklen, mattglänzenden Stoff, ein um den Hals geschlungener Schal verdeckt die Stelle, an der der Kopf mit dem Torso verbunden ist.

»Verrückt«, murmelt Claudia. Das Nachlassen ihrer inneren Spannung äußert sich in einem nervösen Gekicher.

Wißbegierig schiebt Claudia das Kleid der Puppe nach oben. Wer weiß, bis in welches Detail Sophies Hang zum Perfektionismus geht? Aber unter dem Kleid ist alles neutral, und Claudia schüttelt den Kopf. Am meisten über sich selbst. Einem Impuls gehorchend öffnet sie die oberste Schublade der Kommode. Was im Dämmerlicht aussieht wie ein von kleinen Tieren bevölkertes Nest, sind Perücken in verschiedenen Farben und Haarlängen, im ganzen neun Stück. Dazwischen Schleifen, Bänder, Borten, Schals und Stoffreste. In der zweiten Schublade sind noch mehr Farbtuben, zwei Gipstüten, Pinsel, Messer, Spachtel, eine Packung Ton und aufgerollte Bandagen. Die unterste Schublade ist die größte. Sie beherbergt drei leicht ramponierte Köpfe von Schaufensterpuppen und einen weiteren Gipskopf.

»Ja, wen haben wir denn da«, flüstert Claudia, als sie ihn vorsichtig herausnimmt und auf die Kommode stellt. Nacheinander probiert sie dem Kopf die Perücken auf, und als die mit den dunklen, langen Locken an der Reihe ist, muß Claudia grinsen. Die schmale Nase, der strenge Mund, die elegant geschwungenen Brauen – Karin Mohr, unverkennbar. Fast noch perfekter gemacht als dieser Mark.

Ob Rudolf Kamprath von dem makabren Hobby seiner Angetrauten wußte? Ob er diesen Kopf jemals gesehen hat, und wenn ja, wie hat er reagiert?

Der Vollständigkeit halber durchforstet sie auch den Kleiderschrank nach bekannten Gesichtern, aber da sind nur Kleider. Und was für Kleider! Claudia vergißt die Gipsköpfe und jegliche Vorsicht, legt die Taschenlampe auf die Kommode, so daß sie den Spiegel anleuchtet, nimmt ein auberginefarbenes – zumindest wirkt die Farbe bei dieser Beleuchtung wie aubergine – weit schwingendes Kleid aus dem Schrank und hält es sich an den Körper.

»*Bellissima*!« Widerstrebend hängt sie es zurück und greift nach einem engen, schwarzen Abendkleid. Mein Gott, wie schön! Eines schöner als das andere. Wann zieht die Frau die Dinger an? Am liebsten würde Claudia selbst eines anprobieren, obwohl sie Kleider eigentlich nicht ausstehen kann. Sie besitzt nur wenige und trägt sie nie. Als Kind haßte sie die bonbonfarbenen Rüschenfetzen, in die *mamma* sie jeden Sonntag zwängte. Aber hier könnte sie schwach werden.

Schlag dir das sofort aus dem Kopf! Vergiß nicht, wo du

bist, sagt sich Claudia streng, während sie sich hastig aus ihrer Jeans schält und sich ein langes, nachtblaues Wunder aus einem seidigkühlen Stoff über die Schultern gleiten läßt.

Nur dieses eine.

Hingerissen wiegt, biegt und dreht sie sich vor dem Spiegel. Sie muß das Kleid in der Taille zusammenraffen, Sophie dürfte mindestens Größe 44 haben, Claudia hat 38, und außerdem ist es ihr ein gutes Stück zu lang, aber trotzdem findet sie sich wunderschön darin. Irgendwie anders. Als hätte sie soeben eine ganz neue Seite ihres Ichs entdeckt. Was wohl dieser Axel Kölsch zu dem Kleid sagen würde? Wieso augerechnet der? Was hat denn der damit zu tun? Spinne ich jetzt komplett? »Einbruch« würde der dazu sagen!

Apropos Einbruch. Nicht mal an die Gardinen habe ich gedacht. Als Kriminelle müßte ich noch eine Menge dazulernen. Am sichersten wäre es, die Rolläden zu schließen, aber das fällt womöglich erst recht auf. Rasch zieht sie die Vorhänge zu und kehrt zurück an den Spiegel.

»Und was meinst du zu dem Kleid, Gipskopf? Nichts? Auch gut.«

Hoffentlich ist die Kamprath unschuldig, denkt Claudia, sie muß mir unbedingt etwas in meiner Größe nähen.

Claudia hat schon den halben Schrank durch und trägt gerade das lange Schwarze, als ein Poltern sie herumfahren läßt, wobei sie auf das Kleid tritt. Es gelingt ihr, das Gleichgewicht zu bewahren, indem sie sich an Mark-Jürgen festhält. Der schwankt, es kracht, und schon gleicht sein Antlitz einem zersprungenen Blumenübertopf. Ein greller Lichtstrahl trifft Claudia mitten ins Gesicht, alles was sie sieht, sind bunte, tanzende Sterne. Dafür hört sie um so deutlicher die Worte: »Polizei! Nehmen Sie die Hände hoch und drehen Sie sich zur Wand!«

Das Herdfeuer. Er kann die Flammen nicht sehen, aber er hört ihr Knistern und spürt ihre Wärme, spürt sie mit jeder Faser, saugt sie auf. Er ist völlig entspannt. Schwerelos, körperlos gleitet er auf einer weichen, wolligen Wolke ins Nichts. Ist das der Himmel? Oder ein Trip?

»Ihr Kräutertee.«

Axel öffnet blinzelnd die Augen und blickt in ein faltiges Vogelgesicht mit grauen Augen. Ein stechender Schmerz in seinen Zehen stößt ihn von seiner Wolke, hinab in die qualvollen Niederungen der menschlichen Existenz. Er liegt, eingepackt in die moosgrüne Wolldecke auf dem Sofa, das nicht schwebt, sondern mit seinen hölzernen Beinen fest auf dem Fußboden von Anneliese Gotthards Wohnküche ankert. Dafür kann er jetzt das Feuer sehen, denn die Klappe steht offen und der Ofen speit Hitzewellen in den Raum. Anneliese Gotthard hält ihm eine dampfende Tasse vor die Nase, die nach nassem Heu riecht. Er rappelt sich hoch und stützt sich auf die Ellbogen. »Wie ... Was ist?«

»Trinken!« befiehlt sie und Axel gehorcht. Der Tee schmeckt besser als er riecht. Es muß viel Honig drin sein. Axel hustet, sein Brustkorb schmerzt.

»Nur weiter!«

Er leert die Tasse in kleinen Schlucken und gibt sie ihr zurück. Jetzt erst bemerkt er die Katzen, die es sich um ihn herum gemütlich gemacht haben. Die Makrele macht ein Geräusch, als hätte sie einen Motor verschluckt. An der Stange über dem Herd hängt seine Kleidung, die Schuhe sind an den Schnürsenkeln zusammengebunden und baumeln zwischen den Kräutersträußen über dem Herd. Er linst unter die Wolldecke. Die Unterwäsche, die er trägt, ist seine eigene, seine Füße verlieren sich in dicken, selbstgestrickten Wollsocken, die kratzen, daß man damit Töpfe scheuern könnte. Langsam, in kurzen, zusammenhanglosen Sequenzen kehren die Bilder zurück, die er für einen

Traum gehalten hat. Der Hochsitz. Sein Physiklehrer. Der große Mann mit dem Gewehr. Karin Mohr, die ihm zulächelt. Zwei abgehäutete Rehköpfe. Ein Mann, der ihn eine Leiter hinunterzerrt. Eine blonde Frau mit einem Handy. Ein Männerarm wie eine Schraubzwinge. Eine lächelnde Kuh. Der Marsch durch die Dunkelheit auf bleischweren Beinen. Claudia Tomasetti, die aus einem Bierglas trinkt und sich den Schaum von den Lippen leckt. Das Gesicht des großen Mannes – er kennt es.

»Sophies Bruder hat mich gefunden, nicht wahr?«

Sie nickt. »Er war auf der Jagd und hat das fremde Auto gesehen. Er dachte an Wilderer und ist Ihrer Spur nachgegangen.«

»Wie bin ich hierhergekommen?«

»In seinem Jeep. Sie haben ihm meinen Namen genannt. Wissen Sie das nicht mehr?«

Axel erinnert sich an den Geruch eines fremden Fahrzeugs. Daß er mit dem Mann gesprochen hat, weiß er nicht mehr. Er schüttelt den Kopf.

»Was machen Ihre Füße?«

»Tun saumäßig weh.«

»Dann sind sie nicht erfroren. Wir machen gleich noch ein heißkaltes Fußbad. Und bei Gelegenheit können Sie mir ja mal erklären, was Sie da draußen gesucht haben. Aber nicht jetzt.«

Axel schweigt dankbar. Er setzt sich hin und sieht aus dem Fenster. Draußen herrscht Dunkelheit. Vergeblich sucht er nach seiner Armbanduhr. Es muß früher Morgen sein. Schlag auf Schlag füllt sich nun sein Gedächtnis. Er nutzt den Augenblick, als seine Wohltäterin Holz holen geht, um auf wackeligen Beinen zum Herd zu staksen und seinen Pullover von der Stange zu ziehen. Er mag nicht in Unterwäsche vor ihr sitzen. Seine Hose ist knittrig wie ein dreimal benutztes Butterbrotpapier, er läßt sie, wo sie ist und schlüpft wieder unter die Sofadecke. Der kurze Ausflug hat ihn schwindelig gemacht. Ein Schüttelfrost läßt ihn erschauern. Nur noch ein kleines Schläfchen ... Nein, das geht jetzt nicht. Es gilt zu handeln. Die Tomasetti muß von Christian Delps Alibi erfahren, ebenso Karin. Sie muß mit Sophie sprechen, damit die noch vor dem Haftprüfungstermin ihr sinnloses Geständnis widerruft. Und der Delp selber, der muß natürlich auch Bescheid wissen. Axel steht wieder auf und sieht sich nach einem Telefon um.

»Was machen Sie denn da?« fragt die Hausherrin fürsorglich, als sie mit einem Korb voller Holz in der Tür erscheint.

»Ich suche ein Telefon. Und meine Uhr, wo ist meine Uhr?«

»Hier.« Sie reicht ihm die Uhr, die auf dem Tisch neben einem Stapel Bücher lag.

»Sie verschwenden Ihren Holzvorrat.«

»Wenn Sie wieder auf dem Damm sind, werde ich Sie zum Hacken herbestellen.«

»Vielen Dank. Für alles.«

»Schon in Ordnung. Ich habe gerne junge Männer in Unterwäsche auf meinem Kanapee liegen.«

»Die päppeln Sie dann hoch, um sie zu vernaschen, wenn sie fit genug sind«, ergänzt Axel grinsend.

»Ganz richtig. Auch Hexen müssen sich dem Zeitgeist unterordnen.«

Axel schaut auf seine Uhr und atmet auf. Sieben. »Es ist noch etwas früh. Vielleicht kann ich erst nach Hause fahren, und von dort aus telefonieren. Wissen Sie, wo mein ... ich meine, Frau Mohrs Wagen ist?«

»Soviel ich weiß, hat ihn der Christian heute mittag mit seinem Jeep auf den Hof geschleppt.«

»Heute mittag?«

»Es ist jetzt sieben Uhr abends. Sie haben den ganzen Tag geschlafen, und wie ich sehe, hat Ihnen das gutgetan. Ihre Chefin weiß übrigens Bescheid, daß Sie hier ...«

»ABEND? Ach du Scheiße!«

»Wie bitte?«

»Entschuldigen Sie. Darf ich mal telefonieren? Ich muß wissen, was mit Sophie los ist.«

»Im Flur. Aber ziehen Sie sich was an. Ich bringe Ihnen eine Trainingshose. Da draußen ist es eisig. Und danach legen Sie sich gefälligst wieder hin!«

Als Axel wieder ins Zimmer kommt, sieht ihn Anneliese Gotthard gespannt an. Axel setzt sich auf das Sofa und zieht sich die Decke um die Schultern. Auf einmal friert er, obwohl der Ofen nach wie vor eine Bullenhitze abgibt. »Der Richter hat Haftbefehl erlassen.«

Sie antwortet nicht. Axel geht stumm zum Fenster und sieht hinaus. Es hat angefangen zu schneien, dicke, lockere Flocken, die ganz langsam zu Boden sinken, wie ausgerissene Engelsflügel.

»Frau Kamprath, wissen Sie wirklich nicht, wo dieser Mark Bronski, beziehungsweise Jürgen Lachmann sein könnte?« Claudia sieht Sophie beinahe flehend in die Augen.

»Nein.«

»Hat er mal den Namen eines Freundes genannt, hat er Verwandte erwähnt?«

»Nein.«

»Worüber haben Sie und er sich denn immer unterhalten?«

»Über alles mögliche.«

Herrgottnochmal! Der Frau ist nicht zu helfen. Aber das Gefühl, an Sophies mißlicher Lage nicht ganz unschuldig zu sein, veranlaßt Claudia zu einem letzten Versuch: »Sophie, ich weiß, es fällt Ihnen schwer, mir zu vertrauen. Mir geht es wirklich nicht darum, dem Jungen zu schaden. Aber er ist Wehrdienstverweigerer, da versteht unser Staat leider keinen Spaß. Wenn er sich jetzt freiwillig stellt, kann ein guter Anwalt eine Bewährungsstrafe aushandeln.«

»Ich weiß nicht, wo er ist«, unterbricht Sophie. »Das alles hat mich der Herr Kölsch heute auch schon gefragt. Es tut mir leid.«

»Es tut mir für Sie leid, Sophie. Ohne seine entlastende Aussage wandern Sie heute noch ins Untersuchungsgefängnis und bleiben dort bis zur Verhandlung, ist Ihnen das klar? Ich kann Ihnen jetzt nicht mehr helfen, der Fall liegt in den Händen des Staatsanwaltes, und der kann Ihr Geständnis nicht einfach ignorieren. Selbst wenn Sie es widerrufen. Das hat Ihnen Ihr Anwalt sicher erklärt.«

Sophie nickt. »Das ist schade, wenn ich eingesperrt bleibe. Wegen meinem Kurs.«

»Kurs?«

»Dem Lese- und Schreibkurs.«

»Ach so. Ja, das ist schade.«

»Wann darf mich mein Bruder besuchen?«

Claudia schüttelt bedauernd den Kopf. »Momentan noch nicht. Aber ich werde sehen, was sich machen läßt. Ich verspreche es.«

Sophie nickt.

»Sophie, ich wollte Sie mal was fragen. Nicht als Polizistin, nur so. Als Frau.« Claudia blickt verlegen auf die graue Tischplatte zwischen ihnen.

»Was denn?«

»Warum sind Sie bei Ihrem Mann geblieben? Er hat Sie behandelt wie eine unmündige Person. Allein diese ganzen Rechnungen, die er gehortet hat ... Warum sind Sie nicht schon früher gegangen? Hatten Sie Angst, nicht alleine zurechtzukommen?«

Sophie läßt ein paar Sekunden verstreichen, ehe sie sagt: »Ich hatte ein schlechtes Gewissen.«

»Sie? Aber warum denn Sie?«

»Weil ich ihn betrogen habe.«

Sofort muß Claudia an den Bruder denken.

»Ich habe ihn nur geheiratet, um von meinen Eltern

und von dem Dorf wegzukommen. Ich fand ihn nicht einmal besonders nett, von Anfang an nicht. Ich habe seine Augen nicht gemocht, seinen Gang, seine Haltung. Sein Lachen war nicht echt. Und diese ewige Besserwisserei ist mir von Tag zu Tag mehr auf die Nerven gegangen. Eigentlich war nichts an ihm, das mir gefallen hätte. Aber ich habe damals gedacht, wenn ich erst mal seine Frau bin, und von dem Dorf weg, dann gewöhne ich mich an ihn.«

»Haben Sie sich an ihn gewöhnt?«

»An manche Dinge ja, an andere nie.«

»Was war das Schlimmste?«

Sophie zögert.

»Verzeihen Sie, wenn es Ihnen peinlich ist, dann …«

»Ich mochte seinen Geruch nicht. Nicht, daß er irgendwie schlecht roch, es war mehr so ein Gefühl. Ich kann es nicht richtig ausdrücken.«

Claudia nickt. »Ich verstehe, was Sie meinen. Mit manchen Menschen geht es mir auch so.«

Sophie nickt.

»Deshalb haben Sie sich also seine Schikanen gefallen lassen. Weil Sie ihn sozusagen unter falschen Voraussetzungen geheiratet haben. Sie haben ihm vorgegaukelt, ihn zu mögen.«

»Ja. So was ist doch irgendwie Betrug.«

Bestimmt spielte der Bruder dabei eine große Rolle, vermutet Claudia. Sie muß vor ihrer Heirat permanent in Angst und mit einem schlechten Gewissen gelebt haben. Er wahrscheinlich auch. Kein Wunder, daß die beiden ein bißchen eigenartig sind.

»Und Ihr Mann? Was war bei ihm der Grund? Liebte er Sie?«

»Er brauchte jemanden, der ihn versorgt, nachdem seine Mutter tot war. Außerdem hat er gehofft, daß er als Verheirateter schneller zum Konrektor befördert wird.«

»Lieber Himmel«, stöhnt Claudia. »Mir scheint, ich bin

eine hoffnungslose Romantikerin. Ich werde wohl als alte Jungfer enden, die beharrlich an die Liebesheirat glaubt. Naja, Jungfer nicht gerade.« Claudia grinst, und auch Sophie lächelt.

»Wie konnten Sie sich das nur antun, Sophie?«

»Ich war eben dumm. Und eigentlich war Rudolf doch ein ganz normaler Mann.«

Da ist was dran, denkt Claudia. Rudolf war kein Monstrum, er war eher die Norm. Es gibt zigtausend Rudolfs.

»Außerdem wollte ich immer gerne ein Kind haben.«

»Nachdem Ihnen Karin Mohr das mit Rudolfs Unfruchtbarkeit gesagt hat, war das Maß dann endlich voll, oder?«

»Ja.«

»Hätten Sie ihn verlassen, wenn er nicht ... ich meine, wenn er nicht umgekommen wäre?«

»Ja, ganz bestimmt. Warum wollen Sie das wissen?«

»Nur so. Ich interessiere mich für Menschen und ihre Gründe, warum sie so und nicht anders handeln. Liegt sicher an meinem Beruf. Nervt Sie meine Fragerei?«

»Nein.«

»Da ist noch etwas.« Claudia setzt eine zerknirschte Miene auf, die halb echt, halb gespielt ist. »Bei der Durchsuchung der Wohnung, da ist ein kleines Malheur passiert ...«

Axel klettert aus der Straßenbahn. Jede Bewegung schmerzt, als hätte er einen Riesenmuskelkater.

Eigentlich wollte er noch in der Kanzlei vorbeischauen, aber er fühlt sich heute nicht in der Lage, es mit Karin Mohr aufzunehmen und hat es vorerst bei einem Telefonat mit Frau Konradi belassen. Daß auch Karin es nicht geschafft hat, Sophie aus der Untersuchungshaft zu bekommen, erfüllt ihn – bei allem Bedauern für Sophie – mit einer gewissen Genugtuung. Mag sein, daß er sich wie ein Tölpel angestellt hat, aber auch sie ist nicht die Fee, die nur mit ihrem Zauberstab zu winken braucht, um alles wieder ins Lot zu bringen.

Er kommt gerade von Sophie. Das Gespräch war unergiebig, Sophie wollte partout nichts über diesen Jürgen Lachmann herausrücken. Eine seltsame Person, denkt Axel nicht zum ersten Mal. Erst lügt sie für ihren Bruder, daß sich die Balken biegen, jetzt wahrscheinlich für diesen Kerl. Hat sie wirklich keine Ahnung, wo er steckt? Man kann nur hoffen, daß die Polizei ihn findet, und daß er Sophie entlasten kann.

Langsam und steif, wie ein Greis, schleppt sich Axel die Straße entlang. Er war, wie er Anneliese Gotthard hoch und heilig versprochen hat, beim Arzt. Nicht bei Dr. Mayer, dessen Sterbequote ist ihm zu hoch. Jetzt trägt er eine Tüte voller Medikamente nach Hause. Pillen und Tees für seine Bronchitis, mit der »nicht zu spaßen ist«, wie sich der Arzt ausdrückte, Salben für seine Füße, die doch leichte Erfrierungen davongetragen haben. Er ist für die nächsten Tage krank geschrieben und sehnt sich im Moment nach nichts anderem als seinem Bett. Er steht vor Sophies Haus. Im ersten Stock sind alle Rolläden heruntergelassen. Claudia Tomasetti hat ihn über die erneute Durchsuchung der Wohnung informiert, die heute morgen stattgefunden und zu keinen neuen Erkenntnissen geführt hat.

Auf der anderen Straßenseite steht Frau Weinzierl und hat im Postboten ein willfähriges Opfer ihres ausgeprägten Mitteilungsbedürfnisses gefunden. Axel ist froh, daß sie ihn in ihrem Eifer nicht bemerkt.

Vor Sophies Gartenzaun steht das schwer bepackte gelbe Fahrrad. Axel ist schon ein paar Schritte daran vorbeigegangen, als er stutzt und sich wieder umdreht. Da war doch ein bekanntes Gesicht in der Post!

Er sieht sich verstohlen um. Der Postbote dreht ihm den Rücken zu, er hat eine Figur wie *Conan der Barbar* und verdeckt Frau Weinzierl die Sicht in seine Richtung. Im Bewußtsein, gegen mindestens drei Gesetze zu verstoßen, streckt Axel die Hand aus und läßt die Ansichtskarte in seiner Tüte verschwinden.

Jetzt hat er es sehr eilig, mit der Beute in seine Wohnung zu kommen.

Hustend sitzt er auf dem Bett und leert die Tüte aus. Die Mattigkeit ist mit einem Schlag von ihm gewichen, gelassen lächelt ihm Mona Lisa zwischen Bronchialtee und Johanniskrautöl entgegen. Er dreht die Karte um. Sie ist tatsächlich für Sophie, und außer der Adresse steht kein Text darauf. Nur eine Telefonnummer. Eine Berliner Telefonnummer.

7

»Gestern habe ich einen Anruf von Sophie bekommen«, verkündet Axel. »Sie lädt mich nächsten Samstag zu einem Essen bei sich zu Hause ein. Mit Begleitung.«

»Das freut mich«, sprudelt Claudia hervor, »ich rechne ihr hoch an, daß sie mir keine Vorwürfe gemacht hat, weil ich ihren Gipskopf zerdeppert habe.«

»Du hast ihr aber nicht gesagt, unter welchen Umständen das geschah, oder?«

»Nicht direkt. Ich hab's so hingestellt, als wäre es bei der offiziellen Durchsuchung passiert.«

»Raffiniert. Aber wer sagt dir eigentlich, daß mit der Begleitung du gemeint bist?«

Mit diebischer Freude bemerkt er, wie Claudia die Röte in die Wangen schießt.

»Meinetwegen, geh mit deiner Karin hin«, stichelt sie und steckt sich eine Zigarette an.

»Ich wollte eigentlich Frau Weinzierl bitten.«

»Was? Die Frau, wegen der ich heute arbeitslos sein könnte!« Claudia wirft die Arme in die Luft. »Es ist einfach widerlich, wenn Leute nichts anderes zu tun haben, als in die Fenster ihrer Nachbarschaft zu glotzen!«

»Hast du deswegen Probleme bekommen? Die Kollegen von der Streife müssen doch Meldung gemacht haben, oder geht eure Polizistensolidarität so weit?«

»Probleme gab's schon«, knurrt Claudia, »aber nicht mit meinem Chef, sondern mit meiner *mamma*.«

»Wieso mit *mamma*?« Axel imitiert den operettenhaften Klang, mit dem sie das Wort *mamma* ausspricht, ein Ton, in dem stets ein liebevoller Respekt mitschwingt.

»Die zwei lieben Kollegen durften, als Anerkennung ihrer Schweigsamkeit, mit der ganzen Familie bei ihr im Restaurant essen und saufen. Auf meine Kosten! Die *mamma* hat sich beklagt, die Sippschaft hätte sich sauber danebenbenommen und die anderen Gäste vergrault und das wäre das erste und letzte Mal, daß sie meine Suppe auslöffelt.«

»Besser die *mamma* ist wütend als dein Chef.«

»Das sagst du. Apropos Chef. Wie läuft's eigentlich mit deiner Chefin so?« fragt Claudia betont gleichgültig.

»Gut, aber nicht mehr lange. Wir werden uns trennen.«

»Echt?« Sie versucht, sich die Freude über diese Botschaft nicht allzusehr anmerken zu lassen.

»In beiderseitigem Einvernehmen, sozusagen. Sie hat mich mit besten Empfehlungen an Gaßmann & Degenhardt weitervermittelt. Weißt du, die Kanzlei Mohr gibt einfach noch nicht genug her, um zwei Anwälte zu ernähren.«

»Ah, so ist das«, sagt Claudia gedehnt.

»Ja, so ist das.« Axel steht vom Bett auf, bahnt sich einen Weg durch Kleider, Schuhe, CD-Hüllen, benutzte Gläser, halb geleerte Chipstüten und ganz geleerte Rotweinflaschen. »So ein Chaos«, brummt er leise. Aber sie hat es gehört.

»Man muß noch Chaos in sich haben, um einen tanzenden Stern gebären zu können«.

»In sich, ja, aber nicht um sich.«

»Wortklauber.«

Daß Claudia Nietzsche mag, gefällt ihm. Nach seiner bisherigen Erfahrung führen an Frauen gerichtete Nietzsche-Zitate in den allermeisten Fällen zu Dissonanzen. Er öffnet die Balkontüre.

»Bist du verrückt, das ist kalt!«

»Das ist nicht wahr«, widerspricht er, »es ist ausgesprochen mild.«

So streng die Kälte im Januar war, so frühlingshaft zeigt sich der Februar, als müsse er die Menschen für den überstandenen Frost entschädigen. Auch heute scheint eine milde Frühlingssonne durch die schmutzigen Fensterscheiben.

»Außerdem finde ich Rauchen im Bett ziemlich daneben.«

»Das ist meine Wohnung, da rauche ich wo und wann ich will!« Claudia tunkt die Zigarette in ein Rotweinglas, in dem noch ein kleiner Rest stand, wobei sie vor sich hin mault: »Wäre ja noch schöner. Eine Nacht hier und mir schon Vorschriften machen wollen!«

Axel seufzt. Ganz schön anstrengend, diese Frau. In jeder Hinsicht. Axel schließt die Balkontüre und schlüpft wieder unter die knallrote Seidenbettdecke.

»Dann geht es Sophie also gut«, lenkt Claudia ab.

»Ich denke schon. Sie nimmt jetzt Einzelstunden, um Lesen und Schreiben zu lernen.«

»Kann sie sich das leisten?«

»Ihre Nähkunst hat sich herumgesprochen. Sie nimmt inzwischen ganz saftige Preise, aber die Kundschaft wächst trotzdem. Zusammen mit der Pension wird sie bestimmt gut über die Runden kommen. Außerdem macht sie gerade den Führerschein. Mit Sondergenehmigung. Bin gespannt, ob sie das alles schafft.«

»Die schon«, meint Claudia. »Trifft sie ihren Bruder jetzt wieder häufiger?«

»Das weiß ich nicht. Aber sie ist oft ein, zwei Tage weg, also nehme ich an, daß sie bei ihm ist.«

»Eine herrlich anrüchige Sache, findest du nicht?«

»Ihr Privatleben geht mich nichts an«, wehrt Axel verlegen ab.

»Übrigens habe ich noch ein Hühnchen mit dir zu rupfen«, verkündet Claudia. »Unsere Lichtgestalt mit der sonnigen Aura, der Frauenliebling, für den du dich so eingesetzt hast, damit er wegen der Wehrdienstgeschichte nicht in U-Haft kommt, ist seit ein paar Tagen unauffindbar.«

»Oh, nein«, stöhnt Axel. »Dabei hätte alles so glimpflich ablaufen können. Ich habe ihm sogar schon eine Zivildienststelle vermittelt und er wäre garantiert mit einer Bewährungsstrafe davongekommen. Ich verstehe nicht, wieso der jetzt abhaut! Als wir uns zuletzt gesehen haben, da erschien er mir ganz vernünftig und zuversichtlich.«

»Ja, ganz schön blöd von ihm«, pflichtet ihm Claudia bei, »wenn sie ihn jetzt kriegen, ist er übel dran. Meinst du, daß Sophie etwas weiß?«

Axel schüttelt den Kopf. »Nein. Das hätte sie mir gestern bestimmt gesagt. So ein Mist«, fügt er verärgert hinzu. »Diesmal schreibt er ihr sicher keine Karte mehr.«

»Glaubst du, daß die zwei was miteinander hatten?«

Axel zuckt die Schultern. »Wer weiß das schon.«

»Bei Sophie bin ich mir in gar nichts sicher«, bekennt Claudia. »Ich kann sonst Leute gut einschätzen, aber sie ist mir nach wie vor ein Rätsel.«

»Du meinst, du weißt nicht, ob du ihre Geschichte glauben sollst, daß sie ihrem Mann den Tod gewünscht hat«, präzisiert Axel.

»Ja. Ich weiß, es klingt verrückt, aber ich denke manchmal: Ob da nicht doch ein bißchen was dran ist?«

»Du wirst doch nicht unserer geschätzten Frau Weinzierl nacheifern?« spottet Axel.

»Blödsinn. Habe ich dir eigentlich gestern abend erzählt, daß die Ermittlungen im Fall Kamprath offiziell eingestellt worden sind?« fragt Claudia.

»Ja«, grinst Axel, »gleich als ich reinkam, weißt du nicht mehr? Es war so ziemlich das erste und letzte, was wir wie zivilisierte Menschen besprochen haben. Danach bist du mir an die Wäsche gegangen und über mich hergefallen, anstatt mich zu deiner *mamma* ins Lokal einzuladen, wie du mir ursprünglich in Aussicht gestellt hattest.«

»Du beklagst dich jetzt schon?«

»Ist es nicht besser, in die Hände eines Mörders zu geraten, als in die Träume eines brünstigen Weibes?«

Claudia macht Anstalten, ihm ein Kissen an den Kopf zu werfen, wobei ihr die Decke vom Oberkörper rutscht, was Axel ganz unruhig werden läßt. Aber mitten in der Bewegung hält sie inne und fragt: »Weißt du, was komisch ist?«

»Ein Anwalt und eine Kriminaloberkommissarin.«

»Das ist tragikomisch. Beide verdienen ihr Gehalt durch arme Geschöpfe, die vom Wege abgekommen sind. Nein, jetzt mal im Ernst. Ich habe mir den Bericht vom Labor nochmal angesehen. Der Kaffee, den der Kamprath dabei hatte, und der ihn wachhalten sollte ...«

»Ja?«

»Das war koffeinfreier.«

»Tja«, sagt Axel leichthin, »einer Analphabetin passieren schon mal solche Sachen. Wie leicht kann man beim Einkaufen was verwechseln.«

Claudias Augen werden schmal. »Ich wette, daß Sophie das gewußt hat!«

»Ha! Ich sehe schon die Schlagzeile in BILD vor mir: OBERSTUDIENRATSGATTIN KILLT EHEMANN MIT KOFFEINFREIEM KAFFEE!«

»Sie hat es gewußt«, wiederholt Claudia grimmig. »Aber das ist jetzt egal.«

»Genau«, sagt Axel und küßt sie auf die zerwühlten Locken. »Erledigt, ein für allemal. Übrigens, da ist noch eine Sache, die du dir mal ansehen müßtest. Dieser Dr. Mayer scheint mir nicht ganz koscher zu sein. Es gibt ein bißchen viele alte Damen in seiner Patientenkartei, die plötzlich an Herzversagen gestorben sind, obwohl sie vorher gar nichts am Herzen hatten.«

»Was willst du damit sagen?«

»Ich sag's dir nur, wenn du mir versprichst, daß wir den

ganzen Sonntag gemütlich zusammen im Bett verbringen.«

»Gemütlich im Bett. Was bist du bloß für ein Spießer.«

»Okay, okay«, seufzt Axel, »›Gemütlich‹ und ›Bett‹ streichen wir aus dem Protokoll. Also, versprichst du's?

»Jetzt rede schon.«

Axel berichtet von dem präzise angekündigten Tod der alten Frau Fabian und wiederholt, was Sophie seinerzeit von dem Gespräch zwischen Dr. Mayer und Herrn Fabian aufgeschnappt hat.

Mit einem Satz springt Claudia aus dem Bett. Drohend sieht sie auf Axel hinunter, ihre Augen blitzen. Aber Axel schaut ganz woanders hin.

»Axel Kölsch!«, ruft sie zornig. »*Jetzt* erzählst du mir das!«

»Hätte ich damit noch etwas warten sollen?« Axel taucht vorsichtshalber unter. »Der Doktor ist sozusagen meine Morgengabe«, japst er unter der Decke.

»Komm raus!«

»Du schlägst mich nicht?«

»Nur, wenn du's willst.«

Axel erscheint wieder. »Du siehst toll aus, so wütend im Mittagslicht. Wie eine antike Rachegöttin.«

Aber Claudia ist mit den Gedanken woanders. »Jetzt wird mir manches klar.« Sie setzt sich auf die Kante ihres französischen Betts. »Bei den ganzen Rechnungen und Kontoauszügen, da war eine Sache, die mir aufgefallen ist: Vor etwa drei Jahren hat der Kamprath für achttausend Mark Pfandbriefe verkauft und das Geld in bar abgehoben. Wir konnten keine Rechnung und keinen Hinweis finden, was er damit gemacht hat. Keine Möbel, kein Auto, kein teurer Urlaub, nichts. Wo er doch sonst jede noch so winzige Ausgabe dokumentiert hat. Und der Kamprath hat's garantiert nicht in der Spielbank verzockt. Aber jetzt, wo du das mit dem Doktor … ein paar Wochen danach ist nämlich die alte Frau Kamprath gestorben. An Herzschwäche.«

»So ein Zufall aber auch.«

»Zufall? Das ist ein Hammer. Ich muß Valli anrufen, aber *pronto*!«

Er greift nach ihrer Hand. »Denk an dein Versprechen.«

»Vom Telefonieren hast du nichts gesagt. Oder hast du noch mehr solcher Morgengaben parat?«

Axel denkt an Schwalbe. Mit gemischten Gefühlen erinnert er sich an das bewußte Gespräch mit Karin Mohr. Vor allem an das Ende des Geprächs.

»Leider, nein. Mir sind gerade die Mörder ausgegangen.«

Sophie steht am Fenster und beobachtet, wie ihr Bruder und der Bauer Heckel den Hänger mit Werkzeug und Stangen beladen. Er wird sicher bis zum späten Nachmittag weg sein, überlegt Sophie, als Christian und der Bauer auf den Traktor klettern und in einer Dieselwolke vom Hof tuckern.

Sie geht durch die Werkstatt und schiebt den rot-weiß gestreiften Vorhang beiseite. Auf der Spüle liegt ein Paket, das in Plastiktüten gewickelt ist. Sie hat es schon gestern abend aus der Tiefkühltruhe genommen, nachdem Christian ihr mit Bedauern eröffnet hat, daß er den Tag auf der Weide verbringen muß. Christian bezahlt wenig Miete für das kleine Haus, dafür steht er in der Pflicht, den Heckels hin und wieder zur Hand zu gehen. Heute muß er beim Ausbessern und Ziehen der Zäune helfen. Bald kann das Jungvieh wieder auf die Weide.

Der Klumpen ist über Nacht aufgetaut. Sophie pellt die Tüten ab wie die Schalen einer Zwiebel, und wirft sie in den Abfalleimer. Als sie die letzte Hülle ablöst, hält sie für einen Moment den Atem an.

Der Kopf hat durch das Einfrieren ein wenig gelitten.

Die Augen sehen stumpf aus, die Lider sind verknittert, was dem Gesicht einen grotesken Ausdruck verleiht. Der Mund steht offen, die Lippen werfen unnatürliche Falten. Feuchtdunkel klebt das hellbraune Haar am Schädel, die Schnittstelle am Hals zeigt einen braunen Rand, wie bei alt gewordenem Aufschnitt. Sophie beunruhigen diese Deformierungen nicht. Es gab Tiere, die schlimmer aussahen – zerfetzt von Schrotkugeln, Autoreifen oder schon im Stadium beginnender Verwesung – und denen sie trotzdem ihr natürliches Aussehen zurückgegeben hat.

Sie nimmt eine Bürste und kämmt das feuchte Haar. Ein wenig Shampoo, und es wird wieder weich fallen und glänzen. Ganz anders als diese Kunsthaarperücken.

Mit ruhigen, liebevollen Bewegungen tastet sie über die kühle, bläuliche Haut. Kleine Eisbröckchen fallen auf den Abtropf. Ein Bad in Paraffin wird die Haut wird wieder glatt und geschmeidig machen. Sie hat das Bild deutlich vor Augen: Der Teint wird schimmern wie chinesisches Porzellan, die Wangen leicht rosig, nur ja nicht zu viel, der Mund dagegen soll sich rot und prall, wie eine späte Kirsche, abheben. Die Augen werden ohnehin durch Glas ersetzt. Es gibt leider noch kein Verfahren, die echten Augen in ihrer lebendigen Schönheit zu konservieren, außer man legt sie in Spiritus.

»Du wirst schön sein. Schön für immer«, flüstert sie in das kalte Ohr, das umgeknickt am Schädel haftet.

PIPER

Karin Fossum
Evas Auge

Roman. Aus dem Norwegischen von Gabriele Haefs.
368 Seiten. Geb.

Eine packende Kriminalgeschichte mit einem raffinierten psychologischen Hintergrund: Karin Fossum läßt eine junge Frau in den Mahlstrom eines Verbrechens geraten, bei dem sie aus reiner Neugier Zeugin geworden ist. Nachdem Eva einmal der Versuchung des schnellen Reichtums nachgegeben hat, gibt es für sie kein Entrinnen mehr.

In ihrem ersten Kriminalroman ist der norwegischen Autorin Karin Fossum ein ungemein spannendes, psychologisch äußerst dichtes Drama um eine junge Frau gelungen, die durch bloße Neugier in ein Verbrechen verwickelt wird. Durch eine raffinierte, nur ganz langsam die wahren Begebenheiten aufdeckende Erzählweise, die an Patricia Highsmith erinnert, entsteht eine magische Landschaft des Geheimnisses. Karin Fossum ist eine weitere aufregende literarische Neuentdeckung aus Skandinavien.

PIPER

Susanne Mischke
Mordskind

Roman. 360 Seiten. Geb.

Susanne Mischke hat mit »Mordskind« einen beklemmenden Psychokrimi geschrieben, der zugleich sarkastische Schlaglichter auf einen grassierenden Mutterschaftswahn wirft und das Dilemma zwischen Kind und Karriere, in dem sich so viele Frauen heute befinden, mit Ironie und Einfühlungsvermögen zur Sprache bringt. Ihre Heldin Paula wandert auf einem immer schmaler werdenden Grat, denn hinter der bröckelnden Fassade mütterlicher Fürsorge tun sich ungeahnte Abgründe auf, und der Schrecken des Lesers wächst von Seite zu Seite.

»›Mordskind‹ ist ein Kriminalroman der Extraklasse, lebensnah und spannungsvoll… Die distanzierende Ironie kommt nicht zu kurz dabei.«
Der Tagesspiegel

PIPER

Anita Shreve
Das Gewicht des Wassers

Roman. Aus dem Amerikanischen von Mechtild Sandberg.
292 Seiten. Geb.

Die aufwühlende Schönheit der Küste von Neuengland
bildet die Kulisse für diesen meisterhaft komponierten
Roman, der auf überraschende Weise die Gegenwart mit
der Vergangenheit verschränkt.
Die Fotoreporterin Jean hat sich aufgemacht, um die
mysteriösen Hintergründe eines über hundert Jahre
zurückliegenden Verbrechens zu erforschen: den grausigen
Mord an zwei jungen Norwegerinnen, der in einer
Märznacht des Jahres 1873 stattgefunden hat. Diesen
Auftrag verbindet sie mit einem mehrtägigen Segelausflug,
zu dem sie ihren Mann Thomas und ihre fünfjährige
Tochter mitnimmt; außerdem begleiten sie Thomas'
Bruder Rich und dessen attraktive Freundin Adaline.
Während Jean auf ihren Recherchen immer tiefer in die
Mordgeschichte und die Schicksale der beiden
Norwegerinnen eintaucht, entwickelt sich auf dem
beklemmend engen Segelboot ein Netz aus Leidenschaft,
Eifersucht und erotischen Spannungen, die unweigerlich
in eine Katastrophe münden werden...

PIPER

Daniel Silva
Double Cross – Falsches Spiel

Roman. Aus dem Amerikanischen von Reiner Pfleiderer.
568 Seiten. Gebunden

Operation Mulberry: So lautet das Kodewort für die alliierte Invasion in der Normandie, das bestgehütete Geheimnis des Zweiten Weltkriegs. Catherine Blake hat den Auftrag, es zu lüften. Sie ist die Top-Spionin der deutschen Abwehr, eiskalt, gerissen und unendlich verführerisch. Perfekt getarnt und ausgebildet hat sie seit sechs Jahren auf diesen Moment gewartet. Jetzt ist er gekommen. Und mit kühler Präzision und brutaler Kaltblütigkeit geht sie auf die Jagd nach den alliierten Geheimakten ...

»Das nenne ich einen Thriller!«
Die Presse

»›Double Cross – Falsches Spiel‹ heißt dieser Politthriller. Der Erstling des Amerikaners Daniel Silva ist einfach verblüffend gut. So oft auch schon die Nachfolge John le Carrés beschworen worden ist – diesmal stimmt der Vergleich.«
Frankfurter Rundschau